Dieses Buch wurde auf chlor- und säurefreiem Papier gedruckt.

Originalausgabe Oktober 1992

Umschlaggestaltung Agentur Zero, München
Umschlagabbildung The Image Bank
Satz MPM, Wasserburg
Druck und Bindung Ebner Ulm
Printed in Germany 5 4 3 2 1
ISBN 3-426-60109-5

Friederike Zeininger
(Hrsg.)

From Coast to Coast

Amerikanische Erzähler der Gegenwart

Knaur

Inhaltsverzeichnis

Tobias Wolff *Demnächst*

Jean war alleine im Kino. Sie hatte aufgepaßt, daß die Zuschauer den Saal verließen, die Türen verschlossen und die Abendeinnahmen sicher im Bankbeutel verstaut waren. Jetzt sah sie sich ein letztes Mal um, während sie darauf wartete, daß ihr Chef zurückkam und sie nach Hause fuhr.

Mr. Munson war nach der ersten Vorstellung weggefahren, um in dem neuen Shopping-Center an der Buena Vista Schlittschuh zu laufen. Er fuhr jetzt seit beinahe einem Monat früher weg, und anfangs hatte Jean geglaubt, er betrüge seine Frau, bis sie ihn eines Samstagnachmittags auf dem Eis sah, als sie mit ihrer Freundin Kathy auf Ladenklau unterwegs war. Sie blieben an dem Panoramafenster stehen, das um die Bahn führte und sahen zu, wie Mr. Munson ein paarmal gegen die Wand donnerte. »Dicke sollten nicht Schlittschuh laufen«, sagte Kathy, und sie gingen weiter.

An den meisten Abenden kam Mr. Munson gegen elf ins Kino zurück. Später war er nie gekommen. Jetzt war es schon beinahe zwölf.

Jemand hatte einen orangefarbenen Schal auf einem

Platz in der letzten Reihe liegenlassen. Unter dem gleichen Platz lagen eine halb aufgegessene Haxe und eine Flasche mit Chilisauce. Die Haxe sah immer noch aus wie das, was sie war, ein Tierbein, und als Jean sie sah, wurde es ihr schwummerig. Sie hob den Schal auf und ließ das Essen liegen. Sollte Mr. Munson sich darum kümmern. Wenn er etwas deswegen sagte, würde sie sich einfach taub stellen. Sie packte den Schal in den Sack mit Fundsachen und ging nach vorne ins Kino, schaute von einer Seite zur anderen, die Reihen der Länge nach überfliegend.

Mitten im Gang fand Jean eine Sonnenbrille. Von Gucci. Sie warf sie in den Sack und versuchte sie zu vergessen, als wäre sie eine normale, anständige Person, die nicht verlorene Gegenstände und überhaupt alles, was nicht niet- und nagelfest war, klaute. Aber Jean wußte, daß sie die Sonnenbrille behalten würde, und dieses Wissen ließ ihr ihren Widerstand lächerlich erscheinen. Sie ging ein paar Reihen weiter, zuckte dann hilflos mit den Achseln, als beobachte sie jemand, und holte die Sonnenbrille aus dem Sack. Sie paßte nicht. Ihr Gesicht war zu klein dafür, ihre Nase zu schmal. Sie ließ alles düster aussehen und rutschte in einem fort hinunter, aber Jean behielt sie auf, während sie sich nach vorne durcharbeitete.

In der ersten Reihe rechts, nahe bei der Wand, sah Jean einen Mantel über einen Sitz drapiert. Sie ging durch die Reihe, um ihn aufzuheben. Dann blieb sie stehen und zog die Sonnenbrille ab, denn sie hatte beschlossen zu glauben, daß der Mantel kein Mantel, sondern eine tote Frau sei, die einen Mantel trug. Eine tote Frau ganz allein in einem Kino um Mitternacht. Jean schloß die Augen und gab ein leise wimmerndes

Geräusch von sich, so wie ein träumender Hund. Es klang eher unecht, deshalb hörte sie damit auf; sie öffnete die Augen und ging durch die Reihe zurück und den Gang ins Foyer hinauf.

Jean stellte den Sack mit den Fundsachen weg, ging dann an die gläserne Eingangstür und beobachtete den Verkehr. Bei jeder neuen sich nähernden Autoschlange beugte sie sich vor und suchte durch ihr gespiegeltes Gesicht hindurch nach Mr. Munsons Toyota. Von ihrem Atem beschlug das Glas so, daß Jean kaum durchsehen konnte. Sie bemerkte, wie flach und schnell ihr Atem ging. Das Spiel mit dem Mantel hatte sie mehr erschreckt, als sie vorgehabt hatte. Jean ließ noch ein paar Autos vorbeifahren. Schließlich drehte sie sich um und ging durchs Foyer in Mr. Munsons Büro.

Jean zog die Bürotür hinter sich zu, aber die geschlossene Tür gab ihr das Gefühl, in der Falle zu sitzen. Sie machte die Tür wieder auf und ließ sie offenstehen. Von Mr. Munsons Schreibtisch aus konnte sie den Cola-Automaten und eine Reihe Plakate sehen, die den Film der kommenden Woche anzeigten. Die Schreibtischplatte war leer bis auf das Telefon und ein Foto von Mrs. Munson neben einer Schneewehe in der Gegend, aus der die Munsons kamen – Minnesota oder Wisconsin. Mrs. Munson trug einen Parka, und sie zeigte auf den Oberrand der Wehe, um anzuzeigen, wie hoch sie war.

Der Schnee ließ Jean an ihren Vater denken.

Es war still im Büro. Jean legte den Kopf auf ihre gekreuzten Arme und schloß die Augen. Beinahe auf der Stelle öffnete sie sie wieder. Sie setzte sich gerade hin, zog das Telefon über den Schreibtisch und wählte die Nummer ihres Vaters. Es war drei Stunden später bei ihm und er schlief tief, deshalb ließ sie lange klingeln. Zuerst hielt sie den Hörer fest gegen das Ohr. Dann legte sie ihn auf den Schreibtisch und lauschte, bis sie eine Stimme hörte. Jean nahm den Hörer wieder auf. Es war ihre Stiefmutter, Linda, die sagte: »Hallo? ... Hallo? ... Hallo? ...« Jean hätte wieder eingehängt, aber sie hörte die Angst in Lindas Stimme wie ein Echo ihrer eigenen und konnte nicht mehr zurück.

»Hallo«, sagte sie.

»Hallo? Wer ist da, bitte?«

»Jean«, murmelte Jean.

»Gigi? Bist du's, Gigi?«

»Ich bin's«, sagte Jean.

»Ach, du«, sagte Linda. »Mein Gott, hast du mich erschreckt.«

»Tut mir leid.«

»Wieviel Uhr ist es bei euch?«

»Zwölf. Zehn nach zwölf.«

»Hier ist es drei Uhr morgens, Lämmchen. Bei uns ist es später als bei euch.«

»Ich weiß.«

»Ich habe mich bloß gefragt, ob du vielleicht gedacht hast, bei uns wäre es früher. Puuhh, warte mal, bis ich beieinander bin.« Einen Augenblick später sagte Linda: »Gut. Puls normal. Alles funktioniert. Wo steckst du überhaupt?«

»Auf der Arbeit.«

»Stimmt, dein Dad hat mir erzählt, daß du einen Job hast. Gigi mit Job! Du wirst eine richtige kleine Erwachsene, nicht?«

»Na ja, ich glaub ja«, sagte Jean.

»Also, das finde ich super.« Jean nickte.

»Ich halte große Stücke auf Leute, die für sich selbst

sorgen«, sagte Linda. »Fünfzehn ist nicht zu jung. Ich war zwölf, als ich zu arbeiten anfing und habe seitdem nicht mehr aufgehört.«

»Ich weiß«, sagte Jean.

Linda lachte. »Allmächtiger Gott, was ich für Jobs hatte. Ich könnte dir Geschichten erzählen.«

Jean lächelte höflich in den Hörer. Sie ertappte sich dabei und zog ein Gesicht.

»Du willst wohl mit dem alten Brummbär sprechen«, sagte Linda.

»Wenn's geht.«

»Ich hoffe, es sind keine schlechten Nachrichten. Es ist doch nichts unterwegs bei dir, oder?«

»Nein.«

»Was ist mit deinem Bruder?«

»Tucker ist auch nicht schwanger«, sagte Jean. »Er geht noch nicht mit Mädchen.«

Linda lachte wieder. »Das habe ich nicht gemeint. Ich meine, wie geht es ihm?«

»Tucker geht's gut.«

»Und deiner Mama?«

»Der geht's auch gut. Es geht uns allen gut.«

»Das ist toll«, sagte Linda. »Du weißt ja, wie das mit deinem Vater und schlechten Nachrichten ist. Er ist einfach nicht dafür geschaffen. Er ist mehr ein Mensch für gute Neuigkeiten.«

Jean zeigte Linda den ausgestreckten Mittelfinger. Sie stupste ihn gegen die Sprechmuschel und sagte dann: »Stimmt.« Und es stimmte, was Linda sagte. Jean wußte das, wußte, daß sie nichts gesagt hätte, selbst wenn ihr Vater ans Telefon gekommen wäre, außer, wie gut drauf sie war und wie gut drauf Tukker und ihre Mutter waren, denn ihm etwas anderes

zu sagen wäre gegen die Regeln. »Es geht allen gut«, wiederholte Jean. »Ich hatte bloß Lust, mit ihm zu reden, das ist alles.«
»Na klar«, sagte Linda. »Glaub bloß nicht, daß er die nicht manchmal auch hat.«
»Bestell ihm einen schönen Gruß«, sagte Jean. »Tut mir leid, daß ich dich aufgeweckt habe.«
»Dafür sind wir doch da, Entchen. Ich gucke mal, ob ich ihn dazu bringen kann, dir zu schreiben. Er will ja immer, aber Briefe fallen ihm schwer. Er geht lieber direkt mit Leuten um. Trotzdem, ich gucke mal, was ich machen kann, okay? Jetzt paß auf dich auf.«
Jean knallte den Hörer hin und brüllte: »Idiotin!« Sie warf sich in den Stuhl zurück und schlug die Beine übereinander. »Blöde Alte«, sagte sie. »Dusselige Kuh.«
So machte sie weiter, bis ihr nichts mehr einfiel. Dann rief sie in der Wohnung ihrer Mutter an. Tucker kam ans Telefon. »Tucker, wieso bist du noch auf? Was machst du?« fragte Jean.
»Nichts«, sagte Tucker. »Du müßtest eigentlich zu Hause sein. Mom hat gesagt, du wärest jetzt zu Hause.«
»Und du müßtest eigentlich im Bett sein«, erklärte Jean ihm. Sie hörte eine Frauenstimme kreischen, dann zwei Schüsse und schmetternde Musik. – »Ich kann's nicht fassen, daß du noch auf bist«, sagte Jean. »Laß mich mal mit Mom sprechen.«
»Was?«
»Laß mich mit Mom sprechen.«
»Sie ist nicht hier«, sagte Tucker. »Jean, weißt du was?«
Jean schloß die Augen.
»Im Swimmingpool liegt ein Fahrrad«, sagte Tucker. »Im Tiefen. Unter dem Sprungbrett. Mrs. Fox hat mir

gesagt, ich könnte es behalten, wenn wir es rausholen. Es ist rot«, setzte er hinzu.
»Tucker, wo ist Mom? Ich will mit ihr reden.«
»Sie ist mit Onkel Nick ausgegangen.«
»Wohin?«
Tucker gab keine Antwort.
»Wo sind sie hingegangen, Tucker?« Tucker gab immer noch keine Antwort. Jean hörte Polizeisirenen und Reifenquietschen und wußte, daß er wieder fernsah. Er hatte sie völlig vergessen. Sie brüllte seinen Namen in den Hörer. »Was?« sagte er.
»Wo sind die Erwachsenen?«
»Ich weiß es nicht. Jean, kommst du jetzt nach Hause?«
»Gleich. Geh ins Bett, Tucker.«
»Okay«, sagte er. Dann sagte er »Tschüs« und hängte ein.
Jean holte ihr Telefonbuch aus dem Schreibtisch, aber sie konnte sich nicht an Nicks Nachnamen erinnern. Seine Nummer lag wahrscheinlich irgendwo in der Wohnung rum; sie wußte, daß sie da war, sie hatte sie gesehen, auf dem Nachttisch ihrer Mutter oder mit einem Magneten am Kühlschrank befestigt. Aber wenn sie Tucker aufforderte, sie zu suchen, würde er ganz durcheinandergeraten und anfangen zu weinen.
Jean stand auf und ging zur Tür. Ein Jogger mit phosphoreszierenden Streifen lief am Foyerfenster vorbei. Der Cola-Automat erbebte ratternd und ging dann mit einem Seufzer aus. Jean bekam Hunger. Sie holte sich eine Packung Milky Ways von der Erfrischungstheke und nahm sie mit in Mr. Munsons Büro, wo sie einen Bissen nach dem anderen kaute, bis ihr die Kiefer weh taten. Den Rest der Milky Ways steckte Jean mit der Sonnenbrille in ihre Handtasche. Dann suchte sie im

Telefonbuch nach dem Namen ihres Englischlehrers, Mr. Hopkins. Mr. Hopkins gab auch Fahrunterricht, und Kathy sagte, daß er praktisch auf sie gestiegen sei, als sie rückwärts Einparken übte. Jean haßte ihn dafür. Wie konnte jemand Gedichte aufsagen, wie Mr. Hopkins es tat, und Kathy trotzdem begehren?

Seine Nummer stand nicht im Buch. Jean blätterte weiter die Seiten durch. Sie suchte einen Namen aus und wählte die Nummer, und ein Mann antwortete sofort. Mit einer sanften Stimme sagte er: »Ja.« Nicht »Ja?«, sondern »Ja«, als hätte er diesen Anruf erwartet.

»Mr. Love«, sagte Jean, »ich habe eine phantastische Neuigkeit für Sie.«

»Wer ist da?« fragte er. »Wissen Sie, wieviel Uhr es ist?«

»Die Nachricht ist gerade reingekommen. Wir dachten, Sie wollten sie auf der Stelle hören. Aber wenn Sie den Anruf nicht annehmen wollen, brauchen Sie es bloß zu sagen.«

»Ich glaube, ich verstehe nicht recht«, sagte Mr. Love.

»Möchten Sie den Anruf lieber nicht entgegennehmen, Mr. Love?«

Er antwortete nicht sofort. Dann sagte er: »Sagen Sie mir nicht, ich hätte was gewonnen.«

»Etwas gewonnen? Mr. Love, das ist die Untertreibung des Jahrhunderts.«

»Moment mal«, sagte er. »Ich muß meine Brille holen.«

»Das ist doch Mr. Love, nehme ich an«, fragte Jean, als er ans Telefon zurückkam.

»Ja, Ma'am. Immer noch derselbe.«

»Wir können nicht vorsichtig genug sein«, erzählte ihm Jean. »Wir sprechen hier nicht über einen Satz Eierlöffel.«

»Ich habe noch nie etwas gewonnen«, sagte Mr. Love. »Bloß Rechtschreibwettbewerbe. Als ich klein war, konnte ich buchstabieren wie ein Weltmeister.«
»Ich vermute, Sie sind ganz schön aus dem Häuschen«, sagte Jean. Mr. Love lachte.
»Sie klingen nett«, sagte Jean. »Wo kommen Sie her?«
Mr. Love lachte wieder. »Sie spannen mich absichtlich auf die Folter.«
Jean sagte: »Wir haben ein paar Standardfragen, die wir gerne stellen.« Sie zog die Sonnenbrille aus der Tasche und schob sie sich auf die Nase. Sie lehnte sich zurück und schaute zur Decke. »Wir möchten unsere Gewinner gerne etwas näher kennenlernen.«
»Sie machen mich ganz zappelig«, sagte Mr. Love. »Also gut, los geht's. Geboren und aufgewachsen in Detroit. Nach Pearl Harbor zur Marine. Entlassungspapiere Juni 46 in San Diego und ein paar Wochen später hier hergezogen. Seitdem hier. Das wär's.«
»Gut. So weit, so gut. Alter, Mr. Love?«
»Einundsechzig.«
»Familienstand?«
»Überhaupt kein Stand. Bin Junggeselle.«
»Wollen Sie damit sagen, Mr. Love, daß Sie seit über einem halben Jahrhundert auf der Erde sind und nie in den Stand der Ehe getreten sind?«
Mr. Love schwieg einen Augenblick. Dann sagte er: »Hören Sie – was soll das alles?«
»Noch eine Frage, Mr. Love. Dann reden wir über die Preise.«
Mr. Love sagte nichts, aber Jean konnte ihn atmen hören.
Sie hob das Foto von Mrs. Munson auf und legte es mit dem Gesicht nach unten auf den Schreibtisch.

»Hier ist die Frage, Mr. Love. Ich lüge und stehle und bumse herum. Was halten Sie davon?«
»Aha«, sagte Mr. Love. »Ich habe also nichts gewonnen.«
»Nun, Sir, nein. Ich muß sagen, nein.«
Er räusperte sich und sagte: »Ich kann Ihnen nicht folgen.«
»Es ist ein Witz«, eröffnete ihm Jean. »Ich bin ein Witzbold.«
»Das ist mir klar. Ich sehe bloß nicht, worauf Sie hinauswollen. Worauf wollen Sie hinaus?«
Jean ließ die Frage unbeantwortet.
»Na ja, Sie sind nicht die erste, die mich zum Narren hält«, sagte Mr. Love, »und ich vermute, Sie sind auch nicht die letzte.«
»Ich bumse nicht wirklich herum«, sagte Jean.
Er sagte: »Sie müssen lernen, ein bißchen Rücksicht auf andere zu nehmen. Gehen Sie in die Kirche?«
»Nein, Sir. Manchmal gingen wir zu Hause, aber hier nicht. Nur einmal an Ostern. Der Priester hat noch nicht einmal eine Predigt gehalten. Er hat bloß ein Tonband von einem Baby, das gerade geboren wurde, gespielt, mit Walgesang im Hintergrund.« Jean wartete auf Mr. Loves Reaktion. Er schien keine Lust zu haben.
»Ich bumse nicht wirklich herum«, wiederholte Jean. »Bloß mit einem meiner Lehrer. Er ist verheiratet«, setzte sie hinzu.
»Verheiratet!« sagte Mr. Love. »Das ist ja schrecklich. Wie alt sind Sie?«
»Er hält mich für brillant«, sagte Jean. »Brillant und verführerisch. Er starrte mich im Unterricht andauernd an. Als nächstes schrieb er Gedichte auf die Rückseite meiner Aufsätze, und so fing es an. Er ist

hoffnungslos verliebt in mich, aber mir ist es schnurzpiepegal. Ich spiele bloß mit ihm.«
»Gott im Himmel«, sagte Mr. Love.
»Ich bin schrecklich zu ihm. Absolut herzlos. Ich mache mich vor meinen Freunden über ihn lustig. Ich mache ihn nach. Ich mache sogar nach, wie er im Bett ist, alle Geräusche, die er macht und alles. Ich glaube, man könnte sagen, ich bin völlig daneben. Fragen Sie mich nicht, wo sie ist, aber ich habe eine Tätowierung, die sagt NICHT JUGENDFREI. Das ist mein Motto. Das und ›Lebe mit Tempo, sterbe jung‹. Immer, wenn ich etwas wirklich Perverses tue, sage ich: ›Lebe mit Tempo, sterbe jung‹. Das tue ich wahrscheinlich auch.«
»Ich bin sprachlos«, sagte Mr. Love. »Ich wünschte, ich wüßte, was ich machen sollte.«
Er schwieg.
»Sagen Sie etwas«, befahl Jean ihm. »Machen Sie mich fertig!«
»Ich kenne Sie nicht. Weiß noch nicht einmal Ihren Namen. Ich könnte Ihnen vielleicht helfen, wenn ich Ihren Namen wüßte.«
»Keine Chance«, sagte Jean.
»Dann weiß ich einfach nicht, was ich sagen soll.«
Jean hörte das Schloß der Foyertür schnappen. »Leben Sie wohl«, sagte sie und hängte ein. Sie zog die Sonnenbrille ab, steckte sie in die Handtasche, stand dann auf und ging um den Schreibtisch. Gerade noch rechtzeitig, um zu sehen, wie Mr. Munson auf Krücken in Richtung Büro wankte, einen Fuß in Gips schräg abgewinkelt hinter sich. Um seine Stirn war ein Verband gewickelt. »Sag nichts«, sagte er zu Jean. »Ich will nicht darüber reden.« Mr. Munson schwankte an ihr vorbei ins Büro. »Nur ein kleines Problem auf dem Eis«, sagte

er bitter. »Nur eine kleine Kostprobe von dem alten Munson-Karma.« Er holte den Bankbeutel aus der Schublade, wo Jean ihn für ihn aufbewahrte, zog den Reißverschluß auf, lehnte sich auf den Krücken vor und schüttelte das Geld auf die Schreibtischplatte. »Hier«, sagte er. Ohne aufzuschauen, hielt Mr. Munson Jean einen Fünfer hin. »Draußen wartet ein Taxi.«

»Ein Taxi?«

»Erwartest du, daß ich in diesem Zustand fahre? Guck mich doch an, um Himmels willen. Ich bin erledigt.«

»So schlimm sehen Sie nicht aus«, sagte Jean.

»Ich sehe wie ein beschissenes Kriegerdenkmal oder so was aus«, sagte Mr. Munson. Er ließ sich auf den Stuhl nieder und stützte seine Krücken gegen den Schreibtisch. »Ich war einmal gut«, sagte er, »ich meine, wirklich gut.« Er schlug die Augen zu Jean auf. »Ich bin doch nett zu dir, oder? Ich brülle dich nicht an, wenn du Scheiße baust. Ich sage nichts, wenn du deine kleine Freundin hereinschmuggelst. Du solltest mich nicht so angucken«, sagte er. »Du solltest versuchen, mitleidig auszusehen.«

Tucker schlief auf dem Boden vor dem Fernseher. Jean klappte das Schrankbett heraus, und es gelang ihr, ihn in den Schlafanzug und zwischen die Bettdecken zu stecken, ohne ihn aufzuwecken. Dann durchstöberte sie das Zimmer ihrer Mutter nach Nicks Telefonnummer. Sie fand sie nicht, aber einen neuen Brief von ihrem Vater. Jean setzte sich aufs Bett und las ihn durch, stirnrunzelnd über die klebrigen Worte, die er benutzte, sie manchmal skeptisch wiederholend. Sie schrieben einander immer noch Liebesbriefe, ihre Mutter und ihr Vater, aber sie hatten kein Recht dazu;

jetzt nicht mehr, nicht nach dem, was sie getan hatten. Es war widerlich.
Jean ging in ihr Zimmer. Sie las eine Weile in *Silas Marner*, zog sich dann aus und stellte sich vor den Spiegel. Sie studierte sich. Sie drehte sich um und blickte kühl über die Schulter.
Jean stellte sich wieder gerade vor den Spiegel und übte, traurig, aber tapfer auszusehen. Dann holte sie die Brille aus ihrer Handtasche und zog sie an, zusammen mit einer der Blusen, die sie letztes Wochenende bei Bullocks gestohlen hatte. Sie schaltete das Licht aus bis auf die Schwenklampe über ihrem Schreibtisch, so daß sie aussah, als stehe sie unter einer Straßenlaterne. Die Bluse hing ihr bis halb über die nackten Schenkel. Jean schlug den breiten Kragen hoch, senkte die Augenlider und ließ den Mund ein bißchen offenstehen. »Ich denke immer an dich«, flüsterte sie, die Worte ihres Vaters zitierend, »jeden Tag und jede Nacht, meine Liebste, einzige Liebe meines Lebens.«
Jean rollte die Schultern, damit die Pailletten schimmerten. »Liebster Saftsack«, sagte sie. »Liebstes Spatzenhirn.« Sie spitzte die Lippen und ließ die Augenlider flattern.
Tucker rief etwas aus dem Nebenzimmer.
Jean ging zur Tür. »Schlaf ein, Tucker.«
»Ich will Mom«, sagte Tucker.
Jean zog die Sonnenbrille ab. Tucker saß im Bett und sah sich verstört um, als wüßte er nicht, wo er war. Jean durchquerte das Zimmer und setzte sich neben ihn. »Mom kommt gleich nach Hause.« Tuckers Haar stand in alle Richtungen, und Jean begann es glattzustreichen. »Willst du ein Glas Wasser?«
»Ich will Mom.«

»Hör mal, Tucker.« Jean kämmte sein Haar mit den Fingern zurück. »Hör mal, morgen wird echt ein besonderer Tag, aber nur, wenn du einschläfst.«
Er sah durchs Zimmer, dann wieder auf Jean. »Wie besonders?«
»Du wirst schon sehen.«
»Du meinst, wenn ich aufwache?«
»Richtig, aber erst mußt du einschlafen.« Jean schubste Tucker, während sie sein Haar streichelte, und endlich schickte er sich und legte sich wieder hin.
»Versprochen?« sagte er.
»Versprochen.«
Als Tucker eingeschlafen war, stand Jean auf und ging hinaus. Sie lehnte sich gegen die Tür und ihre Haut zog sich vor Kälte zusammen. Der Reihe nach betrachtete sie die anderen Wohnungen. Alle waren dunkel. Jean schlang die Arme um sich und tappte über den rauhen Holzsteg die Treppe hinunter in den Hof.
Die Lampen am Pool waren noch an, damit niemand hineinfallen und klagen konnte. Immer noch die Arme um sich geschlungen, probierte Jean das Wasser mit einem Fuß. Es war eisig. Mrs. Fox mußte die Heizung abgestellt haben. Typisch für sie, die Heizung im Sommer an- und im Winter abzustellen. Blöde Alte. Es war noch nicht einmal ihr Geld. Jean zog die Nase hoch, rieb sich die Arme und steckte den Fuß wieder ins Wasser, diesmal bis über den Knöchel. Wieder schaute sie nach den dunklen Fenstern um sich herum. Dann streifte sie die Bluse ab, warf sie hinter sich und sprang.
Jeans Herz krampfte sich zusammen, als sie ins Wasser tauchte. Sie strampelte sich um Luft ringend nach oben und packte die Leiter. Kleine Krämpfe durch-

zuckten ihre Schultern. Ihre Zehen verdrehten sich schmerzhaft nach innen und wurden dann taub. Jean hielt sich an der Leiter fest und wartete darauf, daß die Taubheit sich ausbreitete. Sie sah hoch. Ein Flugzeug zog langsam über den Himmel. Jean stimmte ihr Atmen auf das Blinken seiner Lichter ab, und als es sich beruhigt hatte, atmete sie immer tiefer ein, bis sie so viel Atem hatte, wie sie wollte. Dann stieß sie sich ab und tauchte nach dem glänzenden roten Dreieck am Grunde des Beckens.

Ihre Augen taten weh. Das war das einzige, was sie fühlte. Jean schloß die Finger um die Lenkstange und versuchte, das Fahrrad im Scherenschlag hochzubringen, aber als sie es halbwegs oben hatte, schien sein Gewicht zuzunehmen, und sie mußte es loslassen. Es sackte geräuschlos zu Boden, sandte nur einen dumpfen Stoß durch das Wasser. Jean füllte die Lungen und tauchte erneut. Sie bekam die Lenkstange wieder zu fassen. Sie zerrte das Fahrrad über die Fliesen bis zur Seite des Beckens, wo sie in die Hocke ging und es von unten angestrengt hochdrückte. Ungestüm um sich tretend, mit der freien Hand das Wasser schlagend, tauchte Jean langsam zum glänzenden Chrom der Leiter auf und bekam mit knapper Not die zweite Sprosse zu fassen, als das Fahrrad sie wieder herunterzuziehen begann.

Sie stieß ihre letzte Luft aus.

Das Fahrrad wurde schwer. Jean zog die Knie hoch und erreichte mit den Füßen die unterste Sprosse. Sie ruhte sich einen Augenblick aus. Dann brachte sie ihre freie Hand bis zum Geländer und begann die Beine gerade auszustrecken, drückte sich zu der leicht aufblitzenden Oberfläche direkt über ihr hoch. Sie spürte, wie ihr Mund sich zu öffnen begann. Nein, dachte sie, aber ihr Mund öffnete sich trotzdem, und Jean war dem Ersticken nahe, als ihr Kopf zur Luft durchbrach. Sie hustete das Wasser in ihrer Kehle aus und würgte dann an dem Chlorgeschmack, bis sie sich beinahe übergab. Ihre Augen brannten.

Jean kletterte die Leiter hinauf, bis sie ihre Hüften über den Rand des Beckens heben und ein bißchen nach vorne robben konnte. Sie ließ das Geländer los und wischte sich übers Gesicht. Der andere Arm war tot, aber sie wußte, daß das Fahrrad noch da war, weil sie sein Gewicht in Schultern und Rücken spüren konnte. Gleich würde sie es herausziehen. Kein Problem – sowie sie wieder bei Kräften war. Aber bis dahin konnte sie nichts tun, außer mit der Wange auf dem Beton dazuliegen und mit den Augen zu zwinkern und die kalte Luft, die sie durchfuhr, auszukosten.

Aus: Tobias Wolff, Wieder im Bilde.
Aus dem Amerikanischen von Karin Graf und Helga Pfetsch.

Hubert Selby *Doppelprogramm*

Er hatte keinen bestimmten Grund dafür, sich so großartig zu fühlen (außer man glaubt an Astrologie, aber er kümmerte sich nicht um die Konstellationen der Gestirne oder um Mondphasen), es lag auch nicht ausschließlich daran, daß Freitag war und zwei Tage ohne Arbeit und drei vergnügte Nächte bevorstanden ... obwohl dies ebenso wie das warme Frühsommerwetter schon einiges dazu beitrug; er machte allerdings auch keinen Versuch, hinter die Ursachen dieses Gefühls zu kommen. Es war nun mal so. Und damit genug. So was plant man nicht, sondern genießt es einfach. Sich entspannen, sich davontreiben lassen und lachen. Genau, das ist das Geheimnis, und solange man es unter Kontrolle hat, läuft alles prima, aber wehe, man will es auf Teufel komm raus erzwingen ...

Nun, er wollte es ruhig angehen. Einfach die Avenue entlangschlendern zu Chubby, vielleicht eine Show besuchen und dann zu CHARLIES eine Band anhören – ein paar Biere trinken und ... wer weiß? Wenn man in der richtigen Laune ist, kommt der Spaß von ganz allein.

Er ging lächelnd die 69. Straße hoch bis zur 4. Avenue

und traf Chubby vor dem Billardsalon. Wie sieht's aus, Chub? Er knuffte seinen Arm und trippelte schattenboxend vor ihm herum. Was is los mit dir, Harry, hast wohl Gute-Laune-Pillen geschluckt? Er lachte und erwischte Harry mit einer Linken am Kopf. Klar. Irgendwer da drin? Nein. Ein paar von den Jungs sind bei Phil und reden über das Spiel von heute nachmittag. Ich wette, daß sie ganz schön einen draufmachen. Die Giants haben die Dodgers heute kräftig auseinandergenommen. Einen draufmachen? Die veranstalten einen Heidenzirkus, seit das Spiel rum ist. Da würd ich drauf wetten.

Sie lachten, und Chubby zog ein Päckchen Zigaretten heraus und steckte sich eine in den Mund. Er hielt das Streichholz so lange hin, bis Harry sich auch eine genommen hatte, und gab ihm Feuer. Was haste denn heut abend so vor, Chub? Keine Ahnung. Im Moment is noch zu früh für irgendwas. Soll'n wir ins Kino? Keine Ahnung. Was gibt's denn? Im Bay Ridge gibt's 'n Musical. Ich hab die Vorschau letzte Woche gesehen. Sah ganz gut aus. Ach ja, 'n paar Jungs waren schon drin und haben gesagt, es wär großartig. Jimmy ist in einer Szene völlig ausgerastet. So eine Rothaarige führt einen mächtig wilden Tanz auf. Klingt gut. Soll'n wir's uns reinziehen? O.K.

Sie bogen in die 69. Straße, überquerten die Straße und gingen im Schatten zur 3. Avenue. Wer ist denn heute abend bei CHARLIES? Weiß nicht genau. Vor ein paar Tagen hab ich Mitch, den Bassisten, getroffen, und er hat gesagt, daß Buck Clayton heute vielleicht vorbeikommt. Kein Scheiß? Dann sollte's ja eigentlich 'n guter Abend werden. Denk ich auch. Er ist eigentlich immer ziemlich cool. Er hat gesagt, daß der Junge, der letzte Woche Posaune gespielt hat, vielleicht auch dabei ist. Spitzenmäßig. Manchmal dreht er schon ziemlich ab, so als wüßt er nicht genau, was er tut, aber wenn er nicht zu sehr wegdriftet, isser wirklich gut. Irgendwann kommt er bestimmt mal groß raus. Kannst dich noch an sein Solo in *A Small Hotel* erinnern? Klar. Mann! Hat er wirklich gut hingekriegt. Nie ausgerastet, immer cool geblasen, wirklich cool. Bei *How High the Moon* isser allerdings ausgeklinkt. Klar, völlig die Kontrolle über seine Tröte verloren; Willie hat die ganze Zeitlang die Akkorde gehämmert wie ein Irrer, damit er wieder wußte, wo's langgeht. Trotzdem isser gut. Ich hoffe, daß er heut abend auftaucht. Ich würd ihn und Clayton ganz gern zusammen sehen. Ich denk schon, daß es dazu kommt. Vermutlich hat er auch seinen Spaß, wenn er mit so guten Jungs zusammenspielen kann. Klar, glaub ich auch.

Sie bogen nach links in die Third Avenue ein und schlenderten zum Kino. Als sie noch einen Block entfernt waren, schlug Chubby vor, erst noch ein Bier zu trinken. Sie gingen in eine Bar an der Ecke, tranken zwei Biere und aßen eine Tüte Erdnüsse und setzten ihren Weg zum Kino fort. Ein paar Minuten später packte Harry Chubby am Arm und schlug vor, etwas zum Trinken mit ins Kino zu nehmen. Du weißt schon, 'ne Halbliterflasche Wein. Nur so, zum Spaß. Chubby lächelte und zuckte die Achseln. Warum nicht?

Sie lachten beide, als sie den Wein und eine Packung Pappbecher kauften. Das müssen wir jetzt cool über die Bühne bringen, Alter. Wir wollen schließlich nicht aussehen wie 'n paar Penner. Chubby steckte die Flasche in seine Gesäßtasche und ging vor Harry her,

damit er darauf aufpaßte, daß sie von seiner Jacke verdeckt wurde.
Je mehr sie sich der Kasse näherten, desto verrückter kam es ihnen vor, mit einer Flasche Wein ins Kino zu gehen. Es war sogar ein bißchen aufregend. Sie versuchten ihre Mienen unter Kontrolle zu bringen und ganz normal auszusehen. Chubby stand etwas seitlich von Harry, der die Eintrittskarten kaufte und ihm durchs Foyer hinterhertrottete. Als ihnen der Kartenabreißer ihre Billets abnahm, schauten sie weg. Auf der Treppe zum Balkon nahmen sie immer zwei Stufen auf einmal, dann entspannten sie sich und hielten nach freien Plätzen Ausschau.
In der letzten Reihe waren zwei Plätze zum Gang frei und so ließen sie sich nieder und saßen eine kurze Zeitlang schweigend da. Dann sagte Harry, daß Chubby die Packung mit den Pappbechern aufmachen sollte. Er streifte langsam das Zellophan ab, das Geräusch wurde lauter und lauter. Er hielt eine Sekunde lang inne, dann riß er das restliche Zellophan mit einem Ruck herunter, lehnte sich zurück und wartete einen Moment, bevor er Harry die Flasche reichte. Er nahm Chubby die Flasche aus der Hand und duckte sich hinter dem Sitz vor ihm, während Chubby sich nach allen Seiten umschaute. Beide kicherten. Schließlich bekam Harry die Flasche auf und füllte die beiden Becher, die Chubby ihm gereicht hatte; er schraubte die Flasche wieder zu, stellte sie unter seinen Sitz und setzte sich wieder aufrecht hin. Krampfhaft bemüht, locker dazusitzen, schauten sie auf die Leinwand und nippten an ihrem Wein.
Die meisten Leute im Publikum lachten und machten irgendwelche Bemerkungen, aber Harry und Chubby

lachten so leise wie möglich und tuschelten ihre Kommentare nur. Als ihre Becher leer waren, duckte sich Harry wieder hinter den Vordersitz – diesmal etwas weniger vorsichtig – und füllte sie auf. Als er zum dritten Mal einschenkte, achtete er nur noch darauf, daß er keinen Wein verschüttete. Sie saßen da, die Becher zwischen den Beinen auf dem Sitz; sie hoben sie, ohne den Blick von der Leinwand zu nehmen, und tranken; sie steckten die Köpfe zusammen und flüsterten sich Bemerkungen zu, während eine halbnackte Frau durchs Bild wandelte ... und lachten. Bei ihrem dritten Becher waren sie entspannt und lachten ebenso laut wie die anderen, allerdings schon bei geringeren Anlässen, manchmal auch während des Trinkens, und dann blubberte der Wein und tropfte ihnen das Kinn herunter. Die Frau ging weiter, und sie saßen da und rangen nach Luft und husteten und versuchten, nicht allzuviel Lärm zu machen und nicht allzuviel Wein zu verschütten.

Harry schenkte den restlichen Wein ein. Die Flasche klirrte ein wenig, als er sie abstellte, und er und Chubby prosteten sich gegenseitig zu und nahmen jeder einen kleinen Schluck. Als ihre Becher leer waren, ließen sie sie auf den Boden fallen und saßen da, rauchten und sahen sich kichernd den Film an. Dann sagte Chubby, daß er wieder durstig würde. Ja, ich auch. Wie wär's mit noch 'ner Flasche? Warum nicht? Glaubste, die lassen dich wieder rein? Klar. Ich sag, ich brauch was aus meinem Auto. Hey, wie wär's mit was zum Knabbern? Weißt schon, bißchen Popcorn oder Chips. Vielleicht willste ja auch schon mal das Ordövre.

Harry lachte, und nachdem Chubby gegangen war,

schloß er die Augen halb und starrte auf den Lichtstrahl des Projektors. Er sah zu, wie die Rauchfäden aufstiegen und darauf zutrieben, dann hell erleuchtet wurden und herumwirbelten und im Lichtkegel dahintrieben ... er überließ sich ganz seiner Stimmung. Er war nicht betrunken – gut gelaunt zwar schon, aber Chubby ging es ja genauso. Das kam davon, daß sie den Wein so schnell getrunken hatten und es im Kino recht warm war, aber er fühlte sich pudelwohl und entspannt, so daß er nicht näher darüber nachdachte oder sich darüber Gedanken machte, wie entspannt er war. Er wollte lachen und einen Heidenspaß haben. Es bestand keinerlei Gefahr, diese Stimmung abzutöten, indem sie einem einfach entglitt oder man sie krampfhaft herbeizwang. Er ließ sich einfach treiben zwischen dem Licht, dem Rauch, der Leinwand, einem der Mädchen bei der Arbeit, Charlies, Clayton und dem Posaunisten ... er versank immer mehr in tiefer Zufriedenheit, sein Kopf war fast leer (ein albernes Grinsen der Selbstversunkenheit machte sich auf seinem Gesicht breit), und er wußte, daß dies ein guter Abend, ein gutes Wochenende werden würde. Nicht ausgeklinkt und wild. Er würde einfach eine Menge Spaß haben ...

Harry ließ seine Gedanken abschweifen, ohne sich darum zu kümmern, wo er war und wie spät es war ... Dann tauchte Chubby wieder auf, setzte sich und zog zwei Flaschen aus seinen Taschen und reichte sie ihm. Dachte, ich bring eine mehr mit, nur für den Fall, daß ... du weißt ja.

Harry lachte und nahm die Flaschen. Er stellte eine unter den Sitz, öffnete die andere und goß einen Becher voll. Als er noch beim Eingießen war, zog Chubby unter seiner Jacke ein ganzes Hero-Sandwich hervor. Harry, der zu sehr damit beschäftigt war, die Flasche aufzumachen und den Wein einzugießen, bemerkte es gar nicht – es war einfach nur eine verschwommene Erscheinung in seinem Augenwinkel. Als er sich zur Seite wandte, um Chubby seinen Becher zu reichen, hielt der das Sandwich waagerecht und nagte an der Leberwurst, die an den Seiten heraushing. Er summte *claire de la lune* und bewegte seine Finger wie ein Mundharmonikaspieler. Die Leute rings um sie herum stießen sich gegenseitig an und lachten, einige tippten ihren Vorderleuten auf die Schulter und deuteten auf Chubby, der das Hero-Sandwich spielte, während Harry mit dem Becher voll Wein in der Hand neben ihm saß und ihn anstarrte. Das Gelächter nahm zu, immer mehr Hälse reckten sich ihnen entgegen, bis fast alle Leute in diesem Teil des Balkons die Blicke von der Leinwand abwendeten und zusahen, wie jemand auf einem Sandwich spielte. Chubby wandte sich Harry zu, rollte die Augen und klimperte mit den Wimpern, blies immer weiter in das Sandwich und bewegte seine Schultern zur Musik. Harry, der Chubby immer noch den Becher entgegenhielt, starrte ihn an, kicherte, lachte dann, der Wein lief über seine Hand und tropfte auf Chubbys Hose, seine Hand senkte sich langsam, kippte den Becher, bis der Wein in einem steten Strom herausfloß und auf ihre Füße spritzte, ihr Lachen wurde immer lauter, Leute drehten sich in ihren Sitzen um, schauten, lachten über Harry, der lachte, und Chubby, der immer noch auf dem Hero-Sandwich spielte und lachte (sein Lachen wurde von dem Sandwich gedämpft und klang ziemlich seltsam) und sich langsam vornüberbeugte und immer weiter nach unten sank und kurz davor war, sich zu überschlagen und die Treppen hinunterzurollen, badamm, badamm, die Treppen hinunter und immer weiter lachen und auf dem Hero-Sandwich spielen, bis Harry den Becher fallen ließ, plop, gegen Chubbys Schulter sank, seine Arme um ihn legte und ihm das Sandwich vom Mund wegzog, sein Gesicht vergraben in Chubbys Jacke. Sie lagen einander in den Armen, bis sie aufhörten zu lachen, weil sie einfach zu erschöpft waren. Dann lösten sie sich, und sie saßen wieder keuchend auf ihren Plätzen. Langsam richteten die anderen ihre Aufmerksamkeit wieder auf die Leinwand, und die zwei saßen schweigend da (abgesehen von dem einen oder anderen unbeabsichtigten Nasehochziehen) und wußten nicht so recht, ob sie einander ansehen sollten oder nicht. So saßen sie da, ein wenig abgewandt voneinander (das Sandwich lag auf Chubbys Schoß) und hielten sich die Hände vors Gesicht ...

Harry holte tief Luft und sagte zu Chubby, ohne ihn anzuschauen, daß er das verdammte Ding weglegen sollte. Chubby murmelte irgendwas, steckte das Sandwich in seinen Ärmel, sagte, is wieder alles in Ordnung, und sie rutschten auf ihren Plätzen herum, bis sie wieder die Leinwand vor sich hatten. Harry griff unter den Sitz, füllte zwei Becher und gab Chubby einen davon. Sie redeten nicht eher miteinander, bis sie ausgetrunken und nachgeschenkt hatten. Die Leere, die ihr Gelächter hinterlassen hatte, wurde von dem Wein ausgefüllt, und als das Gefühl der Wärme und Gelöstheit zunahm, steckten sie wieder die Köpfe zusammen, flüsterten sich wieder Kommentare zu und lachten.

Sie tranken schneller (es klirrte, als die Flasche ausgetauscht wurde), ihre Köpfe fast aneinandergelehnt, die Ellbogen auf der Lehne zwischen ihnen, hoben sie den Arm zum Trinken und legten den Kopf zurück ... jeder ein Spiegelbild des anderen. Und während sie tranken, wurde ihr Flüstern, Kichern und Lachen lauter, aber sie hatten sich immer noch so weit unter Kontrolle, daß sie niemanden störten.
Beschränkten sie sich anfangs noch, das Geschehen auf der Leinwand zu kommentieren, so gingen sie langsam dazu über, es vorherzusagen, um schließlich selber die Regie zu übernehmen; sie drängten den mädchenscheuen männlichen Hauptdarsteller, sie zu küssen, sie wird schon nicht beißen ... kichern, lachen, nach der Flasche greifen (kling), zusehen, wie der Wein in den Becher strömt (gluck, gluck, gluck), die Flasche wieder zurückstellen (kling) – was los mit dem Kerl, spinnt er oder was? Wenn mir 'ne Braut so nachlaufen würd, würd ich – ausladende Armbewegungen, der Wein schwappte in den Bechern; Gelächter, Schlucken, Gurgeln, Husten, Wein schwappte über ihre Nasen, lief in schmalen Rinnsalen das Kinn herunter, bildete auf ihren Hemden und Hosen dunkle Flecken – herunterreichen (kling), sind nur noch ein paar Tropfen drin, zusehen, wie der letzte Tropfen in den Becher tropft, eine ist ja noch da (kling); zwei leer; guter Film, hm, Chubb? Becher auffüllen (sie weichten langsam auf und wurden feucht und eingedellt, nicht so fest drükken, bitte drück die Banane nicht so, so daß sie sie mit dem Boden auf der Handfläche hielten); wo sin die annern – alle weg – keine mehr da, haha – keine (kling) mehr da (die Flasche lag auf seinem Schoß) – gib mir nochmal von dem Gesöff – AHA AHA – sie gleitet, halb-

nackt, auf ihn zu, ihr Haar fällt ihr ins Gesicht, ihre Hüften feucht glänzend, reibt seine Wangen, streicht mit den Händen durch seine Haare, den Hals, seinen Hals entlang und den Rücken hinunter, räkelt sich vor ihm, spielt all ihre Qualitäten und ihren ganzen Charme (beinahe jedenfalls) aus, ihre Stimme ist rauh und flehend ... er fragt sie, was sie will. OOOOO, wass'n los? Spinnste? HA HA HA – Der sollte mal nach Dänemark – OH OH (Becher wurden zerdrückt und fielen zu Boden, die Flasche wanderte hin und her), sie tranken in langen Zügen, kleine Tropfen rannen über das Kinn und den Adamsapfel – sie drängt ihn zurück auf eine Couch, beugt sich über ihn, blickt ihm in die Augen und küßt ihn ... er strampelt mit Armen und Beinen – ich sag ja immer, in Hollywood sind se weich in der Birne – die Rauferei hörte auf, leise Musik – wehr dich nicht dagegen, genieß es HA HA HA – die Flasche wurde hochgehalten, viel ist nicht mehr drin, mal neuen holen – OOOOO, bitte drück die Banane nicht so; nur noch ein Schluck drin; laß was für mich übrig, ein Zug, ahhh ... hier ... er rieb sich mit dem Handrücken den Mund ab, gab die leere Flasche zurück (kling) – nix mehr da, alles weg, drei tote Soldaten – HAH HAH HAH – hey, Alter, ich will 'n Eis. Halt's Maul und sauf dein Bier. HE HE HE – die Leinwand bog sich und verschwamm ... Bilder stürzten ineinander ... HAHEHUHHOHO – HEH – HUHHO ...

Bitte seien Sie doch ruhig, mein Herr. Sie stören die anderen. Der Platzanweiser hatte seinen Text aufgesagt und damit seine Pflicht getan und wandte sich zum Gehen, als Chubby plötzlich aufsprang, sein Hero-Sandwich zog und mit ihm zu fechten begann. Un Guard!!! Er fuchtelte mit dem Sandwich vor dem Gesicht des Platzanweisers herum, parierte Hiebe, wäre beinahe von seinem Schwerthieb in der Brust erwischt worden, wenn er nicht zur Seite getreten wäre; parierte nochmal und sah in perfekter Haltung und Eleganz zu, wie ein weiterer Stoß sein Ziel verfehlte, beugte sich tief herunter, das linke Knie eingeknickt und das rechte Bein lang ausgestreckt, parierte einen letzten Hieb und stach seinerseits zu, TOUCHE!!!, er hatte den Platzanweiser glatt durchbohrt, ihm einen tödlichen Treffer etwas links von seinem zweiten Messingknopf beigebracht. Chubby sah, wie er zu Boden sank, stolz über seinen Sieg, jedoch etwas betrübt darüber, einen solch edlen Feind getötet zu haben ... Das Sandwich bog sich unter dem Stoß, und ein Stück Leberwurst fiel heraus und landete auf dem Schuh des Platzanweisers. Einen Moment lang starrte er es an (er hatte nur seinen Spruch loswerden und dann wieder gehen wollen, und jetzt stand er da, und ein Besoffener fuchtelte mit einem Hero-Sandwich vor ihm herum, und auf seinem Schuh war Leberwurst), dann wurde sein Kopf von Chubbys Schwertspitze zurückgebogen. Harry stand auf und versuchte irgend etwas zu krächzen, aber seine Kehle war wie zugeschnürt, und alles, was er gurgelnd hervorbrachte, war: Mein HERRGO! Dann brüllte er los, lehnte sich an Chubbys Schulter; Chubby brüllte los, das Sandwich hing lose in seiner Hand, Leberwurst fiel auf den Teppich. Harry stolperte über die Flaschen, als er Chubby auf den Gang hinausdrängte, und sie kullerten klirrend die Stufen hinunter.

Harrys Augen tränten, und er stieß die Absperrung um, als er nachschaute, ob Chubby dicht hinter ihm die Treppe herunterlief. Sie kamen zum ersten Treppenabsatz und wollten weiter, dann bogen sie sich fast

vor Lachen, stolperten, fielen ... Chubby kniete auf dem Boden, hielt sich den Bauch, kreischte hysterisch, Speichelfäden tropften von seinem Mund – Harry spürte Sand unter seinen Fingernägeln, richtete sich auf, hörte ein dumpfes Geräusch und stolperte weiter die Treppe herunter, krachte zur Tür hinaus; er drehte sich nach Chubby um und rechnete damit, daß er sehen würde, wie er die Treppe runterrollt, Arsch und Kopf, Arsch und Kopf, Arsch und Kopf, taumelte raus auf die Straße. Sein Schwung trug ihn bis zur Ecke, dort lehnte er sich an den Kotflügel eines Wagens und lachte ... lachte einfach ... versuchte gar nicht damit aufzuhören oder weiterzumachen, wunderte sich nicht, wo Chubby blieb; dachte nicht an die Fechtszene oder CHARLIES und die Band oder wie er sich fühlte; die Speichelfäden, die von seinem Kinn tropften, nahm er nicht wahr, er dachte noch nicht mal daran, noch einen zu trinken ... er stand einfach da und lachte ...
Dann waren da Schatten, Stimmen ... und Leute. Das ist der andere. O.K., Kumpel, also los. Ein Polizist packte ihn am Arm, und sie folgten dem Platzanweiser und dem Geschäftsführer zurück ins Kino, eilten durch die Vorhalle ins Büro des Geschäftsführers. Chubby saß rauchend und immer noch kichernd auf einem Hocker in der Ecke, vor ihm ein weiterer Polizist. Sie sind sicher, daß es die zwei waren? O ja, Sir. Die waren's. Ich bin sicher. Ich weiß nicht, wer den Ascher umgestoßen hat, aber ich bin ganz sicher, daß es die zwei da gewesen sind. Sehen Sie, ich habe gehört, wie – O.K., O.K. Danke. Sie können jetzt gehen.
Der Platzanweiser ging rückwärts zur Tür hinaus, und der Polizist ging zwischen Chubby und Harry hin und her, rieb sich mit der linken Handfläche die Knöchel

der Rechten und fragte, was, zur Hölle, sie glaubten, was dies sei, eine Turnhalle oder was? Er war darüber verärgert, daß man ihn überhaupt hergerufen hatte, und Chubbys dämliches Grinsen störte ihn auch (er empfand es als unverschämt), aber er wollte bei dem Geschäftsführer Eindruck schinden, weil er wußte, daß der nie vergaß, wenn ihm jemand einen Gefallen tat. Er trat vor Chubby und schlug ihm die Zigarette aus dem Mund. Er hatte allerdings schlecht gezielt und verbrannte sich dabei die Hand. Er stieß ein Grunzen aus, hielt sich einen Augenblick lang die Hand, und als er wieder hinschaute, hatte Chubby immer noch dieses dämliche Grinsen im Gesicht. Er packte ihn am Revers seiner Jacke, knallte seinen Kopf gegen die Wand, verpaßte ihm ein halbes Dutzend Schläge und rammte ihn wieder auf den Stuhl.

Er beobachtete das Ganze, er sah, was passierte, aber verstand es nicht, weil er immer noch nicht in der Lage war, seinen Verstand in Gang zu bringen. Irgendwo war da eine vage Erinnerung an ein Geräusch, aber das einzige Bestimmte war Gelächter, das war alles, Gelächter. Er lehnte sich gegen den Stuhl und lachte. Das war keine Erinnerung. Er tut das in diesem Moment, und alles hier ist irgend etwas anderes. Was war denn los? Das dort war Chubby. Er erkannte ihn. Er lacht immer noch; und es sieht aus, als ob ihm der Wein das Kinn herunterläuft. Alles in Ordnung. Wir lachen beide ... Er wollte einen Schritt auf Chubby zugehen, aber der andere Bulle versetzte ihm mit dem Schlagstock einen harten Schlag in den Magen – nur zu, du Hurensohn. Probier's nur – probier's einfach, harter Hecht.

Harry schlug instinktiv die Hände vorm Bauch zusammen, er war durcheinander und verstand einfach nicht, was passiert war und gerade vor sich ging. Der Bulle wandte sich wieder Chubby zu und verlangte seinen Ausweis. Chubby gab ihm seine Brieftasche, und der Bulle schlug ihm damit auf die Brust und sagte, er wollte seinen Ausweis und nicht seine Brieftasche. Willst mich wohl schmieren, was glaubst du, wen du vor dir hast? Er riß Chubby den Wehrpaß aus der Hand. Noch so ein Arschloch, das glaubt, er ist ein großer Held, nur weil er einen Wehrpaß hat. Fällt dir nix Besseres ein, als im Kino rumzusitzen, billigen Wein zu trinken und fremdes Eigentum zu beschädigen? Der Bulle knurrte auf die übliche Art und Weise, er tat es nicht absichtlich, sondern aus purer Gewohnheit, und er stand vor Chubby und starrte ihn an wie jeden anderen, der in der gleichen Lage gewesen war, und erwartete, daß er den Kopf senken würde, um irgendeine Entschuldigung zu murmeln, und dann würde er ihn anbrüllen, daß er gefälligst laut und deutlich reden soll, und nachdem er es wiederholt hätte, würde er ihn verfluchen, ihm sagen, daß er Glück hat, daß er ihn nicht einsperrt und daß er sich jetzt nach Hause scheren soll ... immer in der Hoffnung, während er das immer noch grinsende Gesicht ansah, daß er versuchen würde, irgendeinen schlauen Spruch abzulassen und ihm so einen Grund liefern würde, ihm noch mal eine zu scheuern. Chubby versuchte etwas zu sagen, aber unzusammenhängendes Gesabber war alles, was er hervorbrachte. Was? War nischt billisch. Er nahm sich gar nicht die Zeit, sich darüber zu freuen, daß sein Wunsch in Erfüllung gegangen war, sondern holte sofort aus und wischte Chubby vom Stuhl zu Boden. Chubby richtete sich nach und nach wieder auf,

er ließ den Kopf hängen und wiegte ihn hin und her. Der Bulle wandte sich an Harry und fragte, wie alt er sei. Vielleicht verstand Harry die Frage nicht, oder vielleicht brachte er nur alles durcheinander. Er wußte auch nicht, warum (auch später würde es ihm nicht einfallen, wie es dazu kam), jedenfalls sagte er, 76 (da war immer noch ein Anflug von Lachen, und er mußte nur jemand anderen lachen hören oder Chubby lächeln sehen, damit es wieder hochkam, und dann wären sie wieder draußen [sieht nicht so aus, als wären wir jetzt da], und sie könnten wieder loslegen und zu CHARLIES gehen), dann hörte er es klatschen und dann noch mal. Immer noch nichts, aber so langsam wurde es ihm klar, daß das Lachen verklungen war, obwohl er immer noch nichts verstand. Er glaubte sich an ein Geräusch zu erinnern. Oder war das Einbildung?
Was soll'mer mit denen machen, Mark? Der Geschäftsführer, erschrocken über die Schläge, sah zu ihnen auf den Boden herunter, dachte an die ganzen Berichte, die geschrieben werden müßten, all die Erklärungen und Bestätigungen, die er würde abgeben müssen, wenn man sie verhaftete ... Nichts, Jim. Sie haben den Ascher ja nicht beschädigt. Es ist ja nichts wirklich zu Bruch gegangen. Schmeiß sie raus und vergiß die Sache.
Sie wurden schnell auf die Füße gerissen, rausgebracht und zur nächsten Ecke geführt. Sie sagten Chubby, er soll die 4th Avenue hochgehen und Harry runter zum Ridge Boulevard. Und wenn ihr noch irgendwem Ärger macht, kloppen wir eure Schädel zu Matsch.
Als er den Ridge Boulevard erreichte, wandte sich Harry um, wankte zur Schultreppe und setzte sich. Er stützte den Kopf auf die Hände und bemerkte dann

Blut auf seinen Handflächen. Er konnte es nicht schmecken, aber es mußte wirklich sein. Aber er verstand es alles nicht. Es hatte keine Schlägerei gegeben. Nur Gelächter. Wir waren noch nicht mal betrunken... Wie? Er wußte gar nicht mal, wie alles angefangen hatte. Ich weiß noch nicht mal, wie spät es ist ...

Er rieb sich das Gesicht und den Nacken, sah den Baum an, der ein paar Meter entfernt von ihm stand und versuchte, irgendwo den Himmel zu finden. Die Ampel an der Ecke blinkte rot/gelb.

Er kramte in seinen Taschen herum und suchte eine Zigarette, konnte aber keine finden. Oh, Scheiße! SCHEISSE!!

Er stierte einen Augenblick lang auf den Gehsteig, erhob sich dann langsam, hielt sich am Zaun fest und machte sich auf den Weg nach Hause ...

Aus: Hubert Selby, Lied vom stillen Schnee.
Aus dem Amerikanischen von Oliver Huzly und Kristof Hahn.

Jayne Anne Phillips *Überholspur*

Colorado, 1975

Wir gingen einen Grashügel zum See hinunter. »Das sollte in Ordnung sein mit dem Laster«, sagte er. »Ist sowieso niemand hier.«

Hinter uns stand der Pick-up gedrungen und rot in der Sonne, eine schwarze Plane mit Seilen über die Kisten und Koffer auf der Ladefläche gebunden. Heiß und glänzend, die Plane schimmerte wie eine dunkle Flüssigkeit.

Der Rastplatz war eine kleine Kiesfläche, markiert von einem niedrigen Holzzaun und drei großen, an Pfosten geketteten Aluminium-Mülltonnen. Dahinter glitzerte die Zufahrtsstraße, ohne Mittelstreifen und vollkommen glatt, in der schräg darauffallenden Hitze.

»Wo sind wir?« fragte ich.

»Irgendwo im Westen von Georgia.«

Ich konnte die Augen schließen und hatte das Gefühl, immer noch quer über dem Sitz des fahrenden Pick-up zu liegen, mein Kopf auf seinem säuerlich riechenden Schenkel und die Knie angezogen. Das Lenkrad war eine gebogene schwarze Stange dicht vor meinem Gesicht, deren dunkle Einbuchtungen sich drehten. Wir hatten nicht gesprochen, seit wir von dem Parkplatz des Motels in New Orleans abgefahren waren. Jetzt stolperte ich, und er zog mich neben sich hoch. Die Pflanzen waren dicht und seidig. Blütenstaub stieg in Wolken auf und ließ sich im Dunst nieder. Der Abhang wurde steiler, und wir schienen in die Tiefen des Grases zu rutschen, dann wurde es eben, und mehrere ausladende Ulmen säumten das Wasser. Das Ufer war grün bis zum Rand. Wir traten in den Schatten der Bäume und spürten die Kühle durch unsere Schuhe. Er schlüpfte aus seinen Turnschuhen, die keine Schnürsenkel hatten, zog sein Hemd und die Jeans aus. Die Gürtelschnalle klirrte auf Steinen. Dann stand er da, berührte die weiße Haut seines Bauchs. Seine Augen waren blau wie blaues Glas und blutunterlaufen. Er hatte nicht geschlafen.

»Alles in Ordnung mit dir?« sagte er.

Ich antwortete nicht.

»Du hast keine Verpflichtung mir gegenüber«, sagte er. »Ich sag dir nicht, wen du in einer Bar aufgabeln sollst. Aber um acht heute morgen begann ich mich zu fragen, ob ich dich nicht dalassen müßte und deinen ganzen Krempel mitten in der Bourbon Street abladen.«

Er drehte sich um, bewegte sich durch hohes Gras zum Wasser. Ich sah ihn hineingehen und vorstoßen, bis zu den Schultern versinken. »Thurman«, sagte ich, aber er war untergetaucht, schlängelte sich lang und bleich unter der Oberfläche.

Ich zog mein Kleid aus und ließ es ins Gras fallen, weiß und zerknittert, es roch nach Rum. Der See schien zu wachsen, als ich näher kam, er gähnte wie ein kühler Mund im Zentrum der Hitze. Ich war in ihm; ich sank in die Knie, als das Wasser über mir zusammenschlug, fühlte dann, wie der Schlamm sich setzte, während ich flach da lag und versuchte, unten zu bleiben. Ich hielt die Knie umschlungen und wiegte mich, hörte nichts. Ihre Gesichter verblaßten, und die Linien des weißen Koks auf der glänzenden Schreibtischplatte. Ich rollte mich auf die Seite, und das Wasser schob sich heran, wurde dunkler, violett. Es war Thurman, der näher kam, die Farben veränderte, und ich spürte seine Hände an meinen Armen. Er zog mich hoch und die Luft barst, als wir auftauchten, Wasser strömte an uns herab.

Ich weinte nicht, aber ich fühlte die bleierne Luft aus meiner Brust entweichen. Ich fühlte, wie fest er mich hielt und wußte, daß ich zitterte. Mein Herz schlug mir in der Kehle und den Ohren, hämmerte. Er hielt mein schweres Haar zurückgezogen und in einer Hand gebündelt, und mit der anderen schüttete er mir Wasser über Nacken und Schultern, streichelte mit seiner warmen Handfläche die Kühle. Er sagte leise, unzusammenhängende Worte und Kinderverse. Ich fühlte meine Zähne in den Lippen und meine Stirn langsam auf seine Brust sinken. Mich an seinen breiten Schultern haltend, konnte ich ihn mit dem ganzen Körper fühlen.

»Ich hab eine Skizze zum Motel auf die Serviette gezeichnet, und du hast sie verloren, nicht?« sagte er. »War mir klar. Wir waren beide betrunken, als ich sie dir gab.«

Hinter seiner Stimme war ein Summen von Insekten und Heuschrecken und das entfernte Geräusch des Highway. Der Highway spielte drei Akkorde jenseits seiner geröteten Arme; ein tiefes Dröhnen, ein anhaltendes Seufzen in mittlerer Tonlage und ein so schrilles Jaulen, daß es weg war, ehe es richtig anfing. Die Geräusche trieben auseinander und flossen zusammen, wie die Geräusche ihrer Stimmen in dem Zimmer gestern nacht und die Musikfetzen aus dem Club darunter. Da war ein verhaltenes Klirren von Geschirr oder Silber in weiter Ferne und das Geräusch des Betts, nah, unter mir, aber unecht, wie ein Geräusch durch eine Wand, das letzten Endes eine Aufzeichnung sein könnte, ein Scherz von irgend jemandem.

Ich redete offensichtlich, denn Thurman sagte: »Nein, kein Scherz.« Als er das sagte, konnte ich das Wasser wieder fühlen, um uns, zwischen uns.

»Ich weiß nicht mehr genau, wo ich bin«, sagte ich.

»Bleib stehen. Alles ist jetzt okay. Niemand versucht etwas. Ich bin's. Erinnerst du dich an mich? Den Fahrer?«

»Ja. Ich erinnere mich an dich. Du bist der, der in Dallas geboren wurde.«

»Richtig. Das ist gut. Jetzt hör mal zu. Wir gehen jetzt aus dem Wasser und lassen uns fünf Minuten trocknen. Ich rühr dich nicht an. Du wirst dich gut fühlen in der Sonne, und ich rauch einen Joint.« Er drehte sich im Wasser um, während er mein Handgelenk hielt und mich sanft zum Ufer zog.

»Ich kann das Kleid nicht wieder anziehen«, sagte ich.

»Dann laß es für den nächsten Flüchtling. Laß es, wo es ist.«

»Niemand sollte es tragen.«

»Du kannst mein Hemd anziehen«, sagte er. »Du wirst großartig aussehen in blauem Jeansstoff und ohne Hosen, wie Doris Day in einem Pyjama-Film.«

Thurman hatte in Dallas viele Doris-Day-Filme gesehen, in Kinos in seiner Nachbarschaft, die nicht gerade das »Ritz« waren. Seine beiden älteren Brüder küßten Mädchen auf dem Balkon, während er in der letzten Reihe unten bei den Mexikanern saß. Die blauäugige Doris flimmerte in einer schlechten Kopie über die Leinwand, begleitet von sprudelnder Musik und den spöttischen Zwischenrufen der illegalen mexikanischen Einwanderer. Thurman sagte, er mochte Doris in jenen Tagen, weil sie so jenseits von allem war, daß sie für niemanden Sinn ergab, und sie zog einfach weiter die Augenbrauen hoch, keck, nicht die Hellste, während geknülltes Papier und Popcornschachteln von der Leinwand abprallten. Danach ging er mit seinen Brüdern über die Autobahn nach Hause, lange Bürgersteige hinauf zu dem, was damals bloß ein paar Häuser waren, noch nicht einmal ein Vorort. Seine Brüder erzählten Geschichten über die Mädchen und zogen ihn auf, weil er bei den Mexikanern saß. Zu Hause hielten sie ihn manchmal an den Füßen über die Toilette, spülten ab und drohten, ihn hineinfallen zu lassen. Das, sagte Thurman, war ein Vorbote für das ganze Dallas in den fünfziger und frühen sechziger Jahren: fransenbesetzte Hemden, dampfende Bürgersteiggullis, die im Sommer mit Speichel verkleistert waren, lärmende Gruppenrammelei beim ersten Mal in einem Bordell mit Stierköpfen an den Wänden. Nicht bloß die Hörner, sagte er, der ganze verdammte Kopf, ausgestopft, als wäre es ein Löwe aus Afrika. Und Football, ständig Football: Thurmans Vater war ein erfolgreicher High-School-Trainer, dessen Stolz es war, in seinen Mannschaften die eigenen Söhne herauszustellen. Einen nach dem anderen hatte er sie alle trainiert, bestraft, zu einer anstrengenden und vorübergehenden Berühmtheit getrieben.

Als ich Thurman kennenlernte, trieb er sich herum, und ich trieb Richtung Heimat. Er fuhr einen Datsun-Pick-up, und er lebte im Vorgebirge bei Denver. Er hatte ein kleines Holzhaus mit einer schrägen Küche, einem kaputten Boiler und einem neuen Oberlicht, das in weißer Fichte gegen alte Deckenbretter und herunterhängende geblümte Tapetenstreifen gerahmt war. Er machte mit Freunden von mir Musik und schreinerte und lud mich einmal zum Essen in einem guten indischen Restaurant ein. Er war mit dem Peace Corps in Ceylon gewesen, und er sagte, man sollte die Gerichte direkt aus der Schüssel essen, mit der Hand, aber nur mit einer. Die andere blieb im Schoß, um zu beweisen, daß man zum Essen und zum Reinigen verschiedene Hände gebrauchte.

Er blieb über Nacht bei mir, vor allem, weil ich die Art mochte, wie er von hinten aussah, als er später Orangen kaufte, sich durch die Schnorrer auf einem Freiluftmarkt schlängelte. Er hatte einen Stoffbeutel an seiner Hüfte baumeln, aber keiner von ihnen bat um Kleingeld. Er war groß und breitschultrig in einem bauschigen weißen Hemd, rothaarig und rotbackig; er hatte sich ein bißchen herausgeputzt und bei mir vorbeigeschaut, ohne mich wirklich zu kennen, um so zu tun, als sei ein gutes Essen nichts Besonderes. Er war wahrscheinlich einsam, aber er bewegte sich schön, männlich, nicht arrogant, warf die Orangen mit der beiläufigen Eleganz eines Exsportlers, der mit Dreißig noch in Form ist, in einen Beutel. Die Sonne ging unter; es war Frühsommer; das Obst war wie hübsche Ornamente auf grünen Tabletts aufgeschichtet. Ich begehrte Thurman nicht wirklich, aber ich mochte ihn, und es war Zeit, mit jemandem zu schlafen. Ich wußte, daß er geduldig und langsam sein würde, und wenn ich ein bißchen angeturnt würde, wäre es okay, ich würde mich besser fühlen. Aber er machte zu lange, er weckte mich in der Nacht wieder auf, und am nächsten Morgen wollte er noch bleiben. Er hatte eine ganze Weile mit jemandem in San Antonio zusammengelebt; das war vor drei Jahren auseinandergegangen, aber sein Leben begann für ihn ab dem Zeitpunkt: All die Städte, in denen er seitdem gelebt hatte, Berkeley, Austin, Jackson, Eugene, Denver, all die Durchgangsstädte im Westen. Wir redeten über Geld – daß ich meins ausgegeben hatte, weil ich, als ich kellnerte und von fremden Tellern aß, mir Drüsenfieber geholt hatte; daß er viel verdiente, weil er mit einer Gruppe von Immobilienhändlern aus Aspen Häuser in den Bergen baute. Schließlich trank er seinen Orangensaft und ging. Ich dachte nicht viel an ihn, bis ich einen Monat später am Anschlagbrett einer Buchhandlung in seinem Aushang las, daß er Mitfahrer suchte. Er würde eine Weile unterwegs sein, durch Texas und Louisiana in den Süden, dann die Küste hoch. Ich ging ihn suchen und fand ihn in einem Naturkostladen, wo er die Holztüren zu einem Kühlraum einsetzte.

»Willst du für immer weg?« fragte er. »Willst du nach Hause?«

»Hier geh ich für immer weg. Zu Hause bleib ich nicht lange.«

»Warum fährst du dann? Einfach so?«

»Das ist eine lange Geschichte, Thurman. Ich möchte

sie hier neben dem Pflaumennektar und den Saftkartons, die ›Erleuchtung‹ versprechen, lieber nicht vertiefen.«

»Du bist eine Zynikerin«, sagte er, den hellen Türrahmen abmessend. »Deshalb willst du weg. Du kannst es hier im Paradies nicht aushalten, wo jeder schön ist und Mädchen kein Make-up tragen dürfen.«

»Du hast es erfaßt. Ich möchte zurück in meine Heimatstadt und Wimperntusche kaufen.«

»Selbst tot würdest du dich nicht mit getuschten Wimpern sehen lassen.« Er hielt die Glasscheibe gegen den Rahmen, prüfte, ob sie paßte, setzte sie dann wieder ab. Er sah mich durch die offene Tür der Kammer an, während er in einer Hand das Schloß hielt und in seiner Schürze nach Schrauben kramte. »Du bist als Mitfahrerin angenommen.«

Ich schaute auf den Boden, dann wieder zu ihm. »Die Sache ist, ich muß ziemlich schnell dort sein. Mein Vater ist krank.«

»Wie krank?«

»Einfach krank. Er muß in zwei oder drei Wochen operiert werden.«

»Tja«, sagte er und fuhr mit der Hand über das Holz, »dann wirst du beinahe rechtzeitig dasein. Drei Wochen sind wohl das Früheste, was ich schaffen kann. Mit Fahrtunterbrechungen. Aber du mußt dir keine Gedanken übers Geld machen. Du mußt nur dein Essen bezahlen.« Er sah von mir weg, lehnte sich zurück, um das Schloß einzupassen. »Ist das ein Angebot?«

»Das beste, das ich je bekommen hab.«

»Gut. Ich fahr in vier Tagen.«

»Thurman«, sagte ich, »ist das eine Nummer mit Anfassen?«

Er prüfte die Angeln und zuckte die Achseln. »Es ist keine besondere Nummer. Wie immer es sich ergibt. Außerdem kannst du mit mir fertig werden. Ich bin ein Schwächling.«

»Gut. Ich geh nach Hause packen.«

Ich drehte mich um und ging hinaus, und als ich gerade auf der Straße war, hörte ich ihn hinter mir rufen: »Hör mal, kannst du mit dem Radio mitsingen? Kannst du 'nen Ton halten?«

Wir fuhren in der Dämmerung aus der Stadt. Ich hatte dieses gewisse Gefühl, das einzige High des Herumtreibers: ich war frei, es spielte keine Rolle, wenn ich diese Straßen nie wieder sah; noch während wir sie durchfuhren, entfernten sie sich und traten in ein Reich ortloser Straßen. Selbst die Menschen waren verschwunden, die guten und die schlechten; was immer Wirkliches geschehen war, gehörte mir, ich nahm es alles mit. Ich war verschwunden, unsichtbar, eine weitere Wohnung leer zurückgelassen, meine Habseligkeiten weggegeben, weggeworfen, weggepackt in zugeklebten Kartons, die auf einem verfügbaren Fahrzeug verstaut waren. Das Fahrzeug war das Licht, das frühe Licht und später die Dunkelheit.

»Hey, Träumerin«, sagte Thurman, »was machst du?«

»Ich bete«, sagte ich.

Er lächelte. »Ich hab ein bißchen Speed genommen, ich fahr einfach immer weiter. Schlaf, wenn du willst.«

»Okay«, sagte ich.

»Morgen früh New Mexico.«

»Gut. Da wird's schön sein.«

Thurman fuhr durch bis nach Albuquerque, wo wir über Nacht blieben, in der Wohnung einer Stewardeß, die er im College gekannt hatte. Sie lebte im Erdgeschoß eines Gebäudes direkt neben der Autobahn, mit Motel-Terrassen und einem Kunstledersofa. Die Stewardeß war nicht da, und es sah so aus, als sei sie nie dagewesen, leere Regale und kiesig weiße Wände ohne Spuren. Ich saß aufrecht im Bett, und meine Beine zitterten noch, nachdem sie ihn umklammert hatten.

»Du könntest so eine gute Geliebte sein«, sagte er. »Ich kann spüren, daß du es mal gewesen bist, aber du bist so beschäftigt damit, auszusteigen.«

»Diese Matratze ist zu weich.« Ich zog mich von ihm zurück. »Die Laken sind mir zu schwer. Ich schlaf im anderen Zimmer auf dem Boden.«

»Dem Boden«, sagte er. Er zündete sich eine Zigarette an. »Schade, daß du nicht schweben kannst, dann könnte noch nicht mal der Fußboden dich berühren.«

Ich ging ins Wohnzimmer und schob die Möbel gegen die Wände. Es gab nur drei Stücke: die schwarze Couch und einen Sessel und einen Tisch aus Kunststoff. Sie alle schienen gewichtslos, wie aus Pappe. Ich legte mich in die Mitte des Zimmers auf den Teppichboden, die Arme ausgestreckt, die Füße zusammen und zählte jeden Atemzug, zählte mit dem Summen der Klimaanlage. Ich tauchte weg. Ich hörte nichts, bis ich ihn im Zimmer spürte. Er saß neben mir, im Schneidersitz, in der Dunkelheit.

»Wovor hast du Angst?« sagte er.

»Ich weiß nicht. Zurückzugehen.«

»Erklär's mir. Sag's Thurman.«

»Kann ich nicht. Manchmal ist es schwer zu atmen, als lebe man unter Decken.«
»Heiß?«
»Heiß, aber auch kalt. Ich zittere.«
»Dann geh nicht zurück.«
»Ich muß«, sagte ich. »Es nützt nichts mehr, wegzubleiben.«
Er stand auf und ging ins Schlafzimmer. Ich hörte ihn mit einer Bewegung das Laken vom Bett abziehen, mit einem leisen Schnappen kam es frei. Er brachte auch ein Kissen, stand zu meinen Füßen und warf das weiße Laken aus, so daß es sich wie die rechteckige Flagge eines reinen und leeren Landes über mich legte.
»Es ist Mitternacht«, sagte er. »Schlaf ein bißchen. Wir müssen hier früh raus.«

Gegen neun Uhr morgens waren wir zwei Stunden südlich von der Stadt auf der Route 25. Wir redeten nicht; die Straße war gerade und zweispurig, das Licht war noch klar, aber verdichtete sich bereits mit der Hitze, die später kommen sollte. Wir beide hatten mit der Dämmerung aus der Wohnung hinausgewollt; wir hatten einen halben Karton Orangensaft getrunken, den wir in dem makellosen Kühlschrank gefunden hatten, hatten getrunken, während wir vom Parkplatz fuhren, halb benommen, in Müdigkeit gehüllt. Thurman hielt das Lenkrad mit einem Knie fest, starrte geradeaus. »Kannst du einen Wagen mit Gangschaltung fahren?«
»Vielleicht«, sagte ich, »ich hab es nur eine Weile nicht mehr getan. Ich bin mir nicht sicher, ob ich noch weiß, wie's geht.«
»Was?« Seine Stimme war ausdruckslos. »Du bist

dreiundzwanzig und Amerikanerin und kannst nicht Autofahren?«
»Ich hab den Führerschein. Hab ihn bloß nie gebraucht.«
»Wieso nicht?«
»Weil ich, als ich sechzehn war, mit dem Wagen meiner Mutter in die Einfahrt einbog, den Wagen meines Vaters seitlich streifte und hinten auf den meines Bruders fuhr.«
Thurman schüttelte den Kopf. »Wunderbar.«
»Ich fuhr nur zehn Meilen die Stunde – es war kein großer Schaden. Ein paar Kratzer und verbeultes Chrom. Aber danach war mein Fahrstil ein Familienscherz, und niemand wollte mich hinters Steuer lassen.«
»Kann ich mir vorstellen.«
»Außerdem war es eine Kleinstadt. Meine Freunde hatten Autos.«
»Tja«, sagte er, »dies ist keine Kleinstadt, und ein Freund ist auch nicht in Sicht. Du wirst also fahren lernen.«
»Thurman, willst du mich befreien?«
»Nein, du wirst mich befreien. Ich hab vor, genau die Hälfte dieser Reise angenehm stoned zu verbringen, am Radio zu spielen und Pornohefte zu lesen.«
»Ich wußte nicht, daß du Pornohefte liest.«
»Nur die wirklich dreckigen, die, die nichts vortäuschen. Und ich will keinen Scheißkommentar darüber hören.«
Bei Cuchillo fuhr er von der Straße ab und hinter der Ausfahrt nach links. Wir konnten die Stadt in der Ferne sehen, braun und weiß und geduckt. Thurman fuhr in die entgegengesetzte Richtung. Das Land war abso-

lut flach, flimmerte vor Hitze, eine mondartige unwirkliche Oberfläche, eben wie Spiegel. Licht prallte wie Messergleißen davon ab. Die Berge in der Ferne waren blau und beige, baumlos. »Pinos Altos«, sagte Thurman, »oder die Nimbres-Kette, ich weiß nicht welches von beiden. Wir sind nicht weit von Elephant Butte und dem Reservat.« Er steuerte auf die Bankette neben der schmalen Straße zu, bremste und blieb stehen, während gelber Staub um uns aufstieg. »Guter Ort für eine Zeremonie.« Er stellte den Motor ab und sah mich an. Er sah erstaunlich klar umrissen aus in dem frühen, heißen Licht, die Stirn feucht, seine großen Hände öffneten sich mir in gleichmäßigen Gesten und beschrieben kleine Kreise, während er redete.

»Also«, sagte er, »das hier wird zwanzig Minuten dauern. Denk daran, eine Handschaltung ist immer noch das Beste – sie läßt dich den Motor und die Straße wirksamer spüren als ein Automatik. Niemand, der viel von Autos versteht, fährt einen Automatik.«

»Automatik ist für Jungfrauen, nicht, Thurman?«

Er stieg aus dem Pick-up, blieb stehen und sah von der Straße zu mir herein. »Rutsch rüber.«

»Müssen wir so ernst sein? Es war ein Witz.«

»Ich lache nicht. In dreißig Minuten ist dies angenehme Zwischenspiel mit siebenundzwanzig Grad vorbei, und die Temperatur steigt bis auf zweiundvierzig. Es ist Anfang September in Texas. Wir müssen weiterkommen. Also paß auf.«

»Okay.«

»Es ist ganz leicht«.

»Nichts Mechanisches ist leicht.«

Er seufzte. »Bist du fertig?« Er beobachtete mein Gesicht, als ich auf den Fahrersitz rutschte, schlug dann die Tür des Pick-up zu und ging um das Fahrerhaus herum. Er stieg ein und saß bewegungslos, wartete.

»Ich werd ein paar Anweisungen brauchen, wenn es dir nichts ausmachen würde.«

»Guck, es ist heiß in Texas. Wir wollen's beide leichtnehmen.«

»Versuch ich ja.«

Er sah weg, dahin, wo die Straße in einer Luftspiegelung hinter einem Nichts verschwand, und sagte auf: »Rechter Fuß, Gas und Bremse. Linker Fuß, Kupplung. Jetzt tritt die Kupplung durch, stell den Leerlauf ein, und mach die Zündung an.«

Der Motor drehte sich und sprang an. Ich wollte aus dem Pick-up steigen und in die braunen Felder gehen, immer weitergehen. In der Ferne bewegten sich kreisende Vögel wie ein Muster aus Strichen am Himmel. Etwas war tot dort draußen, vergilbt wie der Staub und wie Spitzen durchbrochen mit Verschwinden. Thurmans Stimme fuhr fort, aber näher. Er war zu mir herübergerutscht. »Laß die Kupplung langsam kommen. Gib Gas, während du sie kommen läßt, genug Gas im richtigen Augenblick, oder du würgst den Motor ab. Jetzt versuch's, so ist's gut, jetzt Gas ...« Der Pick-up machte einen Satz nach vorn, stotterte, machte noch einen Satz, soff ab. »Versuch's noch mal«, sagte er, »ein bißchen glatter, laß die Kupplung noch ein bißchen kommen, so – jetzt.«

Er redete, wir holperten und bewegten uns, rollten zaghaft nach vorn, blieben stehen. Die Felder blieben still. Ein Straßenköter kam aus dem Gebüsch getrabt und setzte sich mitten auf die Gegenfahrbahn, sah uns hechelnd zu. Der Hund war vielleicht zwanzig Pfund geschmeidiges Tier, unbeweglich, ein Wüstenstein mit Schlitzaugen. »Noch mal«, murmelte Thurman, »so ist's gut, gib Gas, nicht zuviel, *okay, okay*, wir fahren, achte nicht auf den Hund, achte auf die Straße. Gut, gut, jetzt – wenn du in einem Gang zu langsam fährst, läuft der Motor untertourig. Hörst du das? Er läuft untertourig. Gib mehr Gas ...«

Er redete immer weiter in dem engen Fahrerhaus, in dem wir beide schwitzten, bis die Wörter ihren Sinn verloren. Ich wiederholte immer die gleichen Bewegungen; Kuppeln, Gas, Schalten, Bremsen, Zurückschalten, immer wieder dasselbe Stück Straße rauf und runter. Der Straßenköter saß da und beobachtete uns von der einen oder anderen Seite des Bürgersteigs, und als wir das letzte Mal vorbeikamen, stand er auf und trabte zurück ins Feld in Richtung Nirgendwo. Ich holperte die Auffahrt zur Autobahn hinauf, während Thurman für mich schaltete, dann auf die Autobahn selbst, und er applaudierte.

»Verzeihst du mir?« fragte ich.

»Wofür?« Er paßte auf die Straße auf, saß nahe genug, um ins Steuer zu greifen. »Guck in die Spiegel, du mußt immer wissen, was hinter dir kommt.«

Ich schaute kurz hinein. »Wegen gestern nacht«, sagte ich, »es tut mir leid.«

»Es braucht dir nicht leid zu tun. Das, was passiert ist, war in diesem Plan so gut möglich wie alles andere.« Er langte unter den Sitz nach einer Packung Zigaretten, immer noch auf die Straße achtend. »Ich mag dich.«

»Weißt du was? Das eine Mal, als wir in Denver zusammen geschlafen haben, war für mich das erste Mal in sechs Wochen.«

»Das dachte ich mir.«
»Wie meinst du das?«
»Paß auf – bleib in deiner Spur.« Er drehte sich um und schaute schnell hinter uns. »Ich mein, es wirkte, als könntest du dich kaum erinnern, wie es geht. Es gibt mehrere wie dich. Wo sind all die aufgeweckten, munteren Mädchen, die es jederzeit mit jedem trieben?«
»Sie sind älter geworden«, sagte ich. »Ich hab es auch mit jedem getrieben, bloß wegen seiner Augen oder seiner Arme. Es ist einfach, wenn man es oft tut. Man wird stoned, und man denkt noch nicht mal darüber nach. Einfach. Wie guten Tag sagen.«
»Bin ich wohl zu spät gekommen«, sagte er. »Es muß toll gewesen sein, dir in alten Zeiten guten Tag zu sagen. Ich wünsche, ich hätte dich damals gekannt.«
»Ja, das glaub ich dir gerne.«
Er lächelte und zündete sich eine Zigarette an. »Aber vermißt du es nie? Waren diese Tage nicht manchmal einfach *lustig*? Denk mal drüber nach. Alle haben viel gelacht, nicht? Die gemeinsamen Witze und die alte Clique. Das ganze Gras, jeder hatte einen Spitznamen. Essen und große Gelage und Banjos und Flöten. Die Leute waren nicht dumm; sie haben sich bloß keine Sorgen gemacht. Der Krieg war vorbei, niemand wurde eingezogen. Die Mädchen hatten die Pille und einen alten Herrn, und ab und zu vögelten sie mit dem alten Herrn ihrer besten Freundin, oder sie vögelten alle zusammen, und alle waren Kumpel. Stimmt's nicht?«
»Klar. Stimmt.«
»Ha«, sagte er.

Wenn ich mich recht erinnere, fuhren wir so: Route 25 von Denver nach Albuquerque, die 10 nach El Paso, 20 nach Dallas, 35 nach San Antonio, zurück auf der 10 nach Houston, Beaumont, New Orleans, die 65 nach Montgomery, 85 nach Atlanta und Charlotte, 21 nach Wytheville, Virginia, 77 nach Charleston und West Virginia; wir waren auf der Durchreise, entkamen der Schwerkraft in einem blechernen japanischen Pick-up, einem importierten Wohnquartier. Liebe in einer Weltraumkapsel, wie Thurman es nannte, Haß in Houdinis Koffer. Aber es gab die Windschutzscheibe und den Dauerfilm hinter Glas. Es war gut, in den Film hineinzufahren, gut, wie das Wetter sich änderte, wie Nacht und Tag miteinander feilschten. Gut, für ein oder zwei Tage in einem Park oder Motel zu campieren, eine Lokalzeitung zu kaufen, zu einem Trödelmarkt zu gehen. Es war gut, an den Imbißbuden und Schnellgaststätten und den Tagescafés zu halten oder sogar an einem der »Howard Johnsons« entlang der Autobahn: eine Stunde, ein paar Stunden, dann brachen wir wieder auf, so wie wir hineingekommen waren, als hätten wir Helium in den Schuhen. Alle anderen lebten, wo sie standen. Sie mußten irgendwo leben, und sie waren in Tucumcari oder Biloxi oder Homer, Georgia, gelandet. Sie alle – Kellnerinnen und Barkeeper, Angestellte in Motelrezeptionen, die man von irgendeiner Straße aus sehen konnte, und die Schilder, Ortsnamen, Straßen, Häuser – waren Punkte in einem riesigen Verbinde-die-Pünktchen-Suchbild. Der Pick-up war die Wirklichkeit; er und ich und das Radio, die Hülle des Raums, dünner Teppich über einem Boden, der mit einem hohlen *Ping* vibrierte, wenn man fest aufstampfte. Da waren die Rückspiegel, die alles Zurückbleibende seitlich wegdrehten, das Licht in aufblitzenden Strahlen und Winkeln festhielten, und die Pastelltöne in losgelösten, flachen Bildern, so daß jeder gespiegelte Gegenstand – Auto, Zaun, Plakattafel – nur als Form erschien, wundersam in der Bewegung. Da war das Lenkrad, das Armaturenbrett mit seinen viereckigen Leuchtanzeigen in der Nacht, ein paar rote Nadeln, die Zahlen registrierten. Das Handschuhfach: eine Taschenlampe, die Autopapiere, eine Flasche Aspirin voller weißer Kreuzchen, Gras und ein Umschlag aus Alufolie mit kristallisiertem Methedrin im Erste-Hilfe-Kasten, zwei Karamelstangen, ein Kartenspiel. Unter dem Sitz waren ein paar Landkarten und ein paar Taschenbücher, Zeitschriften, zerknülltes Einwickelpapier von Keksen und Reformhausplätzchen und Eis am Stiel, Thurmans Mundharmonika. Das Radio heulte und knisterte und überschwemmte uns mit allem, was es in der Luft auffing. In der Wüste gab es nichts außer dröhnendem Knattern und Pfeifen; wir drehten die Lautstärke auf, bis der Pick-up von dem krachenden Störgeräusch erfüllt war und fuhren schnell mit dem Gedröhn, meilenweit, heiße Luft strömte durch die geöffneten Fenster. Aber meistens lief das Radio leise. Er redete. Ich redete. Wir erzählten Geschichten. Wir stritten. Wir stritten viel, während wir uns Dallas näherten, wo wir ein paar Tage bei seinen Eltern verbringen würden.

»Wo bist du hergekommen?«
»Thurman, ich komm daher, wo ich hinfahr.«
»Ich meine zu Anfang, wie Polen oder Skandinavien.«
»Wales. Aber dort, in West Virginia, seit dem 18. Jahrhundert. Es war zugewiesenes Land. So viel Land, daß

sie es über zweihundert Jahre an zehnköpfige Familien verteilt haben, und das letzte wurde erst verkauft, als mein Vater aufwuchs.«

»Verkauft an wen?«

»Kohlenbergbau. Bergbaugesellschaften aus Pennsylvania und New York.«

»Aha.« Er stellte sich den Rückspiegel ein. »Warum bist du denn nicht zu Hause und machst gegen Tagebau mobil?«

»Mobilmachen? Klingt wie Krieg bei dir.« Ich machte das Radio an und machte es wieder aus. »Ich schätze, es ist ein Krieg – New Yorker Hippies gegen New Yorker Bergbaugesellschaften.« Ich sah von ihm weg, aus dem Fenster. »Ich hab keine Entschuldigung, ich wollte einfach raus.«

»Weißt du, daß West Virginia der einzige Staat ohne Atomreaktoren ist?« Er zog an seiner Zigarette und lächelte mich über den Sitz an.

»Sie konnten dort keinen Reaktor hinstellen«, sagte ich. »Das Land würde aufbrechen wie ein Geschwür und würde ihn verschlucken.« Ich fing seinen Blick auf und lächelte zurück. »Beeindruckend. Du hast deine Öko-Literatur gelesen.«

»Ich bin ein guter Hippie-Schreiner.«

»Es gibt keine Hippies mehr. Es gibt ein Märchen über Visionäre der Arbeiterklasse.«

»Bloß ein Märchen? Keine Vision in der Arbeiterklasse?«

»Vision überall. Aber in der richtigen Arbeiterklasse ist die Vision halbblind. Es ist romantisch, sich einzubilden, daß sie wirklich wissen –«

»Du glaubst nicht, daß sie *wissen*?« Er schnippte seine Zigarette aus dem Fenster und hob die Stimme. »Sie wissen – sie *reden* bloß nicht drüber. Mein Großvater war ein irischer katholischer Klempner, der an Zirrhose gestorben ist. Er saß immer in seinem Sessel, wenn im Radio die Nachrichten liefen, und faltete seine Zeitung in Vierecke. Dann entfaltete er sie und rollte sie zu einer Röhre, einer festen Röhre mit dem Durchmesser einer Lederpeitsche. Er schlug sie im Viervierteltakt auf die Lehne des Sessels, während der Radiosprecher immer weiter redete und meine dürre Großmutter in der Küche tellerweise Kohl schabte.« Er guckte in den Spiegel und überholte einen Viehtransport. »Sie wußten viel, Schatz. Du weißt nicht, wovon du sprichst.«

»Nenn mich nicht Schatz, und ich hab nicht gesagt, daß sie nichts wahrnehmen oder nicht frustriert wären. Ich sagte, ihre Isolation war echt, keine Illusion. Sie blieben an einem Ort und versanken mit allem, was sie hatten. Aber uns – guck dir uns an. Straßen. Gefühl, sich treiben lassen, Landkarten, die in noch mehr von demselben führen. Es ist verwischt, ein Muster, ein Blick aus einem Flugzeug.«

»Du bist eine richtige Philosophin, nicht? Was willst du eigentlich? Willst du versinken, rechtschaffen und zu den Wurzeln zurückgekehrt? Ist es das?«

»Ich kann nicht.«

»Was?«

»Versinken. Ich weiß nicht wie.«

»O Gott. Kannst du mal die Klappe halten und den Joint anzünden, ehe wir nach Dallas reinkommen?«

Ich nahm den Joint aus seiner Zigarettenschachtel und suchte nach Streichhölzern.

»Hier«, sagte er und warf sie mir zu. »Kein Wunder, daß du alleine lebst und auf dem Fußboden schläfst. Du bist pathetisch und deprimiert. Nichts ist schlimmer, als es je war.«

»Nein«, sagte ich, »nur losgelöster.«

»Losgelöstsein ist eine zeitlose Tugend. Versuch's mal mit Zen.«

»Tu ich«, sagte ich und zündete den Joint an. »Ich lebe im Zen, dem Highway-Zen, der Welle der Zukunft.«

Er lachte nicht. Wir kamen nach Dallas, und Thurman rauchte den Joint zu Ende auf einem Straßenparkplatz mit Blick auf drei »Taco Bells«, ein »McDonald's« und ein »Sleepytime Motel«. Er kniff hinter dem Rauch die Augen zusammen, als er einen Zug nahm. »Was macht dein Dad?« fragte er.

»Pensioniert.«

»Okay. Was *hat* er gemacht?«

»Straßen. Er hat Straßen gebaut.«

»Highways?«

»Nein. Zweispurige Straßen, in West Virginia. Haarnadelkurven.«

Der Joint glimmte zwischen seinen Fingern. Die Dämmerung hatte sich gesenkt, ein grauer Schatten. Die Luft war schwer und heiß, voller Abgase, ab und zu hupte jemand. Ich konnte den Ruß auf Thurmans Haut sehen und die gleiche verschwitzte Blässe auf meinem Gesicht fühlen.

»Wie ist dein Vater?« fragte ich ihn.

Er stieß den Rauch aus, die Augen in die Ferne gerichtet. »Mein Vater ist einundsiebzig. In der letzten Zeit ist er ein bißchen gaga geworden.«

Wir saßen schweigend, bis wir ausgeraucht hatten. Thurman ließ den Motor anspringen. »Du hast im

Haus meiner Eltern ein eigenes Schlafzimmer«, sagte er, »und ich hoffe wahrhaftig, daß die Laken nicht zu schwer für dich sind.«

Das Haus war eine große, altmodische Salzpackung auf einem Morgen Rasen, paßte ganz und gar nicht zu den Bungalows rundherum und mußte dringend gestrichen werden. Regenrinnen hingen abgewinkelt vom Dach, das Gras war in merkwürdigen Streifen geschnitten und stellenweise so hoch wie Feldunkraut gewachsen. Ein alter Chevy-Kombi stand aufgebockt vor der Garage. Thurman und ich saßen in der Einfahrt, im Fahrerhaus des Datsun, und schauten.

»Sie sind schlimmer geworden, oder er zumindest. Ich hab Kinder angestellt, die das Gras für ihn schneiden sollen, und er läßt sie nicht aufs Grundstück.«

»Wußten sie, daß wir kommen?«

»Ja.«

Die Haustür öffnete sich, und Thurmans Mutter erschien. Sie war klein und dünn, die Arme vor der Brust verschränkt, und aus der Art, wie sie in die Ferne blinzelte, war offensichtlich, daß sie uns nicht genau sehen konnte.

»Geh du zuerst«, sagte ich. »Sie wird dich alleine sehen wollen.«

Er stieg aus und näherte sich ihr beinahe vorsichtig, hob sie dann in einer Umarmung vom Boden hoch. Sie schien nicht groß genug, um je seine Mutter gewesen zu sein, aber einige Minuten später, als sie mir forschend ins Gesicht sah, war ihr Händedruck überraschend fest.

Die Innenräume rochen nach verwelkten Blütenblättern und trotz der Klimaanlage nach stickiger Luft.

Nur die kleinsten Zimmer unten sahen bewohnt aus: die Küche, eine Frühstücksnische, ein kleines Zimmer mit einem Fernsehapparat und einer ausziehbaren Couch, die als Bett zurechtgemacht war. Das große Wohnzimmer war leer bis auf einen Schaukelstuhl mitten auf dem kahlen Fußboden. Man hatte das Zimmer vollkommen ausgeräumt und Löcher im Putz ausgebessert; drei große Porträts in gleichgroßen Rahmen waren mit Malerdecken verhängt und gegen die Wand gelehnt. Über ihnen waren die verblichenen Vierecke, wo sie gehangen hatten.

»Oh«, sagte ich, »Sie streichen gerade.«

»Na ja.« Sie sah sich im Zimmer um. »Wir wollten vor drei Jahren streichen, aber wir haben's nie getan.« Sie lächelte.

Der Flur oben war staubig. Putz war in Brocken von den Wänden gefallen und ließ die hölzernen Wandplatten sehen. Zeitungsfetzen und Farbsplitter übersäten den Boden; das große Schlafzimmer war sauber, aber unbenutzt, und die anderen Schlafzimmer sahen verlassen aus: Möbel in die Mitte des Zimmers geschoben, Betten mit einem feinen Staub überzogen.

»Du nimmst dieses Zimmer«, sagte Thurman, »ich schlaf im Zimmer gegenüber.« Er hob einen Besen auf und begann die Matratze abzukehren. »Ich hol dir ein paar Laken.«

Ich sagte nichts.

Er stellte den Besen ab. »Also, ich hab das Wohnzimmer zum Streichen fertig gemacht – vor zwei Jahren, nicht drei. Ich hatte Maler bestellt, um das Zimmer und die Fassade anzustreichen; mein Vater rief sie an und sagte, sie brauchten nicht zu kommen.« Thurman trat ans Fenster, sah durch streifiges Glas zum Rasen hinunter. »Aber das Gras ... Immerhin, er wußte seit sechs Wochen, daß ich komme. Vielleicht hat er das ganze Szenarium geplant. Er läßt nicht zu, daß ich ihm einen Rasenmäher mit Motor kaufe oder irgendwelche Arbeiten für ihn verrichte. Darüber streiten wir jedesmal, wenn ich nach Hause komme. Dieses Mal streite ich mich nicht.«

»Warum ist er sauer auf dich?«

»Weil ich vor fünfzehn Jahren ausgerückt bin. Fünfzehn Jahre ist eine lange Zeit zum Sauersein.« Thurman schaute hoch zu mir. »Und sei nicht überrascht, wenn er nicht mit dir spricht. Er hört in Wirklichkeit gar nicht so schlecht, aber er tut so, als wär er taub. Er wird die ganze Zeit, die wir hier sind, geschäftig tun.«

Wir saßen auf Gartenstühlen am Rand der Betonveranda.

»Mein Vater war berühmt. Er war als der beste High-School-Footballtrainer in der Geschichte des Staates Texas bekannt. Universitäten boten ihm Stellen an, aber er wollte nicht, daß seine Familie umzog, er wollte dieses Haus nicht verlassen.« Thurman schüttelte das Eis in seinem leeren Glas und sah geradeaus auf die alte Holzgarage. Sein Vater stand mit dem mechanischen Mäher in der offenen Tür, blickte mißbilligend auf die sich drehenden Schneiden, während er das klapprige Ding in das Gras an der Seite des Hauses schob. »Seit ich ein Kind war, wußte ich, daß er berühmt war. Und meine Brüder waren berühmt, sechs und acht Jahre älter als ich, beide ausgewählt, Football an der Southern Methodist University zu spielen, nachdem sie in seinen Mannschaften geglänzt hatten. Und später war ich berühmt, aber nicht so berühmt wie sie. Ich spielte in der letzten Mannschaft meines Vaters, und wir schafften es zu den Endspielen; er war sechzig Jahre alt.«

Der Mäher gab sein hohes schneidendes Surren von sich, während der alte Mann ihn vor und zurück schob. Der schlanke Holzgriff war so grau und verwittert wie ein Scheunenbrett.

»Seine Kinder werden's nicht schaffen, ihn von hier weg zu bringen, und keiner in dieser noblen Nachbarschaft sollte wagen, es zu versuchen«, sagte Thurman. »Er war zuerst hier. Und es gibt immer noch Leute in der Gegend, die sich an meinen Vater erinnern. Wenn er sein Haus zusammenfallen lassen will oder es anzünden oder in die Luft jagen, hat er wohl das Recht dazu.«

Ich beobachtete Thurmans Vater. Er hatte meine Anwesenheit kaum zur Kenntnis genommen, obwohl er mit Thurman den Rasenmäher besprochen hatte, während sie beide niederknieten, um die Schneiden mit einem Lumpen sauber zu wischen. Der alte Mann war hager und gebeugt, aber er sah nicht gebrechlich aus.

Thurman nahm die Halbliterflasche, die zwischen unseren Stühlen stand, und färbte das Eis in seinem Glas mit Bourbon.

»Hast du gewonnen?« fragte ich ihn.

»Was?«

»Die Meisterschaften, die letzten.«

»Mit Ach und Krach. Wir lagen zurück und versuchten noch mal einen Lauf nach vorn als allerletzte Chance, obwohl die Zeit fast abgelaufen war. Ich spielte am Ende und deckte unseren Quarterback, einen schnellen kleinen Mexikaner namens Martinez. Ich war der letzte bei ihm, dachte, es sei gelaufen, und hielt zwei ihrer Verteidiger fest, als Martinez über den ganzen Haufen sprang. Ich wollte mich bewußtlos schlagen, war ein zu großer Feigling, um bei Bewußtsein zu bleiben, wenn wir verloren. Zehn Minuten später kam ich mit einer Gehirnerschütterung zu mir, und wir hatten gewonnen.«

»Stand dein Vater über dich gebeugt?«

»Nein, er war oben und nahm den Pokal entgegen. Dann kam er und balancierte ihn mir auf der Brust, als sie mich auf die Bahre hoben – ein monströses goldenes Ding mit drei Sockeln, die sich vervielfachten und wie unendlich aussahen. Ich sah es nicht allzu deutlich. Es war 1964; die Dinge stellten sich gerade scharf ein.« Er sah zu mir herüber. »Du warst damals ungefähr zwölf Jahre alt.«

Ich erwiderte seinen Blick. »Du bist nicht zur Southern Methodist University gegangen.«

»Ich war doch nicht lebensmüde. Football hat mich beinahe umgebracht. Ich konnte zwei Wochen lang nichts Gedrucktes lesen.« Er ließ sich tiefer in den Gartenstuhl sinken, strich mit dem Fuß über das üppige Gras. Seine Beine waren lang und muskulös und blond. »Wenn ich einen Zentimeter mehr nach rechts aufgeschlagen wär, hätt ich mir ’nen Sarg kaufen können. Aber selbst ohne die Gehirnerschütterung hatte ich es satt. Ich ging nach Colorado und lief Ski und karrte Dope von Mexiko hoch und ging zur Uni, machte die Reise mit dem Peace Corps. Hab meinen Vater jahrelang nicht gesehen.«

»Wieso hat der Krieg dich nicht erwischt? Die Gehirnerschütterung?«

»Nein. Die Knie. Hat aber meinen Bruder erwischt, den mittleren. Ihn umgebracht. Er mußte noch nicht mal gehen. Er war beinahe achtundzwanzig Jahre alt und hat sich freiwillig gemeldet, wie ein Idiot. Mein Vater hielt es für richtig. Sie schifften ihn rüber und haben ihn in neun Wochen erledigt. 1968. Sah meinen Vater bei der Beerdigung. Sagte immer wieder zu mir: ›Barnes nahm Drogen, nicht? Die nehmen da drüben alle Drogen. Sonst wär er nicht tot, er war ein Sportler. Hat jeden Tag trainiert. Die Drogen haben ihn getötet.‹ Ich sagte: ›Dad, der Krieg hat ihn getötet. Der Krieg kümmert sich 'nen Dreck um Sportler.‹ Danach machte ich zwei Touren mit dem Peace Corps. Ich wollte um jeden Preis aus dem Land raus.«

»Thurman ... Thurman?« Die Stimme seiner Mutter wurde über den Rasen getragen. Ich drehte mich um und sah sie am Küchenfenster. »Abendessen«, rief sie, »kommt jetzt rein ...« Jeder Satzteil wurde von Stille unterbrochen.

Thurman rührte sich nicht.

»Kommst du oft hierher zurück?« fragte ich. »Wie oft besuchst du sie?«

»Einmal im Jahr, vielleicht zweimal. Er wird langsam alt. Da bleibt nicht mehr viel Zeit, um es zu begreifen, alles.«

Ich konnte nicht schlafen. Ich schlich die Treppe hinunter, um ein Glas Wasser zu holen. Verwirrt bog ich um die falsche Ecke in das dämmrige Wohnzimmer und fand mich den verhängten Porträts gegenüber. Ich kniete mich neben das letzte. Wenn ich jetzt guckte, würde es keiner wissen; vorsichtig, lautlos zog ich das Tuch weg. Erst ein Schimmer von Glas, dann, im

Mondlicht, die Züge eines Gesichts. Ich dachte, es sei Barnes, der tote Bruder, ernst und jung in seinem schwarzen Anzug, bereits gezeichnet – aber nein, die Augen – es war Thurman. Ich starrte, verblüfft.
»High-School-Abgang«, sagte er hinter mir. »Wir waren alle achtzehn.« Der Schaukelstuhl knarrte. »Wieso bist du auf?«
»Ich konnte nicht schlafen.«
»Niemand schläft viel in diesem Haus.«
»Wer ist sonst noch wach?«
»Meine Mutter. Ich hab sie in der Küche gehört. Als ich nach unten kam, ging sie wieder ins Bett. So machen wir es hier.« Er nickte zu der geschlossenen Tür des kleinen Fernsehzimmers. »Sie scheint sich ein paar Gläser genehmigt zu haben.«
»Ist das üblich?«
»Wer soll das wissen? Ihr Trinken wird schlimmer, wie alles.« Er zog an seiner Zigarette, und das Glimmen der Asche erleuchtete sein Gesicht einen Augenblick lang. »Sie vergißt, wenn sie trinkt. Bequem.«
»Ich bezweifle, daß das bloß Bequemlichkeit ist.«
»Was sollte es sonst sein?«
Ich zuckte die Schultern. »Schmerz?«
Thurman seufzte. »Du weißt nie, wann du den Mund halten sollst. Meinst du, ich will um drei Uhr morgens hier in diesem Haus sitzen und über Schmerz reden?«
»Nein.« Ich konnte ihn in der Dunkelheit sehr deutlich sehen. Ich ging näher heran und berührte seine Stirn. »Rede du, Thurman, und laß mich wissen, wann ich sprechen soll. Ich sag alles, was du willst.«
Er stand auf und legte mir die Arme um die Schultern und hielt mich. Wir drehten uns um, um nach

oben zu gehen, als Thurman innehielt. Wir hörten Wortfetzen, ein Murmeln. Er trat näher an das Fernsehzimmer und blieb lauschend stehen, stieß dann die Tür sanft auf. Seine Mutter stand im Bademantel in unserer Nähe, ein leeres Glas in der Hand. Sie schien uns nicht zu bemerken und sah langsam auf. Der dämmrige kleine Raum quoll von Möbeln über und roch schwach nach Bourbon. Thurmans schlafender Vater lag im Schatten.

»Mom, du solltest im Bett sein. Du könntest fallen.« Er ging zu ihr hinüber und nahm das Glas. »Ich bring das für dich in die Küche.«

Sie trat Thurman in den Weg und packte ihn am Handgelenk. »Hör mal«, sagte sie langsam, in vertraulichem Ton, »Barnes beantwortet nie einen Brief, ruft nie an. Wo ist er?«

Thurman führte sie zum Bett. »Komm mir nicht damit.«

»Das macht sie doch nicht«, flüsterte ich, »sie ist wirklich –«

Jetzt saß sie auf der Bettkante. Thurman legte ihr die Hände auf die Schultern und schüttelte sie einmal sanft. Sie sah ihm in die Augen. »Wer ist das Mädchen?« sagte sie.

»Eine Freundin von mir, Mom, du hast sie heute kennengelernt. Hier, leg dich hin, ehe du Dad aufweckst.«

Sie sagte nichts und umklammerte Thurmans Hand; unwillkürlich neigte er sich zu ihr. Ihre Augen weiteten sich, ihr Gesicht geriet in den Lichtschein der einzigen Lampe. Einen Augenblick lang konnte ich sehen, wie er ihr glich, wie sie mit fünfundzwanzig ausgesehen haben mußte: die klare, rötliche Hautfarbe, die Form und blaue Direktheit der Augen, das dicke kastanien-

farbene Haar, vielleicht in einem Zopf bis zur Taille getragen. So nahe, berührten ihre Gesichter sich beinahe. Ihr Profil war eine gebrochene weibliche Version des seinen. Ich drehte mich weg.
»Mom, leg dich hin.«
»Verlaß uns bloß nicht wieder.«
»Schlaf, ruh dich aus.«
»Ich schlafe nicht. Verlaß uns bloß nicht.«
»Thurman«, sagte ich. Ich hörte ihn sich aufrichten. Ihr Körper bewegte sich im Bett, dann stand er neben mir im Flur, zog die Tür zu. Er stand ruhig atmend, lauschend da. Kein Ton. Die gesprenkelten Wände des Wohnzimmers wurden heller, als unsere Augen die Dunkelheit wieder aufnahmen. Farben von Schwärzlich-Braun und Grau, rissig. In einer Ecke hatten Flekken fehlenden Putzes, wo die Bauplatten durchguckten, die Form ausgefranster Sterne. Ich streckte die Hand nach ihm aus.
»Ich sollte nicht herkommen«, sagte er.
»Ist schon gut.«
Er stand da und guckte auf die geschlossene Tür. »Wer rettet wen?« sagte er.
Ich zog seinen Kopf herunter, dicht an mich, berührte ihn, sein Gesicht. »Laß uns draußen schlafen.«
Ich holte ein paar Decken, und wir breiteten sie im Garten aus. Die Akazienbüsche bildeten einen dichten Wall, knollig und schattig, der nach süßem Staub roch.

Dann kamen wir nach New Orleans. Zogen in ein Motel. Gingen in diese Bar, wo jeder tanzte.
Was passierte, war unheimlich und dumm und durcheinanderwirbelnd und ekelhaft und auf betrunkene Art

vorhersagbar und von Anfang an in den Karten. Danach war alles anders, und Thurman machte sich keine Hoffnung mehr, mich zu retten. Er mußte sich über alles klar geworden sein, nachdem er die Bar allein verlassen und die ganze Nacht in diesem Motel auf mich gewartet hatte, mit den blaugrünen Vorhängen, die sich hinter dem blauen Flimmer des Fernsehers über den Lüftungsschächten bewegten. Ich erinnere mich beinahe an alle Motelzimmer und an dieses besonders, an den großen eingebauten Fernseher und diese billigen Vorhänge, blau wie entzündetes Gas. In sieben Stunden konnte Thurman drei Filme und zwölf Werbeeinheiten gesehen haben. Er ließ mich um zwei Uhr morgens in der Bar zurück und ich bog mit einem Taxi um neun auf den Motelparkplatz ein. Er zog gerade die Seile über der Plane fest, und die Tür zum Zimmer stand offen. Ich stieg in den Pick-up, nachdem ich einen einzigen Blick mit ihm gewechselt hatte, und bis Georgia, wo wir in den See gingen, sprachen wir nicht miteinander.
Dann fuhren wir weiter.

»Fahr nicht in der Überholspur, wenn du nicht gerade überholst.« Thurman, seine Stimme rauh wie Kies vor Schlaflosigkeit.
»Warum nicht? Ich überhol sowieso alle, dann kann ich auch gleich auf der Überholspur bleiben. Ich bin gern auf der Überholspur.«
»Ach, so ist das. Na ja. Einer, der noch schneller ist als du, wird von hinten herandonnern und dir den Arsch abfahren. Wie wird dir das gefallen?« Er stellte das Radio ab. »Verdammt noch mal, kannst du mir eine Minute zuhören?«

Ich sah ihn kurz an und fuhr weiter.
»Fahr den Wagen ran«, sagte er.
»Willst du mich verprügeln, Thurman?«
»Fahr an den Rand, auf der Stelle.«
Ich fuhr auf die Bankette und legte den Leergang ein. Ein Viehtransport fuhr mit achtzig Meilen an uns vorbei, das Fahrerhaus schaukelte. Es gab ein Geblök und einen Geruch, und er war weg. Thurman saß mit dem Rücken zur Beifahrertür. »Nimm die Hände vom Steuer«, sagte er.
»Thurman, was soll das?«
»Ich sag dir, was das soll. Du steckst tief drin, und da wird dir keine Überholspur helfen.«
»Ich will keine Hilfe. Ich fahr einfach immer weiter, bis ich einen Weg finde, runterzukommen.«
»Schön für dich, Schätzchen.«
»Fick dich ins Knie.«
»He, keine Sorge. Von mir kriegst du keine Hilfe. Das letzte Mal, als ich von der Überholspur runter bin, hab ich mir ein Versprechen gegeben – keine Samariterscheiße mehr.«
»Du bist ganz mitfühlendes Herz.«
»Du machst dir besser mal Gedanken über dein eigenes. Du bist diejenige mit dem rasenden Puls und der Nervosität, die auf dem Fußboden schläft und sich in einer Disco von drei Clowns mitnehmen läßt.«
»Okay, Thurman.«
»Nicht okay. Ich bin da selbst schon gewesen, ich weiß, was du machst. Du verbringst die Hälfte der Zeit in wilder Hitze, und die andere Hälfte, wenn dir klar wird, wie schnell du bist, hältst du dich fest. Du tauchst noch nicht mal zum Luftholen auf. Dein Inneres ist blau, weil du erstickst. Deine Eingeweide zit-

tern, weil du dir selber Angst einjagst. Du kommst dicht genug ran, um zu sehen, der Tod schert sich 'nen Dreck um dich.«

Ich stellte den Motor ab, und der Pick-up war still. Highway-Geräusche sausten vorbei, laute Schwingungen, die sich anhörten wie Musik. Ich weiß nicht, wie lange wir dort saßen, vielleicht nur ein paar Minuten.

»Der Tod soll sich auch nicht drum scheren«, sagte ich, »oder? Der Tod ist eine Null. Blau, wie Eis blau ist. Vollkommen. Barnes ist vollkommen. Dein Vater wird vollkommen sein, mein Vater. Wir alle, kalt und vollkommen.« Thurman rückte über den Sitz nah an mich heran. Wir schwitzten beide. Er zog sein feuchtes T-Shirt vom Körper und betupfte mit dem Stoff mein Gesicht. Ich flüsterte, als hörte uns jemand zu: »Die Hitze macht mir nichts. Ich glaub, ich will die Hitze.«

»Ich weiß, ich weiß. Und wir haben Hitze. Wir haben jede Menge Hitze für dich hier in den USA.«

Die Baumwolle seines T-Shirts war weich und abgetragen. »Laß uns weiterfahren«, sagte ich. »Wer fährt?«

»Was soll's. Du kannst fahren.«

»Soll ich in der langsamen Spur bleiben?«

»Ist mir egal. Fahr auf dem Seitenstreifen, fahr auf dem Mittelstreifen, fahr verkehrt herum.«

Ich fuhr ein bißchen ruckend auf den Highway, aber ohne daß das Getriebe krachte. Als Thurman das Radio wieder einschaltete, kam eine Gospelsendung. Ein Chor sang laut und kräftig über ein Land hoch in der Sonne; das Gruppenvibrato ließ das Armaturenbrett erzittern.

»Du bist mir eine«, kam Thurmans Stimme. »Du hast deine verdammten Hände nie vom Steuer genommen.«

»Hab ich wohl nicht.«
»Gott. Ich weiß nicht, warum ich mir um dich Sorgen machen soll. Du kommst hier wahrscheinlich mit 'nem Hauptgewinn, einer Reise nach Mexiko raus.«
»Na klar. Eine Reise zum Gringo Hotel in Juárez, wo sie Hunde essen und ansteckende Krankheiten austeilen.«
Er zündete sich eine Zigarette an und starrte aus dem Fenster.

Beinahe zu Hause fuhren wir im Regen durch die Berge von Virginia. Ich erlebte Augenblicke totaler Panik, in denen ich zu fallen schien, mit ausgebreiteten Armen und Beinen, weit weg von mir, und mein ganzer Körper wurde kleiner und kleiner. Ich konnte das Drehen, das Gefühl des Fallens spüren. Ich umklammerte den Türgriff und konzentrierte mich auf den Scheibenwischer, der sich vor mir bewegte, studierte seine Metallrippe und sein Gummiblatt. Ich versetzte mich in das Geräusch, das Wischen von Bewegung und Wasser, dumpfes Klatschen, wenn das Blatt auf der einen oder anderen Seite seiner Halbdrehung landete. Regenkanäle und die Spuren ihres Laufs nahmen mich gefangen; durch die Scheibe konnte ich Regen riechen, sauberes Wasser und gewaschene Blätter. Ich saß ganz ruhig, und das Drehen meines Körpers verlangsamte sich; meine Sinne öffneten sich allmählich in einem klaren Brennpunkt. Dann konnte ich den Sitz unter meinen Hüften wieder spüren und meine Füße auf dem Boden des Pick-up, das Schnurren, das Vibrieren des Motors. Die Kapsel des Fahrerhauses nahm um mich Gestalt an: feuchtes Leder, ein schwacher Geruch von Körpern.

Neben mir summte Thurman ohne Melodie vor sich hin, starrte geradeaus in die verregneten Berge und die sich windende Straße.

In der letzten Nacht schliefen wir in einem Nationalpark. Schon beinahe Dämmerung, und der Boden war feucht; ich scharrte Blätter zu einem breiten Haufen zusammen, um uns ein weicheres Bett zu machen, die Kälte abzuhalten. Die Berge und die Luft rochen nach Herbst, Erde, fetter Laubdecke.
»Setz dich her und wärm dich auf.« Thurman legte mehr Holz aufs Feuer. »Genieß den weiten, offenen Raum. Morgen kommst du gesund, wenn auch nicht munter nach Hause. Erinnerst du dich an ›sicher‹? Du wirst dich wirklich schnell wieder dran gewöhnen.« Er blies ins Feuer, lehnte sich dann zurück und sah mich durch eine flimmernde Hitzesäule an. »Hast du Angst?«
Ich berührte die Steinumrandung, die wir um das Lagerfeuer gebaut hatten. Die Steine waren rauh und wärmten. »Das Zittern kommt, genau in diesem Augenblick«, sagte ich zu ihm. »Ich kann es spüren.«
»Nein«, sagte er, »bei dir ist alles in Ordnung. Ich sitz hier und schau dich an.«
»Man kann es nicht immer sehen. Manchmal ist es nur in meinem Bauch.«
Er nahm eine meiner Hände und drückte sie, knetete dann die Handfläche und bearbeitete jeden Finger. Er zog fest an jedem Gelenk und redete, als achte keiner von uns darauf, wie fest er zog. »Dir geht's gut«, sagte er. »Wir legen uns jetzt in die Blätter und holen ein paarmal tief Luft, dann ist der ganze Spuk vorbei.«

Ich schloß die Augen, und ich konnte den Schatten über die Blätter kriechen spüren. Blätter fielen langsam, mit langen Pausen dazwischen, fielen mit einem papierenen Ton.

»Ich glaub, es ist besser, wenn ich hier sitze und weine«, sagte ich.

»Kannst du nicht. Du bist nicht der Typ.«

»Ich versuch es mal. Erzähl mir eine schlimme Geschichte.«

»Ich kenn keine schlimmen Geschichten.« Er hob mich auf den Armen hoch und kniete nieder, um mich auf den Boden zu legen. Die Blätter waren unter uns dick geschichtet, alte Blätter, die nach trockenem Schlamm rochen. »Nur eine Geschichte«, sagte Thurman. »Wir sind drei Wochen in dem Pick-up gewesen. Noch ein paar Stunden, und du bist zu Hause.« Ich erinnerte mich an ein Lied, das immer auf Kurzwelle gespielt wurde, als ich schlaksig und zwölf war, das größte Mädchen in der Klasse. *Be my little baby. Won't you be my darling, be my baby now ...* Ich lachte. Genau das war ich, ein Baby, ein erfrorenes sechs Jahre altes Baby, das zum Anfang der Kälte zurückkehrte.

»Komische Geschichte, was?« Er küßte meine Augen. »Werd nicht hysterisch. Ich zwing dich nicht. Männlicher Stolz, der Ehrenkodex –«

»Du könntest niemanden vergewaltigen. Du könntest vielleicht wütend genug werden, um anzufangen, aber im entscheidenden Augenblick würde deine Ausrüstung dich im Stich lassen.«

»Du hast recht. Ich wurde mit einem freundlichen Schwanz geboren.« Ich fühlte seine Beine dicht an mir, seinen harten Bauch, die Schnalle seines Gürtels. Er

öffnete sie, damit mir das Metall nicht wehtat und berührte mich unten an den Hüften.
»Es turnt dich an, wenn du väterliche Gefühle hast«, sagte ich. »Du wirst die Hölle für deine Tochter.«
»Du bist die Hölle für mich«, sagte er. »Du wirst eines Tages die gute Geliebte von jemandem sein, während ich in einer Kneipe allein mein Bier trinke und den Flipper höre.«
Ich öffnete sein Hemd und die Hose und rutschte an ihm hinunter. Der Geruch des Sees, wie Georgia, Geschmack wie von einer Verletzung. Er war in meinem Mund, seine Hände in meinem Haar, dann machte er eine Bewegung, damit ich aufhörte, und drehte mein Gesicht hoch. Er beugte sich über mich, hielt mich in den Armen, die Augen zornig und überrascht und naß.
»Nein«, sagte er.
»Thurman.« Ich weinte. »Ich möchte, daß du mich morgen einfach absetzt. Mich und die Koffer und die Bücherkiste. Ich möchte nicht sehen, wie du meine Mutter kennenlernst, nichts in der Richtung. Okay? Bitte.«

Die Kälte zog durch die Erde hoch. Er spürte mich im Dunkeln zittern und zog mich auf sich. Ich lag dort, und er hielt mich mit einem Arm. Seine Brust war breiter als meine Schultern und roch schwach nach dem kalten Geruch der Blätter. Er war wach, rauchte eine Zigarette und starrte in die Bäume. Er stieß den Rauch langsam aus.
»Es ist alles eine Frage des Zeitpunkts«, sagte er. »Die ganze Situation. Der Zeitpunkt und das Zittern.«
»Du bist besser dran ohne mich. Du willst doch keine Überholspuren.«

Er legte seine warme, schwere Hand auf meinen Hinterkopf. »Ich sag dir was über Überholspuren. Mach nicht die Augen zu. Paß jede Minute auf. Paß im Schlaf auf. Wenn du achtgibst, kannst du es schaffen: Das schnelle Schalten, die eine richtige Bewegung. Früher oder später siehst du deine Chance.«

Aus: Jayne Anne Phillips, Überholspur.
Aus dem Amerikanischen von Karin Graf.

Bobbie Ann Mason *Der Ozean*

Der Interstate-Highway war wie der Ozean. Er schien immer weiter zu gehen und hatte eine ähnliche Farbe. Luftspiegelungen von der Hitze erschienen in der Entfernung wie Schaumkronen, und ab und zu verlor Bill sich in Erinnerungen an die See. Er summte glücklich. Er fuhr ein teures Wohnmobil, und das gab ihm das Gefühl, ein großer Mann zu sein.

Den Interstate-Highway zu finden, war für Bill und Imogene Crittendon ein Problem gewesen. Straßen, auf denen sie Straßenzoll bezahlen mußten, hatten sie nicht benutzen wollen, und sie hatten versucht, selbst ihren Weg nach Nashville zu finden.

Sie hatten gedacht, es sei eine Drei-Stunden-Fahrt nach Nashville, aber es kostete sie fünf Stunden, eingeschlossen die Zeit, die sie brauchten, als sie sich in der Stadt verirrten. Nachdem sie an den hohen Gebäuden im Zentrum vorbei und durch die Armengegenden der Vorstädte gefahren waren, hielt Bill schließlich am Rand der Straße an, und Imogene sagte »He!« zu einem Mann mit einem Strohhut, der gedankenversunken die Straße entlangging.

»Wo ist die 65?« rief sie. Die Auffahrt zum Interstate-

Highway 65 war, wie sich herausstellte, ganz in der Nähe. Der Mann ließ seine Augen über das große Wohnmobil gleiten, als könnte er es nicht glauben.

»Wir fahren nach Florida«, sagte Bill, mehr zu sich selbst als zu dem Mann.

Der Mann sagte ihnen, daß die I 65 nicht die schnellste Straße nach Florida sei. Es sei ein Umweg.

»Er hat es nicht besonders eilig«, sagte Imogene.

»Hab ich doch«, sagte Bill. »Ich hatte eigentlich nicht die Absicht, über Alaska nach Florida zu fahren.«

Imogene schlug mit der Landkarte nach ihm.

»Ich hab in Nashville nichts wiedererkannt«, sagte Bill ein wenig später, als sie den riesigen Highway hinuntersegelten.

»Es ist ja auch schon fünfunddreißig Jahre her«, sagte Imogene. »He, paß auf, wo du hinfährst.«

»Hier kannst du nicht von all den Unfällen erzählen, die es je gegeben hat. Du kennst die Geschichte dieser Straße nicht.« Imogene hatte die Gewohnheit, die Geschichte der Unfälle von jeder Straße, die sie kannte, zu erzählen. Es gab einen langgezogenen Hügel im Osten ihrer Heimatstadt, und wann immer sie diesen Hügel hinuntergefahren waren, erzählte sie von einer Gruppe von Frauen, die sich mit ihrem Wagen dort überschlagen hatte und die in verschiedene Richtungen über die Straße geschleudert worden waren. Sie waren alle sofort tot, außer einer Frau, die trotz allem darauf bestand, zur Arbeit zu gehen, aber sie war dann in solch einem Zustand, daß man sie nach Hause bringen mußte.

»Das war vor zwanzig Jahren«, hatte Bill immer gesagt, als Imogene diese Geschichte erzählt hatte. »Ich erinnere mich an sie, sie betete viel. Woher weißt du eigentlich, daß die anderen nicht auch beteten?«

»Na ja, das ist zumindest das, was die Leute damals sagten. Jetzt ist sie natürlich auch tot«, hatte Imogene gesagt.
Bill gewöhnte sich allmählich daran, auf der großen Autostraße zu fahren. Er summte eine Weile, dann begann er laut ein altes Lied zu singen, an das er sich erinnerte.

Don't go walking down lovers lane
with anyone else but me,
till I come marching home.

Das Lied gab ihm ein junges und hoffnungsvolles Gefühl. Er stellte sich vor, wie er mit den Händen in den Taschen pfeifend eine Straße entlang ging. Er konnte es gar nicht erwarten, den Strand entlang zu gehen.
»Er wird das nie tun«, hatte Imogene immer allen Verwandten gesagt. »Er wird keinen Fuß von diesem Hof setzen – für den Rest seiner Tage. Er ist hier angewachsen.«
Aber er hatte es getan. Er hatte es allen gezeigt. Er hatte fünfzehnhundert Dollar in der Brieftasche und mehr auf der Bank. Das viele Geld machte ihn trunken. Er verbrachte Stunden damit, Zahlen zusammenzuzählen, er bezahlte dies und jenes. Er hatte immer eine Rolle Banknoten bei sich getragen, aber nicht, um sie auszugeben. Er wollte sie nur immer zur Hand haben. Jetzt gab er das Geld mit vollen Händen aus. Die Zahlen tanzten in seinem Kopf.
Bill hielt auf einem Rastplatz an der Straße an, und sie aßen Kartoffelsalat und gebratenes Hühnchen, das Imogene an dem Morgen gemacht hatte.

»Dieser Wagen ist nicht mal groß genug für zwei Katzen«, sagte sie, als sie gegeneinanderstießen.
Sie öffnete ein neues Glas mit eingemachten Gurken.
»Glaub nicht, daß wir noch lange so was zu essen haben«, sagte sie. »Ich kann während der Fahrt nicht einmachen.«
»Brauchst du auch nicht«, sagte Bill.
»Du wirst deine Erbsen und deinen Landschinken haben wollen«, sagte Imogene.
Nachdem sie gegessen hatten, legten sie sich zum Schlafen hin. Der Ventilator lief, und der Verkehr zischte an ihnen vorüber. Bill sah sich das Innere des Wohnmobils an. Es war ihm noch nicht wirklich vertraut. Er hatte das Luxusmodell gekauft, um Imogene eine Freude zu machen. Er hätte auch in einem einfachen Lastwagenbett leben können. Er streckte sich aus und zog seine Schirmmütze mit der Reklameaufschrift über die Augen.
Eine große Familie kam auf dem Gelände an und bereitete mit viel Lärm ein Picknick zu. Sie lachten und redeten, und Bill konnte nicht einschlafen. Er stand auf und sah zu, wie ein Junge mit seinem Hund Frisbee spielte. Der Junge war ungefähr achtzehn, schätzte Bill, und trug abgeschnittene Jeans. Bill hatte Angst, daß der Hund auf die Straße laufen würde. Das Zusehen machte ihn nervös. Einmal segelte der Frisbee in die Nähe des Straßenrandes, und Bill mußte sich zurückhalten, um nicht hinter dem Hund herzujagen. Der Hund machte wilde Sprünge, um den Frisbee aufzufangen. Bill hatte schon im Fernsehen einmal gesehen, wie Hunde Frisbee spielten. Er selbst hatte nie Frisbee gespielt. Er litt darunter, keinen Hund mehr zu haben.

Sie fuhren weiter. Die Landschaft wechselte von Hügeln zu flachem Land und wieder zu Hügeln, von Feldern zu Wäldern. Bill konnte es immer noch nicht glauben, daß er wirklich den Ozean wiedersehen sollte. Er wollte nur dasitzen und ihn ansehen und ihn sich einprägen. Er fuhr singend. Er fand es schön, in seinem Wohnmobil so hoch über den anderen Wagen zu sitzen, auf sie hinunter zu sehen. Ihm gefiel die Art, wie der Wagen dem Steuerrad gehorchte, und er mochte das ruhige Geräusch des Motors.

Imogene saß mit geballten Händen da. Immer wenn Autos sie überholten, griff sie nach dem Griff vor ihr. Bill sagte ihr, daß sie bei den breiten Straßen keine Sorge wegen entgegenkommender Fahrzeuge zu haben bräuchte, aber Imogene sagte, daß die Wagen, die sich um sie herumschlängelten, noch schlimmer seien.

»Ich hab immer gehört, daß man neu anfangen könnte, wenn man in Rente geht«, sagte Imogene. »Aber meine Nerven sind zu schlecht.«

Sie hatte das immer wieder gesagt. Sie hatte beim Verkauf des Hauses geweint, und sie hatte geweint, als sie ihre Sachen Judy und Bob und Sissy schenkten. Sie sagte, es seien die Nerven.

»Mit dir ist es wirklich lustig«, sagte Bill in gereiztem Ton. »Ich hätte dich nicht mitnehmen sollen.«

»Ich hab diesen Schmerz in der Seite«, sagte sie.

Bill überholte Volkswagen und Pintos und sogar Lastwagen. Er war begeistert, als er ein anderes Wohnmobil überholte. Er hatte ein seltsames Gefühl in sich, als ob sein ganzer Körper zerplatzen könnte.

»Du fährst über neunzig«, sagte Imogene nach einer Weile. Bill war ein guter Fahrer. Er kannte jede Straße und jeden Kuhpfad und jeden Indianertreck in der

Jackson Purchase. Wenn er spät nach Hause kam, dachte Imogene immer, er habe einen Unfall gehabt. Aber er war noch niemals auch nur im Graben gelandet, außer mit dem Trecker.

Imogene sagte: »Gladys hatte auch solch einen Schmerz, und sie haben dann herausgefunden, daß sie eine Nierenkrankheit hat. Sie mußte alle fünf Minuten auf die Toilette. Bei der Beerdigung ihres Mannes mußte sie an der Tür sitzen.«

»Willst du mir die ganze Fahrt über die Laune verderben?«

Imogene lachte. »Wir sind wirklich komisch. Wir werden uns umbringen, bevor wir dort ankommen. Ich bin wirklich bald beerdigungsreif. Oder du mußt mich in ein Sanatorium bringen, eins von beiden.«

Bill lachte. Er mußte hinter einem Lastwagen langsamer fahren, und er schaltete. »Das hier könnte man in China nicht machen!« rief er plötzlich aus.

»Was machen?«

»Einfach so abhauen. In China kann man nicht ohne Erlaubnis von einem Distrikt zum nächsten fahren. Und wenn man's könnte, müßte man's mit dem Fahrrad machen.«

»Ich glaub, wir kommen bald in China an, wenn wir weiter so schnell fahren. Du fährst schon wieder über neunzig.«

»Wir werden bald so sein wie die Chinesen, wenn unser beschränkter Präsident so weitermacht!« sagte Bill und ignorierte Imogenes Bemerkung über die Geschwindigkeit.

»Erklär mir noch mal, was das mit China ist?« Imogene las niemals die Zeitung, aber Bill las den *Sun-Democrat* jeden Abend und sah die Nachrichten im Fernsehen.

Bill versuchte zu erklären. »Also, paß auf, nach dem Krieg mußte die chinesische Regierung nach Taiwan gehen, das war damals Formosa. Und die Rebellen gründeten einen neuen Staat auf dem Festland, aber China war die Insel Formosa. Das war das wahre China. Die, die auf dem Festland zurückblieben, waren Kommunisten. Die Vereinigten Staaten unterstützten das wahre China.« Bill sah Imogene an. »Hörst du zu?«

»Hm-mm. Mach weiter.« Imogene hielt sich an den Seiten ihres Sitzes fest. Ein Greyhound-Bus überholte sie.

»Und so haben die Vereinigten Staaten jetzt einen Vertrag mit Taiwan, es gegen die Kommunisten zu verteidigen.«

»Und nun haben wir den Vertrag gebrochen«, beendete Imogene an seiner Stelle.

»Das ist richtig! Und jetzt hat unser Erdnuß-Präsident beschlossen, ein Kumpel von den Kommunisten zu werden, und bevor man bis drei zählen kann, wird er uns in einen Krieg bringen!«

Bill regte sich immer sehr auf, wenn er an den Präsidenten mit seinem hohlen Grinsen dachte. Bill konnte ihn nicht leiden. Er durchschaute ihn in allem, was er tat. Bill waren schon zu viele von der Art begegnet.

»Er hat Taiwan verschenkt, und vorher hat er den Panama-Kanal weggegeben«, sagte Bill.

»Ich will trotzdem Plains sehen«, sagte Imogene.

»Damit du Billy Carter sehen kannst?« fragte Bill.

»Ich möchte nur sagen können, daß ich in der Heimatstadt des Präsidenten war.«

»Na ja, o.k. Wir können es wahrscheinlich bis morgen schaffen.«

»Billy taucht immer irgendwo auf, in einem Magazin oder in einer Talk-Show«, sagte Imogene. »Ich wette, er verbringt nicht mal mehr die Hälfte seiner Zeit in Plains.«

Sie begannen, einen Campingplatz zu suchen. Imogene studierte den Führer und versuchte zur gleichen Zeit, auf die Straße zu achten. Sie fand einen, der ihr ganz vernünftig erschien, aber Bill verpaßte die Abfahrt.

»Ich glaub, das war's gerade eben«, sagte Imogene. »Schnell, fahr zurück.«

Bill machte eine Haarnadelkurve, überquerte den grasbewachsenen Mittelstreifen. Ein Wagen hupte.

»Ich glaub, das durftest du nicht«, sagte Imogene und sah zurück.

Der Campingplatz war sehr schön. Musik spielte, und es gab große schattige Bäume und eine Menge Hunde. Bill ging auf dem Gelände spazieren, während Imogene das Abendessen vorbereitete. An einem so fernen Ort zu sein und zwischen Fremden mit Autonummern von überall im Lande herumzulaufen, gab Bill das Gefühl, ein Kind zu sein, das auf eigene Faust unterwegs war. Er nickte einem jungen Mann zu, der an ihm vorbeieilte. Der Mann trug Gummisandalen und hatte eine Plastiktüte in der Hand. Er murmelte ein schwaches »Hallo«. Einen Augenblick hatte Bill das Bedürfnis stehenzubleiben und sich mit ihm zu unterhalten, ein Bedürfnis, das er sonst nur selten empfand.

Imogene servierte Schweinekoteletts, gebutterte Bohnen, Mais, Krautsalat und Maisbrot zum Abendessen, und sie aßen, während sie die Nachrichten ansahen. Bill verzog das Gesicht, als der Präsident auf dem Schirm auftauchte.

»Die Tage werden länger«, sagte er etwas später und sah aus dem Fenster.
»Wir sind weiter im Süden«, sagte Imogene. Sie hatte das Geschirr abgewaschen und setzte sich. »Ich weiß überhaupt nicht, was ich mit mir anfangen soll. Ohne auf Mama aufpassen und sie füttern zu müssen. Ohne ihre Klagen alle zehn Minuten zu hören. Ich hab gerade an ihr Abendessen gedacht. Ich bin dann immer mit ihrem Tablett, ihren Corn-flakes und ein bißchen Apfelmus zu ihr reingegangen. Und dann hab ich sie für die Nacht fertiggemacht und ihr Magnesiummilch gebracht und noch mal nachgesehen, ob sie auch richtig zugedeckt war.«
»Wünschst du dir, daß wir sie mitgenommen hätten?« fragt Bill neckend. Er wußte, daß Imogene in dieser Stimmung weitermachen würde, wenn er sie ließ. »Dann hätten wir schon vor fünf Jahren fahren können. Ich hätte hier schlafen können, und du und sie, ihr hättet zusammen das Bett da drüben haben können.«
»Oh, hör auf damit! Es ist gerade einen Monat her, daß wir sie begraben haben.«
»Ich hab nur gedacht, daß du wahrscheinlich ihr Schnarchen vermißt.«
Sie drohte ihm mit der Faust. »Ich sag dir eins. Keins von meinen Kindern soll das aushalten müssen, was ich durchgemacht habe.« Imogene rülpste. »Zuviel gegessen«, sagte sie.
Bill fiel es sehr schwer einzuschlafen. Zuerst bellten die Hunde die halbe Nacht. Dann sprach ein Mann in einiger Entfernung sehr laut. Und irgendwann in der Nacht kam ein Motorrad in das Camp geröhrt, und die Hunde begannen wieder zu bellen. Bill lag halb wach,

er dachte an den Ozean und erinnerte sich an das rollende, knackende alte Schiff, von dem er immer gefürchtet hatte, daß es untergehen würde. Die *U.S.S. Shaw* war ein Zerstörer, der in Pearl Harbor versenkt worden war, dann wieder gehoben und in einer überraschend kurzen Zeit neu ausgerüstet worden war. Er hatte immer noch das Donnern der Kanonen im Ohr. Manchmal weckte es ihn nachts auf. Und manchmal erwischte er sich selbst dabei, wie er wie in Trance dastand und immer noch Munition zu dem Schützen hinüberreichte, rhythmisch, eine Granate nach der anderen. Er war auf dem Pazifik gewesen, aber der Atlantik war mit dem Pazifik verbunden – oder war zumindest verbunden gewesen, bis Carter den Kanal weggegeben hatte, dachte Bill angeekelt, als er sich auf dem engen Bett umdrehte.

»Vielleicht schaffen wir es heute!« sagte Bill, als sie um vier Uhr aufstanden. Auf dem ganzen Platz war sonst niemand auf.

»Du dachtest, es wär Zeit zum Melken«, sagte Imogene. »Ich konnte auch nicht schlafen, ich war zu aufgeregt.«

Nach einem reichlichen Frühstück mit Speck, Eiern, Toast und Corn-flakes fuhren sie eine Weile, dann hielten sie an, um etwas zu schlafen.

»Wir kommen da nie hin«, sagte Bill.

Sie fuhren nach Süden, kamen durch Birmingham, dann fuhren sie über schmalere Straßen in Richtung Plains. Es war viel Verkehr auf den schmalen Straßen. Die Fahrer in Georgia waren schlechter als die in Kentucky, dachte Bill, als er hinter einer Frau herfuhr, die in einem verbeulten alten Buick mit hängender Stoßstange mitten auf der Straße fuhr.

»Guck mal, da ist ein altes Herrenhaus!« rief Imogene. »Eins von diesen mit den weißen Säulen!«
Das Haus stand so dicht an der Straße, daß es gar keinen Vorgarten mehr hatte, und sie konnten durch die Eingangstür blicken und hinten wieder hinaus. Unkraut war hoch um das Haus herum gewachsen.
»Guck mal, die alten Hütten dahinter«, sagte Bill. »Da haben früher die Sklaven gelebt.«
»Sieht so aus, als lebten sie da immer noch«, sagte Imogene und deutete auf einige zerlumpte schwarze Kinder. »Gott, ich dachte, wir hätten arme Leute zu Hause, aber das hier.«
In Plains kaufte Imogene Postkarten und schickte sie an die Kinder, die über das ganze Land verstreut waren. Imogene schrieb auf jede Karte dasselbe: »Euer Daddy und ich sind aufgebrochen, um die Welt zu sehen. Werden Euch wissen lassen, was daraus wird. Wenn ich solange lebe. (Oh!)« Bill und Imogene gingen die kleine Hauptstraße hinunter, die voller Busse und Wohnwagen war. Leute von überall her liefen auf und ab. Imogene wollte den Touristenbus nehmen, aber Bill sagte, daß sie ein neues Zwanzigtausend-Dollar-Fahrzeug hätten und selbst fahren könnten, also fuhren sie eine Weile herum. Dann bestand Imogene darauf, daß Bill in Billy Carters Tankstelle anhielt.
»Ich glaub, das ist er«, sagte Imogene und blickte auf einen Platz neben der Tankstelle, wo eine Gruppe von Leuten herumstand. »Nein, das ist er doch nicht. Sah ihm aber ähnlich.«
Ein verschwitzter Mann in einem Unterhemd mit dünnen Trägern füllte ihnen den Tank.
»Ich schätze, Billy ist nicht da«, sagte Imogene, die sich über Bill hinweg aus dem Fenster lehnte.

»Nein, er ist weg. Er ist drüben in Americus.« Der Mann deutete in eine Richtung.

»Da sind wir durchgekommen«, sagte Imogene.

»Nein, sind wir nicht«, sagte Bill.

»All diese Touristen hier machen euch Leute verrückt, nehme ich an«, sagte Imogene, ohne auf Bill zu hören.

»Oh, man gewöhnt sich daran«, sagte der Mann und lehnte sich an die Tanksäule. »Man weiß nie, wen man sehen oder treffen kann. Wir kriegen hier einige Typen herein, das kann ich Ihnen sagen.«

»Kann ich mir vorstellen.«

»Bist du fertig?« fragte Bill Imogene.

»Ich glaub schon.«

»Also, schaut mal wieder rein«, sagte der Mann.

»Werden wir, werden wir«, sagte Imogene und winkte.

»Hast du genug gesehen?« fragte Bill.

»Ich kann jetzt sagen, daß ich hier gewesen bin.«

Bill wurde etwas müde, und er fuhr eine Weile lustlos. Er konnte keine Verbindung herstellen zwischen Plains und dem Weißen Haus. Plains sah aus wie die alten Sklavenhütten hinter dem Herrenhaus, an dem sie vorbeigefahren waren. Das Herrenhaus war das Weiße Haus. Bill dachte an Honest Abe Lincoln, wie er die Baumstämme für sein Haus fällte, aber das war vor einer langen Zeit. Die Dinge waren jetzt viel komplizierter. Bill haßte Komplikationen. Wenn er das Ganze zu leiten hätte, würde er alles ziemlich einfach machen. Er hatte diesen fußwaschenden, wiedergeborenen Baptisten sowieso nie getraut. Und jetzt hatte der Präsident zugelassen, daß ein ganzes Land im Mittleren Osten von einem religiösen Fanatiker übernommen worden war. Es machte ihn krank. Was, wenn

Billy Graham beschloß, die Vereinigten Staaten zu übernehmen? Das wäre dasselbe.

Bill und Imogene schlängelten sich mit ihrem Wohnmobil, ohne miteinander zu reden, durch Georgia, durch kleine Städte, die in Bills Augen so aussahen, als hätten sie sich seit 1940 nicht geändert. Die Einkaufsläden hatten Veranden. Es gab jede Menge alter Reklameschilder, die man in anderen Teilen des Landes nicht mehr sehen konnte. Die Schilder waren verblaßt und verrottet.

Zwischen Plains und der Grenze von Florida zählte Bill fünf tote Tiere – ein Opossum, ein Waldmurmeltier, eine Katze, einen Hund und eine nicht erkennbare Masse von Haut und Fell. Er versuchte, langsamer zu fahren.

Sie hielten auf einem Campingplatz an der Grenze, und Bill füllte den Wassertank auf. Das Wohnmobil war staubig, aber es sah immer noch brandneu aus. Imogene sah nach, ob irgend etwas zerbrochen war.

»Ich versteh nicht, warum dieser Gasofen nicht explodiert«, sagte sie. »Dies ganze Geschüttel in der Hitze. Sie sagen doch sonst, daß man eine Gasdose nicht mit ins Auto nehmen soll.«

»In einem Wohnmobil ist das was anderes«, sagte Bill.

Sie gingen auf dem Campingplatz herum. Eine Menge von Wohnmobilen hatten Motorräder hinten angebunden, und einige Leute hatten ihre Motorräder heruntergenommen und schon angeworfen. Der Lärm störte Bill, aber er sah gerne zu, wenn die Motorräder losjagten und in einer Staubwolke verschwanden.

Bill blieb stehen, um einen freundlichen Collie zu streicheln. »Das ist Ismael«, sagte das Mädchen, das den Collie an der Leine hielt. »Er ist so freundlich, daß ich nie Schwierigkeiten habe, Leute zu treffen. Ich treff 'ne ganze Menge von Typen auf die Art und Weise! Leute schaffen sich deshalb extra Hunde an, wußten Sie das?«

»Du bist so ein guter Junge«, sagte Bill und klopfte den Hund. »Netter Junge.«

Ismael leckte Bill die Hand und versuchte dann, unter Imogenes Kleid zu schnüffeln.

»Ismael, sei nicht so ungezogen. Er ist immer so freundlich«, sagte das Mädchen entschuldigend. Sie trug eine dünne Bluse und Shorts. Ihre Beine waren glatt und braun mit goldenen Haaren auf den Schenkeln.

»Er liebt Hunde«, sagte Imogene. »Er kann es nicht aushalten, ohne Hund zu leben. Wir haben all unsere Kühe verkauft und alles, und jetzt sind wir hier. Unsere ganze Farm steckt in dem da.« Sie winkte in Richtung auf das Wohnmobil.

»Mann, das Ding ist gut. Das muß ja 'n Vermögen gekostet haben«, sagte das Mädchen und legte die Hand über die Augen, als sie auf das Wohnmobil sah.

»Wohin wollen Sie denn?« fragte Bill mit ungewöhnlicher Höflichkeit, ein wenig verlegen.

»Oh, ich war an der Küste, aber es ging mir 'n bißchen auf die Nerven, also bin ich jetzt auf dem Weg nach Atlanta, wo ich diesen Typ kenne, glaube ich. Ich hab ihn in Los Angeles getroffen, und damals sagte er, wenn ich je nach Atlanta komm, sollte ich mal bei ihm vorbeisehen. Ich hoffe, er erinnert sich an mich.«

Das Mädchen sagte, daß ihr Name Stephanie sei. Bill glaubte, daß sie etwa im Collegealter war. Er war sich nicht sicher. Sie sah sehr jung aus dafür, daß sie so alleine herumreiste. Er dachte an Sissy, seine jüngste Tochter. Sissy war schließlich aus San Francisco zurückgekommen und hatte ihren Ausbruch überlebt, obwohl sie nicht viel darüber reden mochte.

»Wissen Sie, Ismael ist für mich die Nummer eins«, sagte Stephanie. »Wenn ein Typ meinen Hund nicht mag, dann verschwind ich, nicht?« Sie sah Bill an, als ob sie auf Zustimmung wartete. Bill streichelte Ismael, und der Hund leckte wieder seine Hand.

»Ein Typ, der Wohnmobile ausbaut, hat mich mitgenommen«, sagte Stephanie weiter. Sie deutete auf ein beiges Wohnmobil mit blauen und roten Fischen auf den Seitenflächen. »Also es ist so, die Leute kaufen die Wagen ohne irgendwas und er stattet sie dann aus. Er hat gesagt, er wäre in ein paar Minuten zurück. Er telefoniert nur wegen eines Abschlusses.« Sie sah sich auf dem Campingplatz um. »Sehen Sie sein Nummernschild?« sagte sie. »KOOL II. Ist das nicht süß? Hier, gucken Sie mal rein.«

Bill und Imogene blickten in den Wagen hinein. Er war mit einem flauschigen Teppich ganz ausgelegt. Hinten stand quer zur Fahrtrichtung ein breites Bett mit einer Leopardenfelldecke. Sogar die Decke war mit einem Teppich ausgelegt, weiß, mit einem roten Herz direkt über dem Bett.

»Da ist gar keine Küche drin«, sagte Imogene.

»Nur ein Kühlschrank und eine Bar«, sagte Stephanie. »Ist das nicht toll? Ich finde die Ausstattung einfach irre.«

Sie ließ Ismael in den Wagen hineinspringen und nahm seine Leine ab. Er sprang auf das Bett und streckte die Pfoten aus. Das Bett schien sich mit den Bewegungen des Hundes wellenartig zu bewegen.

»Es ist ein Wasserbett«, sagte Stephanie mit einem Lachen.

»Wir sind diese ganze Zeit auf einer Farm festgebunden gewesen«, sagte Imogene.
»Wir werden jetzt herumreisen, bis wir genug davon haben«, sagte Bill, der sich wieder verlegen fühlte, weil er dem Mädchen Dinge über sich selbst erzählte.
»Das ist ja wirklich toll«, sagte Stephanie und zog an ihren Blusenträgern. »Mann, das finde ich wirklich toll. Ich reis in der Gegend rum und denke mir gar nichts dabei, aber ich wette, Sie haben darauf all diese Jahre gewartet!«
»Kommen Sie und essen Sie mit uns«, sagte Imogene. »Sie haben keine Küche.«
»O nein, danke. Ich muß auf diesen Typ warten. Wir wollten mal den McDonald's oben an der Straße probieren. Ich warte auf ihn, gewissermaßen, verstehen Sie? Aber trotzdem, vielen Dank auf jeden Fall.«
Stephanie winkte auf Wiedersehen und wünschte ihnen viel Glück.
»Das können wir brauchen«, sagte Imogene.
Nach dem Abendessen saßen Imogene und Bill in ihren Faltstühlen draußen und sahen zu, wie in den anderen Wohnwagen und Wohnmobilen die Lichter angingen. Es war immer noch heiß, und sie schlugen mit der Zeitung nach riesigen Moskitos.
»Ich hab meinen antiken Konfitüreständer Sissy geschenkt«, sagte Imogene. »Sie kann das gar nicht würdigen.«
Bill war still. Er lauschte den Geräuschen, den Fernsehapparaten und Radios, deren Stimmen alle ineinander übergingen. Er sah, wie ein blonder Junge in den KOOL-II-Wagen kletterte.
»Man kann sich gar nicht vorstellen, in was für Schwierigkeiten das Mädchen gesteckt hat«, sagte Imogene

nachdenklich. »Ich glaube, sie war eine von diesen Ausreißerinnen, von denen so viel geredet wird.«

»Woher willst du das wissen?«

»Man kann das nie wissen, mit den Leuten, die man trifft, hier draußen.«

Bill sah, wie der blonde Junge wieder aus dem Wagen auftauchte und auf das Duschgebäude zuging. Bill mochte die Art, wie der Junge ging, mit dem Handtuch um die Schultern geworfen. Er hatte Haare wie ein Mädchen und einen kurzen Bart. Der Junge ging so frei, als hätte er keine Sorgen außer diesem Wagen mit dem roten Herz an der Decke. Bill dachte mit Unbehagen daran, daß er früher einmal Imogene versprochen hatte, daß sie die Welt sehen würden, daß sie aber nie aufgebrochen waren. Er hatte immer gewußt, daß ihm einfach der Mut gefehlt hatte. Nach dem Krieg war er sofort nach Hause zurückgefahren. Er haßte sich selbst dafür, daß er diese ganze Zeit zu Hause geblieben war.

Später begann Imogene zu weinen. Bill versuchte *Charlies Engel* zu sehen, und er tat so, als merkte er nichts. Nach ein paar Minuten hörte sie auf. Dann, nach einem Werbespot, begann sie wieder.

»Vor Jahren«, sagte Imogene und wischte sich das Gesicht ab, »als ich deine Mama zum Doktor brachte – als sie gerade bei uns eingezogen war und ich sie zur Untersuchung brachte –, ging ich zum Doktor hinein, und er sagte zu mir: ›Wie geht es Ihnen?‹, und ich sagte: ›Ich bin nicht zur Untersuchung gekommen, ich habe sie hergebracht‹, und er sagte: ›Ich weiß, aber wie geht es Ihnen?‹ Er sagte zu mir: ›Sie wird Sie umbringen! Ich habe so was schon öfter gesehen, und sie wird Sie umbringen. Sie denken jetzt, sie wird nicht viel

Arbeit machen und es ist so am besten, aber denken Sie an meine Worte, Sie werden es jetzt nicht verstehen, aber sie wird Sie ausbluten. Sie kann Sie zerstören. Am Ende sind Sie das Wrack.‹ Er sagte: ›Also, ich bin kein Psychiater‹ – oder wie immer man die nennt – ›aber ich habe es zu oft gesehen. Ich warne Sie nur.‹ Ich hab über diese Frau gelesen, die mit ihrem Sohn und ihrer Schwiegertochter lebte und hundertunddrei Jahre alt wurde! Niemand sollte so lange leben!«

»Bist du fertig?« Imogene hatte eine besonders aufregende Szene in *Charlies Engel* unterbrochen. Bill sagte nichts, und die Sendung ging zu Ende. Imogene machte ihn nervös, sie sprach immer über die Vergangenheit. Wenn sie das weiter tun wollte, hätten sie genauso gut zu Hause bleiben können. Bill wußte nicht, was er sagen sollte. Imogene holte sich einen Waschlappen und wischte ihr Gesicht ab. Ihr Gesicht war aufgedunsen und rot.

»Ich hab den ganzen Tag versucht, den Mut zu fassen, zu sagen, was ich gerade gesagt habe«, sagte sie später. »Ich kriege diese Kopfschmerzen, und ich habe den Schmerz, und ich kann nichts schmecken.«

»Das ist alles in deinem Kopf«, sagte Bill in sanft neckendem Ton. »Du hast zu vielen alten Frauen zugehört.«

»Ich werde immer so verdrießlich«, sagte Imogene. »Irgendeine Kleinigkeit, und ich werde verdrießlich. Es wär ganz egal, ob wir hier sind, oder in China oder in Kalamazoo.«

»Du brauchst einfach etwas, worüber du dir Sorgen machen kannst«, sagte Bill. Er mußte versuchen, Verständnis für sie aufzubringen.

»Sie war deine Mama«, fuhr Imogene fort. »Und ich bin

diejenige, die sich die ganze Zeit um sie gekümmert hat, ich hab für ihr Haus gesorgt, für sie eingemacht, für sie gewaschen und sie bedient, als sie nicht mehr aufstehen konnte. Und du hast niemals auch nur einen Handschlag getan. Du konntest es in der Umgebung von alten Leuten nicht aushalten, hast du gesagt; es hat dich nervös gemacht. Also hör zu, mein Lieber, deine Zeit kommt auch, und wer wird dich dann bedienen? Du kannst mich in ein Altersheim stecken, mir ist alles egal. Und noch eins wollte ich dir sagen, die alte Miss Lillian lebt nicht im Weißen Haus.«
Bill wurde übel vor Schreck. »Du würdest in ein Altersheim gehen und mich alleine lassen?« fragte er mit kläglicher Stimme.
»Ich hätte gute Lust dazu«, sagte sie.
»Das würdest du mir doch nicht antun, oder? Wer würde für mich kochen?«
»Du kannst dir Hamburger holen und dieses ganze Fertigzeug.«
»Ich hab dir dieses hübsche Spielzeughaus gekauft. Du willst mich darin doch nicht ganz allein lassen, oder?«
Er fuhr ihr mit der Hand durch die Haare. »Das macht mit dir gar keinen Spaß mehr. Du regst dich immer auf und weinst über jede Kleinigkeit.«
»Ich kann nichts dagegen tun.« Sie legte ihren Kopf auf ein Kissen. »Mach dich nicht lustig über mich.«
Bill legte linkisch die Arme um sie.
»Du kannst mich nicht mehr neu machen«, sagte sie.
»Warte du nur, bis wir zum Ozean kommen«, sagte Bill und streichelte sie. Er fühlte sich wie ein Narr. Die Muskeln in seinen Armen waren so steif, daß er dachte, sie würden zerplatzen. Sein Mund war trocken.
In der Nacht schlief Bill unruhig. Er konnte sich nicht

an eine Schaumgummimatratze gewöhnen. Er hatte einen Alptraum, in dem seine Mutter und Imogene in Schaukelstühlen jeweils zu einer Seite von ihm saßen. Es war ein Wettbewerb, in dem es darum ging, wer am längsten schaukeln konnte. Bills Aufgabe war es, Schiedsrichter zu sein, aber sie schaukelten immer weiter. Seine Kinder sammelten sich um sie, verspotteten ihn, wollten den Stand des Wettbewerbs wissen. Das gleichmäßige, schwingende, endlose Schaukeln machte ihn seekrank. Er wachte auf, fast mit einem Schrei auf den Lippen, aber, wach, konnte er nicht verstehen, warum die Schaukelstühle ihn so erschreckt hatten. Er sagte sich selbst, daß er ein Idiot sei, und schließlich gelang es ihm, sich selbst zu beruhigen, indem er sich angenehme Gedanken über Stephanie und den blonden Jungen machte. Er stellte sich vor, was sie in dem Wagen mit dem roten Herz an der Decke machten. Später träumte er, daß er einen Job hatte, in dem er einen Wagen quer durch das Land fahren mußte. Er trug eine Uniform mit einem Cowboyhut, auf dem vorne KOOL II stand. Er fuhr den Wagen mit Höchstgeschwindigkeit, und als er am Ozean ankam, ging er auf eine Fähre, die sich dann als ein Zerstörer herausstellte. Der Zerstörer glitt über den Ozean. Imogene kam in dem Traum überhaupt nicht vor.

Als er aufwachte, sah er sie an. Sie schlief noch, ihr Mund stand offen, und ein leises Schnarchen kam von ihr. Er erinnerte sich an die Zeit im Andrew Jackson Hotel in Nashville, als er sie eine ganze Stunde lang im Schlaf beobachtete, weil er ihr Gesicht in der Erinnerung behalten wollte, wenn er fortfuhr. Dann war sie aufgewacht und hatte gesagt: »Ich wußte, daß jemand mich beobachtet. Ich habe es geträumt. Du hast fast ein

Loch in mich gestarrt.« Sie waren damals noch nicht lange verheiratet gewesen, und sie waren den größten Teil der Nacht wach geblieben, eng umschlungen.

Jetzt war Imogenes Gesicht fett und faltig, aber er konnte darin immer noch deutlich ihr junges Gesicht sehen. Ihr Haar war grau und kurz geschnitten, voller Locken. Jede Locke stand für sich, wie die Drehung von Stahlwolle. Bill beugte sich über sie und bellte: »Reise, reise!« Dann sang er: »Du bist mein Engel, mein Licht am Morgen.« Imogene wachte auf und sah ihn wütend an.

»Ich kann es gar nicht erwarten, dir den Ozean zu zeigen«, sagte Bill. Er zog sich an und setzte die Mütze auf seinen Kopf. Er sah aus dem Fenster, ob KOOL II schon abgefahren war. Er war abgefahren.

»KOOL II ist weg«, sagte Bill.

»Sie war ein nettes Mädchen«, sagte Imogene, als sie aufstand. »Aber daß sie einfach so mit diesem Jungen gegangen ist, ich weiß nicht. Es gibt so viel Niedriges heute.«

Sie setzte Wasser auf und legte Speckstreifen in die Pfanne und begann sich anzuziehen. Bill schaltete den tragbaren Fernseher ein. Die *Today-Show* war heute in Minnesota, die Reporterin frühstückte mit einem Farmer, der sagte, daß es wirklich möglich war, als Milchfarmer heutzutage Geld zu verdienen.

»Zunächst einmal muß man Kühe mögen«, sagte er. Er sagte, daß er seinen Kühen keine Namen mehr gäbe. Er gab ihnen Nummern – »wie Sozialversicherungsnummern«, sagte er lachend.

»Wie könnte man eine Kuh ohne Namen halten?« fragte Bill. »Wie kann man dann mit ihr reden?«

»Er ist ein Großfarmer«, sagte Imogene. »Er könnte

sich gar nicht an alle ihre Namen erinnern, er hat so viele Kühe.«
Die Frau des Farmers behauptete, daß sie keine arbeitende Frau sei, aber die Reporterin erklärte, daß die Frau trotzdem die ganze Zeit arbeite, sie machte Butter und Käse, rupfte Hähnchen und erzog die Kinder und so weiter.
»Aber das ist Arbeit, die Spaß macht«, sagte sie.
»Wenn es einen nicht umbringt«, sagte Imogene.
Eines von den sieben Kindern des Farmers sagte, daß er aufs College gehen wollte. Heutzutage mußte man Wirtschaft studieren, um in der Landwirtschaft zurechtzukommen. Es gab eine Menge, die sein Vater ihm über die Landwirtschaft nicht beibringen konnte.
»Kannst du dir vorstellen, daß wir im Fernsehen sind, beim Frühstück?« fragte Imogene.
»Um Gottes willen«, sagte Bill. »Es wär mir so peinlich, ich würd sterben. Ich würde mich in irgendein Loch verkriechen.«
Die Sendung schaltete jetzt um zu einer kleinen Farm in der Prärie, ebenfalls in Minnesota. Tom Brokaw interviewte Mike Landon. Mike Landon erzählte, wie in der alten Zeit alle zusammen meistens in einem kleinen Raum wohnten, und wie die Leute gezwungen waren, eng zusammen zu leben, miteinander zusammen zu arbeiten, einander zu helfen. Man konnte sich nicht verstecken. Heutzutage konnte ein Kind alleine in seinem Zimmer sein und ein Drogenproblem haben, und sechs Monate lang würde niemand etwas merken. Das hätte im neunzehnten Jahrhundert nicht passieren können, sagte Mike Landon.
»Ich wette, er lebt in einer Villa«, sagte Bill, der hin und her lief. »Wie will er das erklären?«

Mike Landon sagte, daß es nicht darauf ankäme, wie viele Zimmer man habe, solange man miteinander redete. Seine Kinder sahen während der Woche nicht fern, sagte er, außer dieser Sendung. »Oder sie kriegen Prügel!« Er lachte.

Bill wurde immer unruhiger, als sie nach Florida hineinfuhren. Er behielt die linke Seite des Horizonts im Auge, damit er den ersten Blick auf den Ozean nicht verpaßte. Er hatte Angst, daß er jede Sekunde auftauchen könne und er ihn verpassen würde. Der sich ändernden Landschaft und den Touristenschildern schenkte er kaum Aufmerksamkeit.

»Ich glaub, ich hab Orangenbäume gesehen«, sagte Imogene.

Imogene hatte aufgehört, jedesmal zusammenzuzukken, wenn ein Auto sie überholte, und sie schien in besserer Laune zu sein, dachte Bill.

»Ich kann es gar nicht erwarten, dir den Ozean zu zeigen«, sagte er zum zehnten Mal.

»Es gibt Leute, die sind ganz glücklich, immer zu Hause zu bleiben«, sagte sie. »Aber dieser Farmer im Fernsehen – er hatte Geld. Er könnte sich im Alter nach Florida zurückziehen und hätte etwas von all den Jahren, die er gearbeitet hat.«

Nachdem sie die Umgehungsstraße um Jacksonville herum hinter sich gebracht hatten, fuhr Bill zu einem Campingplatz. Er konnte den Ozean immer noch nicht sehen.

»Brrr!« rief Imogene plötzlich. »Was ist mit dir los? Du hast mich zu Tode erschreckt. Du bist ja fast in den Lastwagen reingefahren.«

»Der Lastwagen war noch 'ne halbe Meile von uns entfernt! Mach dir nicht in die Hosen. Wir sind fast da.«

Als sie in den Campingplatz, der einen Swimmingpool, aber keine Bäume hatte, einfuhren, sagte Imogene: »Man merkt, daß das hier Florida ist. Überall alte Leute.«
Bill hatte die anderen Campingplätze lieber gemocht, mit den Hunden und den jüngeren Leuten. Hier sah er keine Hunde. Sie fuhren an einem Mann vorbei, der sich mit einer Gehhilfe auf Rädern vorwärts kämpfte.
»Ich hoffe, daß wir nicht mal so werden wie der«, sagte Imogene.
Nachdem sie sich einen Platz ausgesucht und dafür bezahlt hatten, fuhren sie zum Ozean, der nur ein paar Meilen entfernt war. Bills erster Blick auf das Wasser war wie etwas, das man durch ein Schlüsselloch sieht. Dann wurde es größer und größer.
»Hast du mich hierher gebracht, um das zu sehen?« sagte Imogene, als sie den Atlantik von den hohen Sitzen in ihrem Wohnmobil aus überblickten. »Es sieht alles gleich aus.«
Bill war still, als sie ausstiegen und den Wagen abschlossen. Er ließ seine Schlüssel in den Sand fallen, so nervös war er. Sie gingen einen schmalen Pfad zum Strand hinunter, und Bill hatte das Bedürfnis loszulaufen, aber Imogene war zu langsam. Sie gingen zusammen zum Strand hinunter, blieben ab und zu stehen, und Bill wandte sein Gesicht dem Ozean zu. Er hatte den Arm um Imogenes Taille gelegt, als sie in dem Sand stolperte. Sie hatte ihre Strohschuhe mit Blockabsätzen an.
Dann hielt Bill sie an, und sie standen für eine lange Zeit still. Bills Augen glitten über die rollende See. Es war dasselbe Wasser, das er befahren hatte, von der

Zeit hierher gebracht, aber es war blauer, als er es in Erinnerung hatte. Er erinnerte sich an das Gefühl, über die Weite zu blicken, die Furcht vor dem Motorengeräusch japanischer Flugzeuge, der Trost im Anblick des großen Schlachtschiffes und seiner Familie von Zerstörern. Er hatte gesehen, wie ein Kamikaze-Flieger auf einen Zerstörer herabstürzte. Die Explosion war wie ein Stummfilm, der in seinem Kopf immer wieder ablief, wie Wiederholungen von *McHales Navy*.

»Wie lange willst du hier noch stehen?« fragte Imogene. »Ich muß einen Platz im Schatten finden.«

»Ich komme sofort«, sagte Bill. Er sah auf Schlachtschiffe und Zerstörer, die am Horizont entlang glitten. Er konnte nicht unterscheiden, ob sie auf ihn zukamen oder von ihm wegfuhren oder auf wessen Seite sie gehörten.

Aus: Bobbie Ann Mason, Shiloh und andere Geschichten.
Aus dem Amerikanischen von Harald Goland.

Grace Paley *Der Wettbewerb*

Früh oder spät aufgestanden, das macht gar nichts aus, der Tag läuft mir davon. Sommer oder Winter, ob die Bäume Dämmerung verbreiten oder harte Schatten werfen, ich komme nie vor Mittag zu meinen Rice-Krispies.

Ich bin ehrgeizig, aber das ist mehr langfristig bei mir. Ich habe vertrauliche Aussichten auf einen Stern, aber auch ein halbes Leben Zeit, um hinzukommen. Inzwischen halte ich meine Augen offen und bin gut angezogen.

Ich habe dem Armeepsychiater bei der Prüfung gesagt: Ja, ich mag Mädchen. Und das tu ich wirklich. Nicht meine Schwester – Traum eines Zuhälters. Aber Mädchen, schlank und zart, oder richtig scharf gebaut, dunkelbraun in den Zentren, von der Zeit angeschlagen. Nicht meine Mutter, die hätte aus Freud gar nicht rauskommen sollen. Ich *habe* Sinn für Humor.

Mein letztes Mädchen war Jüdin, was oft eine warme Art von Mädchen ist, an Nahrungsaufnahme interessiert und Verwendbarkeit auf dem Arbeitsmarkt. Sie mögen es nicht, wenn man zu hart arbeitet, will mir scheinen, bis man angebissen hat, und dann, du Hund, heißt es schwitzen!

Ein mittleres Mädchen, Größe vierzig, ein Tonkrug mit Henkeln – man konnte sie fassen. Ich traf sie im Regen draußen vor irgendeiner kulturellen Veranstaltung in der Cooper Union oder Washington-Irving-Oberschule. Sie hatte keinen Schirm, und ich hatte, also brachte ich sie nach Hause zu mir. Dort blieb sie mehrere Stunden, eine gähnende Höhle, halb schlafend. Der Regen regnete auf den Ailanthusbaum vor meinem Fenster, der Wind klapperte mit den Läden meines altmodischen Fensters, und ich ließ mir Zeit beim Kaffeemachen und beim Zerlegen eines Topfs mit Napfkuchen. Ich glaube nicht an Gewaltanwendung, und ich hätte gewartet, aber ihre Einsamkeit war sehr groß.

Wir hatten eine ganz hübsche Zeit, ein paar Wochen lang. Sie brachte Brötchen und Wecken von überallher, wo das Zeug noch beschlagnahmt werden kann. An Sonntagen kam sie aus Brooklyn mit einem Hähnchen zum Braten. Sie fand, ich sei zu mager. Ich bin's, aber Mädchen mögen das. Wenn man fett ist, sehen sie sofort, daß man ihr einzigartiges Talent für Wärme nie brauchen wird.

Der Frühling kam. Sie sagte: »Wo fahren wir hin?« Mit diesen Worten! Nun bin ich dieser Einstellung schon früher begegnet. Offenbar sind für die meisten Frauen gutes Essen und allgemeine Heiterkeit zuviel des Guten.

Die Sonne saugte den Juli auf, und sie sagte es wieder. »Freddy, wenn wir nicht irgendwohin fahren, mach ich nicht mehr mit.« Es trieb uns auf die Küste zu an jenen windigen Sonntagen: ihre Mutter muß ihr erzählt haben, was man sagt. Sie sagte es mit einer so unfreien Überzeugung.

Eines Freitagnachts im September kam ich von einer unerquicklichen Party nach Hause. All die Gesichter waren fremd gewesen. Es waren keine einzelnen Mädchen da, und nach etwas gedämpfter Unterhaltung mit den prächtigen Besitztümern anderer Männer fühlte ich mich gräßlich und ging nach Hause.

In einem Sessel, in Betrachtung einer Nummer der *Art News* voller Holländer, die achtzig Jahre in vierzig gelebt hatten, saß Dorothy. Und an ihrer Seite ein Handkoffer. Ich konnte kaum ihr Gesicht sehen, als sie aufstand, um mich zu begrüßen, aber sie machte erst Tee und verdampfte einen Teil meiner Glut in die feuchte Nacht.

»Hör zu, Freddy«, sagte sie. »Ich habe meiner Mutter gesagt, daß ich Leona in Washington für zwei Tage besuche, und ich habe es mit Leona besprochen. Sie werden mich alle decken –«, und goß Tee ein und holte Mohntörtchen hervor aus irgendeiner geheimen Bäckerei in der Flatbush Avenue – all das, um den Ablauf eines männlichen Appetits zu ändern und ein Fortschreiten der Unterhaltung zu ermöglichen.

»Nein, hör zu, Freddy, du nimmst dich selbst nicht ernst, und das ist der Grund, warum du nichts anderes – einen Job oder eine ... eine Beziehung – ernst nehmen kannst ... Freddy, du hörst nicht zu. Du wirst lachen, aber du bist sehr barbarisch. Du lebst von der Hand in den Mund. Wenn ein Radio in der Nähe ist, hörst du Musik; wenn ein offener Kühlschrank in der Nähe ist, stopfst du dich voll; wenn ein Mädchen näher als drei Meter ist, schon hast du sie ausgezogen und auf dem Bratspieß.«

»Na, Dotty, sei nicht so anschaulich«, sagte ich. »Jeder Mann ist seine eigene Bratküche.«

Was für ein nettes Mädchen! Nur was Vulgäres sagen und schon war sie auf mir, bitter errötend, froh, daß der East River sie von ihrer Mutter trennte. Armes Mädchen, sie war scharf.

Und sie gab. Bis Sonntagabend hatte ich einem halben Dutzend Unterhaltungen ein Ende gesetzt und ihre moralischen Urteile an der homiletischen Wurzel abgezwickt. Bis Sonntagabend hatte ich gesagt, ich liebe dich, Dotty, zweimal. Bis Montagmorgen erkannte ich die Tragweite meiner Verbindlichkeit, und es macht mir nichts aus zu sagen, daß sie mich daran hinderte, zu einem Job zu gehen, den ich Freitag ergattert hatte.

Mein Eindruck von Frauen ist, daß sie es gut meinen, aber von einer habgierigen Tradition zu einem zwanghaften Ende getrieben werden. Als Dot herausfand, daß ich mich gegen diesen Job entschieden hatte (was für ein Job? ein Job, das ist alles), unternahm sie Schritte. Sie gab mein Exemplar von *Neunzehnvierundachtzig* zurück und sagte in einer Notiz, daß ich die sechs Weingläser behalten könnte, die ihre Mutter mir geliehen hatte.

Na ja, ich habe sie vermißt; man findet so weit offene Freundlichkeit nicht jeden Tag. Sie war auch kein Dummkopf. Ich würde es Bauernschläue nennen, was sie hatte. Nicht zu viel Bildung. Ihr Haar war lang und dunkel. Ich hatte es immer in ordentlichen kleinen Frisuren oder in wiedergutzumachender Unordnung gesehen, bis zu jenem Wochenende.

Es war umwerfend.

Ich vermißte sie. Und dann habe ich danach nicht allzuviel Glück gehabt. Sehr wenig Geld zum Ausgeben, und Mädchen sind mit Intuition auf die Welt gekommen. Da war ein nettes kleines verheiratetes Mädchen, deren Mann unter einer anderen Postleitzahl rumlungerte, aber ihr Herz war nicht dabei. Ich wurde ein paar windige Schreibereien los durch meinen Schwager, einen glatten Croupier, der auf Familienfesten immer mit Geldscheinen knistert. Die Dinge kamen wieder in Schwung.

Mit meinen Windbeutelprofiten wurde ich eines Wochenendes ins Craggy-Moor katapultiert, einen Hochdruckkurort, einen starbestückten Zufluchtsort mit elfhundert Morgen Golfplatz. Als ich zurückkam, erschöpft, doch bescheiden, da war sie, ganz oben auf meinem Wohnzimmerfußboden. Mit ein paar keuchenden, freundlichen Worten und einem modernen Trick hoffte sie, einer sterblichen Angelegenheit Ewigkeit einzuhauchen, der Liebe.

»Ah, Dotty«, sagte ich, meine aufnahmebereiten Arme ausbreitend. »Ich freu mich immer, dich zu sehen.«

Natürlich machte sie Erklärungen. »Ich bin nicht darum gekommen, Freddy, wirklich. Ich bin gekommen, um mit dir zu sprechen. Wir haben eine fabelhafte Chance, richtig viel Geld zu verdienen, wenn du nur eine halbe Stunde ernst bleiben kannst. Du bist so klug, du müßtest dich richtig mit etwas befassen. Gott, du könntest auf dem Lande leben. Ich meine, selbst wenn du weiter allein wohntest, könntest du eine anständige Wohnung in einer anständigen Straße haben statt diesem Schuttabladeplatz.«

Ich küßte ihre Nasenspitze. »Wenn du ganz ernst sein willst, Dot, dann laß uns raus und spazierengehen. Komm, zieh deinen Mantel an und erzähl mir alles, wie man Geld verdient.«

Sie tat es. Wir gingen hinaus in den Park und verstreuten eine Stunde lang Herbstblätter. »Jetzt lach nicht, Freddy«, sagte sie zu mir. »Es gibt eine jiddische Zeitung, genannt *Morgenlicht*. Sie veranstaltet einen Wettbewerb: JUDEN IN DEN SCHLAGZEILEN. Jeden Tag drucken sie ein Bild und zwei Beschreibungen. Man muß sagen, wer die drei Leute sind, eine weitere Information über sie hinzufügen und es dann bis Mitternacht desselben Tages einsenden. Es dauert mindestens drei Monate.«

»Hundert Juden in den Schlagzeilen?« sagte ich. »Was für ein tolerantes Land! Also, Dot, was kriegt man für diese nützliche Information?«

»Erster Preis fünftausend Dollar und eine Reise nach Israel. Außerdem auf dem Rückweg je zwei Tage in den drei größten europäischen Hauptstädten im Freien Westen.«

»Sehr schön«, sagte ich. »Bloß, was soll das? Wieder welche auszugraben, die vorbei sind?«

»Freddy, warum mußt du alles verdrehen? Sie sind einfach stolz auf sich, und sie wollen überall in den Juden Stolz erwecken auf ihren Beitrag zu diesem Land. Bist du nicht stolz?«

»Wehe über die Kronen des Stolzes!«

»Es ist mir egal, was du denkst. Der springende Punkt ist, wir kennen jemand, der jemand bei der Zeitung kennt – er schreibt jede Woche einen kleinen Artikel – wir kennen ihn nicht wirklich, aber unser Familienname ist ihm bekannt. Also haben wir sehr gute Chancen, wenn wir es wirklich machen. Denk doch, wie gescheit du bist, Freddy. Ich kann es nicht selber machen, Freddy, du mußt mir helfen. Es ist etwas, was ich sowieso unbedingt machen will. Wenn Dotty Wasserman etwas unbedingt will, dann ist es schon so gut wie gemacht.«

Ich hatte diese Hartnäckigkeit in ihrem Charakter früher nie bemerkt. In meinem eigenen hatte ich keine. Jeden Wochentag abends nach der Arbeit beugte sie sich gedankenvoll über meinen Schreibtisch, wobei sie zum Warmhalten eine Harris-Tweed-Jacke trug, welche die Noppenseite meines Arms ruinierte. Irgendwo draußen trug eine Kupfersträhne in ständiger Aufregung Information aus dem Brooklyner Telephon ihrer Mutter an ihr Ohr.

Wenn ich über ihre Schulter spähte, entdeckte ich manchmal den Dreiviertelanblick eines druckreifen Juden oder den ganzen Anblick eines Halbjuden. Die Bruchrechnung widersprach den Regeln nicht. Sie waren froh, daß sie ihn extrahieren und stolz sein konnten.

Je länger wir arbeiteten, desto stolzer wurde Dotty. Ihr Gesicht errötete, sie hob dann ihren Kopf von den Hieroglyphen und las ihre eigene Übersetzung. »Ein grauköpfiger, sehr geachteter Gentleman; ein Vertrauter von Kabinettsmitgliedern; ein wahrer Freund von mehreren Präsidenten; wurde oft im Park gesehen, auf einer Bank sitzend.«

»Bernard Baruch!« sagte ich kurz.

Und dann ein schwerer: »Hat beigetragen zur Erleichterung des zwischenstaatlichen Handels; seine Schöpfung ist Millionen wert und wurde letztes Jahr vollendet. Trotzdem hat er noch Zeit für Deborah, Susan, Judith und Nancy, seine vier Töchter.«

Für diesen rauchte ich und soff einen heißen Eierpunsch, den Dotty mir angerührt hatte, um mir Kraft und Umfang zu verleihen. Ich starrte den Herd an, die

Decke, meine reizbaren Fensterläden – dann sagte ich ruhig: »Chaim Pazzi – er ist Brückenbauer.« Ich vergesse nie einen Namen, ganz gleich, in welchem Schriftbild er erscheint.
»Stell dir das vor, Freddy. Ich hab nicht mal gewußt, daß es einen Juden gibt, der auf dem Gebiet so viel erreicht hat.«
Tatsächlich dauerte es manchmal eine ganze Stunde, einen richtigen Namen mit einer Liste von übertriebenen Attributen zu verbinden. Wenn es so lange dauerte, konnte ich es nicht lassen zu murren: »Also, wir haben wieder einen entdeckt. Schreib ihn auf die Liste für Lieferwagen Nr. 2.«
Dotty sagte dann traurig: »Ich muß wohl glauben, daß du Spaß machst.«
Na, was glaubt ihr, warum sie mich mochte? All ihr kleinen psychoanalysierten Leutchen, jetzt sagt es mal gleich, im Chor: »Weil sie ein Masochist ist und du ein Sadist.«
Nein. Ich war sehr gut zu ihr. Und all die Liebe, die sie mir gegeben hat, habe ich erwidert. Und ich habe all unsere Verabredungen eingehalten und sie freitags angerufen, um sie an Sonnabend zu erinnern, und wenn ich Geld hatte, brachte ich ihr Blumen mit, dann Ohrringe und einmal einen schwarzen Büstenhalter, den ich in der Zeitung annonciert gesehen hatte, mit ein paar schlau genähten Fenstern zur Belüftung. Ich habe ihn noch. Sie hat nie gewagt, ihn nach Hause zu nehmen.
Aber ich lasse mich von keiner Frau auffressen.
Meine arme alte Mutter starb mit einem beträchtlichen Brocken von mir, der ihr in der Kehle steckengeblieben war. Ich war damals in der Armee, aber ich höre, daß

ihre letzten Worte waren: »Stellt Freddy Eleanor Farbstein vor.« Stellen Sie sich die Nerven dieser Frau vor. Mich in eine letztwillige Verfügung einzuschließen. Sie hinterließ meine Schwester diesem Werbemann und kulinarischen Experten mit Bürstenschnitt. Sie hinterließ meinen Vater dem Mitleid von Tanten, während sie mich, ihren köstlichsten Besitz und das beste Stück Fleisch in der Kühltruhe ihres Herzens, Ellen Farbstein hinterließ.

Tatsächlich sagte Dotty sich: »Ich bin nie mit einem Jungen gegangen, der so aufmerksam war wie du, Freddy. Du bist immer da. Ich weiß, wenn ich einsam bin oder deprimiert, dann brauche ich dich nur anzurufen, und du kommst und läßt alles stehen und liegen. Denk nicht, daß ich das nicht zu schätzen weiß.« Die Wahrheit ist nachweislich, daß ich nicht viel tat. Mein Schwager hätte mich in Klee betten können, aber er tat so, als wäre ich ein Spezialist für gewisse blumige Schreibereien, die sein Konzern sehr gelegentlich brauchte. Darum war ich in der Lage, meinen Verstand, meine Energie und Aufmerksamkeit den JUDEN IN DEN SCHLAGZEILEN zu widmen – *Morgenlicht*, die Morgenzeitung, die am Abend zuvor erscheint.

Und so erreichten wir das Ende. Dot glaubte wirklich, daß wir gewinnen würden. Ich war fast überzeugt. Bei heißer Schokolade und Schraubenzieher-Cocktails phantasierten wir sechs Wochen dahin.

Wir gewannen.

Ich bekam einen Neunuhranruf eines Morgens mitten in der Woche. »Erhebe dich und leuchte, Frederick P. Sims. Wir haben's geschafft. Siehst du, wenn du dich wirklich hinter eine Sache klemmst, schaffst du sie auch.«

Sie hörte mittags auf zu arbeiten und traf mich zum Essen in einem Straßencafé im Village, voller Lächeln und korrupt vor Stolz. Wir aßen sehr gut, und ich mußte die folgende Information hören – einen Teil davon hatte ich erwartet.

Es war alles auf ihren Namen. Natürlich mußte ihre Mutter was kriegen. Sie hatte bei der Übersetzung geholfen, weil Dotty im Grunde nur sehr wenig Jiddisch konnte (ganz zu schweigen von ihrer Sorge um die Sicherheit im Alter); und es war nötig, hatten sie in einer mitternächtlichen Konferenz beschlossen, etwas Geld an ihre alte Tante Lise zu schicken, die aus Europa herausgekommen war bloß neunzig Minuten, bevor es endgültig dichtgemacht wurde, und nun in Toronto unter Fremden war und den größten Teil ihres Verstandes verloren hatte.

Die Reise ins Ausland nach Israel und drei andere europäische Hauptstädte war für zwei (2). Sie mußten verheiratet sein. Wenn unter unseren Papieren keines war, das unsere gesetzliche Verbindung nachwies, wollte sie allein fahren. Bevor ich meine zusammenfassende Stellungnahme abgeben konnte, kreischte sie oh!, ihre Mutter wartete vor Lord and Taylor's. Und weg war sie.

Ich rauchte meine elende verkrustete Pfeife und überschlug meine Position.

In einem andern Teil der Stadt drehten sich mittlerweile Räder, summten Pressen, und am nächsten Tag waren die Tatsachen von rechts nach links zusammengestellt in der Hauptschlagzeile von *Morgenlicht*:

!TNNIWEG NAMRESSAW YTTOD
TSSUWEG SELLA TAH NYLKOORB SUA NEHCDÄM

Unten rief mir, ordentlich eingerahmt, ein Bild von Dotty und mir beim Mittagessen ein Blitzlicht in Erinnerung, das am Tage vorher den Reispudding illuminiert hatte, als ich durchnäßt in der Patsche meiner bescheidenen Hoffnungen saß.

Ich schickte Dotty eine Postkarte. Darauf stand: »Nichts zu wollen.«

Die endgültige Regelung war kompliziert wegen der israelischen Regierung, die sich weigerte, Dollarnoten Ausgang zu geben, welche die größte Tour der Welt machten. War er einmal in jener Provinz von Kosmopoliten, erwartete man vom Dollar, daß er seine hedonistische Rolle als amerikanisches Spielzeug aufgab und das presbyterianische Leben eines Werkzeugs führte.

Innerhalb von zwei Wochen kamen Briefe aus dem Ausland, die diese Information enthielten und Bilder von Dotty, wie sie einen Kibbuz anlächelte, mitfühlend an einer Klagemauer lehnte, salbungsvoll in einem Orangenhain.

Ich beschloß, in einer Agentur einen dauerhaften Job für ein paar Monate anzunehmen, indem ich den folgenden Text an die Photographien aufrechter Männer heftete:

DIES IST BILL FEARY. ER IST DER MANN, DER IHRE AUFTRÄGE ENTGEGENNIMMT FÜR – TONNEN VON RED-LABEL-DÜNGER. ER KENNT DEN MITTLEREN WESTEN. ER KENNT IHRE BEDÜRFNISSE. SAGEN SIE BILL ZU IHM UND IHRE WÜNSCHE GLEICH.

Ich war ordentlich und braunäugig, unschuldig und gewandt, gekränkt von den Schikanen meiner Kollegen, angetrieben von Anständigkeit, auf dem geraden Weg nach oben.

Die schmalschenkligen Mädchen waren mit dem Traktor nach New York gebracht worden, und sie waren auch auf dem geraden Weg nach oben, durch das Fegefeuer der menschlichen Habsucht in den Hurenhimmel, den Palast des Besitzes.

Während ich mich mit meinen Träumen abmühte, gab Dotty einiges Geld aus, um den Schiefen Turm von Pisa zu sehen und in einer Gondel zu fahren. Sie beschloß, in London mindestens zwei Wochen zu bleiben, weil sie sich dort zu Hause fühlte. Und so blieb all dieser Profit schließlich in den Händen von Ausländern zurück, die ihn zu ihrem eigenen Vorteil anlegen würden.

Eines nebligen Tages erinnerte mich das Dröhnen der Nebelhörner, das sich um die Insel von Manhattan wälzte, an ein Kabel, das ich zu ignorieren beschlossen hatte. ANKOMME QUEEN ELIZABETH MITTWOCH 16.00. Ich ignorierte es erfolgreich den ganzen Tag und befaßte mich gleichgültig mit ein paar kühlen Blonden. Und ging nach Hause und war einsam. Ich war den ganzen Abend einsam. Ich versuchte, einen Brief zu schreiben an ein athletisches Mädchen, das ich vor ein paar Wochen in einer Skihütte getroffen hatte ... Ich überlegte, ob ich ein paar Freunde anrufen sollte, aber die reine nie ausgesprochene Wahrheit ist, daß Frauen einen isolieren. Es war niemand zum Anrufen da.

Ich ging raus, eine Abendzeitung holen. Las sie. Hörte Radio. Ging raus, eine Morgenzeitung holen. Trank ein Bier. Las die Zeitung und wartete auf die Berechnung des Morgens.

Ich ging nicht zur Arbeit am nächsten Tag oder am Tag danach. Kein Wort kam von Dot. Sie muß am Boden gewesen sein vor Schuldgefühl. Armes Mädchen ... Ich schrieb ihr schließlich einen Brief. Er war sehr deutlich.

Meine liebe Dorothy,
wenn ich unsere Beziehung bedenke und mir ihre Jahreszeiten zurückrufe, die Sommersonne, die darauf schien, und den Winterschnee, durch den sie sich gepflügt hat, kann ich immer noch keinen Grund für Dein gewissenloses Verhalten finden. Ich weiß wohl, daß Du von den scheußlichen Vorbildern Deiner Mutter und aller Mütter vor ihr angestiftet warst. Du warst, mit einem Wort, eine Prostituierte. Die Liebe und Freundschaft, die ich gegeben habe, waren offenbar nicht genug. Was hast Du gewollt? Du gabst mir das Sumpfwasser Deiner Liebe, um darin zu ertrinken, und weil ich mich weigerte, hast Du diese verzweifelte Rache geplant.
In vollem Ernst habe ich Dir geholfen und mein Gedächtnis durchgekämmt nach denen unseres Glaubens, die den pressefreudigen Nerv dieser Nation getroffen haben.
Was hast Du gewollt?
Heiraten?
Ah, das ist es also! Ein glückliches Pappi-und-Mammi-Heim. Den heimseligen Tag, wo Du Dein Haar mit Lockenwicklern hochstecken kannst und Creme in Deine Augenwinkel wischen ... Ich glaube nicht, daß Fred für so was gemacht ist.
Ich bin neunundzwanzig Jahre alt und werde nicht jünger. Alle um mich herum, die Reifegeprüften, haben ihre Säbelbeine an die Erfolgsleiter geklemmt. Dotty Wasserman, Dotty Was-

serman, was kann ich Dir sagen? Wenn Du findest, daß ich schroff zu Dir gewesen bin, so sieh der Tatsache ins Auge, daß Du mir nicht ins Auge zu sehen gewagt hast.
Wir hatten die eine oder andere wunderbare Zeit miteinander. Wir könnten sie wieder haben. Dies ist eine großartige Gelegenheit, auf einer menschlicheren Basis neu anzufangen. Du kannst mir Deine enge Ansicht vom Leben nicht aufzwingen. Entschließ Dich, Dotty Wasserman.

Mit wiedererweckter Zuneigung
Dein ergebener
F.

P.S. Dies ist Deine *letzte* Chance.

Zwei Wochen später bekam ich einen Hundertdollarschein.
Eine Woche danach fand ich an meiner Tür eine sorgfältig verpackte lederne Brieftasche, handgenäht in Italien, und einen Projektor mit einem Kasten Dias, die interessante Ansichten von Europa und Nordafrika zeigten.
Und danach nichts weiter.

Cynthia Ozick *Levitation*

Ein Schriftstellerehepaar gab eine Party. Der Ehemann war nicht nur Schriftsteller, sondern außerdem noch Lektor; damit bestritt er seinen Lebensunterhalt. Aber eigentlich war er Schriftsteller. Sein Auftreten war wenig einschüchternd; er wirkte überhaupt nicht wie ein Lektor. Er hatte ein nettes unauffälliges blasses Gesicht, nicht unsympathisch. Er hieß Feingold.

Aus Liebe, und auch weil er immer schon gewußt hatte, daß er keine Jüdin heiraten wollte, hatte er die Tochter eines Geistlichen geheiratet. Auch Lucy wollte sich mit ihrer Heirat aus den gewohnten Bahnen ihrer Familie begeben. (Es waren ihre eigenen Worte. »Mich aus den gewohnten Bahnen meiner Familie begeben«, sagte sie. Die Vorstellung beflügelte ihn.) Im Alter von zwölf Jahren hatte sie erkannt, daß sie dem biblischen Volk angehörte. (»Hebräerin«, sagte sie. Sein Herzschlag stockte, Freude durchströmte ihn.) Eines Abends hatte ihr Vater auf der Kanzel einen Psalm vorgelesen; auf der Stelle hatte sie erkannt, daß der Psalm auf sie gemünzt war; in jenem Moment war sie zu einer alttestamentarischen Hebräerin geworden.

Sie hatte große, lebhafte, aufmerksame Augen, die verwirrend strahlten, kupferrotes Haar und eine ebenso ernsthafte wie schüchterne Art, aufrichtige Dinge zu sagen.

Beide waren scheu und gaben selten Partys.

Jeder von ihnen hatte einen Roman veröffentlicht.

Ihr Roman handelte vom Familienleben; er schrieb über Juden.

Der ganze Wirbel um die Krise des modernen Romans war spurlos an ihnen vorübergegangen. Wenn sie abends die Kinder ins Bett gebracht hatten und die fahrbare Geschirrspülmaschine polternd den Geruch von verbranntem Motoröl verströmte, setzte sie sich an ihren und er sich an seinen Schreibtisch, und sie begannen zu schreiben. Nicht daß Schwierigkeiten und Mühen ihnen fremd gewesen wären; trotzdem schrieben sie so selbstverständlich, wie Vögel singen. Sie waren streng bedacht auf Detailtreue, psychologischen Realismus und stete Wahrhaftigkeit, außerdem auf Effekt und sogar auf Geist. Keinen von beiden berührte die Situation des zeitgenössischen Romans: die ganzen Erklärungen, daß es keine Figuren mehr gebe und keine Geschichten mehr erzählt würden. Heitere Gelassenheit kennzeichnete beide. Wenn sie spätabends ihre Notizbücher schlossen, wollte es ihnen bisweilen scheinen, sie seien literarische Freunde und Liebende wie George Eliot und George Henry Lewes.

Im Bett weideten sie sich an den Seiten, die sie geschrieben hatten, und äußerten zaghafte theoretische Vorstellungen. »Bis jetzt sieben Seiten in dieser Woche.« – »Neuneinhalb, aber ich mußte vier Seiten rausschmeißen; war auf der falschen Fährte.« – »Weil du in der ersten Person schreibst. Das lähmt. Du kommst nicht aus ihrer Haut heraus.« Und endlos so weiter. Über einen Punkt waren sie sich einig: nie über Schriftsteller zu schreiben. Der Protagonist mußte immer eine echte Person sein, mit einer richtigen Arbeit – ein Beamter, ein Bankier, ein Architekt (oh, wie beneideten sie Conrad um seine Kapitäne) –, denn sonst verfiele man in Solipsismus, Narzißmus, Weitschweifigkeit und verfehlte den Durchschnittsleser – wer weiß, was für Gefahren sonst noch lauerten.

Die Schwierigkeit, einen konkreten Gegenstand aufzugreifen, war vor allem Lucys Problem. Feingolds Roman – der Roman, an dem er gerade schrieb – handelte von Menachem ben Zerach, der im Jahr 1328 in der spanischen Stadt Estella ein Massaker an den Juden überlebt hatte. Einen ganzen Tag lang hielt er sich unter einem Berg von Leichen verborgen, bis ein »barmherziger Ritter« (so die Sprache des Geschichtswerks, dem Feingold seine Kenntnisse verdankte) ihn unter dem Leichenberg hervorzog und mit nach Hause nahm, um seine Wunden zu verbinden. Menachem war zu jenem Zeitpunkt zwanzig Jahre alt; seine Eltern und seine vier jüngeren Brüder waren dem Terror zum Opfer gefallen. An einem einzigen Märztag waren sechstausend Juden umgekommen. Feingold beschrieb sehr gut, wie der leichte Wind den Salzgeruch des frischen Blutes und die Asche der jüdischen Häuser den Mordbrennern ins Gesicht blies. Dennoch hatte der Roman ein gutes Ende: Menachem ben Zerach wird zu guter Letzt ein berühmter Gelehrter.

»Wenn du darüber schreiben willst, wie er einfach dasitzt und *schreibt*, nachdem er Gelehrter wurde«, wandte Lucy ein, »dann tust du das Verbotene.« Aber Feingold sagte, er wolle sich auf das Massaker und vor allem auf das Leben des »barmherzigen Ritters« konzentrieren. Was hatte ihn so barmherzig werden lassen? Welche Art von Erziehung? Was für Bücher las er? Feingold wollte ein Tagebuch des barmherzigen Ritters erfinden und daraus zitieren. Diesem Tagebuch würde der barmherzige Ritter alle seine Begabungen, Leidenschaften und persönlichen Ansichten anvertrauen.

»Solipsismus«, sagte Lucy. »Dein barmherziger Ritter ist nichts weiter als ein Schriftsteller. Narzißtisch. Langweilig.«

Sie unterhielten sich oft über das Verbotene. Nach einiger Zeit fingen sie an, es die Verbotene Stadt zu nennen, denn sie (insbesondere Lucy) waren nicht nur versucht, über Schriftsteller zu schreiben – solipsistisch, narzißtisch, weitschweifig und ohne Bezug zum Leser –, sondern, genauer noch, über Schriftsteller in New York.

»Der barmherzige Ritter«, sagte Lucy, »wohnte in der Upper West Side von Estella. Er hat am Riverside Drive gewohnt, in der West End Avenue von Estella. Er hat am Central Park West von Estella gewohnt.«

Die Feingolds wohnten Central Park West.

In ihrem Roman – dem veröffentlichten, nicht dem, an dem sie gerade schrieb – hatte Lucy in der Ichform ihre Wohngegend beschrieben:

> Inzwischen habe ich eine ganze Menge dieser West-Side-Apartments gesehen. Sie sind eigenartig angelegt: Räume mit Türen, die keine Funktion haben – man öffnet eine Tür und steht vor einer Wand, hinter der in einem anderen Apartment jemand schnarcht. Aus diesen stattlichen

alten Wohnungen hat man zwei, drei, sogar vier oder fünf Apartments gemacht. Ehrwürdige Sprünge in den Toilettenschüsseln schimmern feucht wie grüne alte Flußadern. Kannelierte Säulen und Kamine. Artur Rubinstein hat hier einst gewohnt; auf einem vergoldeten Flügel hat er eine Beethovensonate heruntergespielt. Die Töne wirbelten wie Quecksilber. Jeder Atemhauch ist zu Literatur geworden. Lektoren. Kritiker. Bücher, alt, so alt, mit dem Gewicht von Jahrhunderten. In erkaltete Kamine eingebaute Bücherregale; Freud auf dem Kaminrost, Marx auf der Kaminplatte, Melville, Hawthorne, Emerson. O Gott, was für ein Gewicht, was für ein Gewicht.

Lucy betrachtete sich als Stilistin; Feingold hatte keinen derartigen Ehrgeiz. Er vertraute darauf, einen Satz nach dem anderen hinzuschreiben. In seinem Verlag hatte er keinen Einfluß. Es fiel ihm schwer, Entscheidungen zu treffen. Die meisten Manuskripte lehnte er ab, weil er Angst hatte, eine Fehlentscheidung zu treffen; jeder Fehler kostete Geld. Der Verlag war klein und wollte Gewinne machen – Feingold sagte zu Lucy, die einzigen Bücher, die in seinem Verlag ernstgenommen würden, seien die Geschäftsbücher. Hin und wieder versuchte er, einen Roman nach seinem Geschmack in das Programm einzuschmuggeln, und dann war er dem Autor gegenüber unerbittlich. Er beutelte die Absätze, bis sie so spartanisch daherkamen wie seine eigenen. »Ich möchte nicht wissen, wie du mit meinen Büchern umgehen würdest«, sagte Lucy; »kahler Kopf, kahle Prosa.« Am Horizont von Feingolds

Kopf war das Haar gelichtet. Lucy zeigte ihm nie ihre Texte. Aber beide wußten, daß sie gut zueinander paßten. Sie bedauerten alle Schriftsteller, die nicht mit Schriftstellern verheiratet waren. Lucy sagte: »Wir haben wenigstens die gleichen Voraussetzungen.«
In ihrer Wohnung: Wände voller Bücher über jüdische Geschichte; sie gehörten Feingold. Lucy las nur ein Buch, aber das immer wieder – *Emma*. Feingolds Denken war nicht »philosophisch orientiert«, er setzte auf Handlung. Lucy neigte zum Grübeln und Spekulieren. Sie war ein ganz klein wenig intelligenter als Feingold. Auf Fremde machte er einen sehr sanften Eindruck. Wenn Lucy schwieg, glich sie einer großen kupfernen Statue.
Mehr als alles andere galt beiden eine enzyklopädische Bildung, aber sie waren nicht klug genug, um zu durchschauen, was sie darunter verstanden. Sie stellten sich vor, Kinder zu sein mit einem Marionettentheater: Sie konnten bewirken, was immer sie wollten, in alle Rollen schlüpfen und jede Figur mit behutsamer Hand zittern oder hüpfen lassen. Sie bildeten sich ein, in das vernarrt zu sein, was sie als »Phantasie« bezeichneten. Das stimmte nicht. Ihre Leidenschaft galt dem geheuchelten Mitgefühl, und zwar deshalb, weil die Macht sie faszinierte und sie keine Macht hatten.
Sie lebten von Mitgefühl und folglich von Klatsch: wer seit zehn Jahren kinderlos war, wer drei Jobs nacheinander verloren hatte, wem die Kündigung drohte, welcher Agent nicht mehr gefragt war, wer keinen Verlag für seinen zweiten Roman fand, wer bei dieser oder jener Zeitschrift *persona non grata* war, wer Alkoholiker war, wer als Selbstmordkandidat in Frage kam, wer eine Scheidung erwog, wer mit wem heimlich oder

offen ein Verhältnis hatte, wer geschnitten wurde, wer zählte oder nicht zählte; und jedem, der auch nur den geringsten Grund zur Klage hatte, bezeugten sie eine völlig unverhältnismäßige Anteilnahme. Außerdem zeichneten sie sich durch ausgeprägtes »psychologisches Einfühlungsvermögen« aus: Sie waren teilnahmsvolle, hilfreiche Zuhörer, die ihre heißen Handflächen emporhielten und sie jederzeit bereitwillig dem anderen auf die schmerzende Schläfe legten. Widrige Lebensumstände zogen sie an.

Für ihr eigenes Leben hatten sie eine scherzhafte Bezeichnung: Sie lebten das Leben »zweitrangiger« Leute. Feingold hatte eine zweitrangige Position in einem zweitrangigen Verlagshaus. Auch Lucys Verleger war zweitrangig; sein Verlag befand sich sogar in der Second Avenue. Die Rezensionen ihrer Bücher waren von zweitrangigen Rezensenten geschrieben worden. Alle ihre Freunde waren zweitrangig: keine Vorsitzenden oder Teilhaber geachteter Geschäftshäuser, sondern kleine Redakteure und Produktionsassistenten; nicht die stolzen Adler der meinungsbildenden Blätter, sondern die enervierenden Lohnschreiber kleiner jüdischer Zeitschriften; nicht die glühend gefühllosen Literaturkritiker, sondern glanzlose und schwatzhafte Film- und Fernsehkritiker. Falls sie einen Bühnenautor kannten, träumte der vom Off-off-Broadway und hatte noch nie eine Aufführung seiner Stücke erlebt. Falls sie einen Maler kannten, wohnte er auf einem ausgebauten Dachboden und hatte ein einziges Mal ausgestellt, nämlich vor dem Drahtzaun bei der Freiluftausstellung am Washington Square im Frühling. Und das beschäftigte sie; es war gemein und ungerecht. Sie mochten ihre Freunde, aber andere Leute – warum nicht sie? – hatten Zu-

tritt zu den inneren Kreisen von New York, dort, wo die Löwen der Gesellschaft weilten.
New York! Sie riskierten ihr Leben, wenn sie sich nach Einbruch der Dunkelheit auf den Broadway wagten, um einen Laib Brot zu kaufen; Raubmörder lauerten hinter den Wippen auf den Spielplätzen, Junkies mit Messern hingen mit dem Kopf nach unten in den Klettergerüsten. Jede Wohnung war eine erleuchtete Festung; die Lichter und Schlösser nötigten einem Bewunderung ab – die dreifache Verriegelung der vergitterten Fenster, die Doppelschlösser und die Eisenstangen an den Türen, die Lampen, die von Zeitschaltuhren ein- und ausgeschaltet wurden, damit die Einbrecher glaubten, man sei immer zu Hause. Schritte im Korridor, das mitternächtliche Quietschen des Aufzugs; vorsichtig dämpfte man den Atem. Ihre Eltern wohnten in Cleveland und in St. Paul und wagten nur selten einen Besuch. All das: der Dreck und die Ungerechtigkeit (an einem anderen Ort hätten sie vielleicht einen schneebedeckten Rasen ihr eigen genannt), und niemand, der von ihnen sprach, niemand, der sich für sie interessierte, niemand, der sie fragte, ob sie gerade an einer neuen Sache arbeiteten. Ein halbes Jahr nach Erscheinen wurden ihre Bücher zu einem Stückpreis von neunundachtzig Cent verschleudert. Anonyme Dutzendware. Sie konnten sich nicht einmal als vergessen betrachten, denn sie waren nie aufgefallen.
Lucy hatte eine Erklärung dafür: Jeder von ihnen war in einem Getto verschwunden. Feingold war nicht von seinen morbiden Nachforschungen über Inquisitions-Autodafés in diesem oder jenem iberischen Marktflecken abzubringen, und sie selbst hatte geglaubt, im Seelenleben einer an den Haushalt gebundenen Frau

– sie zitierte *Emma* – ebensoviel Komödienstoff zu finden wie im ganzen Kosmos. Juden und Frauen! Beide hatten sich geirrt. Sie mußten das Mitgefühl ablegen; ins Zentrum der Dinge vordringen; die Selbstlosigkeit aufgeben; die Macht erforschen.

Sie stellten eine Liste von Geistesgrößen zusammen. Sie luden Irving Howe, Susan Sontag, Alfred Kazin und Leslie Fiedler ein. Sie luden Norman Podhoretz und Elizabeth Hardwick ein. Sie luden Philip Roth und Joyce Carol Oates und Norman Mailer und William Styron und Donald Barthelme und Jerzy Kosinski und Truman Capote ein. Keiner von ihnen kam; ihre Namen standen nicht im Telefonbuch, oder sie hatten Anrufbeantworter, oder sie waren in Prag oder in Paris oder auf dem Land. Trotzdem füllte sich die Wohnung. Es war an einem Samstag, an einem eisigen Novemberabend. Taxis drehten sich auf dem gefrorenen Schnee. An der Innenseite der Eingangstür wuchs der Berg aus Gummistiefeln immer höher. Zwei Wandschränke waren mit Regenmänteln und Pelzen vollgestopft; ein Haufen von Mänteln, die nach Lammfell und nach Skunk rochen, rutschte von einem Bett.

Die Party plätscherte und kreiste wie träges Badewasser; sie klatschte gegen jede Wand in jedem Zimmer. Lucy trug einen veilchenfarbenen langen Rock, Feingold ein zitronengelbes Hemd ohne Krawatte. Er sah blasser aus denn je. Die Wohnung hatte einen großen Flur, der so breit wie ein Zimmer war; zur Linken ging das Eßzimmer ab, zur Rechten das Wohnzimmer. Die drei Partyräume leuchteten wie ein Triptychon: Es war, als könnte man sie zusammenklappen und alle in Dunkelheit einschließen. Die Gäste waren freistehende Statuen in den Nischen einer Kathedrale; oder

Anziehpuppen aus Pappe mit Gläsern in den Händen und sorgfältig befestigten Kleidern, mit Schärpen und drapierten Kragen und kleinen Capes; das Haar der Frauen war abwechslungsreich aufgesteckt und das der Männer stand widerspenstig oder fiel wirr: Die Mode spreizte sich, Feingold war mürrisch. Er ließ das Geglitzer auf sich einwirken – Manhattans und Martinis, Ohrringe und Schuhspitzen –, er staunte, aber er wußte, daß es erlogen war, ja, bloß eingebildet. Die große Welt war irgendwo anders. Die Gespräche konnten einen fast hinters Licht führen: Wie diese Leute zu reden verstanden! Aus den Gesprächen Bruchstücke, die davongetragen wurden, von neuen Wirbeln verschlungen, Wirbel folgte auf Wirbel, ständig veränderte sich das Gruppenbild dieser freistehenden Statuen oder Anziehpuppen, die alle miteinander in einer Badewanne dahintrieben –, aus diesem oder jenem Hinweis oder Wort hätte man schließen können, daß man im Begriff stand, das gesamte Universum lückenlos zu deuten. Die Natur des Menschen, die Sterne, die Geschichte – die Stimmen dröhnten und tönten. Lucy trieb mit leerem Blick an ihm vorbei, sie schob eine Platte mit marmorierten Käsestücken vor sich her. Feingold hielt sie fest: »Alles umsonst!« Sie sah ihn an. Er sagte: »Niemand ist gekommen!« Bedrückt drehte sie einen Käsebrocken hin und her; dann entglitt sie ihm.

Er ging ins Wohnzimmer: Es war fast leer, bis auf ein paar unförmige Gestalten auf dem Sofa. Die unförmigen Gestalten trugen dunkle Straßenanzüge. Im Eßzimmer sah es besser aus. Etwas formierte sich, etwas um den großen Tisch herum: Kaffeetassen waren bis zum Rand gefüllt, Kuchenstücke lagen auf

Tellern (den pseudoviktorianischen Tellern mit Rosenknospen, die sie in London bei Boots gekauft hatten: Im Jahr vor der Geburt ihres ersten Sohnes hatten Lucy und Feingold die Hochmoor- und Heidelandschaft der Brontës gesehen; Coleridges Haus in Highgate; Lamb House in Rye, wo Edith Wharton bei Henry James Tee getrunken hatte; Bloomsbury; die Treppe in Cambridge, an der Forster gewohnt hatte) – es schien sich zu einem normalen Abend zu entwickeln, mit Ansichten und Meinungen, zu einer Diskussion. Die Stimmen wurden unsicher; das gefiel Feingold, es hatte etwas Menschliches. Aber als er dann Gabeln und Papierservietten verteilte, fiel ihm die entsetzliche Munterkeit dieser Fistelstimmen auf: Schauspieler, Theaterklatsch, wer wen engagiert hatte, was wo Premiere hatte; Schauspieler waren ihm zuwider. Schrille Marionetten. Hirnlose Kreaturen. Eine doppelte Reihe Gesichter um den Tisch herum; das Gegluckse von Dummköpfen.

Der Flur – menschenleer. Bis auf Lucy, die sich nicht entscheiden konnte, in eines der Zimmer zu gehen.

»Theaterklatsch im Eßzimmer«, sagte er. »Ekelhaft.«

»Filmklatsch. Ich habe Filmklatsch gehört.«

»Filmklatsch auch«, räumte er ein. »Ekelhaft. Sie hokken da alle zusammen.«

»Weil sie den Kuchen haben. Sie haben das ganze Essen. Das Wohnzimmer hat nichts abgekriegt.«

»Mein Gott«, sagte er mit erstickter Stimme, »ist dir klar, daß *kein Mensch* gekommen ist?«

Im Wohnzimmer gab es Kartoffelchips – das heißt, es hatte welche gegeben. Keine Kartoffelchips mehr, die Möhren waren aufgegessen, von den Selleriestengeln waren nur Fasern übriggeblieben. Auf einem Teller lag eine Olive; Feingold zerbiß sie erbost. Die dunklen Straßenanzüge waren verschwunden. »Es ist noch schrecklich früh«, sagte Lucy; »viele Leute mußten schon gehen.« – »So ist das eben bei einer Cocktailparty«, sagte Feingold. »Es ist keine *richtige* Cocktailparty«, sagte Lucy. Sie setzten sich auf den Teppich vor dem Kamin, in dem kein Feuer brannte. »Ist das ein echter Kamin?« wollte jemand wissen. »Wir benutzen ihn nie«, sagte Lucy. »Zünden Sie die Kerzen in diesen Leuchtern auch nie an?« – »Sie stammen von Jimmys Großmutter«, sagte Lucy, »wir benutzen sie nie.«

Sie durchquerte das Niemandsland zwischen Wohn- und Eßzimmer. Im Eßzimmer waren jetzt alle in ein ernstes Gespräch vertieft – es ging um Chaplins Gestik.

Im Wohnzimmer war Feingold der Verzweiflung nahe; er fing an, von seinem barmherzigen Ritter zu erzählen, ohne daß jemand darum gebeten hätte. Ein Problem des Ego, erklärte er: Barmherzigkeit bedeutete, daß man sich des eigenen Stolzes allzusehr bewußt war. Nicht daß er das geglaubt hätte; er dachte nur, es sei provokativ, irgend etwas Originelles zu sagen, auch wenn es ziemlich wirr war. Aber niemand reagierte darauf. Feingold sah auf. »Können Sie nicht das Feuer anzünden?« fragte ein Mann. »Na gut«, sagte Feingold. Er rollte die Sonntagsausgabe der *Times* von der letzten Woche zusammen und zündete sie mit einem Streichholz an. Eine Flamme, die so hell wie eine Straßenlaterne war, ließ die Gesichter der Menschen auf dem Sofa weiß erscheinen. Er erkannte einen Freund aus dem Seminar – er hatte Freunde, die Lucy als »Theologen« bezeichnete –, und im selben Augenblick, wirklich ganz plötzlich, hatte Feingold das Bedürfnis, über Gott zu sprechen. Oder wenn nicht über Gott, dann über bestimmte geschichtliche Greueltaten und Scheußlichkeiten: nämlich über die Untaten des französischen Edelmanns Draconet, eines stolzen Kreuzritters, der im Frühjahr 1247 alle Juden des erzbischöflichen Gerichtsbezirks von Vienne festnehmen, die Männer kastrieren und den Frauen die Brüste abreißen ließ; einige ließ er nicht verstümmeln, sondern nur zweiteilen. Es interessierte Feingold, daß die Magna Charta und der »Judenfleck« aus demselben Jahr datierten und daß kein Jahrhundert später alle Juden aus England vertrieben wurden, auch jene Familien, die seit sieben oder acht Generationen dort gelebt hatten. Er hatte eine Schwäche für Papst Clemens IV., der die Juden von der Schuld am Schwarzen Tod freigesprochen hatte. »Die Pest verschont auch die Juden nicht«, hatte der Papst gesagt. Feingold kannte unzählige Geschichten über Zwangsbekehrungen; auf diesem Gebiet war er zu Hause, hier fühlte er sich wohl, hier war er auf vertrautem Boden. Er fragte sich, ob es wohl möglich sei – schließlich handelte es sich um eine Cocktailparty! –, sich nach dem Freidenkertum des Freundes vom Seminar zu erkundigen: War es so, daß Gott lediglich aus der Geschichte herausgetreten war, sozusagen für einen Augenblick den Raum verlassen hatte, ohne sich zu entschuldigen, oder gab es überhaupt keinen Schöpfer, war nichts geschaffen worden, war die Welt eine Schimäre, die Selbsttäuschung eines Solipsisten?

Lucy fühlte sich in der Gesellschaft des Freundes aus dem Seminar unsicher; er hatte ihre Aufnahme in die jüdische Glaubensgemeinschaft vollzogen, und jede Begegnung mit ihm war für sie wie ein neuer Abschnitt einer lebenslangen Prüfung. Sie war froh, daß es keinen jüdischen Katechismus gab. War sie eine Abtrünnige? Irgendwie fühlte sie sich auf die Probe gestellt. Manchmal erzählte sie den Kindern von Jesus. Sie blickte sich um – ihre großen Augen wanderten umher – und sah, daß im Wohnzimmer ausschließlich Juden waren.

Im Eßzimmer waren auch Juden, aber von der sorglosen Hol's-der-Teufel-Sorte: Komiker, Maler, Filmkritiker, die am Vorabend von Jom Kippur Pressevorführungen von *Screw on Screen* besuchten. Die Mehrzahl der Leute im Eßzimmer war nichtjüdisch. Sie hatten fast den ganzen Kuchen aufgegessen. Lucy nahm das letzte Stück und schnitt es in Würfel, die sie auf einem Pappteller ins Wohnzimmer trug. Sie schimpfte im stillen auf Feingold, weil er einen seiner Anfälle von Fanatismus hatte. Jeder normale Mensch, jeder vernünftige Mensch – die Humanisten und Humoristen zum Beispiel – wollte mit so jemandem nichts zu tun haben. Was war er denn in solchen Augenblicken anderes als einer von diesen langweiligen Autodidakten, die alles, was sie lesen, jedermann vorkauen? Er tat es, um die anderen zu ärgern, weil niemand gekommen war. Da stand er und erzählte von den Ritualmordverleumdungen. Der kleine Hugh von Lincoln. Wie 1279 in London Juden von Pferden in Stücke gerissen wurden, weil man sie beschuldigt hatte, ein Christenkind gekreuzigt zu haben. Wie 1285 in München der Pöbel unter dem gleichen Vorwand eine Synagoge niedergebrannt hatte. Ebenso zur Osterzeit zwei Jahre zuvor in Mainz. Drei Jahrhunderte seliggesprochener Kindermärtyrer – einige darunter reine Erfindungen –, die alle »kleine Hei-

lige« hießen. Der heilige Niño von LaGuardia. Feingold war von diesen Geschichten fasziniert, er sog sie auf wie ein Vampir. Lucy steckte ihm ein Stück Schokoladenkuchen in den Mund, damit er schwieg. Feingold wartete auf eine Stimme. Der Freund aus dem Seminar aß unbeeindruckt seinen Kuchen bis zum letzten Krümel auf. Er hatte den Kuchen von zu Hause mitgebracht; seine Frau hatte ihn in eine Plastiktüte gesteckt, damit er auf jeden Fall etwas zu essen hatte. Es war ein garantiert ohne Schweineschmalz gebackener Kuchen. Alle aßen mit Heißhunger. Das Feuer zerstob in großen Ascheflocken.
Der Freund aus dem Seminar hatte einen Freund mitgebracht. Lucy beobachtete ihn prüfend: Auch sie verstand sich aufs Katechisieren, schließlich war sie nicht umsonst Romanautorin. Sie katechisierte und katalogisierte: ein Flüchtling. Finger wie lange Wachskerzen, die an den Nägeln erloschen waren. Schwarze Augenhöhlen: War er blind? Es war schwer zu sagen, wo sich unter dieser vorspringenden Stirn die Augen befanden. Ein Kopf wie ein Totenschädel, aber was für ein weicher Mund, was für Lippen, was für gerade, ausdrucksvolle Zähne. Was für Knochen in diesem dürren Handgelenk. Die Nase eines Heiligen. Das Gesicht eines Jesus. Er sprach flüsternd. Alle lehnten sich vor, um ihn zu hören. Er war Feingolds Stimme: die Stimme, auf die Feingold gewartet hatte.
»Kommen Sie zum Heute«, drängte die Stimme, »kommen Sie zum Gestern.« Lucy hatte recht gehabt: einen Flüchtling erkannte sie auf den ersten Blick, noch bevor er den Mund aufgemacht hatte. Flüchtlinge erinnerten sie immer an ihren Vater. Sie verstaute

diese Erkenntnis in ihren Gedanken (die Ähnlichkeit zwischen presbyterianischen Geistlichen und Hitlerflüchtlingen), um sie später mit Feingold zu diskutieren: Sie würde sich hervorragend analysieren lassen und war geheimnisvoll genug, um ausgekostet zu werden. »Gestern«, sagte der Flüchtling, »waren Gottes Augen geschlossen.« Und Lucy sah, wie er seine verborgenen Augen in ihren Tunneln schloß. »Geschlossen«, sagte er, »wie eiserne Türen« – eine Stimme von so erhabenem Klang, daß Lucy unwillkürlich an jene unheimliche Stelle in der Schöpfungsgeschichte denken mußte, wo die Stimme des Herrn im Garten ging, als der Tag kühl geworden war, und Adam rief und zu ihm sprach:
»Wo bist du?«
Alle lauschten mit außerordentlicher Inbrunst. Lucy sah sich erneut um. Sie empfand schmerzlich, welcher Inbrunst Juden fähig waren, obwohl auch sie voller Inbrunst war. Aber sie war inbrünstig, weil ihr Geist in Aufruhr war, weil es sie nach inneren Bildern verlangte, weil sie Romanautorin war. *Jene* waren immer inbrünstig; sie nahm an, daß ein jüdischer Lebensmittelhändler die gleiche Inbrunst kannte wie ein Romancier; lag es daran, daß sie das Erwählte Volk waren, oder lag es daran, daß sie sich mit jedem Atemzug selbst bemitleideten?
Mitleid und Erschütterung auf allen Gesichtern.
Der Flüchtling erzählte eine Geschichte. »Ich sah es«, sagte er, »ich kann es bezeugen.« Entsetzen; Sadismus; Leichname. Als würden – Lucy entnahm dieses Bild dem kaum wahrnehmbaren Raunen seiner flüsternden Stimme – Hunderte und Aberhunderte von Kreuzigungen auf einmal geschehen. Vor ihrem inneren Auge sah

sie einen Abhang, der mit Kreuzen bedeckt war, und Körper, die von großen, blutbeschmierten Nägeln herabhingen. Jeder Jude war Jesus. Nur so konnte Lucy es sich vergegenwärtigen: sonst blieb es wie ein Film. Sie hatte alle Filme darüber gesehen, und nie hatte sie dabei etwas empfinden können. Immer derselbe Bulldozer, der immer dieselben Skelette schaufelte, immer derselbe kleine Junge mit seiner Mütze und dem aufgerissenen Mund und den erhobenen Händen – wäre die Kreuzigung mit der Kamera festgehalten worden, dann wäre das das Ende des Christentums, niemand würde dabei etwas empfinden können. Die Grausamkeit hatte ihren Ursprung in der Vorstellungskraft, nur mit ihr konnte man sich Grausamkeit vergegenwärtigen.

Dennoch hörte sie zu. Seine Schilderung entsprach dem, was sie in den Filmen gesehen hatte. Ein grauer Schauplatz, ein Hügel mit Gestrüpp, eine Schlucht. Deutsche mit Helmen, mit glänzenden pechschwarzen Gürteln, mit Handschuhen. Ein zerlumptes Häuflein Juden am Rand der Schlucht – eine alte Großmutter, ein oder zwei Kinder, ein Ehepaar in den Vierzigern. Alle Gesichter grau gefärbt, das Gestrüpp grau gefärbt, ihre Kleider so schlaff wie Leichentücher, aber regungslos, als lägen sie bereits unter dem Staub, von keinem Windhauch mehr berührt, als wären sie bereits zu Stein geworden. Das Flüstern des Flüchtlings ließ sie wie Statuen erstehen – da standen sie, ein schattenhafter steinerner Asteriskus von Juden, man konnte ihre Nasenlöcher sehen, offen wie leere Schädelhöhlen, die steinernen runden Ohren der Kinder, den erschreckend dürren Hals der Großmutter, Vater und Mutter, die die Kinder festhielten, aber aneinander keinen Anteil nahmen, sie berührten einander nicht, die Großmutter war ausgestoßen, sie streckte die Hand nach keinem der anderen aus und keiner streckte die Hand nach ihr aus, alle wie gebetslose steinerne Münder. Da standen sie.

Lange hielt die Stimme des Flüchtlings sie dort fest, so lange, daß man hinsehen mußte. Seine Stimme zwang Lucy, unverwandt hinzusehen. Er durchdrang die Gestalten mit seinem Flüstern. Dann ließ er die Schüsse kommen. Die Gestalten strauchelten nicht, taumelten nicht: Auf einen Schlag wich ihre Versteinerung, und sie stürzten wie schwere Säcke in die Schlucht. Im nächsten Moment lagen sie auf einem Haufen, ihre Gliedmaßen waren unentwirrbar ineinander verschlungen. Wie in einer Nahaufnahme zeigte die Stimme des Flüchtlings den Stiefel eines Deutschen am Rand der Schlucht. Der Stiefel stieß Sand in die Schlucht. Er trat und stieß, und der Sand rieselte auf die Familie von Säcken.

Dann sah Lucy die Hände der Zuhörer – alle hielten die Finger ausgestreckt.

Der Raum begann zu schweben. Er schwebte nach oben. Er stieg wie eine Arche auf den Wassern. Lucy sagte sich: »Diese Kammer voller Juden.« Es kam ihr vor, als schwebte der Raum auf dem gebrochenen Flüstern des Flüchtlings. Sie selbst blieb allein unten zurück, unter dem Zimmerfußboden, während der Raum mit den Juden nach oben entschwebte. Warum war sie nicht mitgenommen worden? Nur Jesus konnte sie mitnehmen. Die Juden über ihr wurden von einem Boten aus dem Totenreich entführt. Er hatte sie in seiner Gewalt. Schon breitete er die Düsternis einer anderen Geschichte aus: Sie nahm sich fest vor, nicht zuzuhö-

ren, sie wollte nur auf Jesus hören. Der Raum schwebte nach oben. Über ihrem Kopf wurde er kleiner und kleiner, in immer größerer Entfernung stieg er immer weiter in die Höhe.
Sie sah ihm mit zurückgelegtem Kopf nach. Mußte der Raum nicht mit der Wohnung im nächsten Stock zusammenstoßen? Es war, als würde sie einen Aufzug von unten betrachten, mit dem ganzen Schmutz und Staub und den hin und her wehenden Staubfäden. Der schwarze Fußboden stieg höher und höher. Er entfernte sich von ihr, weiter und weiter, und trug die Juden mit sich fort.
Der Glanz ihres Märtyrertums.
Unter der davonschwebenden Kante des Bodens hatte Lucy eine Erleuchtung: Sie sah sich selbst mit den Kindern in einem kleinen Park in der Stadt. Es war ein Sonntagnachmittag früh im Mai. Feingold hat sich zu Hause hingelegt, und Lucy und die Kinder setzen sich auf eine Bank und warten darauf, daß die ungewöhnliche Musik einsetzt. Der Raum schwebt noch immer, aber in Lucys Erleuchtung jagen ihre Söhne Vögeln nach. Sie laufen von Lucy weg, sie kommen zurück, sie entfernen sich wieder. Sie kreisen eine Taube ein. Sie berühren die Taube nicht; Lucy hat ihnen das verboten. Sie hat gelesen, daß die Tauben in den Städten Meningitis übertragen. Ein kleiner Junge in Red Bank, New Jersey, hat durch das Berühren einer Taube die Schlafkrankheit bekommen; sechs Jahre sind seitdem vergangen, und er schläft noch immer. Während er schlief, ist aus dem Kind ein Jugendlicher geworden; die Pubertät hat ihn im Schlaf überrascht, seine Hoden haben ihren Platz eingenommen, ein zarter blonder Bart glänzt flaumig auf seinen Wangen.

Seine Eltern hören nicht auf zu weinen. Er schläft noch immer. Weder Musikanten noch Instrumente sind zu sehen. Eine Frau tritt auf ein Podest. Sie ist Anthropologin an der Smithsonian Institution in Washington, D.C. Sie erläutert, daß die folgende Darbietung nicht als »Unterhaltung« im üblichen Sinne zu betrachten sei; die Ausführenden sind keine »Unterhaltungskünstler«, sondern »echte Bauern«. Sie wurden aus Messina, aus Kalabrien hergeholt. Es sind Schafhirten, Ziegenhirten. Sie werden singen und tanzen und spielen – nicht anders, als sie es tun, wenn sie von den Hügeln herunterkommen und in den Tavernen die Abende verbringen. Sie werden auf den Instrumenten spielen, die die Wölfe von den Herden fernhalten. Sie werden Lieder singen, die die Madonna der Liebe preisen. Zwölf Männer marschieren auf das Podest. Sie haben derbe Gesichter und lächeln nicht. Ihre Haut ist dunkel, zerfurcht und ledrig. Ohren und Nasen sehen aus wie aus Lehm geformt. Sie haben Goldzähne. Sie haben keine Zähne. Einige sind jung; die meisten sind mittleren Alters. Einer ist hochbetagt; er trägt Glöckchen an seinen Fingern. Einer hat ein Instrument, das wie ein Butterfaß aussieht: mit einem Holzklöppel fährt er in der Öffnung des hölzernen Kübels, den er unter den Arm geklemmt hält, auf und ab und erzeugt so ein ratterndes Quietschen. Einer bläst gleichzeitig auf zwei dünnen Flöten. Einer hält einen langen Lederriemen, den er reibt. Einer hat ein Gebilde aus Fahrradklingeln – es stammt von den Glöckchen ab, die einst die Priester im Minervatempel läuteten.
Die Anthropologin ist noch nicht fertig mit ihren Erklärungen. Sie erklärt das »männliche« Instrument: drei hölzerne Kugeln, deren mittlere zwischen den bei-

den anderen auf und ab springt. Die Lieder, erklärt sie, sind meist erotischen Inhalts. Die Tänze deuten es an.
Die ungewöhnliche Musik setzt ein. Zahlreiche Italiener haben sich im Park eingefunden – Neuankömmlinge aus Sizilien, alteingesessene New Yorker aus Neapel. Ein uraltes Volk. Sie klatschen in die Hände. Der alte Mann mit den Glöckchen an den Fingern zeigt seine staubigen Schuhspitzen und dreht bedächtig seine eigenen Kreise. Seine Augen blicken entrückt, er geht in die Hocke und springt wieder hoch. Die Anthropologin erklärt, daß man diese Auf-und-ab-Bewegungen beim Tanzen auch in bestimmten Gebieten Afrikas kennt. Die Sänger wehklagen wie Araber; die Anthropologin merkt an, daß die arabische Herrschaft über den südlichsten Teil des italienischen Stiefels mehr als zwei Jahrhunderte gewährt hat. Alle Bauern singen im Chor ein archaisches Griechisch; in den alten Liedern hat sich diese Sprache erhalten, erklärt die Anthropologin. Die Menge lacht und stampft mit den Füßen. Alle schnippen mit den Fingern und wiegen sich hin und her. Lucys Söhne langweilen sich. Sie schauen dem Mann mit den Glöckchen an den Fingern zu; sie schauen zu, wie das hölzerne Männlichkeitssymbol auf und ab hüpft. Alle klatschen, stampfen, schnippen mit den Fingern, wiegen sich im Takt. Der Rhythmus der Wehklagen wird immer rascher. Die Sänger tanzen, die Tänzer singen, sie drehen sich immer geschwinder, sie lächeln das benommene Lächeln von Derwischen. Zu Hause pflanzen sie Blumen. Sie gehen hinter den Schafen im hohen Gras. Abends trinken sie in den Tavernen Wein. Kalabrien und Sizilien in New York, ohne Ehefrauen, sie keuchen in schweiß-

gefleckten Hemden und zerknitterten, staubigen Hosen vor Fremden, die nie den süßen Duft des Grases in ihrem Heimatdorf gerochen haben!

Jetzt ist die Anthropologin von der Smithsonian Institution aus Lucys Erleuchtung verschwunden. Zwei Tänzer ergreifen einander. Bein umschlingt Bein, Bauch schmiegt sich an Bauch, jeder der beiden hüpft auf nur einem Bein. Aneinandergeschmiegt gehen sie in die Hocke und springen in die Höhe, in die Hocke und in die Höhe. Sie stoßen alte hellenische Laute aus und schrille gedehnte Schreie. Sie preisen die Madonna, die Spenderin der Potenz und der Fruchtbarkeit. Lucy ist verklärt. Sie ist verzückt. Sie begreift. Nicht daß die Musiker Bauern sind, daß ihre Gesichter und Füße und Nacken und Handgelenke windgepeitschtes Gras und rote Erde sind. Eine Erleuchtung kommt über sie: Sie erkennt, was ewig ist: Vor der Madonna war Venus; vor Venus Aphrodite; vor Aphrodite Astarte. Der Schoß der Göttin birgt Garten, Lamm und Kind. Die Göttin ist Fluß und Wasserfall. Sie bringt ernsthafte Geschäftsleute – Ziegenhirten sind Geschäftsleute – dazu, herumzuspringen und ihre Goldzähne blitzen zu lassen. Sie bringt sie dazu, in Gegenstände zu blasen, sie zu reiben, zu schütteln und an ihnen zu kratzen, bis Musik aus ihnen tröpfelt.

Die Tanzenden schäumen über in Lucys Erleuchtung. Sie winden sich. Um der Göttin, um ihres Schoßes willen verwandeln sie sich in Schlangen. Wenn sie reglos verharren, sind sie Erde. Ihr Sein ist ohne Anfang und ohne Ende. Ihre Kraft ist die Natur. Lucy erkennt: sie versteht: Die Götter sind Gott. Wie konnte sie sich nur von Jesus lossagen – Jesus, der ein Mensch war wie diese Menschen, wie sie aus Erde geschaffen, wie sie mit derselben Kraft versehen, Jesus, in dem Gott sich mit der Natur vereinigt, um Gott zu werden! Jesus, der in nichts wunderbarer ist als ein gewöhnlicher Ziegenhirte; ist ein Ziegenhirte ein Wunder? Ein Blatt ein Wunder? Eine Nuß, ein Korn, ein Kern, ein Samen, ein Stein? Alles ist ein Wunder! Lucy erkennt, daß sie die Natur verleugnet hat, daß sie um des Gottes der Juden willen die wahre Religion preisgegeben hat. Ihre Söhne liegen auf dem Bauch und graben mit Holzstöckchen im Boden. Sie graben selbstvergessen: kleine Löcher, neben denen sich Hügel bilden. Sie füllen Pfirsichkerne in die Löcher, Kirschkerne, Melonenschalen. Die Sizilianer und Neapolitaner nehmen ihre Körbe und Handtaschen und Einkaufstüten und gehen. Über den Bänken, auf denen sich Schwaden von Insekten niederlassen, hängt der Geruch von gegessenem Obst und verschüttetem Saft. Die Bühne ist leer.

Das Wohnzimmer ist kaum noch zu erkennen. Es schwebt weit oben und ist ganz klein, nur wenig größer als der Mond von Lucys Daumennagel. Es segelt noch immer höher, und die Stimmen seiner Passagiere sind fast unhörbar geworden. Aber sie weiß, welches Wort ständig wiederholt wird. Wie lange wollen sie so weitermachen? Wie lange? Dieses morbide Wiederkäuen. Tod, Tod, Tod. Ein Wort, das eher an den Schrei eines Tieres als an ein menschliches Wort erinnert; das Krächzen einer Krähe. Krah, krah. Ein Wort der Stürme, der Überschwemmungen, der Lawinen. Gottes unerforschliche Ratschlüsse. »Holocaust«, krächzt jemand in weiter Ferne; sie weiß, das muß Feingold sein. Dauernd benutzt er dieses Wort. Geschichte tut ihm nicht gut: Wie zwergenhaft sie ihn

erscheinen läßt! Lucy stellt fest, daß Greueltaten langweilig werden können. Die Erschießungen, die Vergasungen, die Lager – sie kann es nicht mehr hören; sie scheut sich nicht, das zuzugeben. All das ist so ermüdend wie das Beten. Die Wiederholung tut der Überzeugung Abbruch; sie muß an ihren Vater denken, der Woche um Woche dieselben Hymnen anstimmt. Wenn man immer wieder dasselbe Gebet aufsagt, wird das Gehirn dann nicht letzten Endes zu einer bloßen Gebetsmühle?
Im Eßzimmer war es inzwischen merklich ruhiger geworden. Es herrschte die gezwungene Atmosphäre einer mißlungenen Party. Die Gäste tranken Bier oder Cola oder Whiskey mit Wasser und spielten mit den Kuchenkrümeln auf dem Tischtuch. Etwas Käse war übrig und eine halbe Schale gesalzener Erdnüsse. »Die Bedeutung des Individualismus in der Romantik«, wandte einer der Humanisten ein. »Im Frick?« »Habe ich nicht gesehen.« – »Sie machen es wenigstens mit Absicht, das muß man ihnen lassen.« Lucy, die verloren am Türrahmen lehnte, versuchte einzustimmen. Welche Erleichterung, Atheisten sprechen zu hören. Eine Grafikerin, die in Feingolds Verlag arbeitete, kam mit einem Mantel über dem Arm herein. Feingold hatte sie eingeladen, weil sie frischgeschieden war; sie fürchtete sich vor dem Alleinleben. Sie fürchtete sich davor, daß ihr jemand im Souterrain auflauerte, während sie Wäsche wusch. »Wo ist Jimmy?« fragte die Grafikerin. »Drüben.« – »Sagen Sie ihm auf Wiedersehen, ja?« – »Auf Wiedersehen«, sagte Lucy. Die Humanisten – Lucy erkannte, daß alle miteinander barmherzige Ritter waren – standen auf. Aus einer umgekippten Untertasse tropfte eine Lache auf den Boden. »Oh, das

macht nichts«, sagte Lucy zu den Rittern, »machen Sie sich nur keine Gedanken.«
Oben reisen Feingold und der Flüchtling im Wohnzimmer. Ihre Worte sind Staubpartikel. Alle Juden sind in der Luft.

Aus: Cynthia Ozick, Puttermesser und ihr Golem.
Aus dem Amerikanischen von Melanie Walz.

Andre Dubus *Der Fluch*

Mitchell Hayes war neunundvierzig Jahre alt, aber als die Polizisten ihn mit Bob, dem Geschäftsführer, in der Bar allein ließen, fühlte er sich viel älter. Er wußte nicht, wie es ist, sehr alt zu sein, ein geschrumpfter, faltiger Mensch, aber er nahm an, es wäre so: Ermattung ohne die Chance, sie durch Ausruhen, durch Schlaf zu lindern. Er war auch kein kleiner Mensch: sein Gewicht schwankte um die fünfundsiebzig Kilo, und er war einen Meter achtundsiebzig groß. Aber jetzt fühlte sich sein Körper klein und dünn an. Bob stand an einem Ende des Tresens; er war ein gedrungener schwarzhaariger Mann, und es stand nichts weiter vor ihm als ein Aschenbecher, den er benutzte. Er warf Mitchell an der Kasse einen Blick zu und sagte: »Vergiß es. Du hast gehört, was Smitty gesagt hat.«

Mitchell sah weg, zur Eingangstür. Er hatte die Stühle umgedreht auf den Tisch gestellt. Sein Blick wanderte von der Tür an Bob vorbei auf das leere Stück Fußboden im hinteren Teil des Raumes; manchmal wurde dort zur Jukebox getanzt. Bob gegenüber, an der Wand hinter dem Tresen, hing ein Telefon; Mitchell betrach-

tete es. Er hatte Smitty gesagt, es seien fünf Typen gewesen, und als er zum Telefon ging, sei einer von ihnen um den Tresen herumgekommen und habe ihn weggestoßen: eine Hand an Mitchells Brust, die ihn zurückschob; er war fast hingefallen. Das war, als sie am Tresen ruppig zu ihr wurden. Als sie sie auf den Boden warfen, blickte Mitchell einmal rasch hinüber zu ihrem Gewimmer, dann sah er hinunter auf das Laufbrett, auf dem er stand, oder auf den Bauch oder den Brustkorb eines der jungen Burschen vor ihm.
Er wußte, sie waren nicht betrunken. Sie hatten getrunken, ehe sie in sein Lokal gekommen waren; das laute Geballere von Motorrädern draußen, dann kamen sie in die leere Bar geschlendert, jung und sonnengebräunt, mit Helmen und dicken Lederjacken mitten im August. Sie standen vor Mitchell und tranken Zapfbier. Als er ihre erste Bestellung entgegennahm, dachte er, sie hätten Drogen genommen, und später, während er sie beobachtete, war er sich sicher. Sie waren nicht so entspannt wie die meisten anderen Trinker kurz vor der Polizeistunde. Ihre Blicke waren unstet, auf der Hut wie scheue Tiere, und sie redeten laut, leidenschaftlich, aber ihre Leidenschaft war sonderbar und beunruhigend, weil sie lediglich dummes Zeug schwatzten, einander hänselten. Mitchell wußte nichts über die Wirkung von Drogen, konnte also nicht abschätzen, was sie im Blut hatten. Er fürchtete und haßte Drogen, wegen seiner Arbeit und weil er Stiefvater von halbwüchsigen Kindern war: einem Jungen und einem Mädchen. Er rief die letzte Runde aus, bediente die Burschen und lehnte an der Arbeitsplatte hinter sich.
Dann ging die Tür auf, und das Mädchen kam aus dem

Dunkeln herein, ein Mädchen, das er noch nie gesehen hatte, und sie ging durch den Laden auf Mitchell zu. Er machte einen Schritt nach vorn, um ihr zu sagen, daß sie den Aufruf zur letzten Runde verpaßt habe, aber noch ehe er den Mund aufmachte, bat sie ihn um Wechselgeld für den Zigarettenautomaten. Sie war jung, zwischen neunzehn und einundzwanzig, schätzte er, mit einer tiefen Sonnenbräune und dunklem Haar. Sie war nüchtern und trug Jeans und ein dunkelblaues T-Shirt. Er gab ihr die Vierteldollarstücke, aber sie stand zwischen zwei von den jungen Männern und kam nicht an den Automaten heran.

Als es vorbei war und sie weinend auf dem leeren Rund des Fußbodens lag, verließ er den Tresen, hob die Jeans und das T-Shirt auf, die neben ihr lagen, bückte sich und hielt sie ihr hin. Sie sah ihn nicht an. Sie legte sich die Kleider über ihre Brüste und über ihre, ja, ihre Wunde, wie Mitchell sie jetzt bei sich nannte. Er entfernte sich und wählte 911, dann Bobs Nummer. Er weckte Bob. Dann hob er ihre Turnschuhe vom Boden auf, stellte sie neben sie und hockte sich neben ihr Gesicht, während sie weinte. Er hätte gern mit ihr gesprochen und sie berührt, ihr die Hand gehalten oder ihr die Hand auf die Stirn gelegt, aber er konnte es nicht.

Der Streifenwagen war schnell da, man hörte die Sirene aus dem Osten der Stadt herankommen, dann langsamer und tiefer werden, als der Wagen draußen hielt. Er war froh, daß einer von den Polizisten Smitty war; er war mit ihm zur High-School gegangen. Der andere hieß Dave, und Mitchell kannte ihn, weil es eine Kleinstadt war. Als sie das Mädchen sahen, ging Dave hinaus zum Auto, um einen Krankenwagen zu rufen, und als er zurückkam, sagte er, zwei andere Streifenwagen hätten die Wichser bereits geschnappt und brächten sie jetzt hinter Gitter. Das Mädchen weinte noch immer und konnte nicht mit Smitty und Dave reden. Sie weinte auch, als ein Mann und eine Frau sie auf eine Krankentrage hoben und zur Tür hinausrollten und sie unter Sirenengeheul für immer verschwand.

Bob kam, als Smitty und Dave Kaffee trinkend am Tresen saßen und Smitty seinen Bericht schrieb; Mitchell stand hinter dem Tresen: Bob setzte sich neben Dave, als Mitchell eben sagte: »Ich hätte sie daran hindern können, Smitty.«

»Das ist unsere Aufgabe«, sagte Smitty. »Oder würdest du jetzt im Krankenhaus liegen wollen?«

Mitchell antwortete nicht. Als Smitty und Dave wegfuhren, füllte er sich mit dem Zapfschlauch Cola in ein Glas und rauchte mit Bob eine Zigarette. Sie sprachen nicht. Dann wusch Mitchell sein Glas und Bobs Tasse ab, und sie schalteten das Licht aus und gingen hinaus. Draußen schloß Mitchell die Eingangstür ab und spürte nach fast zehn Stunden Klimaanlage die plötzliche Nachtluft. Als er zur Arbeit gekommen war, war es sehr heiß gewesen, und nun dachte er, daß es im Winter wohl nicht passiert wäre. Sie hatten auf dem Rückweg von irgendwoher am Strand auf ein Bier hier haltgemacht; das hatte er sie sagen hören. Aber der Strand war nicht der Grund. Er kannte den Grund nicht, aber er wußte, im Winter wäre es nicht passiert. Die Nacht war kühl, und nun roch er die Bäume. Er drehte sich um und sah auf die Straße vor der Bar. Bob stand neben ihm auf der kleinen Veranda.

»Wenn die Stammkunden dagewesen wären«, sagte Bob.

Er drehte sich um und ging, die Hand auf dem hölzernen Geländer, die Rampe zur Straße hinunter. An seinem Wagen blieb er stehen und sah über dessen Dach hinweg Mitchell an.
»Nimm's nicht so schwer«, sagte er.
Mitchell nickte. Als Bob in seinen Wagen stieg und wegfuhr, ging Mitchell die Rampe hinunter und fuhr ebenfalls heim in sein Haus, das an einer Straße lag, die er weder für gut noch für schlecht hielt. Die Häuser waren klein, aber es gab auch große, alte Häuser, die inzwischen zu Mehrfamilienhäusern umgebaut worden waren. Die meisten Leute hatten Arbeit, die meisten Mütter kümmerten sich um ihre Kinder, und die meisten Kinder waren sauber und sahen aus, als wohnten sie in einem richtigen Zuhause, nicht in Löchern, wie er einige in der Stadt zu Gesicht bekommen hatte. Sorgen machte er sich um die älteren Kinder, jedenfalls um eine bestimmte Sorte. Sie lungerten untätig herum. In seiner Kindheit in einer Stadt weiter flußauf am Merrimack hatten er und seine Freunde die Schandtaten, an die er sich erinnern konnte, auch immer dann begangen, wenn sie nachmittags und abends faul herumhingen. Seine Stiefkinder gehörten nicht zu dieser Sorte. Sie hatten Freunde, die zur High-School gingen.
Die Lampe auf der vorderen Veranda war für ihn an, und in der Küche im hinteren Teil des Hauses brannte Licht. Er ging hinein, knipste das Verandalicht aus und tapste durch das Wohn- und das Eßzimmer in die Küche. Er holte sich eine Dose Bier aus dem Kühlschrank, machte das Licht aus und setzte sich an den Tisch. Als er wieder sehen konnte, nahm er eine Zigarette aus Susans Päckchen, das vor ihm lag.
Am Ende des Flurs hörte er, wie Susan sich im Bett

herumdrehte und dann aufstand, und er hoffte, nicht um aufs Klo zu gehen, sondern seinetwegen. Er hatte sie vor acht Jahren kennengelernt, als er den Gedanken, jemals zu heiraten und Kinder zu haben, längst aufgegeben hatte, und da war sie eines Abends mit zwei Freundinnen von der Arbeit in die Bar gekommen. Sie verdiente sechs Dollar die Stunde, indem sie zu Behinderten – die meisten davon Leute, die sie ihre kleinen alten Damen nannte – ins Haus ging und sie wusch und badete. Ihr eigenes Haus stammte aus ihrer Ehe, und Unterhalt für die Kinder hatte der Mann auch ein paar Monate lang gezahlt, bevor er die Stadt verließ und in den Süden ging. Susan kam barfuß durch den Flur, blieb in der Küchentür stehen und sagte: »Ist alles in Ordnung?«

»Nein.«

Sie setzte sich ihm gegenüber, und er erzählte.

Bald hielt sie seine Hand in ihrer. Sie war gut. Er wußte, hätte er sich mit allen fünfen angelegt und läge jetzt grün und blau geschlagen in einem Krankenhausbett, sie hätte ihm genauso gesagt, er habe es richtig gemacht, wie sie es ihm jetzt sagte. Er hatte es gern, wenn ihre kräftige Hand auf seiner lag. Es war eine durch Arbeit trainierte Hand, und jetzt wünschte er sich etwas von ihr, was er sich nie zuvor gewünscht hatte: im Bett zu liegen, während sie ihn wusch. Als sie zu Bett gingen, glaubte er nicht, einschlafen zu können, aber sie kniete sich neben ihn und massierte ihm die Schultern, rieb ihm die Schläfen und legte ihm die Hände auf die Stirn. Er wachte von Martys und Joyces Stimmen in der Küche auf. Sie hatten Ferienjobs, und wenn sie ihn weckten, schlief er sonst immer bis Mittag weiter, aber jetzt stand er auf, zog sich an

und ging zur Küchentür. Susan stand mit dem Rücken zu ihm am Herd, und Marty und Joyce unterhielten sich und rauchten. Er sagte guten Morgen und betrat den Raum.
»Warum bist du denn schon auf?« fragte Joyce.
Sie war ein hübsches Mädchen mit den breiten Wangenknochen ihrer Mutter, und Marty war ein großer, gutaussehender Junge, und Mitchell fühlte sich genauso alt wie vor dem Einschlafen. Susan sah ihn an. Dann goß sie ihm eine Tasse Kaffee ein und stellte sie an seinen Platz, und er setzte sich. Marty sagte: »Gehst du denn nicht mehr ins Bett?«
»Es ist gestern was passiert. In der Bar.« Sie versuchten ihre Gespanntheit zu verbergen, aber er sah sie in ihren Augen. »Ich hätte es verhindern sollen. Ich denke, ich hätte es verhindern *können*. Das ist der springende Punkt. Es waren fünf Kerle da. Mit Motorrädern, aber es war keine Motorradgang. Einfach irgendwelche Dreckskerle. Sie kamen spät, als alle anderen schon nach Hause gegangen waren. Es war sowieso ein schlechter Abend. Alle waren am Strand.«
»Haben sie dich ausgeraubt?« fragte Marty.
»Nein. Ein Mädchen kam rein. Jung. Hübsch. Versteht ihr: einfach ein Mädchen, das niemandem was getan hat.«
Sie nickten, und ihre Blicke waren ängstlich.
»Sie wollte Wechselgeld für Zigaretten, weiter nichts. Die Typen waren auf Droge. Koks oder so was. Versteht ihr: Sie waren high.«
»Haben sie sie vergewaltigt?« fragte Joyce.
»Ja, Schätzchen.«
»Diese *Scheiß*typen.«
Susan machte den Mund auf, dann schloß sie ihn wie-

der, und Joyce griff rasch nach Susans Zigarettenpäckchen. Mitchell streckte ihr sein Feuerzeug entgegen und sagte: »Als sie am Tresen anfingen, ruppig zu ihr zu werden, wollte ich ans Telefon. Einer von ihnen hat mich aufgehalten. Er hat mich geschubst, weiter nichts. Ich hätte ihm eins mit einer Flasche überziehen sollen.«

Marty langte mit seiner großen Hand über den Tisch und legte sie Mitchell auf die Schulter.

»Nein, Mitch. Fünf so fiese Typen. Und vollgekokst oder was auch immer. Niemals. Du wärst heute morgen nicht hier.«

»Ich weiß nicht. Es war immer ein Mann bei mir. Aber immer bloß einer, abwechselnd.«

»Fabelhaft«, sagte Joyce. Martys Hand lag auf Mitchells linker Schulter; sie legte ihre auf seine rechte Hand.

»Das Mädchen haben sie ins Krankenhaus geschafft«, sagte er. »Die Burschen sind im Gefängnis.«

»Wirklich?« sagte Joyce.

»Ich hab die Polizei gerufen. Als sie weg waren.«

»Du wirst ein wichtiger Zeuge sein«, sagte Joyce.

Er blickte in ihr stolzes Gesicht.

»Vor Gericht«, sagte sie.

Es war ein heißer Tag, aber an diesem Abend kamen die meisten Stammkunden in die Bar; manche von den Jüngeren mit Motorrädern. Es war eine gute Clique: Alle, bis auf die Pensionäre, arbeiteten, und nie belästigte einer die Frauen, nicht einmal die jungen mit ihrer Sommerbräune. Alle redeten darüber: Einige hatten den Zeitungsartikel gelesen, einige hatten die Geschichte in der Stadt gehört, und sie wollten sie von

Mitchell erzählt bekommen. Er erzählte sie so oft, wie er darum gebeten wurde, aber er kam nie bis zum Ende, weil er hart arbeiten mußte und bei keinem Kundengrüppchen lange genug bleiben konnte.
Er beobachtete ihre Gesichter. Nicht einer, nicht einmal eine der Frauen, sah ihn so an, als habe er nicht genug für das Mädchen getan oder sei ein Feigling. Viele schienen sogar Mitleid zu haben, sie erweckten in ihm für Augenblicke das Gefühl, er sei der Überlebende von etwas Schrecklichem, und wenn dieses Gefühl ihn verließ, empfand er Scham. Er fühlte sich müde und alt, während er Drinks einschenkte und Wechselgeld herausgab, hinter dem Tresen auf und ab lief und redete. Auf dem Hocker am äußersten Ende des Tresens trank Bob Kaffee, und jedesmal, wenn Mitchell zu ihm hinübersah, lächelte oder nickte Bob, und einmal hob er seine rechte Faust mit hochgerecktem Daumen.
Reggie trank wieder einmal zuviel. Das tat er zwei- oder dreimal im Monat, und wenn Mitchell ihm den nächsten Drink verweigern mußte, fügte Reggie sich stets ergeben. Er war ein dicker, gutmütiger Mann mit einem langen braunen Bart. Aber heute kostete es Mitchell große Mühe, Reggie weitere Drinks zu verweigern, und als die Elf-Uhr-Nachrichten im Fernsehen kamen und Reggie sich noch einen Kurzen und ein Bier bestellte, tat Mitchell so, als habe er nicht gehört. Er bediente die Kunden am anderen Ende des Tresens, wo Bob saß. Er hörte Reggie rufen: »He, Mitch, 'n Kurzen und 'n Bier, Mitch.« Mitchell stand jetzt nahe bei Bob. Bob sagte leise: »Er hat genug.«
Mitchell nickte und ging zu Reggie, beugte sich zu ihm hinüber, damit er leise sprechen konnte, und sagte: »Tut

mir leid, Reggie. Zeit für 'n Kaffee. Ich möchte nicht, daß du mir draußen aus den Latschen kippst.«

Reggie blinzelte ihn an.

»Okay, Mitch.« Er zog ein paar Geldscheine aus der Tasche und legte sie auf den Tresen. Mitchell warf einen Blick darauf und sah, daß mindestens zehn Dollar Trinkgeld dabei waren. Als er Reggies Zeche in die Kasse tippte, blieben sechzehn Dollar und fünfzig Cents an Wechselgeld übrig, und er ließ die Münzen in den Bierkrug neben der Kasse fallen und stopfte die Banknoten dazu. Der Krug war voller Geldscheine wie an den meisten Abenden, und er behielt die Hand da drin, während er Reggies Scheine zwischen die anderen preßte, und sah, wie die sonnengebräunten jungen Männer sie am Boden festhielten und einer zwischen ihren Beinen kniete, die gespreizt und festgehalten wurden, und er hörte die übermütigen Stimmen der Männer und die Schreie und das Stöhnen des Mädchens, und schließlich ihr Weinen, Weinen und noch mal Weinen, bis es die Sirene war, die heulte und dann in der Nacht verhallte. Vom Fußboden hinter sich auf der anderen Seite des Raumes spürte er ihren Schmerz, ihr Entsetzen und ihr Leid, dann ihren Fluch gegen ihn. Der Fluch bohrte sich in seinen Rücken und drang durch seine Wirbelsäule nach oben und unten, in seinen Magen, in seine Beine und Arme und Schultern, bis er darunter erzitterte. Er wünschte, er wäre allein, damit er niederknien könnte, um ihn auf sich zu nehmen.

Aus: Andre Dubus, Sie leben jetzt in Texas.
Aus dem Amerikanischen von Benjamin Schwarz.

Raymond Carver *Fahrräder, Muskeln, Zigaretten*

Es war zwei Tage her, daß Evan Hamilton aufgehört hatte zu rauchen, und ihm war, als erinnerte ihn alles, was er während dieser beiden Tage gesagt und gedacht hatte, irgendwie an Zigaretten. Er betrachtete seine Hände unter der Küchenlampe und schnupperte an seinen Knöcheln und Fingern.

»Ich kann es riechen«, sagte er.

»Ich weiß. Es ist, als ob es aus einem rausschwitzen würde«, sagte Ann Hamilton. »Ich hatte den Geruch noch nach drei Tagen an mir. Selbst wenn ich aus der Wanne kam. Es war ekelhaft.« Sie stellte die Teller fürs Abendessen auf den Tisch. »Du tust mir furchtbar leid, Schatz. Ich weiß, was du durchmachst. Aber – wenn das ein Trost für dich ist – am zweiten Tag ist es immer am schlimmsten. Der dritte ist natürlich auch noch schlimm, aber dann bist du übern Berg – falls du solange durchhältst. Aber ich bin ja so froh, daß du wirklich aufhören willst. Ich kann's dir gar nicht sagen.« Sie berührte seinen Arm. »Ruf jetzt bitte Roger herein, wir wollen essen.«

Hamilton öffnete die Haustür. Es war bereits dunkel. Es war Anfang November, und die Tage waren kurz und kühl. In der Einfahrt hockte ein etwas älterer Junge, den er noch nie gesehen hatte, auf einem kleinen Fahrrad mit allen Schikanen. Der Junge hatte sich ein Stückchen vorgebeugt, gerade so weit, daß er nicht mehr im Sattel saß und seine Schuhspitzen den Gehsteig berühren konnten, so daß er die Balance hielt.

»Sind Sie Mr. Hamilton?« sagte der Junge.

»Jawohl«, sagte Hamilton. »Was ist denn? Ist was mit Roger?«

»Im Moment ist Roger vermutlich in unserem Haus und spricht mit meiner Mutter. Kip ist auch da, und der andere Junge, dieser Gary Berman. Es geht um das Fahrrad meines Bruders. Ich blicke aber nicht ganz durch«, sagte der Junge und drehte an den Griffen seiner Lenkstange. »Meine Mutter hat mir aufgetragen, zu Ihnen zu fahren und Sie zu holen – Rogers Vater oder seine Mutter.«

»Aber es ist ihm doch nichts passiert, oder?« sagte Hamilton. »Ja, klar, ich komme gleich mit.«

Er ging ins Haus, um sich Schuhe anzuziehen.

»War er draußen?« sagte Ann Hamilton.

»Er steckt in irgendwelchen Schwierigkeiten«, antwortete Hamilton. »Es geht um ein Fahrrad. Draußen wartet ein Junge – ich hab' seinen Namen nicht verstanden. Er will, daß ihn einer von uns nach Hause begleitet.«

»Es ist ihm doch nichts passiert?« sagte Ann Hamilton und nahm ihre Schürze ab.

»Nein, alles in Ordnung.« Hamilton sah sie an und schüttelte den Kopf. »Hört sich an wie eine kindische Streiterei, und die Mutter des Jungen mischt sich offenbar ein.«

»Soll ich gehen?« fragte Ann Hamilton.

Er überlegte einen Moment. »Ja, das wär' mir lieber, aber ich geh schon selbst. Stell das Abendessen warm, bis wir zurück sind. Es wird hoffentlich nicht lange dauern.«
»Ich mag nicht, wenn er bei Dunkelheit noch draußen ist«, sagte Ann Hamilton. »Ich mag das nicht.«

Der Junge saß auf seinem Fahrrad und zog an der Handbremse.
»Wie weit ist es denn?« sagte Hamilton, als sie den Gehsteig hinuntergingen.
»Es ist drüben im Arbuckle Court«, antwortete der Junge, und als Hamilton ihn ansah, fügte der Junge hinzu: »Es ist nicht weit. Bloß zwei Straßen weiter.«
»Und was ist das Problem?« fragte Hamilton.
»Ich kann's nicht genau sagen. Ich seh da nicht ganz durch. Er und Kip und dieser Gary Berman haben angeblich das Fahrrad meines Bruders benützt, als wir im Urlaub waren, und offenbar haben sie's kaputt gemacht. Und zwar absichtlich. Aber ich weiß es nicht genau. – Darum geht's jedenfalls im Augenblick. Mein Bruder kann sein Fahrrad nirgendwo finden, und sie haben es als letzte benützt – Kip und Roger. Und meine Mutter versucht jetzt rauszukriegen, wo es ist.«
»Kip kenne ich«, sagte Hamilton. »Und wer ist dieser andere Junge?«
»Gary Berman. Ich glaub, er ist neu hier. Wenn sein Vater nach Hause kommt, wird er auch bei uns vorbeikommen.«
Sie bogen um eine Straßenecke. Der Junge trat in die Pedale, fuhr aber immer nur ein kleines Stück voraus. Hamilton sah einen Obstgarten, dann bogen sie um die nächste Ecke und kamen in eine Sackgasse. Er hatte

von der Existenz dieser Straße keine Ahnung gehabt und war sicher, daß er niemanden von den Leuten, die hier wohnten, wiedererkennen würde. Er blickte sich um, sah sich die unbekannten Häuser an und staunte, welche Kreise das Privatleben seines Sohnes zog.

Der Junge bog in eine Einfahrt, stieg vom Fahrrad und lehnte es an die Hausmauer. Er machte die Eingangstür auf, und Hamilton ging hinter ihm durch das Wohnzimmer in die Küche, wo er seinen Sohn neben Kip Hollister und einem anderen Jungen an der einen Seite des Tisches sitzen sah. Hamilton sah Roger prüfend an und wandte sich der fülligen Frau am Kopfende des Tisches zu.

»Sie sind Rogers Vater?« sagte die Frau zu ihm.

»Ja, ich bin Evan Hamilton. Guten Abend.«

»Und ich bin Mrs. Miller, Gilberts Mutter«, sagte sie. »Tut mir leid, daß ich Sie bitten mußte, herzukommen, aber wir haben da ein Problem.«

Hamilton setzte sich auf einen Stuhl am anderen Tischende und sah sich um. Ein neun- oder zehnjähriger Junge – wohl derjenige, dessen Fahrrad vermißt wurde, vermutete Hamilton – saß neben der Frau. Ein anderer Junge, so um die vierzehn, saß auf dem Abtropfbrett, ließ seine Beine baumeln und beobachtete einen dritten Jungen, der gerade telefonierte. Der Junge grinste vielsagend über etwas, was er gerade am Telefon erfuhr, und beugte sich, in der ausgestreckten Hand eine Zigarette, über die Spüle. Hamilton hörte das zischende Geräusch, mit dem die Zigarette in ein Glas Wasser fiel.

Der Junge, der ihn hergebracht hatte, lehnte sich an den Kühlschrank und verschränkte die Arme.

»Hast du Kips Eltern erreichen können?« sagte die Frau zu dem Jungen.

»Seine Schwester sagte, sie sind einkaufen. Ich bin auch bei den Bermans gewesen. Garys Vater wird in ein paar Minuten hier sein. Ich hab' unsere Adresse hinterlassen.«

»Mr. Hamilton«, sagte die Frau. »Ich will Ihnen erklären, was passiert ist. Wir waren letzten Monat im Urlaub, und Kip wollte sich Gilberts Fahrrad leihen, damit Roger ihm beim Ausfahren der Zeitungen helfen konnte. Soweit ich weiß, hatte Rogers Fahrrad einen Platten oder so. Und wie sich nun herausstellt –«

»Gary hat mich gewürgt, Dad«, sagte Roger.

»Was?« sagte Hamilton und musterte seinen Sohn.

»Er hat mich gewürgt. Ich hab' noch die Spuren davon.« Sein Sohn zog den Kragen seines T-Shirts herunter, um seinen Hals zu zeigen.

»Sie waren in der Garage draußen«, fuhr die Frau fort. »Ich wußte nicht, was sie da taten, bis Curt, mein Ältester, nachsehen ging.«

»Er hat angefangen!« sagte Gary Berman zu Hamilton. »Er hat mich einen Dreckskerl genannt.« Gary Berman blickte hinüber zur Eingangstür.

»Ich glaub, mein Fahrrad hat so um die sechzig Dollar gekostet, Jungs«, sagte der Junge namens Gilbert. »Das werdet ihr mir bezahlen.«

»Du hältst dich da raus, Gilbert«, sagte die Frau zu dem Jungen.

Hamilton holte Luft. »Erzählen Sie weiter«, sagte er.

»Nun, und wie sich jetzt rausstellt, haben Kip und Roger beim Zustellen der Zeitungen Gilberts Fahrrad benutzt, und dann haben die beiden – zusammen mit Gary – der Reihe nach angefangen, das Rad rollen zu lassen.«

»Was meinen Sie damit – ›das Rad *rollen* zu lassen‹?« sagte Hamilton.

»Es rollen zu lassen«, sagte die Frau. »Sie gaben ihm einen Schubs und ließen's die Straße runterfahren, bis es umfiel. Und dann – stellen Sie sich das mal vor! –, dann haben Kip und Roger das Rad zur Schule rauf genommen und – das haben sie vor ein paar Minuten selbst zugegeben – gegen eine Torstange geschmissen.«
»Ist das wahr, Roger?« sagte Hamilton und sah wieder seinen Jungen an.
»Zum Teil, Dad«, sagte Roger und blickte zu Boden und rieb mit dem Finger über die Tischplatte. »Aber wir haben es nur ein einziges Mal rollen lassen. Zuerst Kip, dann Gary und als letzter ich.«
»Einmal ist schon zuviel«, sagte Hamilton. »Einmal ist ein Mal zu oft, Roger. Ich bin überrascht, und ich bin enttäuscht von dir. Und von dir auch, Kip«, sagte Hamilton.
»Aber verstehen Sie«, sagte die Frau, »einer von ihnen flunkert heut abend, oder er sagt nicht alles, was er weiß, denn Tatsache ist, daß das Fahrrad noch immer verschwunden ist.«
Die älteren Jungen in der Küche lachten und trieben ihre Späße mit dem Jungen, der noch immer telefonierte.
»Wir wissen nicht, wo das Rad ist, Mrs. Miller«, sagte der Junge namens Kip. »Wir haben es Ihnen doch schon gesagt. Das letzte Mal, daß wir es gesehen haben, war, als ich und Roger es zu mir nach Hause mitgenommen haben – nachdem wir damit zur Schule gefahren waren. Ich meine, das war das vorletzte Mal. Das allerletzte Mal war da, als ich es hierher zurückgebracht und hinter dem Haus abgestellt hab.« Er schüttelte den Kopf. »Wir wissen nicht, wo's jetzt ist«, sagte der Junge.

»Sechzig Dollar«, sagte der Junge namens Gilbert zu dem Jungen namens Kip. »Ihr könnt es abbezahlen – sagen wir, fünf Dollar die Woche.«
»Gilbert, ich warne dich«, sagte die Frau. »Verstehen Sie: *Die* da behaupten«, fuhr sie fort und runzelte die Stirn, »daß es *hier* verschwunden ist, hier hinter dem Haus. Aber wie soll man ihnen denn glauben, wo sie's doch heute abend mit der Wahrheit sonst nicht so genau genommen haben.«
»Wir haben die Wahrheit gesagt«, sagte Roger. »Alles, was wir wissen.«
Gilbert lehnte sich in seinen Stuhl zurück und schüttelte über die Behauptung von Hamiltons Sohn den Kopf.
Es schellte an der Haustür, und der Junge, der auf dem Abtropfbrett saß, sprang herunter und ging ins Wohnzimmer.
Ein Mann mit straffen Schultern, Bürstenhaarschnitt und scharfen grauen Augen betrat wortlos die Küche. Er warf der Frau einen kurzen Blick zu und bezog hinter Gary Bermans Stuhl Position.
»Sie sind sicher Mr. Berman«, sagte die Frau. »Freut mich, Sie kennenzulernen. Ich bin Gilberts Mutter, und das hier ist Mr. Hamilton, der Vater von Roger.«
Der Mann nickte Hamilton zu, hielt ihm aber nicht die Hand hin.
»Worum geht es eigentlich?« sagte Berman zu seinem Sohn.
Sofort fingen alle Jungen am Tisch an zu reden.
»Ruhe jetzt«, sagte Berman. »Ich rede mit Gary. Ihr kommt schon noch an die Reihe.«
Der Junge fing mit seiner Version der Geschichte an. Sein Vater hörte ihm genau zu, kniff hin und wieder

die Augen zusammen und fixierte die beiden anderen Jungen.

Als Gary Berman fertig war, sagte die Frau: »Ich würde der Sache gern auf den Grund gehen. Ich will ja keinen von den dreien beschuldigen, verstehen Sie, Mr. Hamilton, Mr. Berman – ich möchte der Sache bloß auf den Grund gehen.« Sie sah Roger und Kip, die über Gary Berman den Kopf schüttelten, fest an.

»Das stimmt alles nicht, Gary«, sagte Roger.

»Dad, kann ich mit dir mal unter vier Augen reden?« sagte Gary Berman.

»Komm mit«, sagte der Mann, und dann verschwanden die beiden im Wohnzimmer.

Hamilton folgte ihnen mit den Blicken. Er hatte das Gefühl, er sollte das unterbinden – diese Geheimnistuerei. Seine Handflächen waren feucht, und er griff nach seiner Hemdtasche, um eine Zigarette herauszuholen. Dann hielt er den Handrücken unter seine Nase, sog die Luft tief ein und sagte: »Roger, weißt du sonst noch was darüber, etwas, wovon du noch nichts gesagt hast? Weißt du, wo Gilberts Fahrrad ist?«

»Ich weiß es nicht«, sagte der Junge. »Ich schwör's.«

»Wann hast du das Rad zum letztenmal gesehen?« sagte Hamilton.

»Als wir es von der Schule nach Hause brachten und hinter Kips Haus abstellten.«

»Kip«, sagte Hamilton, »weißt du vielleicht, wo Gilberts Fahrrad jetzt ist?«

»Ich weiß es auch nicht«, sagte der Junge, »Ehrenwort. – Ich hab's am nächsten Morgen zurückgebracht, nachdem wir es zur Schule mitgenommen hatten, und da hab' ich es hinter die Garage gestellt.«

»Ich dachte, du hättest gesagt, du hast es hinter dem *Haus* abgestellt«, warf die Frau rasch ein.
»Ich meine ja hinterm Haus. Das hab' ich gemeint«, sagte der Junge.
»Bist du später noch mal hergekommen, um es zu benützen?« fragte sie und beugte sich vor.
»Nein, bin ich nicht«, antwortete Kip.
»Kip?« sagte sie.
»Nein, ich war nicht da. Ich weiß nicht, wo es ist«, brüllte der Junge.
Die Frau hob die Schultern und ließ sie wieder fallen. »Wie soll man wissen, wem man was glauben soll?« sagte sie zu Hamilton. »Das einzige, was ich weiß, ist, daß Gilbert kein Fahrrad mehr hat.«

Gary Berman und sein Vater kamen in die Küche zurück.
»Roger kam auf die Idee, es rollen zu lassen«, sagte Gary Berman.
»Das warst du«, sagte Roger und stand auf. »Du hast es gewollt, und dann wolltest du, daß wir's zum Obstgarten mitnehmen und zerlegen.«
»Du hältst den Mund«, sagte Berman zu Roger. »Du redest, wenn du gefragt wirst, junger Mann, und nicht eher. Gary, ich bring das schon in Ordnung – mitten in der Nacht wegen ein paar Radaubrüdern rausgeholt zu werden! Also – sollte einer von euch beiden wissen, wo dieses Fahrrad jetzt ist«, sagte Berman und nahm zuerst Kip aufs Korn, dann Roger, »dann rate ich ihm im Guten, den Mund aufzumachen.«
»Ich finde, Sie vergreifen sich da etwas im Ton«, sagte Hamilton.
»Was?« sagte Berman, und seine Stirne verfinsterte

sich. »Und ich finde, Sie sollten sich gefälligst um Ihre eigenen Angelegenheiten scheren!«
»Gehen wir, Roger«, sagte Hamilton und stand auf. »Kip, kommst du mit, oder willst du noch hierbleiben?« Er wandte sich an die Frau: »Ich wüßte nicht, was wir heute noch unternehmen könnten. Ich werde mir Roger wegen dieser Sache noch eingehend vornehmen, aber wenn's um die Frage der Entschädigung geht – ich finde, daß Roger – nachdem er nun einmal mitgeholfen hat, das Fahrrad zu demolieren – ruhig ein Drittel bezahlen soll, wenn's dazu kommt.«
»Ich weiß nicht, was ich sagen soll«, gab die Frau zurück, während sie Hamilton durch das Wohnzimmer folgte. »Ich werde mit Gilberts Vater drüber reden – er ist im Augenblick nicht in der Stadt. Wir werden ja sehen. Letztendlich ist es wahrscheinlich eine von jenen Geschichten ..., aber ich will das noch mit seinem Vater besprechen.«
Hamilton trat zur Seite, um die Jungen vor sich auf die Veranda hinauszulassen, und hörte, wie Gary Berman hinter ihm sagte: »Er hat mich einen Dreckskerl genannt, Dad.«
»Soso, hat er das?« hörte Hamilton Berman sagen. »Nun – er ist der Dreckskerl. Sieht auch wie 'n richtiger Dreckskerl aus.«
Hamilton drehte sich um und sagte: »Ich finde, Sie vergreifen sich heute abend ganz erheblich im Ton, Mr. Berman. Warum versuchen Sie nicht, sich zusammenzunehmen?«
»Und ich hab' Ihnen gesagt, ich finde, Sie sollten sich da raushalten«, sagte Berman.
»Du machst jetzt, daß du nach Hause kommst, Roger«, sagte Hamilton und befeuchtete seine Lippen. »Ich

mein' das ernst«, sagte er. »Also los, mach schon!« Roger und Kip traten auf den Gehsteig. Hamilton stand am Eingang und sah Berman an, der gerade mit seinem Sohn durchs Wohnzimmer ging.

»Mr. Hamilton«, sagte die Frau nervös, beendete ihren Satz aber nicht.

»Was wollen Sie?« sagte Berman zu ihm. »Nehmen Sie sich in acht und gehen Sie mir aus dem Weg!« Berman rempelte Hamilton an, so daß dieser rücklings von der Veranda in ein paar stachlige, knackende Büsche stürzte. Er konnte nicht glauben, daß ihm das passierte. Er rappelte sich aus den Büschen hoch und stürzte sich auf den Mann, der auf der Veranda stand. Sie fielen schwer zu Boden. Sie rollten über den Rasen. Hamilton rang Berman nieder, warf ihn auf den Rükken und kniete sich fest auf die Oberarmmuskeln des Mannes. Dann hatte er Berman am Kragen und begann, seinen Kopf auf das Gras zu schlagen, während die Frau schrie: »Herrgott im Himmel, warum hält sie denn keiner auf? Um Himmels willen, so hol' doch einer die Polizei!«

Hamilton hörte auf.

Berman sah ihn von unten an und sagte: »Lassen Sie mich los!«

»Haben Sie sich auch nicht verletzt?« rief die Frau den Männern zu, als sie voneinander abließen. »Um Gottes willen«, sagte sie. Sie sah zu den Männern hin, die jetzt, ein paar Schritte voneinander entfernt, dastanden, sich den Rücken zugekehrt hatten und schwer atmeten. Die älteren Jungen hatten sich auf der Veranda versammelt, um zuzusehen. Jetzt, da es vorüber war, warteten sie, beobachteten die Männer aber genau. Dann fingen sie an, in Scheinangriffen aufeinan-

der loszugehen und sich gegen Arme und Rippen zu boxen.
»Ihr Jungs, macht, daß ihr auf der Stelle ins Haus kommt«, sagte die Frau. »Ich hätt' mir nie träumen lassen, daß ich das miterleben muß«, sagte sie und legte die Hand auf die Brust.
Hamilton schwitzte, und als er tief Luft holen wollte, brannten seine Lungen. In seiner Kehle saß ein undefinierbarer Kloß, so daß er einen Moment lang nicht schlucken konnte. Er marschierte los, an der einen Seite seinen Sohn, an der anderen den Jungen namens Kip. Er hörte Wagentüren schlagen und einen Motor starten. Während er weiterging, glitten Scheinwerfer über ihn hinweg.
Roger schluchzte einmal auf, und Hamilton legte dem Jungen den Arm um die Schultern.
»Ich glaub, ich geh' jetzt lieber nach Hause«, sagte Kip und fing zu heulen an. »Mein Dad wartet bestimmt auf mich.« Und damit rannte der Junge davon.

»Tut mir leid«, sagte Hamilton. »Tut mir leid, daß du so was mitansehen mußtest«, sagte Hamilton zu seinem Sohn.
Sie gingen weiter, und als sie in ihrer Straße angekommen waren, nahm Hamilton seinen Arm wieder weg.
»Und was wär' gewesen, wenn er ein Messer gezogen hätte, Dad? Oder einen Schlagstock?«
»Das hätte er nie getan«, sagte Hamilton.
»Und was, wenn doch?« sagte sein Sohn.
»Schwer zu sagen, worauf die Leute kommen, wenn sie einmal in Wut sind«, sagte Hamilton.
Sie gingen den Weg zu ihrer Haustür hinauf. Hamil-

tons Herz schlug schneller, als er die hell erleuchteten Fenster sah.
»Laß mich deine Muskeln anfassen«, sagte sein Sohn.
»Ein andermal«, sagte Hamilton. »Du gehst jetzt rein, ißt dein Abendbrot und machst, daß du ins Bett kommst. Sag deiner Mutter, daß es mir gutgeht und daß ich mich noch ein paar Minuten auf die Veranda setzen will.«
Der Junge trat von einem Bein auf das andere und sah seinen Vater an. Dann verschwand er schnell wie der Blitz im Haus und rief: »Mom! Mom!«

Er saß auf der Veranda, lehnte sich an die Garagenwand und streckte die Beine aus. Der Schweiß auf seiner Stirn war eingetrocknet. Unter seinen Kleidern fühlte er die klamme Feuchtigkeit.
Er hatte seinen Vater, einen blassen Mann mit eingefallenen Schultern, der immer ganz langsam sprach, einmal bei etwas Ähnlichem beobachtet. Es war ein wilder Kampf gewesen, und beide Männer waren dabei verletzt worden. Es war in einem Café gewesen. Der andere Mann war Landarbeiter. Hamilton hatte seinen Vater geliebt und hatte noch viele Erinnerungen an ihn, nun aber fiel ihm dieser einzige Boxkampf seines Vaters ein, so als hätte es nichts anderes an diesem Mann gegeben.
Als seine Frau aus dem Haus kam, saß er noch immer auf der Veranda.
»Gott im Himmel«, sagte sie und nahm seinen Kopf in ihre Hände. »Komm doch rein und geh unter die Dusche, und dann iß etwas und erzähl mir, was passiert ist. Es ist alles noch warm. Roger ist schon im Bett.«

Aber er hörte, wie sein Sohn nach ihm rief.
»Er ist noch wach«, sagte sie.
»Bin in einer Minute wieder da«, sagte Hamilton. »Und dann sollten wir vielleicht was trinken.«
Sie schüttelte den Kopf. »Ehrlich, ich kann's noch immer nicht fassen.«
Er stieg zum Zimmer des Jungen hinauf und setzte sich ans Fußende des Bettes.
»Es ist schon ziemlich spät – und du bist immer noch auf. Also, ich wünsch dir eine gute Nacht«, sagte Hamilton.
»Gute Nacht«, sagte der Junge. Er hatte die Hände in den Nacken gelegt, die Ellbogen hochgezogen.
Er hatte seinen Schlafanzug an, und Hamilton atmete tief den frischen warmen Geruch ein, der von ihm ausströmte. Er tätschelte seinen Sohn durch die Bettdecke hindurch.
»Ab jetzt reißt du dich aber am Riemen. Halt dich von dieser Nachbarschaft fern und sorg dafür, daß mir nie wieder zu Ohren kommt, du hättest das Fahrrad oder irgendwas, was einem anderen gehört, kaputtgemacht. Hab' ich mich klar genug ausgedrückt?« sagte Hamilton.
Der Junge nickte. Er zog die Hände unter seinem Nakken hervor und zupfte etwas vom Bettlaken.
»Also dann«, sagte Hamilton. »Schlaf gut.«
Er beugte sich hinunter, um seinem Sohn einen Kuß zu geben, aber der Junge fing an zu reden.
»Dad, war Großvater so stark wie du? Wie er so alt war wie du, ich meine, du weißt schon, wie du –«
»Wie ich neun war? Meinst du das? Ja, ich glaub schon, daß er stark war«, sagte Hamilton.
»Manchmal kann ich mich kaum mehr an ihn erin-

nern«, sagte der Junge. »Ich möchte ihn nicht vergessen, und auch sonst nichts, verstehst du? Verstehst du, was ich meine, Dad?«

Als Hamilton nicht sofort antwortete, fuhr der Junge fort: »Wie du jung warst, war es da auch so wie zwischen dir und mir jetzt? Hast du ihn lieber gehabt als mich? Oder gleich lieb?« sagte der Junge stockend. Er bewegte die Füße unter der Decke und sah weg. Als Hamilton immer noch keine Antwort gab, sagte der Junge: »Hat er geraucht? Ich glaub', ich erinnere mich an eine Pfeife oder was.«

»Stimmt. Er fing Pfeife zu rauchen an, bevor er starb«, sagte Hamilton. »Lange davor hat er Zigaretten geraucht, aber dann hat er wegen irgendwas Depressionen gekriegt und wieder aufgehört. Später hat er dann die Marke gewechselt und wieder damit angefangen. Wart, ich zeig dir was«, sagte Hamilton. »Riech mal an meinem Handrücken.«

Der Junge nahm die Hand, roch daran und sagte: »Ich weiß nicht, ich riech' überhaupt nichts, Dad. Was ist es denn?«

Hamilton roch zuerst an der Hand, dann an den Fingern. »Jetzt kann ich auch nichts mehr riechen«, sagte er. »Vorher war's noch da, aber jetzt ist es weg.« Vielleicht war dieser Schrecken daran schuld, dachte er. »Ich wollte dir etwas zeigen. Na schön, es ist schon spät. Besser, du gehst jetzt schlafen«, sagte Hamilton.

Der Junge drehte sich zur Seite und sah zu, wie sein Vater zur Tür ging, sah zu, wie er seine Hand auf den Lichtschalter legte. Und dann sagte er: »Dad? Du wirst denken, ich bin übergeschnappt, aber ich hätte dich gern gekannt, wie du noch klein warst. Ich meine un-

gefähr so alt wie ich jetzt. Ich weiß nicht, wie ich das ausdrücken soll – aber ich komm' mir so verlassen vor. Es ist – es ist, daß du mir jetzt schon fehlst – wenn ich bloß daran denke. Das ist ziemlich verrückt, was? – Aber egal, laß bitte die Tür offen.«
Hamilton ließ die Tür offen, dann überlegte er es sich anders und zog sie zur Hälfte zu.

Aus: Raymond Carver, Wovon wir reden,
wenn wir von Liebe reden.
Aus dem Amerikanischen von Klaus Hoffer.

Richard Ford *Sweethearts*

Ich stand in der Küche, während Arlene ihrem früheren Mann Bobby im Wohnzimmer Adieu sagte. Ich war schon einkaufen gewesen und war zurückgekommen und hatte Kaffee gemacht. Ich trank den Kaffee und starrte aus dem Fenster, während die beiden sagten, was immer sie sich zu sagen hatten. Es war viertel vor sechs morgens.

Es würde kein schöner Tag in Bobbys Leben werden, das war klar, denn er mußte ins Gefängnis. Er hatte ein paar ungedeckte Schecks ausgeschrieben, und noch bevor er dafür verurteilt werden konnte, hatte er einen Lebensmittelladen, der auch nachts geöffnet blieb, mit einer Pistole ausgeraubt – total verrückt geworden. Und alles war, wie nicht anders zu erwarten, schiefgegangen. Arlene hatte die Kaution gezahlt, und die beiden redeten manchmal davon, in die zweite Instanz zu gehen, teures Gerede. Aber das hätte überhaupt keinen Zweck gehabt. Er war schuldig. Es würde Geld kosten, und dann würde er sowieso im Gefängnis landen.

Arlene hatte gesagt, daß sie ihn an diesem Morgen zum Sheriff fahren würde, wenn ich ihm Frühstück machte, damit er sich mit vollem Magen da melden könnte. Es klang ganz vernünftig. Früh morgens war Bobby mit seinem Motorrad hinter das Haus gefahren und hatte seinen Hund an den Lenker gebunden. Ich hatte ihn vom Fenster aus beobachtet. Er umarmte den Hund, küßte ihn auf den Kopf, flüsterte ihm etwas ins Ohr und kam dann herein. Der Hund war ein schwarzer Labrador, und er saß jetzt neben dem Motorrad und starrte mit leerem Interesse über den Fluß auf die Gebäude der Stadt, über denen der Himmel sich rötete und der Tag anbrach. Ich nahm an, daß er jetzt für einige Zeit unser Hund sein würde.

Arlene und ich waren seit fast einem Jahr zusammen. Sie hatte sich von Bobby lange vorher scheiden lassen, war noch einmal zum College zurückgegangen und hatte eine Ausbildung als Grundstücks- und Hausmaklerin gemacht. Das Haus, in dem wir jetzt lebten, hatte sie gekauft. Sie hatte aber schon bald die Lust am Makeln verloren und ein Jahr als Lehrerin an der High-School gearbeitet, hatte schließlich auch das wieder abgebrochen und arbeitete jetzt in einer Bar in der Stadt, wo ich auf sie gestoßen war. Sie und Bobby waren schon als Kinder Sweethearts gewesen, und sie hatten sich später fünfzehn Jahre herumgetrieben und ein wildes Leben geführt. Aber als ich auf der Bildfläche erschien, lag die Sache mit Bobby hinter ihr, beide hatten sich mehr oder weniger damit abgefunden. Sie waren nicht mehr wütend aufeinander, und als er uns besuchte, hatte ich überhaupt keine Schwierigkeiten mit ihm. Wir hatten reichlich Gesprächsstoff – unsere Vergangenheit, die Probleme in unserer Vergangenheit. Es hätte schlimmer kommen können.

Ich hörte Bobby im Wohnzimmer sagen: »Wie soll ich

mir meine Selbstachtung bewahren? Sag mir das mal. Das ist mein größtes Problem.«
»Du mußt deine Mitte finden«, sagte Arlene gewollt zuversichtlich. »Du mußt versuchen, in dir selbst zu ruhen.«
»Ich glaub, im Moment krieg ich 'ne Erkältung«, sagte Bobby. »An dem Tag, an dem ich ins Gefängnis muß, fang ich mir 'ne Erkältung ein.«
»Nimm Contac«, sagte Arlene. »Ich hab irgendwo welche.« Ich hörte, wie ein Stuhl zurückgeschoben wurde. Sie stand auf, um ihre Pillen zu holen.
»Die hab ich schon genommen«, sagte Bobby. »Ich hatte welche zu Hause.«
»Dann wird's dir bald besser gehen«, sagte Arlene. »Die haben bestimmt auch im Gefängnis Contac.«
»Ich hab immer all meine Hoffnung auf die Frauen gesetzt«, sagte Bobby leise. »Ich weiß jetzt, daß das ein Fehler war.«
»Ich weiß nicht«, sagte Arlene. Und dann schwiegen beide.
Ich sah aus dem Fenster und auf Bobbys Hund. Er starrte immer noch über den Fluß auf die Stadt, als wüßte er von etwas da drüben.
Die Tür zum hinteren Schlafzimmer ging auf, und meine Tochter Cherry kam heraus. Sie trug ihr kleines weißes Nachthemd mit roten Herzen. »Sei mein!« stand auf all den Herzen. Sie schlief noch, obwohl sie aufgestanden war. Bobbys Stimme hatte sie aufgeweckt.
»Hast du meinen Fisch gefüttert?« sagte sie und starrte mich an. Sie war barfuß und hielt eine Puppe im Arm, und sie sah selbst süß wie eine Puppe aus.
»Ja, du warst schon eingeschlafen«, sagte ich.

Sie schüttelte den Kopf und sah zur offenen Wohnzimmertür. »Wer ist das?« sagte sie.
»Bobby ist da«, sagte ich. »Er redet mit Arlene.«
Cherry kam zum Fenster herüber, wo ich stand, und sah Bobbys Hund. Sie mochte Bobby, aber seinen Hund mochte sie noch lieber. »Da ist Buck«, sagte sie. Buck war der Name des Hundes. Eine Packung Frühstückswürstchen lag auf der Arbeitsplatte, und ich wollte sie braten, damit Bobby sie aß und dann endlich ging. Ich wollte, daß Cherry in den Kindergarten ging und der Tag sich beruhigte, mit weniger Leuten darin. Nur Arlene und ich würden reichen.
»Weißt du, Bobby, Sweetheart«, sagte Arlene im Wohnzimmer, »wir werden noch zu unseren Lebzeiten die letzten Leute sterben sehen, die im neunzehnten Jahrhundert geboren wurden. Sie werden alle bald verschwunden sein. Jeder einzelne.«
»Wir hätten zusammenbleiben sollen, das glaub ich«, flüsterte Bobby. Ich wußte, ich sollte das nicht hören. »Wenn wir uns geliebt hätten, müßte ich jetzt nicht ins Gefängnis.«
»Ich wollte aber die Scheidung«, sagte Arlene.
»Das war eine blöde Idee.«
»Nicht für mich«, sagte Arlene. Ich hörte, daß sie aufstand.
»Das ist alles Schnee von gestern, was?« Ich hörte, wie Bobby sich dreimal hintereinander mit beiden Händen auf die Knie schlug.
»Komm, laß uns fernsehen«, sagte Cherry zu mir und ging hinüber, um den kleinen Apparat auf dem Küchentisch anzuschalten. Es war eine Nachrichtensendung. Ein Mann redete.
»Nicht so laut«, sagte ich. »Mach's leise.«

»Kann Buck reinkommen?« fragte sie. »Buck ist allein.«
»Laß Buck draußen«, sagte ich.
Cherry sah mich ohne jedes Interesse an. Sie ließ ihre Puppe auf dem Fernsehapparat liegen. »Armer Buck«, sagte sie. »Buck weint. Hörst du ihn?«
»Nein«, sagte ich. »Ich kann ihn nicht hören.«

Bobby aß seine Eier und starrte aus dem Fenster, als fiele es ihm schwer, sich auf das zu konzentrieren, was er tat. Bobby ist ein gutaussehender kleiner Mann mit dichtem schwarzem Haar und hellen Augen. Er ist sympathisch, und es ist nicht schwer zu sehen, warum Frauen ihn mögen. An diesem Morgen trug er Jeans und Stiefel und ein rotes T-Shirt. Er sah aus wie jemand, der auf dem Weg ins Gefängnis ist.
Er starrte lange aus dem hinteren Fenster, und dann zog er einmal die Nase hoch und nickte. »Man muß sich diesem leeren Moment stellen, Russ.« Er sah mich an. »Wie oft hast du das getan?«
»Russ hat das getan, Bob«, sagte Arlene. »Wir haben das alle schon getan. Wir sind erwachsen.«
»An dem Punkt bin ich jetzt«, sagte Bobby. »Ich bin an diesem leeren Moment. Ich hab alles verloren.«
»Aber du bist unter Freunden, Sweetheart.« Arlene lächelte. Sie rauchte eine Zigarette.
»Ich bin was, was du nicht weißt. Rate mal«, sagte Cherry zu Bobby. Sie hatte die Augen zusammengekniffen und Mund und Nase zusammengezogen. Sie bewegte den Kopf vor und zurück.
»Wer bist du?« sagte Bobby und lächelte.
»Ich bin die Hummel.«
»Kannst du nicht fliegen?« sagte Arlene.

»Nein. Meine Flügel sind zu kurz, und ich bin zu dick.«
Cherry öffnete plötzlich die Augen und sah uns an.
»Na, dann hast du aber große Probleme«, sagte Arlene.
»Ein Truthahn kann sechzig Kilometer in der Stunde fliegen«, sagte Cherry und machte ein erstauntes Gesicht.
»Geh und zieh dich an«, sagte ich.
»Geh mal, Sweetheart.« Arlene lächelte sie an. »Ich komm gleich und helf dir.«
Cherry schielte noch einmal zu Bobby hinüber und ging dann in ihr Zimmer zurück. Als sie die Tür öffnete, konnte ich im Dunkeln ihr Aquarium vor der Wand sehen, ein blasses grünes Licht mit rosafarbenen Steinen und winzigen Fischpünktchen.
Bobby fuhr sich mit beiden Händen durchs Haar und starrte zur Decke hinauf »Okay«, sagte er, »hier ist der schreckliche Verbrecher, bereit, ins Gefängnis zu gehen.« Danach starrte er uns an, und er sah wild aus, so wild und verzweifelt, wie ich nur je einen Mann erlebt habe. Und er hatte auch Grund dazu.
»Das ist verrückt«, sagte Arlene. »Das ist vollkommen daneben. Ich hätte doch nie einen Mann geheiratet, der ein Verbrecher ist.« Sie sah mich an, aber Bobby guckte auch zu mir herüber.
»Irgend jemand sollte sie abholen«, sagte Bobby. »Weißt du, Russell? Sie in ’nen Lastwagen stecken und wegfahren. Sie hat immer diese verdammt erbauliche Sicht der Dinge. Man fragt sich, wie sie in die Scheiße hier geraten ist.« Er sah sich in der kleinen Küche um, die schäbig und weiß war. Arlenes Haus war mal ein Schmuckgeschäft gewesen, und über der Küchentür hing immer noch eine schwarze Kontrollkamera, die aber nicht mehr angeschlossen war.

»Versuch, nett zu sein, Bobby«, sagte Arlene.
»Ich sollte dir eine reinhauen«, sagte Bobby, und ich sah, wie sein Kiefermuskel sich anspannte, und dachte, er könnte sie tatsächlich schlagen. Im dunklen Schlafzimmer stand Cherry nackt vor ihrem Aquarium und streute Fischfutter auf die Oberfläche. Das Licht gab ihrer Haut die Farbe von Wasser.
»Bleib ruhig, Bob«, sagte ich und blieb auf meinem Stuhl sitzen. »Wir sind Freunde.«
»Ich weiß nicht, warum die Leute hier rausgekommen sind«, sagte Bobby. »Der Westen ist im Arsch. Ruiniert. Ich wollte, jemand käm und holte mich hier weg.«
»Das wird schon jemand tun, nehm ich an«, sagte Arlene, und ich wußte, daß sie wütend auf ihn war, und ich konnte es ihr nicht verübeln, obwohl ich wünschte, sie hätte das nicht gesagt.
Bobbys blaue Augen wurden schmal, und er grinste sie haßerfüllt an. Cherry sah zu uns herein. Sie hatte bisher solche Ausdrücke nicht gehört. Knastausdrücke. Gemeine Ausdrücke, die man nicht so leicht wieder vergißt. »Glaubst du, ich bin eifersüchtig auf euch beide?« sagte Bobby. »Ist es das?«
»Ich hab keine Ahnung, was du bist«, sagte Arlene.
»Ich bin's jedenfalls nicht. Ich bin nicht eifersüchtig auf euch beide. Ich will kein Kind. Ich will kein Haus. Ich will nichts von dem, was du hast. Ich geh lieber in den Knast.« Seine Augen blitzten uns an.
»Na, das trifft sich ja gut«, sagte Arlene. Sie stupste ihre Zigarette auf den Teller, blies den Rauch aus und stand dann auf, um Cherry helfen zu gehen. »Jetzt komm ich, Süße«, sagte sie und schloß die Schlafzimmertür.
Bobby saß eine Weile am Küchentisch und sagte

nichts. Ich wußte, daß er wütend war, aber nicht auf mich. Wahrscheinlich war es für ihn sehr seltsam, daß ich jetzt hier mit ihm zusammen am Tisch saß – irgendein Mann, den er kaum kannte, der mit der Frau schlief, die er sein ganzes Leben lang geliebt hatte und die er, wie er in dem Moment glaubte, immer noch liebte, die ihn aber – zu all seinen anderen Problemen – nicht mehr liebte. Ich wußte, er wollte das sagen und noch hundert Dinge mehr. Aber Reden kann einem auch als Schwäche erscheinen. Und er tat mir leid. Ich wollte so mitfühlend sein, wie ich konnte.

»Ich sag Leuten nicht gerne, daß ich geschieden bin, Russell«, sagte Bobby mit sehr klarer Stimme und schlug die Augen auf und nieder. »Verstehst du das?« Er guckte mich an, als glaubte er, ich würde ihn belügen, was ich nicht vorhatte.

»Versteh ich sogar sehr gut«, sagte ich.

»Du warst verheiratet, nicht? Du hast eine Tochter.«

»Stimmt«, sagte ich.

»Du bist geschieden, oder?«

»Ja.«

Bobby sah zu der Kontrollkamera über der Küchentür hinauf und machte mit Zeigefinger und Daumen eine Pistole. Er zielte auf die Kamera und machte mit den Lippen einen leisen ploppenden Laut. Dann sah er mich an und lächelte. Das schien ihn zu beruhigen. Es war sehr seltsam.

»Bevor meine Mutter starb, weißt du?« sagte Bobby. »Ich rief sie immer an. Und es dauerte eine lange Zeit, bis sie vom Bett aufgestanden und ans Telefon gekommen war. Ich wartete und wartete, während es klingelte. Und manchmal wußte ich, daß sie gar nicht rangehen würde, weil sie nicht aufstehen konnte. Ja? Und es läutete und läutete, weil ich es war, und ich war bereit zu warten. Manchmal ließ ich es einfach läuten, und sie auch, und ich wußte nicht, was los war. Vielleicht war sie tot, verstehst du?« Er schüttelte den Kopf.

»Ich wette, sie wußte, daß du's warst«, sagte ich. »Ich wette, das hat ihr gutgetan.«

»Glaubst du?«

»Es ist möglich. Es scheint möglich.«

»Was sollte man aber machen?« sagte Bobby. Er biß sich auf die Unterlippe und dachte darüber nach. »Wann sollte man auflegen? Sollte man's fünfundzwanzig oder fünfzig Mal läuten lassen? Ich wollte, daß sie Zeit hatte, sich zu entscheiden. Aber ich wollte sie auch nicht verrückt machen mit dem Geläute. Weißt du?«

»Fünfundzwanzig Mal scheint mir richtig«, sagte ich.

Bobby nickte. »Interessant. Ich nehm an, wir packen die Dinge alle unterschiedlich an. Ich hab's immer fünfzig Mal läuten lassen.«

»Das ist völlig in Ordnung.«

»Fünfzig Mal war zuviel, glaub ich.«

»Das denkst du *jetzt*«, sagte ich. »Aber damals war's was anderes.«

»Das ist 'ne alte Geschichte«, sagte Bobby.

»Es ist jedermanns Geschichte«, sagte ich. »Die Damals-und-jetzt-Geschichte.«

»Wir sind immer dicht dran am Paradies, aber wir schaffen's nie, was, Russell?«

»Das sind wir«, sagte ich.

Darauf lächelte Bobby mich auf sehr nette Weise an, als wollte er zeigen, daß er kein schlechter Mann war, egal, welchen Laden er ausgeraubt hatte.

»Was würd'st du an meiner Stelle machen?« sagte Bobby.
»Wenn du auf 'm Weg nach Deer Lodge wärst, um ein Jahr abzusitzen?«
Ich sagte: »Ich würd daran denken, wann ich wieder rauskäm, was für 'n Tag das sein würde und daß er nicht sehr weit weg ist.«
»Ich hab nur Angst, daß es da drin zu laut zum Schlafen ist«, sagte er und schien darüber tatsächlich in Sorge.
»Das wird schon gehen«, sagte ich. »Ein Jahr geht manchmal schnell vorbei.«
»Nicht, wenn man nie schläft«, sagte er. »Das macht mir Sorgen.«
»Du wirst schon schlafen«, sagte ich. »Du wirst gut schlafen.«
Und Bobby sah mich über den Küchentisch hinweg an wie ein Mann, der halb von etwas weiß, aber eigentlich alles wissen sollte, der genau sieht, in welchen Schwierigkeiten er steckt, und der Todesangst davor hat.
»Ich fühl mich wie 'n toter Mann, weißt du das?« Und Tränen traten plötzlich in seine hellen Augen. »Es tut mir wirklich leid«, sagte er. »Ich weiß, daß du wütend auf mich bist. Es tut mir leid.« Er legte den Kopf in die Hände und weinte. Und ich dachte: Was konnte er sonst tun? Er konnte den Knast jetzt nicht vermeiden. Es war so in Ordnung.
»Das ist schon okay, Junge«, sagte ich.
»Ich freu mich für dich und Arlene, Russ«, sagte Bobby, sein Gesicht noch immer tränenüberströmt. »Darauf geb ich dir mein Wort. Ich wünschte nur, sie und ich wären zusammengeblieben, und ich wär kein solches Arschloch. Weißt du, was ich mein'?«

»Ich weiß genau, was du meinst«, sagte ich. Ich machte keine Bewegung, um ihn zu berühren, obwohl ich es vielleicht hätte tun sollen. Aber Bobby war nicht mein Bruder, und einen Augenblick lang wünschte ich, ich wär an all das nicht gebunden. Ich war es leid, das mitansehen zu müssen, ich war es leid, daß keiner von uns das je wieder vergessen würde.

Auf der Fahrt in die Stadt war Bobby besserer Stimmung. Er und Cherry saßen hinten und Arlene vorn. Ich fuhr. Cherry hielt Bobbys Hand und kicherte, und Bobby ließ sie seine Cam-Ranh-Bay-Jacke aus schwarzer Seide tragen, die er beim Kartenspiel, gewonnen hatte, und Cherry sagte, sie wäre Soldat in irgendeinem Krieg gewesen.

Anfangs war der Morgen sonnig gewesen, aber jetzt begann es, neblig zu werden, obwohl die Sonne hoch am Himmel stand und man die Bitterroot-Berge im Süden sehen konnte. Der Fluß war kühl, und Nebelschleier lagen über ihm, und von der Brücke aus waren die Sägemühle oder die Motels, die nur eine halbe Meile entfernt lagen, nicht zu sehen.

»Laß uns einfach weiterfahren, Russ«, sagte Bobby vom Rücksitz. »Richtung Idaho. Wir werden alle Mormonen und tun nichts Böses mehr.«

»Das wäre gut, was?« Arlene drehte sich um und lächelte ihn an. Sie war nicht mehr wütend auf ihn. Das war ihr nettester Zug, sie konnte niemandem lange böse sein.

»Guten Tag«, sagte Cherry.

»Wen hör ich denn hier reden?« fragte Bobby.

»Mein Name ist Harvey«, sagte Cherry.

»Er sagt das immer, oder?« sagte Arlene.

»Guten Tag«, sagte Cherry wieder.

»Das ist alles, was Cherry jetzt den ganzen Tag sagen wird, Daddy«, sagte Arlene zu mir.

»Du hast hier hinten vielleicht 'ne Süße«, sagte Bobby und kitzelte Cherry in der Seite. »Sie ist ganz und gar ein Papakind.«

»Guten Tag«, sagte Cherry wieder und kicherte.

»Kinder machen das Leben lustiger, was, Russ?« sagte Bobby. »Das merk ich.«

»Das tun sie«, sagte ich. »Das können sie.«

»Bei ihr dahinten bin ich da aber nicht so sicher«, sagte Arlene. Sie trug ein rotes Cowboyhemd und Jeans, und ich fand, sie sah müde aus. Aber ich wußte, daß sie Bobby nicht allein zum Gefängnis fahren lassen wollte.

»Ich aber. Ich bin mir da sicher«, sagte Bobby, und dann war er still.

Wir fuhren auf einer breiten Straße, es war neblig, und rechts und links lagen Einkaufszentren und Drive-Ins und Parkplätze. Einige Wagen fuhren mit Licht. Arlene starrte in den Nebel hinaus. »Wißt ihr, was ich früher gern gewesen wär?« fragte sie.

»Was?« fragte ich, als niemand sonst etwas sagte.

Arlene sah noch einen Moment aus dem Fenster und berührte den Mundwinkel mit dem Fingernagel und strich etwas weg. »Ich wollte eine Tri-Delt* sein«, sagte sie und lächelte. »Ich wußte nicht richtig, was das war, aber ich wollte gerne so etwas sein. Ich war zu der Zeit natürlich schon mit ihm verheiratet. Und sie nahmen keine verheirateten Mädchen.«

»Das ist 'n Witz«, sagte Bobby, und Cherry lachte.

* Tri-Delt bezieht sich auf den Studentinnenklub (sorority) »Delta Delta Delta«. A. d. Ü.

»Nein. Das ist kein Witz«, sagte Arlene. »Es ist etwas, das du nicht verstehst. Ich hab das in meinem Leben verpaßt, und ich hab's immer vermißt.« Sie nahm meine Hand und sah weiter aus dem Fenster. Und es war, als wäre Bobby nicht da, als wäre er schon im Gefängnis.

»Was ich vermiß, sind Meeresfrüchte«, sagte Bobby ironisch. »Vielleicht gibt's das im Knast. Glaubst du?«

»Ich hoffe doch, wenn du es vermißt«, sagte Arlene.

»Ich wette, sie haben so was«, sagte ich. »Ich wette, sie haben irgendeine Art Fisch dadrin.«

»Fisch und Meeresfrüchte sind nicht dasselbe«, sagte Bobby.

Wir bogen in die Straße ein, an der das Gefängnis stand. Es war ein älterer Teil der Stadt, und es gab da einige alte weiße zweistöckige Villen, die jetzt in Anwaltskanzleien umgewandelt worden waren. Etwas weiter die Straße hinunter gab es ein paar Bars und den Busbahnhof. Am Ende der Straße lag das Gerichtsgebäude mit dem Gefängnis. Ich fuhr langsam, damit wir nicht zu schnell dort ankamen.

»Du gehst jetzt wirklich ins Gefängnis«, sagte Cherry zu Bobby.

»Ja, stell dir vor«, sagte Bobby. Ich beobachtete ihn im Rückspiegel; er sah auf Cherry hinunter und schüttelte den Kopf, als verblüffte es ihn selbst.

»Ich geh danach in 'n Kindergarten«, sagte Cherry.

»Warum kann ich nicht einfach mit dir in den Kindergarten kommen?« sagte Bobby. »Das wär mir lieber.«

»Das geht nicht«, sagte Cherry.

»O Cherry, bitte, schick mich nicht ins Gefängnis. Ich bin unschuldig«, sagte Bobby. »Ich will nicht.«

»Pech«, sagte Cherry und kreuzte die Arme über der Brust.
»Sei nett«, sagte Arlene. Aber ich wußte, daß Cherry glaubte, sie wär nett. Sie mochte Bobby.
»Sie macht nur Spaß, Mama. Nicht, Cherry? Ich weiß, wie du das meinst«, sagte Bobby.
»Ich bin nicht ihre Mama«, sagte Arlene.
»Stimmt, hab ich vergessen«, sagte Bobby. Und er guckte sie mit übertrieben aufgerissenen Augen an. »Wieso hast du's so eilig, Russ?« sagte er dann, und ich merkte, daß ich fast stehengeblieben war. Das Gefängnis lag einen halben Block vor uns. Es war ein modernes hohes Gebäude, das auf dem Gelände hinter dem alten Gericht erbaut worden war. Zwei Leute standen im kleinen Vorgarten des Gerichtsgebäudes und sahen zu einem Fenster hinauf. Ein Caravan parkte davor. Es war wärmer geworden, und der Nebel hatte sich fast ganz gehoben.
»Ich wollte dich nicht hetzen«, sagte ich.
»Cherry kann's gar nicht abwarten, daß ich reingeh, nicht, Baby?«
»Unsinn. Sie weiß doch gar nichts davon«, sagte Arlene.
»Geh zum Teufel«, sagte Bobby. Und er packte sie an der Schulter und drückte sie hart in den Sitz. »Du hast dazu gar nichts zu sagen, du hast dazu überhaupt nichts zu sagen. Guck her, Russ«, sagte Bobby, und er griff in den schwarzen Plastikbeutel, den er bei sich hatte, und zog eine Pistole heraus und warf sie auf den Vordersitz zwischen Arlene und mich. »Ich hab daran gedacht, Arlene umzulegen, aber ich hab's mir anders überlegt.« Er grinste mich an, und mir war klar, daß er verrückt war und Angst hatte und sich selbst nicht mehr helfen konnte.

»Gott, o Gott«, sagte Arlene. »Gottogottogott.«
»Nimm sie, verdammt noch mal. Sie ist für dich«, sagte Bobby mit einem verrückten Gesichtsausdruck. »Du wolltest das doch. Bum«, sagte Bobby. »Bum-bum-bum.«
»Ich nehm sie«, sagte ich und schob mir die Pistole unter den Oberschenkel. Ich wollte sie verschwinden lassen.
»Was ist das?« fragte Cherry. »Laß mal sehen.« Sie schob sich nach vorn, um besser sehen zu können.
»Gar nichts, Süße«, sagte ich. »Nur was von Bobby.«
»Ist das 'ne Pistole?« sagte Cherry.
»Nein, Sweetheart«, sagte ich. »Ist es nicht.« Ich ließ die Pistole auf den Fußboden fallen und setzte den Fuß darauf. Ich wußte nicht, ob sie geladen war, ich hoffte, nicht. Ich wollte Bobby unbedingt aus dem Wagen heraushaben. Ich hab schon meine Probleme gehabt, aber ich mag keine Gewalt und keine Pistolen. Ich hielt vor dem Gefängnis, hinter dem braunen Caravan. »Du steigst jetzt besser aus«, sagte ich zu Bobby. Ich sah Arlene an, aber sie starrte geradeaus. Ich wußte, daß sie Bobby auch nicht mehr sehen konnte.
»Ich hab das nicht geplant. Es ist einfach passiert«, sagte Bobby. »Okay? Versteht ihr? Nichts geplant.«
»Raus«, sagte Arlene und drehte sich nicht um.
»Gib Bobby seine Jacke wieder«, sagte ich zu Cherry.
»Vergiß es. Kannst sie behalten«, sagte Bobby. Und er griff nach seinem Plastikbeutel.
»Sie will sie nicht«, sagte Arlene.
»Doch will ich sie«, sagte Cherry. »Ich will sie.«
»Okay«, sagte ich. »Schon gut, Sweetheart.«
Bobby saß auf dem Rücksitz und machte keine Bewegung. Keiner von uns im Wagen bewegte sich. Ich

konnte in den kleinen Gefängnishof hinübersehen. Zwei Indianer saßen auf Plastikstühlen vor den Doppeltüren. Ein Mann in grauer Uniform trat heraus und sagte etwas zu ihnen, und einer stand auf und ging hinein. Eine dicke rotgesichtige Frau stand auf der Grasfläche und starrte zu unserem Wagen herüber.

Ich stieg aus und ging um den Wagen herum zu Bobbys Tür und öffnete sie. Es war kühl draußen, und ich konnte den sauren Geruch von Sägemehl riechen, der vom Nebel festgehalten wurde, und ich hörte das quietschende Bremsen eines Wagens auf einer anderen Straße.

»Tschüs, Bobby«, sagte Cherry im Wagen. Sie beugte sich zu ihm und küßte ihn.

»Tschüs«, sagte Bobby. »Tschüs.«

Der Mann in der grauen Uniform war die Treppe heruntergekommen und blieb auf halbem Wege zum Wagen stehen. Er beobachtete uns. Ich war sicher, daß er auf Bobby wartete.

Bobby stieg aus und richtete sich auf dem Gehsteig auf. Er sah sich um und fröstelte. Man sah, daß ihm kalt war, und er tat mir leid. Aber ich würde auch froh sein, wenn er weg war und ich wieder ein normales Leben führen konnte.

»Was machen wir jetzt?« sagte Bobby. Er hatte den Mann in der grauen Uniform bestimmt gesehen, wollte ihn aber nicht direkt angucken. Im Wagen sagte Cherry etwas zu Arlene, aber Arlene antwortete nicht. »Vielleicht sollte ich doch abhauen«, sagte Bobby, und ich sah, wie seine Augen unruhig hin- und hersprangen, als wollte er, daß jetzt etwas geschah, daß ihm etwas passierte. Plötzlich packte er mich an den Oberarmen und stieß mich gegen die Autotür zurück und schob sein Gesicht ganz dicht vor meines. »Los, schlag dich mit mir«, flüsterte er und lächelte ein wildes Lächeln. »Schlag mich zusammen. Mal sehn, was sie dann machen.« Ich stieß ihn zurück, und einen Augenblick standen wir da wie in einem bewegungslosen Tanz. Und ich roch seinen Atem und spürte seine kalten dünnen Arme und seinen Körper, der sich gegen meinen Griff sträubte, und ich wußte, er wollte, daß ich ihn nicht losließ, er wollte, daß all das ein Traum war, den er vergessen konnte.

»Was macht ihr da?« sagte Arlene, und sie wandte sich um und starrte uns wütend an. Sie war böse, und sie wollte Bobby endlich ins Gefängnis gehen sehen. »Küßt ihr euch?« sagte sie. »Oder was? Küßt ihr euch zum Abschied?«

»Wir küssen uns, genau«, sagte Bobby. »Genau das. Ich wollte Russell schon immer mal küssen. Wir sind schwul.« Dann sah er sie an, und ich weiß, daß er ihr noch etwas sagen wollte, ihr sagen, daß er sie haßte oder daß er sie liebte oder daß er sie umbringen wollte oder daß es ihm leid täte. Aber er fand den Weg zu den Wörtern nicht. Und ich spürte, wie er steif wurde und zitterte, und ich wußte nicht, was er tun würde. Obwohl ich mir sicher war, daß er schließlich aufgeben und ohne Widerstand hineingehen würde. Er war nicht der Mann, gegen eine Übermacht zu kämpfen. Das war sein Charakter, und es ist der Charakter von vielen Menschen.

»Ist das nicht der Gipfel, Russell?« sagte Bobby, und ich wußte, daß er jetzt ruhig sein würde. Er ließ meine Arme los und schüttelte den Kopf. »Du und ich, wir benehmen uns hier draußen wie Pack, schlagen uns um 'ne Frau.« Und es gab nichts, was ich hätte sagen können, das ihn retten oder das Leben für ihn in dem Moment erträglicher machen oder die Art verändern konnte, wie er die Dinge sah. Und ich ging wieder um den Wagen herum und stieg ein, während Bobby sich bei dem Uniformierten meldete, der auf ihn wartete.

Dann fuhr ich Cherry zum Kindergarten, und als ich wieder herauskam, war Arlene schon in besserer Stimmung und schlug vor, daß wir ein bißchen in der Gegend herumfuhren. Sie begann erst gegen Mittag zu arbeiten, und ich hatte den ganzen Tag Zeit, bis Cherry wieder nach Hause kam. »Wir sollten versuchen, etwas emotionale Distanz dazu zu finden«, sagte sie. Und das erschien mir richtig.

Wir fuhren zum Interstate Highway hinauf und in Richtung Spokane, wo ich früher mal gelebt hatte und Arlene auch. Wir kannten uns allerdings zu der Zeit noch nicht – es waren die alten Tage, vor Heirat und Kindern und Scheidung, bevor wir auf das Leben stießen, das wir schließlich führen sollten und mit dem wir glücklich waren oder nicht.

Wir fuhren eine Weile den Clark Fork entlang, oberhalb des Nebels, der über dem Fluß liegenblieb, bis der Fluß eine Biegung nach Norden machte und wir es nicht mehr so wichtig fanden, noch weiter zu fahren. Eine Zeitlang dachte ich, wir sollten nach Spokane fahren und in ein Motel gehen. Aber sogar mir wurde klar, daß das keine gute Idee war. Und als wir weit genug gefahren waren, um auf andere Gedanken als Bobby zu kommen, sagte Arlene: »Laß uns die Pistole wegwerfen, Russ.« Ich hatte sie ganz vergessen, und ich stieß sie mit dem Fuß an eine Stelle, wo ich sie sehen konnte – die Pistole, die Bobby, nahm ich jedenfalls an, benutzt hatte, um Verbrechen zu begehen und aus irgendeinem verrückten Grund das Geld anderer Leute zu stehlen. »Komm, wir werfen sie in den Fluß«, sagte Arlene. Und ich wendete.

Wir kehrten wieder zu der Stelle zurück, wo der Fluß die Biegung machte und neben der Straße herfloß, und bogen in einen Sand- und Kiesweg, auf dem wir etwa eine Meile auf den Fluß zufuhren. Ich hielt unter einigen Fichten, nahm die Pistole auf und guckte sie mir an, um zu sehen, ob sie geladen war. Sie war nicht geladen. Dann packte Arlene sie am Lauf und warf sie aus dem Fenster, ohne auch nur auszusteigen. Sie fiel nicht weit vom Ufer ins Wasser, aber dort war es schon tief, und sie tauchte ohne Spritzer ein und war sofort verschwunden. »Vielleicht bringt ihm das mehr Glück«, sagte ich. Und ich hatte Bobby gegenüber ein besseres Gefühl, sobald die Pistole aus dem Wagen war, als wäre er nun sicherer, weniger in Gefahr, sein Leben und das anderer Leute zu zerstören.

Als wir eine Minute oder zwei so dagesessen hatten, sagte Arlene: »Hat er geweint? Als ihr in der Küche saßt? Ich hab mich das gefragt.«

»Nein«, sagte ich. »Er hatte Angst. Aber ich kann ihm das nicht verdenken.«

»Was hat er gesagt?« Und sie sah so aus, als interessierte sie die Frage jetzt, während sie ihr vorher gleichgültig gewesen war.

»Er hat nicht allzuviel gesagt. Er hat gesagt, daß er dich liebt, und das wußte ich sowieso.«

Arlene sah aus dem Seitenfenster auf den Fluß. Über ihm lag immer noch der Dunst, den die Sonne noch nicht vertrieben hatte. Es war jetzt vielleicht neun Uhr. Hinter uns konnte man den Highway hören, Lastwagen, die mit hoher Geschwindigkeit nach Osten fuhren.

»Ich bin nicht wirklich unglücklich, daß Bobby von der Bildfläche verschwunden ist. Das muß ich sagen«, sagte Arlene. »Ich schätze, ich sollte mitfühlender sein. Ich hab aber Mühe, für jemand so Lästiges Gefühl aufzubringen, gerade ich.«

»Es geht mich nicht wirklich was an«, sagte ich. Und ich glaubte wirklich, daß es mich nichts anging und nie etwas angehen würde. Ich hoffte, daß mein Leben eine andere Richtung nehmen würde.

»Vielleicht werd ich dir eines Tages, wenn ich betrunken genug bin, erzählen, wie's kam, daß wir uns getrennt haben«, sagte Arlene. Sie öffnete das Handschuhfach, holte eine Packung Zigaretten heraus und klappte es mit dem Fuß zu. »Aber es sollte einen wirklich nichts mehr überraschen, wenn die Sonne untergeht. Das kann ich dir sagen. Es ist alles nur Melodrama.« Sie klopfte mit der Packung gegen den Handballen und stützte die Füße an das Handschuhfach. Und ich dachte an den armen Bobby, der jetzt vielleicht im Gefängnishof in Handschellen dastand und durchsucht und dann abgeführt wurde, um ein Gefangener zu werden, wie ein Stück nutzlose Maschinerie. Ich glaubte nicht, daß jemand das Recht hatte, ihm irgend etwas vorzuwerfen, was er danach dachte oder sagte oder tat. Er konnte im Gefängnis sterben, aber wir waren hier draußen und frei. »Würdst du mir was sagen, wenn ich dich frage?« sagte Arlene und machte die Packung auf. »Dein Wort ist doch was wert, oder?«

»Für mich schon«, sagte ich.

Sie sah zu mir herüber und lächelte, weil das eine Frage war, die sie schon früher mal gestellt hatte, und ich hatte ihr dieselbe Antwort gegeben. Sie griff nach meiner Hand und drückte sie. Dann sah sie den Kiesweg hinunter auf den Clark Fork, der nach Norden floß. Der sich hebende Nebel hatte die Farben der Bäume verwandelt und sie grüner gemacht und das Blauschwarz des fließenden Wassers dunkler getönt.

»Was denkst du, wenn du jeden Abend mit mir ins Bett gehst? Ich weiß nicht, warum ich das wissen will. Ich möchte es einfach gern«, sagte Arlene. »Es kommt mir wichtig vor.«

Und ich brauchte in Wahrheit gar nicht nachzudenken, denn ich kannte die Antwort und hatte selbst schon daran gedacht, hatte mich sogar gefragt, ob es an meinem Alter lag oder daran, daß ein früherer Mann eine Rolle spielte, oder daran, daß ich eine Tochter allein aufziehen mußte und außer ihr niemand hatte, dessen ich absolut sicher sein konnte.

»Ich denk einfach«, sagte ich, »jetzt ist wieder ein Tag vorbei. Ein Tag zusammen mit dir. Und jetzt ist er vorbei.«

»Man hat so ein Gefühl des Verlusts dabei, nicht?« Arlene nickte und lächelte mich an.

»Ich glaub schon«, sagte ich.

»Es ist aber nicht ganz schlimm, oder? Es kommt ja wieder ein Tag.«

»Das ist wahr«, sagte ich.

»Wir wissen nicht, wo das alles hinführt, nicht?« sagte sie und drückte meine Hand sehr fest.

»Nein«, sagte ich. Und ich wußte, das war überhaupt nichts Schlechtes, für niemanden, in welchem Leben auch immer.

»Du wirst mich nicht wegen irgendeiner andern Frau

verlassen, nein? Du bist immer noch mein Sweetheart. Ich bin doch nicht verrückt, oder?«

»Daran hab ich nie gedacht«, sagte ich.

»Es ist deine Lochkarte, weißt du«, sagte Arlene. »Man kann nicht zweimal gehen. Bobby hat das bewiesen.« Sie lächelte ihn wieder an.

Und ich wußte, daß sie recht hatte, auch wenn ich von Bobby für eine Weile nichts mehr hören wollte. Er und ich hatten keine Ähnlichkeit. Arlene und ich hatten nichts mit ihm zu tun. Obwohl ich zu der Zeit schon genau wußte, wie man in der Welt zum Verbrecher wurde und alles verlor. Irgendwie und ohne sichtbaren Grund wurden alle deine Vorsätze umgeworfen und du verlorst den Boden unter den Füßen. Und eines Tages wachtest du auf und fandst dich genau in der Situation wieder, in die nie zu geraten du dir geschworen hattest, und du wußtest einfach nicht mehr, was dir das Wichtigste war. Und *danach* war alles vorbei. Und ich wollte nicht, daß mir das passierte – glaubte auch nicht wirklich, daß es mir je passieren würde. Ich wußte, was Liebe war. Liebe hieß, keinen Ärger machen und keinen Ärger einladen. Es hieß, eine Frau nicht wegen des Gedankens an eine andere Frau verlassen. Es hieß, nie in die Situation geraten, in die nicht hineinzugeraten du dir geschworen hattest. Und es hieß, nicht allein zu sein. Das niemals. Das niemals.

Aus: Richard Ford, Rock Springs.

Aus dem Amerikanischen von Harald Goland.

Alice Walker

Ein überraschender Ausflug nach Hause im Frühling

Für meine Studenten am Wellesly College

1

Sarah verließ langsam den Tennisplatz und fuhr sich mit den Fingern durch das kräftige dunkle Haar am Hinterkopf. Sie war beliebt. Während sie auf dem Pfad nach Talfinger Hall ging, scharten sich ihre Freundinnen um sie. Sechs warmherzige, ausgelassene Mädchen. Sarah sah, da sie größer war als die anderen, den Boten zuerst.

»Miss Davis«, sagte er und blieb stehen, bis sie ihn erreicht hatten, »ich hab 'n Telegramm für Sie.« Brian war Ire und immer sehr respektvoll. Er stand mit der Mütze in der Hand da, bis Sarah ihm das Telegramm abnahm. Dann nickte er den jungen Damen zu und drehte sich um. Er war jung und sah gut aus, war aber schrecklich unterwürfig, und Sarahs Freundinnen kicherten. »Na los, mach es auf!« rief eine, denn Sarah stand da, starrte auf den gelben Briefumschlag und drehte ihn immer wieder um.

»Schau sie an!« sagte eins der Mädchen. »Ist sie nicht schön? Was für Augen, Haare, was für eine *Haut*!«
Sarahs kurzgeschnittenes Haar umrahmte ein eckiges zartbraunes Gesicht mit hohen Backenknochen und großen dunklen Augen. Ihre Augen verzauberten ihre Freunde, weil sie immer etwas zu wissen und das Leben trauriger oder lustiger zu finden schienen, als Sarah sagen wollte.
Ihre Freundinnen zogen sie oft mit ihrer Schönheit auf; sie schleiften sie gern aus ihrem Zimmer, damit ihre Freunde, naive junge Männer von Welt aus Princeton und Yale, sie sehen konnten. Sie wären nie auf die Idee gekommen, sie könnte das geschmacklos finden. Sie war nachsichtig mit ihren Freundinnen und ließ sich den Ärger über ihre Taktlosigkeit nicht anmerken. Sie bemitleidete sie mehr, dabei trieb die Verlegenheit sie manchmal zu verlogenen Gesten. Jetzt lächelte sie, verdrehte die Augen und hob die Arme zum Himmel. Sie nahm die unverdiente Neugier hin wie eine Mutter die vorlaute Ungeduld ihres Kindes. Ihre Freundinnen strahlten vor Liebe und Neid, als sie das Telegramm aufriß.
»Er ist tot«, sagte sie.
Ihre Freundinnen griffen nach dem Telegramm, die Augen auf Sarah gerichtet.
»Es ist ihr Vater«, sagte die eine leise. »Er ist gestern gestorben. Oh, Sarah«, wimmerte das Mädchen, »es tut mir ja so leid.«
»Mir auch.« – »Arme Sarah!« – »Können wir irgend etwas tun?«
Aber Sarah war weggegangen, mit hocherhobenem Kopf und steifem Nacken.
»Wie eine stolze Gazelle«, sagte eine andere. Dann mar-

schierten sie auf ihre Zimmer, um sich fürs Abendessen umzuziehen.
Talfinger Hall war ein angenehmes Wohnheim. Der Gemeinschaftsraum gleich neben dem Eingang war zu einer modernen, kleinen Kunstgalerie geworden, mit ein paar sehr guten Gemälden, Lithographien und Collagen. Ständig wurden Arbeiten gestohlen. Manche Mädchen konnten einem waschechten, auf der Platte eigenhändig signierten Chagall nicht widerstehen, auch wenn sie das Geld hatten, sich in der Galerie der Stadt einen zu kaufen. Sarah Davis' Zimmer lag gleich neben der Galerie, aber ihre Wände waren mit billigen Gauguin-Reproduktionen, einem Rubens (»Kopf eines Negers«), einem Modigliani und einem Picasso geschmückt. Eine Wand hing voll mit ihren eigenen Bildern, alle von schwarzen Frauen. Sie fand es unmöglich, schwarze Männer zu malen oder zu zeichnen; sie konnte es nicht ertragen, deren Niederlage auf einem leeren Blatt festzuhalten. Ihre Frauengestalten waren Matronen mit massigen Armen, aus deren Augen Erschöpfung und Sieg sprachen. Ein rotes SNCC-Poster, von Sarahs Bildern umrahmt, zeigte einen Mann mit einem kleinen Mädchen auf dem Arm, das sein Gesicht in seiner Schulter vergrub. Sarah hatte oft das Gefühl, sie sei das kleine Mädchen, dessen Gesicht niemand sehen konnte.
Talfinger zu verlassen, wenn auch nur für wenige Tage, erfüllte Sarah mit Angst. Talfinger war jetzt ihr Zuhause; es entsprach ihr mehr als jedes andere, das sie gehabt hatte. Vielleicht liebte sie es so, weil es im Winter ein wohlriechendes Feuer im Kamin gab und Schnee vor ihrem Fenster. Immer schon hatte sie von Kaminen geträumt, die richtig wärmten, und von Schnee, dessen

Kälte fast angenehm war. Georgia schien weit weg, als sie packte; sie wollte New York nicht verlassen, wo, wie ihr Großvater gerne gesagt hatte, »sich der Teufel rumtreibt und jungen Dingern unter den Rock faßt«. Für ihn war der Süden zum Leben immer der beste Platz der Welt (ungeachtet der Tatsache, daß dort unweigerlich ein bestimmter Menschenschlag auf der Bildfläche erschien) und er hatte geschworen, daß er nicht weiter als ein paar Meilen von dem Platz, wo er geboren war, zu sterben gedächte. Eine gewisse Zähigkeit kennzeichnete selbst das graue Holzhaus, in dem er lebte und die knochigen Tiere auf seiner Farm, die sich in regelmäßigen Abständen vermehrten. Ihn wollte Sarah zuallererst sehen, wenn sie nach Hause kam.

Es klopfte an der Tür des gemeinsamen Badezimmers, und Sarahs Mitbewohnerin trat ein; hinter ihr ging gerade ein lautes Bachkonzert zu Ende. Zuerst steckte sie nur den Kopf ins Zimmer, als sie aber Sarah voll angezogen sah, trottete sie herein und ließ sich aufs Bett fallen. Sie war ein dickes blondes Mädchen mit langen milchweißen Beinen. Ihre Augen waren klein und der Hals starrte meistens vor Schmutz.

»Mannomann, du siehst toll aus!« sagte sie.

»Ach, Pam«, sagte Sarah und machte eine angewiderte Handbewegung. In Georgia, das wußte sie, wäre sie auch für Pam nur eins von vielen gewöhnlichen, attraktiven, *farbigen* Mädchen. In Georgia gab es Millionen von Mädchen, die besser aussahen. Pam konnte das natürlich nicht wissen, sie war noch nie in Georgia gewesen; sie hatte nicht mal einen schwarzen Menschen gesehen, mit dem sie hätte sprechen können, das heißt, ehe sie Sarah kennenlernte. Eine ihrer ersten poetischen Bemerkungen über Sarah war, sie sei »eine

Mohnblume in einem Beet von Winterrosen«. Sie hatte es komisch gefunden, daß Sarah nur einen Mantel besaß.
»Sag mal, Sarah«, meinte Pam. »Ich hab das mit deinem Vater gehört. Es tut mir leid. Ehrlich.«
»Danke«, sagte Sarah.
»Können wir irgendwas für dich tun? Ich dachte nur, vielleicht willst du, daß mein Vater jemanden besorgt, der dich runter fliegt. Er würde es ja selber tun, aber er fliegt Mutter diese Woche nach Madeira. Du bräuchtest dich dann nicht um Züge und so was zu kümmern.«
Pamelas Vater war einer der reichsten Männer der Welt, obwohl keiner es je erwähnte. Pam bezog sich nur in Krisensituationen darauf, wenn eine Freundin Nutzen aus einem privaten Flugzeug, Schiff oder Zug ziehen konnte; oder wenn jemand die Besonderheiten eines total abgelegenen Dorfes, einer einsamen Insel oder Berges studieren wollte, bot sie ihm vielleicht eins aus ihrem Familienbesitz an. Sarah konnte diesen Reichtum nicht begreifen und ärgerte sich immer, weil Pam nicht wie die Tochter eines Millionärs aussah. Die Tochter eines Millionärs, fand Sarah, sollte wirklich weniger plump sein und sich öfter die Zähne putzen.
»Willst du mir verraten, worüber du nachgrübelst?« fragte Pam.
Sarah stand vor der Heizung, die Finger ruhten auf der Fensterbank. Unten kamen die Mädchen vom Abendessen den Hügel herauf.
»Ich denke an die Pflicht der Kinder ihren Eltern gegenüber, wenn sie tot sind«, sagte sie.
»Ist das alles?«
»Hast du je von Richard Wright und seinem Vater gehört?« frage Sarah.

Pamela runzelte die Stirn. Sarah sah auf sie herab.
»Oh, habe ich vergessen«, sagte sie und seufzte. »Wright wird ja hier nicht gelesen. Die nobelste Schule der Vereinigten Staaten und die Mädchen kommen ignorant raus.« Sie schaute auf die Uhr, sah, daß sie noch zwanzig Minuten bis zur Abfahrt des Zuges hatte. »Also wirklich«, sagte sie fast unhörbar, »warum Tears Eliot, Ezratic Pound und sogar Sara Teacake, aber nicht Wright?« Sie und Pamela finden e. e. cummings mit seiner scharfsinnigen Schreibweise großer literarischer Namen sehr geistreich.
»Ist er denn ein Poet?« fragte Pam. Sie schwärmte für Poesie, für jede Poesie. Die Hälfte der amerikanischen Dichtung hatte sie natürlich nicht gelesen, ganz einfach, weil sie nie davon gehört hatte.
»Nein«, sagte Sarah, »er war kein Poet.« Sie fühlte sich erschöpft. »Er war ein Mann, der schrieb, ein Mann, der Probleme mit seinem Vater hatte.« Sie lief im Zimmer auf und ab und blieb neben dem Bild mit dem alten Mann und dem kleinen Mädchen stehen.
»Als er noch ein Kind war«, fuhr sie fort, »brannte sein Vater mit einer anderen Frau durch, und eines Tages, als Richard und seine Mutter zu ihm gingen und um etwas Geld für Essen baten, wies er sie lachend ab. Richard, der noch sehr jung war, hielt seinen Vater für eine Art Gott. Groß, allmächtig, unberechenbar, unzuverlässig und grausam. Der sein Universum völlig unter Kontrolle hatte. Genau wie ein Gott. Aber viele Jahre später, als Wright ein bekannter Schriftsteller war, fuhr er runter nach Mississippi, um seinen Vater zu besuchen. Er fand, statt Gott, nur einen alten Feldarbeiter mit tränenden Augen, vom Pflügen gebeugt, zahnlos, nach Mist stinkend. Richard erkannte, das

Gewagteste, was sein ›Gott‹ je getan hatte, war mit dieser anderen Frau durchzubrennen.«

»Und?« fragte Pam. »Was glaubte er dem alten Mann schuldig zu sein?«

»Tja«, antwortete Sarah. »Genau das fragte sich Wright auch, als er in dieses gerissene, alte Mississippi-Negergesicht starrte. Was ist die Pflicht eines Sohnes gegenüber einem gebrochenen Mann? Der Sohn eines Mannes, dessen Phantasie nicht weiter reichte als bis zum Rand der Felder, und das waren nicht mal seine eigenen. Wer war Wright ohne seinen Vater? War er Wright, der große Schriftsteller? Wright, der Kommunist? Wright, der französische Bauer? Wright, dessen weiße Frau ihn nie nach Mississippi begleiten konnte? War er tatsächlich noch seines Vaters Sohn? Oder war er durch seines Vaters böswilliges Verlassen frei, der Sohn von niemand, sein eigener Vater? Konnte er seinen Vater verleugnen und leben? Und wenn ja, leben als was? Als wer? Und mit welchem Ziel?«

»Nun«, sagte Pam, warf die Haare über die Schultern und kniff die kleinen Augen zusammen, »wenn sein Vater ihn abgelehnt hat, sehe ich nicht ein, wieso Wright sich überhaupt die Mühe gemacht hat, ihn zu besuchen. Nach dem, was du gesagt hast, hat Wright die Freiheit verdient, zu sein, wer immer er sein wollte. Für einen starken Mann ist der Vater nicht das Entscheidende.«

»Vielleicht nicht«, sagte Sarah, »aber Wrights Vater war eine schadhafte Tür in einem Haus mit vielen Zimmern aus uralter Zeit. Sollte diese eine schadhafte Tür ihn für immer vom Rest des Hauses aussperren? Das war die Frage. Und obwohl er diese Frage in seinem Werk gekonnt beantwortete, muß man sich fragen, ob

er in seinem Leben, wo es wirklich zählte, eine befriedigende Antwort darauf fand.«
»Du siehst in seinem Vater mehr ein Symbol für etwas, oder?« fragte Pam.
»Wahrscheinlich«, sagte Sarah und schaute sich ein letztes Mal in ihrem Zimmer um. »Ich sehe ihn als Tür, die nicht geöffnet werden wollte, eine Hand, die immer geschlossen blieb. Eine Faust.«
Pamela begleitete sie zu einem der schuleigenen Wagen mit Chauffeur, und nach wenigen Minuten war sie am Bahnhof. Der Zug in die Stadt fuhr gerade ein.
»Angenehme Reise!« wünschte der ältere Fahrer höflich, als sie ihm den Koffer abnahm. Aber etwa zum tausendsten Mal, seit sie ihn gesehen hatte, blinzelte er ihr zu.
Von ihren Freundinnen fürs erste getrennt, vermißte sie sie nicht. Alles, was sie gemeinsam hatten, war die Schule. Wie können sie mich je verstehen, wenn man ihnen nicht mal die Lektüre Wrights ermöglicht, fragte sie sich. Sie war interessant, »schön«, nur weil sie »fremd« für sie war; charmant, nur weil sie nichts über ihre Herkunft wußten. Und die Welt, aus der sie kamen, würde sie nie betreten, obwohl sie durch ihre Freundinnen und F. Scott Fitzgerald einen flüchtigen Einblick hatte. Dazu hatte Sarah keine Lust und auch nicht die entsprechende Eintrittskarte.

2

Die Leiche ihres Vaters war in Sarahs altem Zimmer aufgebahrt. Man hatte das Bett nach unten gebracht, um Platz zu schaffen für die Blumen und die Stühle

und den Sarg. Sarah schaute lange Zeit in das Gesicht, als stände dort die Antwort auf ihre Fragen geschrieben. Es war das Gesicht, das sie kannte, ein dunkler Shakespeare-Kopf, umrahmt von grauem, wolligem Haar und fast in zwei Hälften geteilt durch einen kurzen grauen Schnurrbart. Es war ein vollkommen stilles Gesicht, ein verschlossenes Gesicht. Aber das Gesicht ihres Vaters wirkte auch aufgedunsen, ausgestopft, als würde es jeden Moment platzen. Er trug einen marineblauen Anzug, ein weißes Hemd und eine schwarze Krawatte. Sarah beugte sich über ihn und lockerte den Knoten. Sie spürte einen Kloß im Hals, unterdrückte jedoch ihre Tränen.
»Da ist eine Ratte unter dem Sarg«, rief sie ihrem Bruder zu, der sie offensichtlich nicht hörte, denn er kam nicht herein. Sie war allein mit ihrem Vater, wie sie es selten gewesen war, als er noch lebte. Als er noch lebte, war sie ihm aus dem Weg gegangen.
»Was geht in diesem Mädchen vor?« fragte der Vater immer. »Hat sich schon wieder in ihrem Zimmer eingeschlossen«, antwortete er sich dann selber.
Denn Sarahs Mutter war eines Nachts im Schlaf gestorben. War einfach müde ins Bett gegangen und nie wieder aufgewacht. Und Sarah hatte ihrem Vater die Schuld gegeben.
Starr die Ratte nieder! dachte Sarah, das wird helfen. *Vielleicht ist es ja egal, ob ich ihn falsch verstanden oder gar nicht verstanden habe.*
»Wir sind so oft rumgezogen auf der Suche nach Land, nach einem Platz zum Wohnen«, hatte ihr Vater gestöhnt, und Sarah hatte eisig geschwiegen. »Das Rumziehen hat sie umgebracht. Und jetzt haben wir ein richtiges Haus, mit *vier* Zimmern und einem Briefka-

sten auf der *Veranda* und es ist zu spät. Sie ist weg. *Sie* ist nicht mehr da, um es zu sehen.« An ganz schlechten Tagen aß ihr Vater keinen Bissen. Nachts schlief er nicht.

Wie konnte sie nur glauben, sie wüßte, was Liebe ist und was nicht?

Hier war sie, Sarah Davis, versunken in Camus' Philosophie, versiert in vielen Sprachen, eine Mohnblume, ausgerechnet, unter Winterrosen. Doch ehe sie eine Mohnblume wurde, war sie eine echte Georgia-Sonnenblume gewesen, hatte aber trotzdem keine gemeinsame Sprache mit ihm gehabt. Mit ihm nicht.

Starr die Ratte nieder! dachte sie und sie tat es. Das kleine Mistvieh schlug die frechen Augen nieder und schlich sich davon. Sarah hatte das Gefühl, wenigstens etwas erreicht zu haben.

Warum fühlte sie sich vom Foto ihrer Mutter magisch angezogen, das auf dem Kaminsims zwischen all dem frommen Nippes stand; es war als würde sie wieder lebendig. Ihre Mutter hatte sich beherzt gegen das Alter gewehrt – die sauberen grauen Zöpfe schimmernd um den Kopf gewunden, ihr Blick zupackend und beschützend. Wie sie ihrem Vater Bescheid gesagt hatte.

»Der hat dich beleidigt, wir ziehen weg, heute noch. Nicht morgen. Das wär' zu spät. Heute!« Ihre Mutter war unschlagbar, wenn es darum ging, schnelle Entscheidungen zu treffen.

»Und was wird aus deinem Garten, den Kindern, der Schule?« Ihr Vater hatte wahrscheinlich die breite Krempe seines Hutes zwischen den nervös zuckenden Fingern gedreht.

»Er hat dich beleidigt, wir gehen!«

Und sie gingen tatsächlich. Wer wußte schon wohin,

bevor sie aufbrachen? Noch ein Nirgendwo, morsche Wände, kaputte Dächer, noch ein Gesicht, dem man schöntun mußte, ohne daß zu viel von ihres Vaters Stolz zum Teufel ging. Damals aber hat Sarah, egal wie bereitwillig ihr Vater gegangen war, nur das Marschieren gesehen.

Das Rumziehen hat sie umgebracht, hatte ihr Vater gesagt, *aber das Rumziehen war auch Liebe.*

Spielte es jetzt noch eine Rolle, daß er das Leben seiner Familie oft mit der Wut seiner Verzweiflung bedroht hatte? Daß er das weinende Baby einmal heftig geschlagen hatte und es später an etwas ganz anderem gestorben war ... und daß sie am nächsten Tag umgezogen waren?

»Nein«, sagte Sarah laut. »Ich glaube nicht, daß das eine Rolle spielt.«

»Huh?« Es war ihr Bruder, groß, drahtig, schwarz, verdächtig ruhig. Als Kind hatte er ein unbändiges Temperament gehabt. Als erwachsener Mann war er angespannt friedlich, wie ein Fluß, der eines Tages über die Ufer treten würde.

Er hatte einen düsteren grauen Sarg ausgesucht. Sarah hätte lieber einen roten gehabt. War es Dylan Thomas, der etwas Großartiges gesagt hatte, von den Toten, die »tiefen, dunklen Widerstand« leisteten? Es spielte keine Rolle; es gab andere Möglichkeiten, Widerstand zu leisten, als mit einem roten Sarg.

»Ich dachte daran«, sagte Sarah, »daß Mama und Daddy uns gegenüber das Wort NEIN immer mit Großbuchstaben ausgesprochen haben.«

»Versteh ich nicht«, meinte ihr Bruder. Er war schon immer der Handelnde in der Familie gewesen. Er richtete seine ruhige Wut einfach gegen alle Hindernisse,

die es geben mochte und erwartete die Konsequenzen mit derselben gelassenen Heiterkeit wie die Antwort seiner Schwester. War nichts für ihn, diese philosophischen Verwirrungen und poetischen Beobachtungen, denen seine Schwester nachhing.
»Weil du ein radikaler Prediger bist«, sagte Sarah und lächelte zu ihm auf. »Du überbringst deine Botschaften höchstpersönlich, mit deinem eigenen Körper.« Es erregte sie, daß ihr Bruder endlich die Sonntagspredigten ihrer Kindheit in die Tat umsetzte und für Veränderung kämpfte. Und daß diese Sache, egal wie sie sie betrachtete, wichtiger schien als die Kunst des Mittelalters, Kurs 230, machte sie traurig.

3

»Ja, Großmutter«, antwortete Sarah. »Cresselton ist nur für Mädchen und nein, Großmutter, ich bin nicht schwanger.«
Ihre Großmutter stand da und umklammerte den breiten Holzbügel ihrer schwarzen Tasche, die sie mit gebeugten Ellenbogen an ihren Bauch preßte. Ihre Augen funkelten hinter der runden Nickelbrille. Sie spuckte draußen vor dem Klo ins Gras. Sie hatte darauf bestanden, daß Sarah sie zur Toilette begleitete, während man die Leiche in die Kirche trug. Sie hatte sich schwer auf Sarahs Arm gestützt, ihr eigener Arm war dünn, das Fleisch wie Crêpeseide.
»Wahrscheinlich bringen sie dir bei, wie man wirklich mit der Welt umgeht«, sagte sie. »Und wer weiß, der Herr ist überall. Ich hätte doch so gern einen Urgroßenkel. Du mußt nicht unbedingt verheiratet sein, weißt

du. Deshalb habe ich mir erlaubt zu fragen.« Sie griff in ihre Tasche und kramte eine Flasche Three Sixes heraus, aus der sie trank, große, schnelle Schlucke, den Kopf nach hinten gelehnt.

»Es gibt nur sehr wenige schwarze Jungs in der Nähe von Cresselton«, erklärte Sarah und schaute zu, wie der Maisschnaps sprudelnd und gurgelnd aus der Flasche floß. »Außerdem hab ich jetzt alle Hände voll zu tun mit meinen Bildern und Skulpturen ...« Sollte sie erwähnen, wie sehr sie Giacomettis Werk bewunderte? Nein, beschloß sie. Selbst wenn ihre Großmutter von ihm gehört hatte, und Sarah war sicher, daß das nicht der Fall war, hätte sie seine Statuen bestimmt für viel zu dünn gehalten. Darüber mußte Sarah lächeln, und sie erinnerte sich daran, wie schwer es gewesen war, ihre Großmutter davon zu überzeugen, daß sie es auch geschafft hätte, nach Cresselton zu kommen, wenn man ihr kein Stipendium gegeben hätte. Warum? Weil sie wollte, daß jemand ihr Malen und Bildhauen beibrachte und Cresselton die besten Lehrer hatte. Ihre Großmutter hatte eine andere Vorstellung von einer erfolgreichen Enkelin; sie müßte verheiratet sein und im ersten Jahr schwanger.

»Nun«, sagte ihre Großmutter, steckte würdevoll die Flasche in die Tasche zurück und starrte Sarah beschwörend ins Gesicht. »Also, ich tät mich freuen über einen Urenkel.« Als sie das Lächeln ihrer Enkelin sah, seufzte sie tief auf und ging, recht gravitätisch über Steine und Gras stolzierend, auf die Kirchentreppe zu.

Als sie durch das Mittelschiff kamen, fiel Sarahs Blick auf den Hinterkopf ihres Großvaters. Er saß ganz vorne in der Mitte, vor dem Sarg, das Haar außergewöhnlich lang und weiß und leicht gekräuselt. Als sie neben ihm Platz nahm, ihre Großmutter saß auf seiner anderen Seite, wandte er sich zu ihr um und nahm sanft ihre Hand in die seine. Sarah lehnte kurz ihre Wange an seine Schulter und fühlte sich wieder wie ein Kind.

4

Sie waren zwanzig Meilen aus der Stadt gekommen, auf einer staubigen Straßen, und die heiße Frühlingssonne hatte den Holunderbüschen entlang des Weges einen stetigen, süßen Duft entlockt. Die Kirche war ein kahles, verwittertes Geisterhaus mit leeren Fensterhöhlen und einer schief hängenden Tür. Brandstifter hatten sie einmal völlig abgebrannt, indem sie das trockene Holz der Wände mit den brennenden Kerzen entzündet hatten, die sie bei sich trugen. Die große, breitwipfelige rote Eiche, unter der Sarah als Kind gespielt hatte, beherrschte noch immer den Platz vor der Kirche, mit weit ausladenden Ästen, die vom Dach bis zur gegenüberliegenden Straßenseite reichten.

Nach einer kurzen und außerordentlich würdevollen Feier, nur Sarah und ihr Großvater weinten nicht, wurde der Sarg ihres Vaters auf den wartenden Leichenwagen geschoben und die kurze Strecke zum Friedhof hinübergefahren, einer überwucherten Wildnis, deren strenge weiße Grabsteine wie kleine Ruinen aus einer alten Zivilisation anmuteten. Dort beobachtete Sarah ihren Großvater aus den Augenwinkeln. Er schien nicht gebeugt von der Trauer, einen Sohn zu beerdigen. Sein Rücken war aufrecht, die Augen trokken und klar. Er war auf einfache und feierliche Art ein Held, ein Mann, der mit Stolz das Vertrauen seiner Familie und seine eigene Trauer trug. *Es ist merkwürdig*, dachte Sarah, *aber ich habe nie daran gedacht, ihn so zu malen, einfach wie er so da steht, ohne eine anonyme, bedeutungslose Menschenmasse hinter seinem Profil; das Gesicht stolz und braun dem Licht zugewandt*. Die Niederlage, die ihr in den Gesichtern schwarzer Männer Angst eingejagt hatte, war die Niederlage der Schwarzen, die für immer von Weißen definiert sind. Von dieser Niederlage war keine Spur im Gesicht ihres Großvaters. Er stand da wie ein Fels, äußerlich ruhig, der Trost und die Stütze der Davis-Familie. Nur die Familie definierte ihn, und er hatte nicht vor, sie im Stich zu lassen.

»Eines Tages werde ich dich malen, Großvater«, sagte sie, als sie sich umdrehten und weggingen. »Einfach so, wie du jetzt hier stehst, nur mit –« sie kam näher und berührte sein Gesicht mit den Händen – »dieser gerade richtigen eigensinnigen Spannung in deinem Gesicht. Nur mit diesem JA und NEIN in deinen Augen.«

»Wozu willst du einen alten Mann wie mich malen«, sagte er und schaute ihr tief in die Augen, von wo auch immer er in Gedanken gewesen sein mochte. »Wenn du mich verewigen willst, dann mach eine Skulptur.«

Das fertige Grab war ansehnlich und rot. Die Blumenkränze lehnten alle auf einer Seite, so daß es von der Straße so aussah, als gäbe es nur einen riesigen Haufen von Blumen. Aber schon zerrte der Wind an den Rosenblättern, und der Regen tupfte die grünen

Schaumstoffgestecke mit Flecken aus verblichener Farbe. In einer Woche würden die vertriebenen Holunderbüsche, die wilden Rosen, der wilde Wein, das Gras wieder da sein. Nichts würde darauf hindeuten, daß sich etwas verändert hatte.

5

»Was meinst du mit nach Hause kommen?« Ihr Bruder schien wirklich belustigt. »Wir sind alle stolz auf dich, Wie viele schwarze Mädchen sind auf dieser Schule? Nur *du*? Aha, noch eine außer dir und die kommt aus dem Norden. Das will schon was heißen!«

»Ich bin froh, daß du zufrieden bist«, sagte Sarah.

»Zufrieden! Mann, es ist das, was Mam gewollt hätte, eine gute Ausbildung für die kleine Sarah; und was Dad auch gewollt hätte, wenn er nach Mamas Tod überhaupt noch was gewollt hätte. Du bist immer klug gewesen. Als du zwei warst und ich fünf, hast du mir beigebracht, wie man Eis ißt, ohne sich von oben bis unten zu bekleckern. Zuerst, hast du gesagt, mußt du mit den Zähnen die untere Spitze der Waffel abbeißen und das Eis nach unten saugen. Ich habe nie begriffen, wie man das Zeug essen sollte, wenn es erst einmal angefangen hatte zu schmelzen.«

»Ich weiß nicht«, sagte sie, »manchmal willst du etwas ganz stark und später stellt sich dann heraus, daß es überhaupt nicht das war, was du *gebraucht hast*.«

Sarah schüttelte den Kopf, eine Falte bildete sich zwischen ihren Augen. »Ich verbringe manchmal Wochen damit, ein Gesicht zu skizzieren oder zu malen, das sich von allen Gesichtern in meiner Umgebung unter-

scheidet, außer vielleicht vage von einem. Muß ich mich nicht fragen, ob ich dort richtig bin?«
Ihr Bruder lächelte. »Du willst sagen, daß du *Wochen* damit verbringst, ein Gesicht zu malen und dich trotzdem fragst, ob du dort richtig bist? Das soll wohl ein Witz sein!« Er streichelte ihr Gesicht und lachte laut. »Du lernst, das Gesicht zu malen«, sagte er, »dann lernst du mich zu malen und Großvater in Stein zu hauen. Dann kannst du nach Hause zurückkommen oder nach Paris ziehen. Das kommt aufs selbe heraus.«
Es war die gar nicht salbaderhafte Fröhlichkeit seiner Liebe, die sie zum Weinen brachte. Sie kuschelte sich friedlich in die Arme ihres Bruders. Sie fragte sich, ob Richard Wright einen Bruder gehabt hatte.
»Du bist meine Tür zu allen Räumen«, sagte sie. »Mach sie nie zu.«
Und er antwortete: »Mach ich nicht«, als hätte er verstanden, was sie meinte.

6

»Wann sehen wir dich wieder, junge Frau?« fragte er später, als er sie zur Bushaltestelle brachte.
»Ich schleiche mich eines Tages her und überrasche dich«, sagte sie.
An der Bushaltestelle, vor einer winzigen Tankstelle, umarmte Sarah ihren Bruder mit aller Kraft. Der weiße Tankwart unterbrach seine Arbeit, um sie anzustarren, dreist und unbekümmert.
»Hast du je darüber nachgedacht, daß wir ein sehr altes Volk in einem sehr jungen Land sind?«
Sie beobachtete ihren Bruder aus dem Busfenster; ihre

Augen hielten sein Gesicht fest, bis sich die kleine Tankstelle verlor und der mächtige Greyhound schlingernd den Weg nach Atlanta einschlug. Von dort aus würde sie nach New York fliegen.

7

Sie nahm den Zug zum College Campus.

»Meine Güte«, sagte eine ihrer Freundinnen. »Du siehst großartig aus. Dein Zuhause scheint dir gut zu bekommen.«

»Sarah war zu Hause?« fragte eine, die es nicht gewußt hatte. »Toll, wie war's denn?«

»Ja, wie war's?« hallte es in Sarahs Kopf. Der Krach des Echos machte sie fast schwindelig.

»Ja, wie war's?« fragte sie laut, um ihr Gleichgewicht wiederzufinden.

»Wie war's?« Sie beobachtete ihr Spiegelbild in einem Paar lächelnder haselnußbrauner Augen.

»Es war gut«, sagte sie langsam, lächelte zurück und dachte an ihren Großvater. »Ganz gut.«

Das Lächeln des Mädchens vertiefte sich. Sarah schaute zu, wie sie zum hinteren Tennisplatz marschierte, der Wind blies ihr durchs Haar.

Starr die Ratte nieder, dachte Sarah, *und ganz egal, ob sie verschwindet oder nicht, ich bin eine Frau und ich lebe. Ich habe meinen Vater begraben und werde bald wissen, wie ich meinen Großvater in Stein haue.*

Aus: Alice Walker, Freu dich nicht zu früh.
Aus dem Amerikanischen von Pociao.

John Updike

Familienleben in Amerika

Die Ehefrauen bekommen die Häuser. So herum ist es für die Rechtsanwälte einfacher, und Frasers Kanzlei hatte ihn am Freitag davon überzeugt. So betrachtete er Samstagmorgen, als er übers Feld zu seinem Wochenendbesuch ging (Greta hatte ihn, aus Furcht, Jean zu begegnen, an der anderen Seite aussteigen lassen), das Grundstück zum erstenmal als eines, woran er keinen rechtlichen Anteil besaß. Ein schönes Grundstück.

Die Luft war warm für Mitte Dezember und der Boden kahl, mit glitzerndem Schlamm an den Straßenrändern. Das Weiß seines ehemaligen Hauses stand in einem strahlenden Kontrast zu dem Grün der Kiefern dahinter und dem Blau des jenseits liegenden Priels. Von außen war es eine heitere und beeindruckende Baulichkeit, aber innen ziemlich mißlich geschnitten und schwer zu beheizen, und es war auch schwierig, eine friedliche Ecke zum Sitzen zu finden. Das einzige, das er vermissen würde, war nicht innen, sondern außen – der Kopfsprung an einem heißen Sommertag, nackt, von einem Holzlattenstieg vom Ponton aus, den er in das einzige Stück Salzwasser hineingebaut hatte, das ihm je gehören würde. Sogar bei Ebbe genügte ein flacher Sprung, ihn bis in die Mitte des Kanals zu tragen, wo das Wasser ihm bis über den Kopf ging; von hier war die Umgebung aus dunklen Lehmufern und grünem Marschgras wunderbar verwandelt durch die Froschperspektive; die Welt wie das frühe Leben sie gesehen hatte: drohend aufragend, unbevölkert, heikel, fremd. Obwohl Autos und Fahrräder eine nicht weit entfernte Brücke passierten, pflegte Fraser den Augenblick zu nutzen, die Stadtkleidung abzustreifen und mit kühnem Sprung hineinzutauchen – sein Hausbesitzer-Vorrecht.

Die Hunde bellten, doch dann, als sie sein Schimpfen hörten, kamen sie angelaufen, um ihn zu begrüßen. Sie glaubten, er sei immer noch ihr Herr. Sie hatten zum hundertstenmal das Stück Immergrün zerzaust, das Jean unter dem Flieder an der Küchentür zu pflanzen versucht hatte. Fraser bückte sich, um mehrere Steine der kleinen Stützmauer wieder aufzusetzen, die er hier in der Hoffnung, einem amorphen Umfeld Gestalt zu geben, errichtet hatte. Die Hunde hatten unkorrigierbar genau diese Stelle auserkoren, zum Graben und Herumliegen und Herumknabbern an den saftigen Pappen und Blechdosen, die sie beim Umwerfen der Mülleimer eroberten. Familienleben muß wie durch einen Trichter durch gewisse Zonen der Enge hindurch, die Hintertür war eine davon, wo Hunde, Flieder und Abfalleimer zusammentrafen und fast die Stufen zur hinteren Veranda versperrten, die mit Skiern, Schneeschaufeln, Blumentöpfen vom letzten Jahr und rostigem Gartengerät vollgestopft war. Die Tür befand sich zwischen der Waschmaschine und dem Trockner in einem Küchenwinkel. Ein Vorbesitzer hatte über dem

Heizkörper ein unpraktisches Regal gebaut; auf dem untersten Bord schlummerte eine Katze in einem Nest aus trocknenden Fäustlingen und anderen Handschuhen. Jean stand am Abwasch, die zweite Katze strich um ihre Knöchel. In gespieltem Erstaunen sah sie herüber: »Schau mal, wer da kommt!«

»Wo sind denn alle?« fragte Fraser, auf Distanz bleibend. Es war relativ leicht gewesen, sich den Begrüßungskuß abzugewöhnen. Sie hatten sich während ihres Zusammenlebens selten geküßt; das Küssen war als Teil der Trennung aufgekommen, als sie noch ungeübt waren, »Hallo« und »Auf Wiedersehen« zu sagen.

»Hau *ab*«, sagte Jean zu der Katze und schleuderte sie mit einem Ruck ihres Fußes über das Linoleum. »Nancy hat die Nacht bei den Harrisons verbracht, nach einer Tanzerei, und Kenny ist unterwegs, um seinen neuen Führerschein auszuprobieren. Die anderen beiden sind im College – aber das weißt du ja, oder?«

»Ich zahle immerhin die Rechnungen«, sagte Fraser. »Kenny hat bestanden? Großartig, nicht?«

»Ja, wenn er sich nicht umbringt. Er redet nur noch von ›losbrausen‹. Er will dich heute abend nach Boston zurückfahren. Ich habe natürlich *nein* gesagt.«

»Warum glaubst du, daß ich zurück nach Boston fahre?«

»Mein Gott, hast du noch immer nicht *genug* von ihr? Warum ziehst du nicht einfach bei ihr *ein*?«

»Wir dachten, du könntest es nicht aushalten.«

»Richtig. Könnte ich nicht. Wie scharfsinnig von euch.«

Er mußte sich ein anderes Besuchsmuster ausdenken. Weniger könnte mehr sein. Aber irgendein Bedürfnis in ihm, oder ihnen beiden, ließ ihn immer wiederkommen. An den Tatort. Fraser hängte seine Jacke auf, nachdem er lange Ausschau nach einem unbenutzten Haken gehalten hatte. Kleidung von jeder Wachstumsstufe der Kinder schien noch hier zu hängen – Skianoraks, Matrosenjacken, Jeansjacken, gelbe Regenmäntel. Er hatte eine Armee ausgestattet. »Was soll ich die Kinder besuchen, wenn sie nie da sind?« fragte er Jean. »Die einzige Person, die ich ständig besuche, bist *du*.«

»Ergreifend, nicht? Tasse Kaffee?«

»Sehr gern«, sagte er, obwohl Greta ihm schon zwei Tassen ihres starken Gebräus verabreicht hatte. »Irgendwelche Probleme mit dem Haus?«

»Der Fernseher ist für zweiundneunzig Dollar repariert worden. Sie haben sich auch die Heizung angesehen, aber die macht immer noch dieses ratternde Geräusch, wenn der Thermostat sie in Gang setzen will.«

»Aber das Haus ist trotzdem warm genug?«

»Ich denke schon«, sagte Jean widerwillig und stellte den Kaffee vor ihm auf den Küchentisch. Noch Wochen, nachdem er gegangen war, hatte sie, wie sie ihm einmal erzählte, nach dem Essen zwei Mokkatassen eingeschenkt, aus alter Gewohnheit. Dann, eines Abends, als er hier war, hatte sie aus neuer Gewohnheit nur eine Tasse gebracht.

»Ich werde mir die Sache mal ansehen«, sagte Fraser. »Bastelt Kenny im Keller?« Das Kind war fast schon ein angehender Handwerker gewesen; er hatte geholfen, den Holzsteg mitzubauen. Es war ein glückliches Erlebnis gewesen, wie er und der Junge zusammen in Schlamm und Sonne gehämmert hatten und aus der flachen Marsch das Echo zurückkam.

»Nicht sehr oft«, sagte Jean. Als sie sah, daß ihn das traurig machte, wechselte sie das Thema. »Wie geht's, hm, *chez elle*?«

»Melancholisch«, sagte er. »Ihre Heizung funktioniert auch nicht allzugut. Billy versucht dauernd, seinen Vater anzurufen. Er hat gelernt, wie man wählt. Es macht sie verrückt. Sie fühlt sich schuldig, deswegen.«

»Das sollte sie auch«, stellte Jean fest; doch ihre Stimme ließ den nötigen Nachdruck vermissen. Es war ein Tonfall von ihr, den er gut kannte – ihr moralischer Reflex, abgestumpft durch seinen vorhersagbaren Spott.

»Warum?« fragte er teilnahmslos. »Findest du nicht, daß auch Schuld langweilig wird?« Die Anstrengung des Herkommens, Gretas Autotür zu schließen, über das Feld zu gehen und Jeans Küchentür zu öffnen, hatte ihn ermüdet. Er stützte sich vom Tisch ab. »Ich werde das mal überprüfen im Keller. Ebenso wollte ich etwas mit den Doppelfenstern in unserem Schlafzimmer unternehmen – in deinem Schlafzimmer. Du hast sie alle falsch eingesetzt. Dabei sind die verdammten Dinger numeriert!«

»Ich habe sie so gut ich konnte eingesetzt.« Trotzig fügte sie hinzu: »Ich mag kalte Schlafzimmer.«

»Stimmt, ich erinnere mich.« Er bedauerte, das gesagt zu haben; sie sollten jenseits solcher Sticheleien sein. Versöhnlich fügte er hinzu: »Wie gefällt dir, das Haus allein zu besitzen? Hat dein Anwalt dich schon unterrichtet?«

»Er hat angerufen, ja. Er schien entzückt, ich weiß nur nicht, warum. Mir hat es nichts ausgemacht, Mitbesitzer zu sein. Ich vertraue dir.«

»Besser nicht. Du hast einen Anwalt, dem du vertrauen solltest.« Ihre muntere Passivität ärgerte ihn. »Es ist schwer, eine Frau wie dich zufriedenzustellen«, sagte er. »Da gibt man dir ein ganzes Haus mit diesem wunderschönen Feld und dem Priel, und du sagst nicht einmal danke.«

Jean hob die Schultern. »Wie du sagst, ich kann nicht mal die Doppelfenster einsetzen.«

Während Fraser sich mit den Fenstern abmühte, kam Kenny im Auto zurück, so daß in der Auffahrt die Kieselsteine knirschten und die Hunde davonstoben. Fraser ging hinunter. Sein Sohn, sechzehn, war verwirrend hübsch geworden: Hübschsein verband sich in Frasers Kopf mit Zerbrechlichkeit und Verfall, in einem labilen Gleichgewicht. Das Gesicht des Jungen war breit und glatt und auch sein Lächeln war breit, und sein Haar, das er hatte wachsen lassen, wallte vom Mittelscheitel in zwei Mähnen herab. Seine Augen, einst unschuldig offen, wenn er seinen Vater ansah, waren gewitzt und funkelnd und scheu geworden. Fraser fühlte sich ihm gegenüber auch scheu. »Wie war's?« fragte er ihn.

»Geil. Ich hab ihn schleudern lassen. Es fängt an zu schneien.«

»Jesus, laß das! Du bringst dich um!«

»Ach, ich kann damit umgehen.« Der Junge packte eine Tüte Lebensmittel auf den Abwaschtisch; er war der Mann im Haus geworden.

»Glückwunsch, daß du bestanden hast«, sagte Fraser zu ihm. »Ich bin das erste Mal durchgefallen.«

»Der Typ war ziemlich nett. Ich wollte mit gezogener Handbremse starten, aber er hat's nicht aufgeschrieben. Wann holen wir unsern Weihnachtsbaum?« Er fragte das mehr seine Mutter als seinen Vater.

»Er möchte einen im Wald schlagen«, erklärte Jean Fraser.

»Klar, warum nicht?« sagte Fraser. Sein Kopf war noch

voller Doppelfenster-Nummern und nicht passender Rahmen.
Jean zog ärgerlich die Brauen zusammen.
»Wenn er das zu früh macht, trocknet der Baum aus. Ich will kein Haus voller Nadeln.«
»Leck mich doch«, sagte Kenny zu ihr, mit dem plötzlich aufbrechenden Zorn, der jetzt dicht unter seiner glatten Haut lag. Er wurde rot und sagte entschuldigend: »Es ist doch nur noch eine Woche.«
»Anderthalb«, vermittelte Fraser. »Warum nicht bis *nächsten* Samstag warten? Dann helfe ich dir. Die andern sind dann auch vom College zurück.«
»Ich brauch keine Hilfe.«
»Er hat den Baum schon ausgesucht«, sagte Jean.
»Nun, dann laß den Jungen den Baum schlagen. Einmal im Jahr kannst du auch Nadeln auffegen.«
»Ihr könnt mir beide den Buckel runterrutschen«, sagte Kenny und stapfte aus dem Zimmer.
Fraser glaubte, Tränen in den Augen des Jungen gesehen zu haben. »Warum hat er das gesagt?« fragte er Jean.
»Er kann es nicht ausstehen, wenn wir uns streiten.«
»Aber wir haben nicht *gestritten*.« Er folgte Kenny ins Wohnzimmer, gefaßt auf eine Szene, in der er schlecht aussähe; er hatte das Recht auf moralische Entrüstung verspielt, und der Junge wußte das. Der unausgesprochene Tenor aller seiner Gespräche mit den Kindern war Frasers Bitte um Vergebung.
Kenny hatte sich in dem blauen Sessel ausgestreckt, lächelte und summte vor sich hin und blickte auf seinen Führerschein. Der Führerschein war in einer rechteckigen Plastikhülle verschweißt und mit einem Polaroidporträt nebst persönlichen Daten versehen.

»War nett«, erzählte er seinem Vater, »die Art, wie sie das machen; er war noch warm, als sie ihn mir gaben.« Er reichte das kostbare Rechteck seinem Vater. Fraser war überrascht, wie alt das Gesicht darauf aussah, wie kämpferisch und entschlossen – sogar ganovenhaft, fast. »Hast du dich zu rasieren begonnen?« fragte er.

Der Schnee fiel den ganzen Nachmittag weiter, unstet, kaum daß sich eine Schneedecke bildete. Nancy rief an, um zu sagen, sie käme erst nach dem Essen von den Harrisons nach Hause. Jean servierte Kenny und Fraser ein Muschelragout und verkündete, sie sei zum Hallentennis verabredet. »Du willst uns doch nicht etwa verlassen?« protestierte Fraser, aber schon war sie draußen im Schnee, in ihren Tennisschuhen, mit zwei seiner alten Golfpartner und einer ihrer Ehefrauen. Kenny ließ den Vorschlag, bei den Doppelfenstern zu helfen, an sich abgleiten und setzte sich wieder ins Auto. Fraser besichtigte den Brenner, streichelte die Katzen, ging mit den Hunden zur Brücke und zurück. Im Haus sah er die Bücher durch und fragte sich, wie er und Jean sie je auseinanderteilen könnten, wenn sie nicht dieselben College-Kurse besucht und deshalb die Bücher doppelt hätten. Es standen zwei identische Auswahlbände Yeats nebeneinander; er nahm einen davon mit zum Sofa. Der größere der beiden Hunde (bis vor kurzem waren es drei gewesen) kam zu ihm und legte die Schnauze auf seine Brust; Fraser fand diese Gefühlsanforderung – den warmen, feuchten Nüsteratem, die goldbraunen Augen gespannt wachsam – derart anstrengend, daß er einschlief. Die Küchentür knallte, und Nancy war zu Hause. Immer noch dick mit vierzehn, aber jetzt groß, denn sie fastete.

»Dad, ich habe seit Donnerstag nur einen Teller Krautsalat gegessen.«
»Baby, du mußt essen.«
»Warum? Ich finde es eine ekelhafte Angewohnheit.«
»Also«, gestand er schläfrig, »du siehst wirklich großartig aus.« Ihr Gesicht, eine Spur dünner inzwischen, sah wie ein Herz aus und war rot von der Kälte.
»Es fängt an zu stürmen«, erzählte sie ihm. »Willst du nicht Pennys Stein in den Wald tragen, solange es noch geht?« Penny war ihr erster Hund gewesen, ein freundlicher goldfarbener Retriever. Sie wurde sehr alt und steif, und ihr Rücken bog sich vor Schmerz, dennoch konnte sie nicht sterben. Bei einem seiner Besuche hatte Fraser ihr Grab geschaufelt, für den Fall, daß sie vor dem nächsten Besuch starb, und der Hund war mit ihm in den Wald gegangen und hatte sich neben das Loch gelegt, während es langsam größer wurde, und sich am Geruch der frischen Erde erfreut und an der menschlichen Tatkraft. An einem Punkt hatte er sie mit dem Stiel der Schaufel gemessen, und sie hatte amüsiert mit dem Schwanz gewedelt. Trotzdem starb sie nicht. Am folgenden Wochenende baten sie den Tierarzt zu sich. Penny hatte den Arzt gemocht, aber seine Hundezwinger gefürchtet. Sie hielt ihre Vorderpfote hoch, und er injizierte eine violette Flüssigkeit. Eine Sekunde oder zwei sah sie Beifall heischend hoch, dann fiel sie erstaunlich entspannt auf dem Rasen in Ohnmacht. Sie standen im Kreis um sie herum (Kenny war im Haus geblieben, Platten anhören, statt zuzusehen) und beobachteten, wie ihr Atem immer flacher ging. Dann war sie tot, in den langen Schatten der Novembersonne. Als Fraser die Hündin hochhob, war ihre Haut ein Knochensack geworden, und als er den

schlaffen Körper in das ausgebuddelte Loch legte, kam es ihm durch seine absurden, übermäßigen Tränen hindurch so vor, als ob er ein Dutzend goldener Sommer, die Kindheit seiner Kinder und seine eigene untadelige Erwachsenenzeit begrabe.

Nancy hatte einen Stein gefunden, der auf der einen Seite flach war, und mit grünem Autolackstift daraufgemalt: »PENNY 1963–1975«. Fraser trug ihn für sie. Der Stein sah gewichtig und würdig aus an seinem Platz auf der schneeüberpuderten Erde in dem blattlosen, dämmrigen Wald. Im Sommer jedoch, ahnte er, würde er von Giftefeu überwuchert sein und verloren zwischen dem Sumach stehen. »Willst du ein Gebet sprechen oder irgendwas?« fragte er Nancy.

Das Kind blickte ihn an, um zu sehen, wieviel es ihm bedeutete, und sagte: »Ich glaube nicht.«

»Wir werden im Frühling ein paar Narzissen pflanzen«, bot er an.

»Kommst du dann immer noch?«

»Aber natürlich.«

Jean kam gerade rechtzeitig nach Hause, um Abendessen zu machen, nachdem sie mit ihren Tennisfreunden noch etwas getrunken hatte. Sie teilte Fraser den neuesten Klatsch mit, aber es war wie mit den Comics in den Zeitungen, die im Haus herumlagen; er hatte den Anschluß verpaßt. Bei Tisch kam Kenny wieder mit dem Weihnachtsbaum, und sie entgegneten mit Fragen nach seinen Hausarbeiten. Er fluchte und stand vom Tisch auf. Nancy sagte zu ihrem Vater: »Was für ein verwöhnter Bengel er jetzt wird! Dad, du solltest mal hören, wie er mit Mom redet.«

Jean sagte: »Alle Kinder reden jetzt so. Sie sagen Sachen, die wir nicht einmal dachten.«

»›*Die Mitte nichts mehr hält*‹«, zitierte Fraser »›*Die*‹ – zehn Punkte.«

»›*Die Anarchie ist losgelassen auf die Welt*‹«, vervollständigte sie.

Nancy sah erst ihre Mutter, dann den Vater an, und die Hoffnung in ihren Augen war wie die warme feuchte Hundeschnauze, ein Gewicht, das sich auf Frasers Brust legte.

Jean dachte daran, daß sie zwei Tassen Kaffee bringen mußte. Er ging mit ihr die Aufstellung durch, die sie für ihren Anwalt vorbereitet hatte. Essen, Kleidung, Heizung, Strom – aufgelistet schien alles so erbärmlich. »Was sind das für tausend Dollars für Sonstiges?« fragte er.

»Das war seine Idee. Er empfahl mir, so etwas einzusetzen.«

»Sei nicht so abwehrend. Ich hab nichts dagegen. Ich habe mich nur gefragt, was du dir darunter vorstellst.«

»Ich stelle mir gar nichts vor. Ein großes schwarzes Loch. Eine Reise. Zum Beispiel der Schnee heute machte mich krank nach der Karibik. Wir werden nie wieder zusammen nach St. Maarten fahren, oder?«

»Ich sehe nicht, wie.«

»Wenn ich einer Scheidung auf Haiti zustimme, würdest du mit mir fahren?«

»Ich kann nicht, Jean. Laß uns über den Posten für Kleidung reden. Er scheint niedrig.«

»Für wen soll ich mich denn anziehen?«

»Ich muß wirklich bald gehen.«

»Wann erwartet sie dich?«

»Sie weiß, daß ich mit den Kindern esse.«

»Nun, das Essen ist noch nicht zu Ende. Wie wär's mit einem Chartreuse?«

»Wo rangiert Chartreuse auf der Liste hier?«
»Unter Haushaltskosten.«
Nancy wollte für die Nacht zurück zu den Harrisons, und Kenny bot an, sie im Auto hinzufahren. »Wann wirst du zurück sein?« fragte Fraser.
»Bald.«
»Und wie komme ich nach Boston?«
»Mom sagt, du fährst nicht zurück nach Boston.«
»Fahr ganz vorsichtig«, sagte er.
»Klare Sache«, sagte Kenny. Vielleicht, dachte Fraser, waren es die schweren Brauen und die mädchenhaften Wimpern des Jungen, die seinen Augen diesen dunklen, anklagenden Ausdruck verliehen.
Als die Kinder gegangen waren und der Chartreuse getrunken, bat er: »Ich muß gehen. Bitte.«
»Wer hindert dich daran?« fragte Jean.
Sie nicht, bemerkte er überrascht. Das Hindernis war in ihm selbst. »Ich lasse dich nur ungern allein in dem leeren Haus.«
Sie zuckte die Achseln. »Ich bin daran gewöhnt. Kenny wird auch irgendwann zurück sein.« Das erinnerte sie an etwas: »Wie willst du denn ohne Auto dort hinkommen?«
»Zu Fuß«, sagte er und erhob sich. Er hatte das Vergnügen am Laufen wiederentdeckt, er mochte das Gefühl, aufrecht zu sein, unbeschwert, ein nicht weiter reduzierbares Sein, das dem einen oder anderen verstreuten Stück seines Lebens – Schätze eines Geizkragens, der Diebe hereingelegt hat – einen Besuch abstattet.
»Ich begleite dich ein Stück die Straße hoch«, sagte Jean.
Schnee küßte ihre Gesichter in der Dunkelheit. Die

Hunde kamen mit, liefen in Kreisen um sie herum. Da die Straße glatt war, nahm sie seinen Arm. Nahe der Stelle am Rande des Feldes, wo er heute morgen abgesetzt worden war, blieb sie unter einer Straßenlaterne stehen; in die Kugel ihres Lichts fielen die Schneeflocken wie in eine umgestülpte Glasglocke. »Ab hier fangen die Hunde immer mit anderen zu raufen an«, sagte sie.
»Wie können wir sie davon abhalten, daß sie hinterherlaufen?«
»Ich gehe zurück. Du bleibst stehen, bis ich sie rufe.« Sie umarmte ihn, sich an ihn schmiegend, die Lippen wie Schneeflocken, ihr Körper rund, verpackt in einen Parka der Kinder. »Warum bist du plötzlich so nett?« fragte sie.
»Bin ich nicht«, sagte Fraser. Als sie wieder in sicherer Entfernung zu ihm war, rief er: »Danke für das schöne Zusammensein. Ruf an, wenn Kenny das Auto kaputtfährt oder sonst was.«
Sie rief die Hunde, und als sie kamen, tollte sie mit ihnen herum, indem sie sich mit den Handschuhen auf die Schenkel schlug und zurückwich, wenn sie nach ihrem Gesicht sprangen, verließ den Lichtkreis der Lampe und entschwand wieder in ihr leeres Haus am Stadtrand. Fraser ging weiter, vorbei an immer kleiner werdenden Vorgärten, Richtung Zentrum.
Greta sammelte Schildläuse von ihren Grünpflanzen in der Küche. Eine Minute stand Fraser im Hintergarten und beobachtete sie; sie hatte die Pflanzen auf dem Fensterbrett aufgereiht und ging die Reihe ab, indem sie systematisch das kleine unsichtbare Ungeziefer totdrückte. Eine Zigarette schwelte auf dem Fensterbrett, und wenn eine Pflanze durch war, nahm sie sie hoch

und zog daran. Ohne zu klopfen, stieß er die Tür auf; ihr erschrockenes Gesicht entspannte sich bei seinem Anblick, die wütende, abwesende Konzentration, die er heimlich beobachtet hatte, wich. Er nahm sie in die Arme, und die Wahrnehmung, so kurz nach Jeans gepolsterter Masse, dieses schlankeren, jüngeren, unbefriedigten Körpers machte ihn so müde, daß er bat: »Laß uns ins Bett.«

»Willst du nicht erst ein Bier?«

»Teilen wir uns eins.«

»Wie war's?« fragte sie.

»Anstrengend. Die Kinder kamen und gingen. Meist gingen sie.«

»Hat Jean dir was vorgejammert?«

»Nein, sie schien merkwürdig fröhlich. Aufgekratzt sogar.«

»Oh. Es scheint dich zu verletzen. Sie meint es nicht so.«

»Wie war's bei dir?«

»Lausig wie immer.«

»Die Kinder schlafen?«

»Natürlich. Weißt du, wie spät es ist?«

»Was habt ihr zu Abend gegessen?«

Sie brachte ihre Wut über ihren Ehemann zum Ausdruck, weil sie nur langsam in Richtung einer finanziellen Regelung schaukelten und dabei dramatische Einschnitte in das Haushaltsgeld vornahmen.

»Das übliche Katzenfutter.«

»Ernsthaft. Mach keine Witze darüber. Es verursacht mir Magenschmerzen.«

»Wir hatten ein sehr schönes Essen«, sagte Greta, »Hot dogs und Bananen.«

»Au weh.« Er trank das ganze Bier aus, während sie

mit den Schildläusen Schluß machte. Im Rhythmus des Zerdrückens sagte sie: »Es macht mich *ras*end, wie deine Kinder dich be*han*deln. Sie sollten zu *Hau*se bleiben, wenn ihr Vater schon so *gut* ist, sie zu besuchen. Ich wäre so *dank*bar, wenn Ray nur ein bißchen Zeit für uns hätte, aber *nein* –«

»Andere Situation«, unterbrach Fraser. Die Erwähnung ihres Ehemannes verursachte ihm Unbehagen, sie sprach mit zu großer Erregung. Er konnte sich nicht vorstellen, von ihr jemals diese intensive Aufmerksamkeit zu erlangen, die Ray – schon sein Name tat weh – sogar auf dem Rückzug noch hervorrief. Fraser stand hinter ihr, während sie sich auf die Pflanzen konzentrierte. Er löste ihr Haar. Gemeinsam löschten sie die Lichter und gingen ins Bett; es war, wie wenn Fraser, müde und schmutzig von der Arbeit, sich ausgezogen und jenem stärkenden Element ergeben hatte, dem Wasser in der Mitte des Priels, das jeder seiner Bewegungen mit einem seidenen Widerstand antwortete und ihn über seine eigene schwarze Tiefe trug.

Einmal wachte er kurz auf, weil ein Streichholz angerissen wurde. Sein Flackern drang bis in die Ecken des Schlafzimmers. Das Zifferblatt der Digitaluhr zeigte 2:22. »Was machst du?« fragte er irritiert.

»Oh, ich koche«, sagte sie. Die Zigarette erglühte bei jedem Zug.

»Weshalb?«

Sie nannte ihren Ehemann, und Fraser schlief wieder ein, erwachte dann von neuem durch die Geräusche ihrer Söhne, die sich zur Kirche fertigmachten. Ihr Jüngster, Billy, kam herein, setzte sich aufs Bett und ließ sich von Fraser die Ausgehstiefel zubinden. Das Kind, fünf, hatte sich zu Ehren des Schnees die Stiefel über den Pyjama gezogen; als Fraser versuchte, auf diesen Widerspruch hinzuweisen, bekam Billy Grübchen und lachte, weil dieser nackte Mann im Bett seiner Mutter so tat, als bestünde nicht das ganze Leben aus Widersprüchen.

Billys Zwillingsbrüder klapperten unten mit dem Frühstücksgeschirr, nachdem sie im Vorbeigehen den Fernseher aktiviert und dann oben, mit vielen Beschwerden über Verlust und Diebstahl, Stück für Stück ihre Kirchenkleidung zusammengesucht hatten; Greta schlüpfte ebenfalls hierhin und dorthin, glänzend nackt zuerst, dann in pflaumenblauem Bikinihöschen und schließlich dezent in Jeans und einem gerippten rostfarbigen Wollpulli, die sie aus herumliegenden Wäschestücken und den merkwürdig placierten Wandschränken des Hauses hervorgekramt hatte. Fraser nutzte einen Augenblick, da niemand durchs Schlafzimmer ging, um in seine Sachen zu steigen, die er neben dem Bett hatte fallen lassen. Nachts fühlte er sich nicht als Eindringling, das Haus schien zu seiner Verfügung zu sein zusammen mit der Frau darin; aber tagsüber schien es anderen zu gehören – den Kindern, dem Sonnenschein, der Nachbarschaft, dem Strom unschuldigen Lebens, dem sich plötzlich, in seiner Gegenwart hier, ein Hindernis in den Weg stellte, um das er herumfließen mußte. Beim Frühstück betrachteten die Zwillinge Fraser höflich, ohne Neugier, wie einen Teil der Sonntagszeitung, der weder Comics noch Sport enthielt. Greta fragte sie mit jener ihr eigenen mütterlichen Schläue: »Was hieltet ihr davon, wenn ihr nach der Kirche unseren Weihnachtsbaum kaufen ginget? Mr. Fraser hilft uns dann, ihn aufzustellen.«

Die identischen Gesichter röteten sich bei dem Vorschlag mit gedankenloser Begeisterung, die beim Nachdenken verblaßte. Im vergangenen Jahr war ihnen ihre Welt geronnen, die Vorstellung von Weihnachten abgekühlt. »Nee«, sagte der etwas Blondere von ihnen. »Warum gehst nicht du, und Billy und Mr. Fraser kommen mit?«

Der etwas weniger Blonde sagte: »Ich wette, Daddy würde uns beim Aufstellen helfen, wenn du fragst.«

Fraser sah zu Greta hinüber; sie zündete sich eine Zigarette an und verriet, daß sie sich zurückgestoßen fühlte, nur dadurch, daß sie das Streichholz mit einem einzigen wirksamen Schlenker ihres Handgelenks löschte. Sie und Billy und Fraser gingen dann tatsächlich einen Baum kaufen; er war dick und voll und symmetrisch. Gretas Bäume waren immer so. Dagegen hatten die Bäume, die er und Jean erstanden, meist in letzter Minute am Abend, immer dürr ausgesehen, mit Lücken, die zur Wand gedreht werden mußten, wodurch dann andere Lücken sichtbar wurden.

Die Zwillinge kamen aus der Kirche und wurden auf den Boden geschickt, um den Baumschmuck zu holen. Diese Erbstücke waren kunstvoll und zerbrechlich: längliche Kugeln mit gerippten Ausbuchtungen, mundgeblasene Zapfenformen, verschlungene Ketten aus emailliertem Zinn, eine Krippe, die so klein geschnitzt war, daß sie von einem Zweig herabbaumeln konnte, vier Engel aus kunstvoll gefaltetem buntem Pappmaché. Als Fraser dieses kostbare Erbe in die Hand nahm und damit ungeschickt in ein Gewebe von Eigentum und Tradition eindrang, zitterten seine Hände. Er fühlte sich hoffnungslos fehl am Platz. Und seine Stimmung übertrug sich auf das jüngste Kind; Billy, immer noch in Ausgehstiefeln, stand abseits und starrte auf den Baum, als ob ein wohlriechender Menschenfresser, mit Rauschgold gepanzert, in sein Wohnzimmer eingedrungen wäre. Fraser trat zurück und versuchte, mit ihm zusammen den plötzlich aufgetauchten Fremden zu betrachten. »Was hältst du von ihm, Billy?« fragte er das Kind verschwörerisch.

Ein Zwilling kroch unter den Baum zu einer Steckdose, und die Lichter gingen an. Billy wimmerte und rannte aus dem Zimmer. Greta, die sogleich hinterherrannte, war unfähig, den Grund für sein Verhalten herauszufinden, und schob es auf seine Müdigkeit. Sie sei selbst erschöpft, verkündete sie, als sie ihnen allen das Mittagessen vorsetzte. Billy rief: »Ich hasse das Essen in diesem Haus« und rutschte vom Stuhl herunter. Während die anderen vier ihre Hühnerbrühe schlürften, hörten sie, wie er im Wohnzimmer verstohlen das Telefon bediente. Seine kleine Stimme klang glockenhell.

»Hallo ... hier ist Billy ... mein Vater da? ... Daddy? Kannst du mich holen kommen? ... Ich möchte nicht ... Ich weiß ... Okay.« Ehe Greta noch reagieren konnte, hatte das Kind aufgelegt. Mit stolzem, strahlendem Gesicht kam Billy in die Küche zurück. »Daddy kommt und holt mich ab.«

Gretas Lippen versuchten zu sprechen, sie wirkten trocken. »Aber du wolltest heute nachmittag Donald besuchen, bei *ihm* zu Hause!«

Nur ein bißchen Glanz verschwand aus dem emporgerichteten Blick des Kindes. »Kannst du ihn nicht anrufen?« fragte er, mit einer trällernden Durchtriebenheit, die einen seiner Brüder zum Lachen brachte.

»Doch, ja«, sagte Greta schwach, und Fraser fühlte sich berufen, einzuschreiten.

»Billy«, sagte er, »du *mußt* vorher mit deiner Mutter

reden, ehe du deinen Vater einfach so anrufst. Dein Vater hat vielleicht andere Pläne gehabt, und jetzt ist Donald vielleicht traurig. Du hast deinen Vater erst gestern gesehen. Du kannst deinen Vater nicht jeden Tag sehen.«
Billy wandte den Blick nicht vom Gesicht seiner Mutter. »Er ist nicht traurig«, sagte er in seinem weichen, hoffenden Singsang.
Fraser sagte zu Greta: »Warum rufst du jetzt nicht Ray an und sagst ab? Rede mit ihm.«
»Ich kann nicht.«
»Warum nicht?«
»Ich habe Angst.«
»Ach komm. Er wird erleichtert sein. Er wird sich bestimmt den ganzen Weg nicht gern machen. Du kannst dich nicht von einem Fünfjährigen so herumschubsen lassen.«
Die Umwölkung ihres Gesichts wurde zu einem fahlen, selbstbezogenen Zorn. »Nur meinetwegen«, sagte sie steinern, »hat Billy keinen Vater.«
Fraser hob die Schultern, weil er befürchtete, sie in dieser Anklage noch anzuspornen. »Mach, was du willst. Dies ist nicht mein Haus.«
Greta zündete sich eine Zigarette an, ging zum Telefon und sprach mit Donalds Mutter. Ihr Verhalten wurde wieder sachlicher; Fraser fand, sie müßte sich mehr entschuldigen. »Es tut mir so leid, Billy war den ganzen Morgen so knörig, und ... ich weiß ... Ich glaube nicht, daß ich mich zwischen ihn und seinen Vater stellen sollte ... Bitte, laß es uns ein andermal nachholen ... Vielen, vielen Dank. Tschü-üs.« Fraser hörte in ihrer Verabschiedung das gleiche leicht spöttische Trillern, das ihr jüngster Sohn angewandt hatte. Während sie

telefonierte, hatte er Mantel und Handschuhe angezogen.
»Es tut mir leid«, sagte er. »Ich dachte, ich könnte den Nachmittag über bleiben, aber es geht nicht. Ich fühle mich zu fremd. Es ist nicht deinetwegen, es ist nicht unseretwegen, mit uns ist alles in Ordnung, es ist nur – na ja.« Und als Nachgedanken fügte er hinzu: »Ich möchte nicht auf Ray stoßen.«
Sie ließ ihr Gesicht auf seiner Mantelschulter ruhen. »Ich weiß nicht, was ich *sonst* machen soll«, sagte sie. »Ich weiß, ich sollte strenger sein, aber Billy hat jetzt so ein miserables Leben. Er läuft herum und fragt alle: ›Bist du schon geschieden?‹«
Fraser lachte verbindlich.
»Sei mir nicht böse«, bat sie. »Ich werde mich bessern.«
»Ich bin nicht böse«, sagte er. »Ich liebe dich. Aber du und Ray, ihr solltet euch irgendwie darüber verständigen, sonst ziehst du dir einen Tyrannen auf.«
Sie hob das Gesicht, der Zorn hatte es rosa gefärbt. »Wie können wir uns verständigen«, fragte sie, »wenn der Bastard und sein Anwalt mich dazu bringen, seinen eigenen Kindern Katzenfutter vorzusetzen?«
»Du brauchst ihnen kein Katzenfutter vorzusetzen«, sagte Fraser ungeduldig. »Das ist neurotisch. Ich ruf dich heute abend an.«
»Ich fahr dich zum Bahnhof.«
»Laß mich laufen. Ich brauche Bewegung. Du mußt hier sein, wenn Ray kommt. Sprich mit ihm.«
»Ich verstecke mich«, sagte sie. »Ich verstecke mich im Badezimmer.« Greta bot dieses Detail an, weil sie wußte, es würde ihm gefallen.

Fraser ging nicht zum Bahnhof; er ging die Straße zurück zu seinem alten Haus. Er hatte im Kopf, daß Kenny im Wald einen Baum fällen wollte und keine Ermutigung bekommen hatte, und im nächsten Jahr wäre er zu alt, als daß es ihm noch etwas ausmachte. In seiner Phantasie sah er die Axt ausrutschen und das Blut des Jungen sich auf den frischen Schnee ergießen. Schneepflüge hatten die Straße nicht ganz freibekommen. Ein Auto, anscheinend sein eigenes, bog am Feldrand um die Kurve und steuerte direkt auf ihn los; vielleicht war er gegen die Kiefern schwer zu erkennen. Das Auto, Jeans orangefarbener Saab, wich aus und kam schlitternd hinter ihm zum Halt, hügelaufwärts. Ihr Gesicht, von der Windschutzscheibe gerahmt, war wütend. »Was machst du auf dieser Straße?« rief sie. »Warum bleibst du nicht irgendwo? Deinetwegen hätte ich fast den Wagen zu Schrott gefahren.«

»Ich dachte, ich könnte den Kindern noch irgendwie nützlich sein, ehe ich zurück in die Stadt fahre«, sagte er und trat näher heran.

»Wenn du so nützlich sein willst, warum lebst du dann nicht mit uns?«

»Ich kann nicht«, sagte Fraser zu ihr. »Ist Kenny irgendwas passiert?«

»Woher weißt du das? Gerade eben schaffte er ein paar Geometrieaufgaben nicht, und ich konnte ihm nicht helfen, er hat mir Schimpfwörter an den Kopf geworfen, und ich habe ihm gesagt, er soll dich bei Greta anrufen, ich würde es verdammt noch mal nicht tun.«

»Warum nicht? Klein Billy ruft seinen Vater auch dauernd an.«

»Oh, zur *Hölle* mit Klein Billy, ich will nichts von deiner herzigen Zweitfamilie hören.«
»Sie sind auch nur Menschen«, sagte Fraser. Sollte er einen Schneeball machen und ihr zuwerfen?
Sie mußte den Gedanken erraten haben, denn ihr ärgerliches Gesicht ließ fast ein Lächeln durchscheinen. »Du kriegst es noch hin, daß ich zu spät zum Tennis komme«, sagte sie.
Er ging hinüber und ließ seine Hand auf der Leiste des offenen Fensters ruhen. »Wieviel Tennis kannst du mit diesen Kriechtieren spielen?«
»Geht dich gar nichts an«, sagte sie. »Geh und sprich mit den Kindern.« Als Jean davonfuhr, machte er einen Schneeball und warf ihn dem Auto nach. Durch die vorhersagbare geometrische Kurve traf er nicht.
Als er die Haustür öffnete, spürte er einen Wechsel, einen unbekannt-bekannten, heilig-säkularen Geruch. Weihnachten. Kenny lag im Wohnzimmer auf der Couch und studierte seinen Führerschein, und ein spindeldürrer Baum voller Lücken stand in einem Kübel voller Ziegelsteine am Klavier. »Du hast es getan«, klagte Fraser, »ohne mich.«
Der Junge fuhr fort, sein eigenes Bild anzulächeln.
»Er sieht prächtig aus«, sagte Fraser. Der Baum war so dünn und gerupft, daß er durch ihn hindurch in den verschneiten Garten sehen konnte, auf die Affenschaukel an der sterbenden Ulme und den dahinterliegenden Priel. Erst auf den zweiten Blick sah er, daß schon einiger Schmuck angehängt war. Nancy brachte noch eine Schachtel mit Behang vom Boden. »Sie sind fast alle kaputt, Dad«, sagte sie fröhlich. Es waren billige, zerbrechliche Kugeln, im Laufe der Jahre in Fünfer- und Zehnerpackungen hier und dort erstanden. Viele

von ihnen hatten nicht einmal mehr die kleine Silberkappe, die den Anhänger hielt.
»Wir kaufen noch welche«, versprach er. Der Kasten enthielt auch einen alten Baumwollclown in einer kleinen Jacke aus rotem Filz und einem runden Hut mit einer Troddel aus Baumwolle, den er vor langer Zeit für den Baum seiner Eltern gemacht hatte. Nancy ließ ihn den Clown aufhängen, höher, als sie reichen konnte.
Dann widmete sich Fraser der Geometrie. »Sieh mal, Kenny«, sagte er, »wenn du zwei Winkel eines Dreiecks kennst, hast du auch den dritten, denn du weißt, was sie alle zusammen ergeben. Um Ähnlichkeit zu beweisen, brauchst du nur zwei Winkel. Um Kongruenz zu beweisen, brauchst du zwei Winkel und eine Seite, damit du die Größe hast, oder zwei Seiten und einen Winkel, wenn der Winkel dazwischen liegt, weil nämlich, wie du siehst –« und ab hier mußte er zeichnen, und er und sein Sohn beugten sich stirnrunzelnd über das Buch.
Nancy sah entzückt von einem zum andern und sagte: »Ihr habt beide die gleichen Augenbrauen.«
Jean kam schließlich zurück, und er bekam wieder etwas zu essen, und wieder gab es Chartreuse, und Jeans Kopf neigte sich im Kerzenlicht mit einer flirtenden Spannung, die er seit zwanzig Jahren nicht mehr an ihr gesehen hatte. Traurig erkannte Fraser, daß er sie erregte. »Laß mich nicht den Zug verpassen«, sagte er.
»Sei nicht so engstirnig«, sagte sie. »Bleib. Es ist bejammernswert, dich so verheiratet mit jenem kleinen – Pudel zu sehen.«
»Ich wünschte«, sagte er zu ihr, »du wärst so verführerisch gewesen, als ich es nötig hatte.«

Sie hatte Schwierigkeiten, ihre Stiefel zu finden, dann ihre Handschuhe, und natürlich, als der Bahnhof in Sicht kam, begannen die goldenen Zugfenster sich zu bewegen wie die Fenster eines Hauses, das leicht von einem Erdbeben angestoßen wurde. »Ich *wußte* es«, sagte er, »ich *wußte* es«, und hätte weinen mögen. »Oh, sei still, du Kind«, sagte Jean. Mit einem ruckartigen Schleudern brachte sie den Wagen auf dem Bahnsteig zum Stehen. Die Diesellok hatte nicht weiter beschleunigt, und Jean, die in ihrem wattierten Parka wie eine Art Gepäckträger aussah, sprang heraus und hielt den Zug mit einem Winken an. Der Lokführer, ein junger Mann mit einem gezwirbelten Schnurrbart, beugte sich aus dem Fenster, und sie tauschten erregte Höflichkeiten aus, während Fraser die Stufen hinaufschlich. »Beschreib das Greta, wenn sie sagt, ich hielte dich fest«, sagte Jean, seinen Kuß ablehnend.

Dort, wo die Gleise vor Boston sich vervielfältigten, brannten Feuer, um die Weichen vor dem Festfrieren zu bewahren – kämpfende Flammen, über die Felder parallelen Eisens verteilt, als hätte eine Armee hier kampiert und wäre dann verschwunden. Der Anblick tröstete ihn. Jedes Feuer für sich, anscheinend unbehütet, aber dennoch Teil eines sorgsamen Entwurfs, einer Verewigung. Frasers Gesicht, dessen Spiegelung im Fenster erschien, verdunkelte den glitzernden Schienen-Schimmer, als der Zug langsam in den Bahnhof einfuhr. An der Luft wurde sein Gesicht zu einer Maske. Die Kälte war schneidend geworden. Vom Bahnhof lief er die eintönigen aufsteigenden Blocks hinauf. In seinem Alleinsein begrüßte er die Unbequemlichkeit, als rechtfertigte sie ihn irgendwie. Die

Bäume im Stadtpark waren mit Weihnachtsgirlanden geschmückt, aber die Lichter waren nicht an. Es schien kein Leben außer seinem auf den Beinen, kein Funken von Leben außer dem Bild in seinem Kopf von seinem Apartment, seinen eineinhalb Zimmern, dem schiefen Läufer darin und dem ungemachten Bett, den schmutzigen Fenstern und der winkenden Wärme. Indem er starr dieser häuslichen Vision folgte, überquerte er die Lagunenbrücke im Park, welche die Perfektion einer Mondsichel mittendurch teilte. Auf jeder Seite bewirkte sein Gehen, daß Lichtflecke über die eisige Weiße wirbelten. Über dem Beacon Hill, etwa da, wo das Büro seines Anwalts lag, verkündete eine elektrische Tafel abwechselnd, bemerkenswert, 10:01 und 10 Grad. Fraser bedauerte, daß niemand bei ihm war, der dieses Wunder mit ihm bezeugen konnte.

Aus: John Updike, Der verwaiste Swimmingpool
Aus dem Amerikanischen von Uwe Friesel, Monica Michieli.

Joyce Carol Oates *Die Verwandlung*

Matthew wachte plötzlich aus einem Tagtraum auf, der nicht seiner war.

Erschrocken rüttelte er sich wach. Er machte sich von dem Traum los, verdrängte ihn aus seinem Kopf. Niemand hatte etwas gemerkt; um ihn herum Glanz und Leere, draußen auf der Etage standen nur die drei neuen Autos, glitzernd und klotzig und mit leerem Blick, nichts als Kurven und glatte gerade Linien; sonst war niemand da. Am anderen Ende des Ausstellungsraums kam Peter, einer der jüngeren Verkäufer, gerade durch die Tür, er sah nervös, verblüfft aus ...

Matthew hoffte, daß Peter nicht an seiner Koje stehenbleiben würde, um mit ihm zu reden.

Er hatte sich aus einem Traum wachgerüttelt, der nicht seiner war. Er konnte gar nicht zu ihm gehören. So einen Traum hatte er noch nie gehabt, er würde ihn nicht anerkennen. Nicht als seinen. Er gab sich nie Wachträumen hin, er ließ seine Gedanken nie abschweifen. Es war der Traum eines anderen gewesen, nicht seiner. Das lose Ende von dem Traum eines Fremden ... So etwas war möglich; man konnte von den Ängsten anderer, Fremder, angesteckt werden.

Er sah den Kalender auf seinem Tisch durch; er mußte sich auf irgend etwas Reales konzentrieren. Welcher Tag war heute? Sein Geburtstag rückte näher – in zwei Wochen wurde er sechsundvierzig. Er fühlte sich viel jünger. Er sah viel jünger aus, ein Mann mit breiten, kräftigen Schultern und dicken, noch muskulösen Schenkeln wie kleine Baumstämme. Diese harte, fasrige Muskulatur. Er war auf seinen Körper und auf sein Gesicht stolz – er hatte ein intelligentes, freundliches Gesicht, das höchstens durch die tiefen Linien beeinträchtigt wurde, die durch das Lächeln entstehen. Jahrelanges Lächeln. Seine Haare waren braun mit roten Strähnen, die Art und Weise, wie er häufig die Augenbrauen hochzog, wirkte wie ein Ausruf.
Seit zwanzig Jahren verkaufte er hier bei Overmeyer Ford-Autos.
... Auf der glitzernden Etage aus Ziegelsteinimitation, ein Mann von augenfälliger Energie. Vorzügliche Kleidung, Schuhe, gepflegter Haarschnitt. Er wußte über alles Bescheid. Er wußte auf jede Frage über jedes von Ford hergestellte Auto eine Antwort. Er wußte auf die Fragen des pingeligsten, mißtrauischsten Kunden eine Antwort. Matthew Brown, jeder kannte ihn; er hatte Tausende von Autos verkauft, die alten Kunden kamen immer wieder zu ihm, verabredeten speziell mit ihm Termine ... er kannte jeden beim Namen, er schüttelte ihnen ungezwungen und doch ohne Anmaßung die Hand; jeder Mensch hatte einen unantastbaren Freiraum um sich, ein paar Zentimeter Luft, und er war klug genug, nicht hineinzuplatzen. Obgleich er fast sechsundvierzig war, konnte er aus den Blicken von Frauenaugen auf seine jugendliche Erscheinung schließen, dieses blonde, breite, hochherzige, irische Gesicht,

das gute Aussehen, das er Jahrzehnte beibehalten hatte, ohne besonderes Aufheben davon zu machen. Er war stolz auf seine Arbeit, nicht auf sich selbst. Stolz auf seine Familie. Nicht auf sich selbst, auf seine Familie. Er hing an seiner Frau und seinen fünf Kindern.

Er dachte nicht weiter über den seltsamen Traum nach, den er gehabt hatte, während er wach dagesessen war. Er war ein Mann, der nicht an Träume glaubte.

Ja, hier auf seinem Kalender stand, daß ihn um drei Uhr jemand hätte besuchen sollen. Er würde warten. Kein Grund, sich Gedanken zu machen. Die Kunden kamen oft zu spät. Dieser Monat war ein ruhiger Monat gewesen ... die Zinssätze waren wieder gestiegen ... es ging das Gerücht, daß ein anderer Händler bankrott machte ... aber es führte zu nichts, über solche Dinge nachzudenken. Er würde in seiner Koje sitzen und ruhig abwarten. Er fragte sich, ob Peter seine Kundin verloren hatte – die Frau mit den knochenweißen Haaren, gebleicht und mürrisch, die mit der lauten Stimme. Vielleicht war es keine schlechte Idee, auf dem Weg nach draußen kurz bei Peter vorbeizuschauen, ihm ein paar nette Worte zu sagen, das war das mindeste, was er tun konnte. Peter tat ihm leid, er hatte in diesem Monat überhaupt noch nichts verkauft ...

Beim Warten blickte er müßig auf den kleinen Riß in seiner Tischplatte. Es kam ihm so vor, als wäre sein Wachtraum auf irgendeine Weise aus diesem Riß hervorgegangen. Er war ein Reizauslöser, der Riß. Schwach und dünn und wie ein Haar gebogen. Oft versuchte er, ihn wegzuwischen, wenn er mit Kunden sprach. Seine Stimme konnte fortfahren, ohne zu stokken, formulierte die richtige Antwort auf jede Frage, nahm Fragen vorweg, bevor sie gestellt wurden, während er vom Gesicht der Kunden ablas, wie gut er ankam. Gewöhnlich kam er gut an. Sehr gut. Er war flink mit Zahlen, lange Reihen addieren, subtrahieren, einen Preisnachlaß ausrechnen, eine routinemäßige Darbietung, die die Kunden beeindruckte. Wenn der Gegenstand 1200 Dollar kostet, dann ... Minus dem. Minus. Plus.

Monate in einer langen schwankenden Zahlenreihe, die sich zu Dekaden addierten.

Vater kam früh nach Hause, ungefähr um halb fünf, an diesem Tag ...

»Möchten Sie Kaffee, Matt? Ich geh jetzt rüber«, sagte Gardie. Sie trug ein marineblaues Kleid, adrett wie eine Uniform. Gardie. Hildegarde. Er mußte ja gesagt haben, denn nach ein paar Minuten kam sie mit Kaffee für ihn zurück. Er nahm den Papierbecher entgegen, war gerührt. Die Frauen hatten ihn immer gemocht, hatten sich immer für ihn interessiert. Sie lehnte sich gegen die Trennwand, ihr Kleid steif und neutral vor der Milchglasscheibe. Fünf oder sechs Jahre nun schon Gardies fröhliches, schlaffes Gesicht. Heitere Gespräche, deren Wörter im Verlauf der Jahre immer mehr abschlafften. Eine unglückliche Ehe – Matthew wußte nur wenig darüber, wollte nicht mehr wissen. Trotz seiner großartigen, weitherzigen, langbeinigen Ausstrahlung wollte er über andere Leute nicht viel wissen, erwehrte sich ihrer Hinweise auf ihr privates, persönliches, verhärmtes Leben, wollte sich von ihnen nicht behindern lassen. In der Menge bewegte er sich mit Vorsicht.

Er hatte fünf Kinder und war mit seinen Gedanken ständig bei ihnen.

Einer von uns sah sein Auto den Boulevard raufkommen, den großen schwarzen Lincoln, den er 1970 fuhr. Das war Ronnie, der gerade Zeitungen austrug. Dann sah Len das Auto vor der Garage stehen. Warum war es nicht in der Garage, wie Vater immer wollte? Er wollte keine Ölflecken auf dem Beton ... er hatte den Beton für die neue Auffahrt selbst gegossen. Aber jetzt war das Auto draußen geparkt, und auf den Beton konnte Öl tropfen.

Er trank den Kaffee langsam, dankbar für seine Wärme. Eine schlechte Gewohnheit, der viele Kaffee. Es war fast vier Uhr. Jemand, der Mr. Yates hieß, hatte gestern mit Gardie telefoniert, um mit Matthew diesen Termin zu vereinbaren, aber er hatte von dem Mann noch nie etwas gehört; in seiner Kartei für alte Kunden gab es keinen Mr. Yates. Hätte er ihn kennen sollen?

Er würde nicht an Yates denken. Die Kunden kamen oft zu spät oder tauchten erst am nächsten Tag auf. Er würde nicht an den Wachtraum denken, der ihn beunruhigt hatte. Statt dessen konzentrierte er sich auf den Riß in seinem Tisch. Die Platte war aus Plastik, ein schmutziges helles Gelb. Fast weiß. Der Riß war ein Strom, ein Fluß ... eine schwache Lebenslinie, der er folgen mußte ... eine störrische kleine Arterie. Der Wachtraum war von dieser Linie ausgegangen, auf irgendeine Weise. Er hatte nicht von Autos gehandelt. Die Autos, diese prächtigen neuen Modelle, standen direkt hier, im selben Geschoß, ein paar Meter von ihm entfernt, und er brauchte bloß den Blick zu heben, um sich zu überzeugen, wie massig und geduldig sie waren. Er hatte nicht von ihnen geträumt. Nie. Er hatte nicht davon geträumt, wie er Autos verkaufte, wie er seinen eigenen Rekord brach, den er vor drei Jahren aufgestellt hatte. Und auch nicht von seiner Frau Florence. Nicht von seinen Söhnen, seinen Töchtern ... Dieser seltsame Traum hatte vom Schlaf gehandelt. Ein Traum über den Schlaf. Da war ein Körper gewesen, eine Art Mumie, die sehr still unter schweren Dekken lag. Laken bis zum Kinn. Ein gesichtsloses Gesicht. Formlose Erhebungen, Wülste. Ein Geheimnis. Die Gestalt war vor seinem geistigen Auge erschienen und mehrere Minuten lang so geblieben, hatte ihn erschreckt.

Aber es war nicht sein Traum gewesen. Er mußte jemand anderem gehört haben.

Einer von uns, Vicky, hörte Mutters Stimme von oben. »Matt? Was hat das zu bedeuten? Warum ist die Tür abgeschlossen?« Vicky wich vor dem Ton in der Stimme ihrer Mutter zurück. Sie spürte ein scharfes, angstvolles Zucken in der Magengrube; warum war Vater zu Hause, oben im Schlafzimmer, an einem Dienstagnachmittag um halb fünf?

Sie bemerkte einen Riß in der Wohnzimmerdecke. Hatte sie diesen Riß schon mal gesehen?

Jemand infizierte ihn mit schlechten Träumen, dachte Matthew. Er konnte Peter am Telefon reden hören – der eine Show abzog, um einen tüchtigen Eindruck zu machen, und der viel zu schnell sprach. Peter müßte wissen, daß die Kunden Verkäufern, die zu schnell sprachen, nicht trauten. Peter war mehrere Jahre jünger als Matthew, aber er hatte Magenbeschwerden, wahrscheinlich hatte er schlechte Träume. Seine Kommissionen lösten sich in nichts auf; er war zu schnell bereit, die Preise zu senken. Aber über diese Taktiken hatte Matthew mit Peter nie gesprochen. Besser, man sagte nichts. Auf lange Sicht ... Auf lange Sicht, dachte er vage, verdient der beste Verkäufer das meiste Geld.

Ein Geratter von Stimmen. Mutter wäscht Geschirr ab, als wäre nichts, Vicky trocknet ab. Tommy albert herum. »Ist Daddy krank? Warum ist die Tür abgeschlossen?« Mutter benutzt den rosa Schwamm, der zerschlissen war. Er sah angenagt aus. Tommy zog die Lippen vom Zahnfleisch zurück, verzog das Gesicht. Er war fünf Jahre alt. Vicky hatte ihm den Rücken zugedreht, die Schultern dünn und gespannt. Sie lauschte auf Vaters Schritte oben. Zuerst das Knarren der Matratze, dann die schweren Schritte. Mutter stellte Geschirr in den Trockenständer, ihre Hände glitschig von der Seife. »Warum hat Daddy kein Abendbrot mit uns gegessen? Ist er krank?« quengelte Tommy.

Er folgte dem Riß mit den Augen, dann mit dem Zeigefinger. Merkwürdig. Es war ein kleiner Fluß, der ihn hinaufführte, zurück ... wohin hinauf, wohin zurück? Der Traum war aus diesem kleinen Fluß gekommen. Aber er wollte sich nicht daran erinnern. Er wollte diese Gestalt in dem Bett nicht sehen, kaum mehr eine menschliche Gestalt, wie sie steif in ihrem Bett lag, gealtert und schweigend. Wo, zum Teufel, blieb dieser Mr. Yates?

Das Telefon klingelte.

Gardie nahm ab, und noch bevor bei ihm der Summer ertönte, wußte er, daß es für ihn war. Er nahm den Hörer ab. »Hier ist Matthew Brown.« Er begann sofort zu sprechen. Kein Problem. Sagte Preise auf: die Anzeige in der Sonntagszeitung. Ja. Ziehen Sie zweihundert Dollar ab. Zahlbar über drei Jahre. Seine Worte ratterten mit falscher, greller eigenständiger Energie

weiter, während er auf den kleinen Riß in seiner Tischplatte starrte. Er hatte das Gefühl, zu stürzen, und nur das Telefongespräch hielt ihn aufrecht.
Er legte auf. Gardie kam angelaufen.
»Dieser Kerl, mit dem Sie gerade gesprochen haben«, sagte sie im Flüsterton, »das war einer von Peters Kunden von früher ... oh, wann war das? ... der so viel Ärger gemacht hat, wissen Sie nicht mehr? Irgendwas mit den Blinkern, die nicht ordentlich funktioniert haben sollen ...«
Er konnte sich genau erinnern, an jede Einzelheit. Nein, er konnte sich nicht erinnern.
Mitten in ihrem Gespräch – ein normales, verschwörerisches Gespräch, wie sie es jeden Tag führten! – stand er auf. Fühlte sich nicht wohl. Krank. Mußte nach Hause. Gardies Gesicht sofort in Falten und mütterlich. »Ich muß nach Hause. Ich fühle mich nicht wohl«, sagte er plötzlich.
»Nicht wohl?« sagte sie erschrocken.
»Nicht wohl? Du fühlst dich nicht wohl?« sagte Mutter vor der Schlafzimmertür. »Warum antwortest du mir nicht?« Vicky neben ihr. Eine andere von uns – Sally – war an der Badezimmertür, tat so, als würde sie hin- und herschaukeln. Wollte Beachtung. Sie hielt sich an der Türklinke fest und hatte die Tür zwischen den Knien, an jeder Türseite ein Knie, bemühte sich unbeholfen, zu schaukeln. Wenn Mutter das sah, würde sie geschimpft kriegen. Warum standen Mutter und Vicky so da, so merkwürdig, an der Schlafzimmertür. Mutter und Vicky: beide gleichgroß. Vicky war dreizehn. Ihre Haare waren sehr kurz geschnitten, fast so kurz wie bei einem Jungen. Ein dunkleres Braun als das von Vater. Sie hatte Vaters Nase, breiter Rücken, so daß ihre Au-

gen offen und intelligent wirkten, weil sie so weit auseinanderstanden. Vickys kluger, äffischer Blick. Mutter, mit völlig verfilzten Haaren, klopfte an ihre eigene Schlafzimmertür. Eine seltsame, förmliche Geste. »Warum ist die Tür abgeschlossen? Warum ist die Tür abgeschlossen?« rief sie.

Er verließ das Verkaufsbüro und fuhr nach Hause. Sein Wagen reagierte sofort – der starke Motor machte kaum ein Geräusch. So viel Kraft und doch fast lautlos. Diese Maschinen waren etwas Wunderbares. Niemand würde sie erfinden können, wenn ihr Geheimnis einmal verlorenging. Der Wagen machte einen Satz nach vorn, warf sich nach vorn ... Brachte ihn nach Hause. In Sicherheit. Den gewundenen kleinen Fluß hinauf, brachte ihn sicher zurück, zu irgend etwas zurück, in irgend etwas hinein, in Dunkelheit. Sein Herz schlug ruhig in seiner Brust. Wenn er nach Hause kam, würde er die Treppe hinaufgehen und ins Schlafzimmer und die Tür abschließen. Besser, er legte sich hin und ruhte sich aus. Ein kleines Schläfchen vor dem Abendessen. Hoffentlich war seine Frau nicht zu Hause.

Als er in den Claremont Boulevard einbog, spürte er, daß er Kraft verlor, daß sie irgendwie aus seinen Beinen in den Motor seines Wagens strömte. Mußte nach Hause, ins Bett. Ein Gefühl der Verzweiflung in seinem Magen – in seiner Magengrube –, alles verfestigte sich zu Dunkelheit, Schwere. Er mußte nach Hause. Ins Bett. Er war eine Gefahr, hier auf der Straße, mit dem großen Fahrzeug. Seine Körpermasse wuchtete sich fast ohne jedes warnende Geräusch übers Pflaster, trotz seiner Schönheit eine schreckliche Gefahr für die anderen Leute. Wenn er nun jemanden überfuhr? – Der Wagen gehörte nicht einmal ihm – seine Beine waren jetzt sehr schwach –, wenn er nun mit dem Wagen in einen anderen hineinfuhr, in dem ein alter Kunde von ihm saß, in einen Wagen, den er selbst verkauft hatte?

Die anderen Wagen auf dem Boulevard schienen ihm zuzuzwinkern und Grimassen zu schneiden. Fröhliche Grills vorn an den Autos. Die Wölbung der Stoßstange: so fröhlich. Chrom, getönte Windschutzscheibe, Weißwandreifen, die zu zwinkern schienen, zu winken ...

Sein Haus lag am Ende der Straße. Die beiden Häuser im Kolonialstil waren gleichzeitig gebaut worden, fast identisch, nur hatte das eine dunkle orangefarbene Ziegel und das andere fahle braungelbe Ziegel. Das Haus mit den dunklen orangefarbenen Ziegeln gehörte ihm. Auf seinem Rasen standen drei Birken, die nicht gut wuchsen, und auf dem Rasen seines Nachbarn stand ein einzelner Baum mit roten Blättern, der auch nicht gut wuchs. Obgleich er fast zu Hause war, fühlte er sich sehr schwach. Vielleicht sollte er lieber vor dem Haus parken, gar nicht riskieren, in die Auffahrt zu fahren. Besonders in den Handgelenken und Knien fühlte er sich schwach. Aber dann bog er doch in die Auffahrt ein und blieb direkt vor der Garage stehen, traute sich nicht, hineinzufahren, aus Angst, an den Seiten anzustoßen. Er stellte die Zündung ab. Ließ die Schlüssel stecken. Ging ins Haus, hinten über den Flur, die Treppe hinauf, bevor ihn jemand sah. Florence rief: »Matt? ...«

Er machte die Schlafzimmertür hinter sich zu und schloß ab.

»Was geht mit mir vor?« dachte er.

Wir saßen am Küchentisch, als Mutter und Vicky oben waren. Es war alles so durcheinander. Was war los?

Tommy plärrte. Ronnie hatte die Ellbogen auf den Tisch und den Kopf in die Hände gestützt. Genauso wie Vater immer: wenn er abends manchmal am Tisch saß, für sich allein. »Worüber reden die denn da oben? Wo ist Daddy?« sagte Sally andauernd.

Seine Hände zitterten. Er riß sich die Jacke seines Anzugs herunter und warf sie auf einen Stuhl. Mußte raus aus diesen heißen, schweren Kleidern. Sie schnürten ihm die Luft ab. Er knöpfte das Hemd auf, band die Krawatte ab. Alles war feucht. Alles roch. Ein säuerlicher, panischer Geruch um ihn. Mußte sich seiner Kleider entledigen. Mußte sich nackt ausziehen. Florence kam schon die Treppe herauf. »Matt? Bist du's? Ist was nicht in Ordnung?«

Schon ging es los.

Zitternd schlüpfte er ins Bett. Zog die Decke bis zum Kinn. Er zitterte am ganzen Körper. Er lag flach auf dem Rücken und konnte fühlen, wie sich in ihm die Panik ausbreitete wie eine Quecksilberlache. Dieser ätzende Säuregeschmack. Aber er würde sich zwingen, ruhig über alles nachzudenken, logisch. Er würde ausspannen, ein bißchen schlafen. Ein bißchen Schlaf würde ihn wieder zu Kräften bringen. Ja, ein Schläfchen vor dem Abendessen, und dann wäre er wieder genauso wohlauf wie sonst auch ... wenn Florence ihn doch nur in Ruhe ließe ... Aber sie stand direkt hinter der Tür und rief mit dieser überraschten, etwas ärgerlichen Stimme, die sie auch bei den Kindern gebrauchte: »Bist du da drin? Ist die Tür abgeschlossen? Was um alles in der Welt ist denn los?«

Er biß die Zähne zusammen, drückte die Kiefer fest aufeinander. Gut. Er würde jeden Teil seines Körpers entspannen und schlafen. Es hatte keinen Sinn, seiner

Frau zu antworten, denn er hatte sich ja nur für ein paar Minuten hingelegt. Das Gefühl der Panik würde vorübergehen. Es war ein unbekanntes Gefühl, nicht seines. Er kannte es nicht ... Was war das für ein Geräusch? Ein Telefon klingelte. Jemand rannte – eins von den Kindern –, in diesem Haus rannte immer jemand. Die Jungen balgten sich, rempelten sich mit den Ellbogen auf der Treppe und beim Essen an. Er machte die Augen zu und sah das Gesicht seines ältesten Sohns vor sich. Er mochte Len lieber als jedes seiner anderen Kinder, weil er das erste Kind gewesen war. Nie danach hatte es ein solches Kind, eine solche wundersame Geburt gegeben. Aber Vicky, süß und verwahrlost, Vicky hatte er sehr lieb, er mußte es ihr erklären, daß er sie lieb hatte ...
Florence sagte: »Matt, da ist Gardie am Telefon. Sie will wissen, ob alles in Ordnung ist mit dir. Matt? Matt? Bist du heute krank geworden während der Arbeit?«
Er mußte geschlafen haben. Er sah, daß es jetzt dunkler war im Zimmer. Es war kein sehr großes Zimmer, aber er hatte es immer gemocht. Florence jammerte ständig, daß die Wände und die Decke gestrichen gehörten. Alles war sehr still. Sein Blick fiel auf die Vorhänge, hellgrüne Fischnetzvorhänge. Billigládenvorhänge. Seine Frau hatte immer eine geschickte Hand gehabt mit Nähen, aus Billigem etwas zu machen, günstig einzukaufen. Die Vorhänge und der Schreibtisch und der Schaukelstuhl waren ganz vertraut, in der richtigen Größe. Er überlegte, ob er selbst vielleicht nicht mehr die richtige Größe hatte. Er kam sich kleiner vor. Seine Beine wirkten kürzer. Die Decken auf seiner Brust wölbten sich nach oben, so daß er nicht

darüber hinwegsehen konnte. In seinem Mund breitete sich der säuerliche Geschmack von Panik aus. Was war das für ein Geruch, der in der Luft lag? Er hatte ihn mit heraufgebracht, ins Bett – den Geruch von Benzin, Auspuffgasen, den dumpfen, weichen Gestank von Öl. Dieser Regenbogengestank von Öl. Er spähte über seine Brust hinweg, konnte aber nicht bis zum Fußende des Bettes sehen. Sein starrer Blick glitt über die untere Kante seiner Augenbrauen und machte sich verwirrt und benommen wieder los. Der Fischnetzstoff der Vorhänge geriet mit dem Gestrüpp seiner Augenbrauen und der holprigen Hügel seiner Brust durcheinander.

Len mit dem Schraubenzieher. Mutters wütende Tränen. »Warum antwortet er uns nicht?« Ihr Gesicht irgendwie rauh und schmutzig. Sonst, wenn wir sie draußen auf der Straße sahen, beim Einkaufen, zuckte die Älteste von uns beim Anblick unserer Mutter immer ein bißchen zurück – vor ihrer Frische, vor ihren schnellen lebhaften Schritten – als wäre sie frei, eine Frau und keine Mutter, einfach eine Person, die ganz für sich allein ausgegangen ist – und dann riefen wir ihr etwas zu, damit sie stehen blieb. Den Ältesten von uns, Len und Vicky und Ronny, war es peinlich, weil sie so hübsch aussah. Aber an dem Tag war sie keine hübsche Frau, überhaupt keine Frau, sondern irgend etwas Erschrockenes, das Angst ausströmte. »Er antwortet mir nicht! Er muß krank sein!« sagte Mutter immer wieder.

Len hatte die Wange gegen die verschlossene Tür gedrückt. Drinnen Schweigen. »Vater, hier ist Len. Vater? Ich mach jetzt das Schloß von der Tür weg ... Vater? Kannst du mich hören?«

Im Bett liegend dachte er ernsthaft daran, aufzustehen. Wie Befehle gingen ihm bestimmte Ausdrücke durch den Kopf: Vorderradantrieb, Hydraulik, aber keine Federung oder Stoßdämpfer, vollsynchronisierte Übersetzung, luxuriöse Innenausstattung komplett aus Vinyl. Nylonteppiche, acht Zylinder ... Diese Wörter waren wie Aufforderungen aus einer anderen Welt. Sie waren wie Rufe von einer Klippe, die bis hinunter zu ihm drangen, während er friedlich im Bett lag, Kräfte sammelte ... Was war das gewesen, das mit dem Schloß an einer Tür? Was hatte das zu bedeuten?

Jemand klopfte an Holz, und er mußte an Mr. Yates denken, den Kunden, der nie erschienen war. Vielleicht klopfte er jetzt an eine Tür und versuchte, zu Matthew vorzudringen. Nun gut, sollte er klopfen. Matthew hatte viele Enttäuschungen durchgestanden, und jetzt fühlte er sich stärker, beinahe unabhängig von seinen Kunden; er würde nicht einmal den Blick heben, um nachzusehen, wer da klopfte. So viele Enttäuschungen! Aber sie gehörten der Vergangenheit an, zu einem anderen Matthew, und er spürte, daß er darüber hinausgewachsen war.

»Nein, mach sie nicht auf! Er will nicht, daß wir sie aufmachen!« rief Vicky plötzlich. Der Schraubenzieher fiel zu Boden – sie hatte ihn Len aus der Hand geschlagen.

Das Problem: er mußte seine Pläne für den Abend durchdenken. Er mußte jeden Schritt, den er unternahm, durchdenken. »Aufstehen« – ein verallgemeinerter Ausdruck, der eine komplexe, eine fast hoffnungslos komplexe Folge von speziellen Bewegungen beinhaltete, manche von ihnen muskulöser und manche von ihnen völlig intellektueller Art. Schon der Gedanke erschöpfte ihn. Es war beinahe mehr, als das menschliche Gehirn verarbeiten konnte. Und hinter all dem, hinter der Forderung, die durch den Befehl »Aufstehen« an ihn gestellt war, stand das geheimnisvolle Klopfen, das Durcheinander von Stimmen, die ihm einzelne und nicht aufeinander abgestimmte Aufforderungen zuzurufen schienen. Die Notwendigkeit »aufzustehen«, war eine, die er deutlich erkennen konnte, ganz persönlich, als stammte sie von ihm selbst, aber diese anderen Stimmen mit ihren seltsamen Forderungen – das waren offenbar die Stimmen von anderen Leuten, von tatsächlich existierenden Menschen, die sich nicht einmal untereinander einigen konnten.

... Die Welt war geschäftig, und sie wollte nichts dringender, als ihn hier heraus- und in sich hineinzuzerren, ihn den Fluß hinunterzuspülen, wo er verloren wäre, bei all dem Geschrei, der Geschäftigkeit ... Wie freundlich, wenn jemand daran dächte, ihm eine Tasse Kaffee zu bringen! Aber daran dachte niemand, und er war zu müde, um sich selbst eine zu holen.

Statt dessen die Stimmen sich streitender Leute.

Mutter rannte die Treppe hinunter. Sie nahm Tommy und Sally, die beide weinten, in den Arm. »Daddy ist krank, nur eine schlimme Erkältung. Ja. Das hat er gesagt. Ich rufe den Doktor an.« Ronnie wich von ihr zurück, stieß gegen einen Tisch. Sein Gesicht starr, steif, kleine Schweißtropfen auf der Stirn. Er hatte ein T-Shirt und schmutzige Khakihosen und Turnschuhe an. Als er an sich hinuntersah, merkte er, daß er wie ein kleines Kind angezogen war, und schämte sich.

Mutter hatte alte Hosen und eine weiße Bluse an, die für unseren Geschmack zu durchsichtig war – man

konnte Träger auf ihren Schultern sehen – das konnten wir nicht leiden.
Sie rief den Doktor an, und Ronnie rannte nach hinten zum Zaun, wo alles voll Unkraut war. Er drückte sich gegen den Zaun.
In der Zimmerecke die Nähmaschine seiner Frau. An der Wand Fotos – von den Kindern, als sie noch klein waren – Florence und er selbst – in Positur für Weihnachtskarten vor ein paar Jahren. Wie schnell die Kinder wuchsen! Ein Wunder. Er liebte sie sanft, wild ... in seinem Körper konnte er einen warmen, blinden Nebel der Liebe für sie spüren, in seiner Brust ... oder hinten in seinem Kopf? ... Er dachte an Len. Ein gesunder, stämmiger Junge. Vicky: mit der Kappe aus dunklen gestutzten Haaren, den dünnen Armen und Beinen, dem schmalen Gesicht. Len war hübscher. Goldbraune Haut, lockiges Haar, heller als das seines Vaters, kräftige Arme und Beine, das plötzliche Lächeln, das seinem Vater das Herz brechen konnte. Als er, vor Jahren, gestand, in der Schule ein Fahrrad gestohlen zu haben, war Matthew derjenige gewesen, der einen Zusammenbruch erlitten hatte. Ohne Scham, vor seinem ältesten Sohn in Tränen auszubrechen. Die beiden im Keller des Hauses, wie sie miteinander redeten, ein Vater und sein Sohn. Matthew hatte sich nicht geschämt, zu weinen. Nicht geschämt.
Wenn er jetzt weinte, würden die Tränen seitlich wegrinnen. Komisch. Über seine Wangen. Keine Notwendigkeit, zu weinen. Florence weinte nicht ... Eines Tages war er in der Tür zum Schlafzimmer gestanden, hatte sie an der Nähmaschine beobachtet, das zungenschnelle Auf und Nieder der Nadel, ihre geschickten Hände, die den Stoff hielten, das ratternde Geräusch,

die Erschütterungen, die er unter den Füßen spürte, der Ausdruck von Gefahr, von Unbarmherzigkeit, der von ihrem gebeugten Kopf und den verengten, geübten Augen ausging ... Sie hatte ihn nicht bemerkt.

Plötzlich sprach Dr. Crane mit ihm. Die Tür stand offen. Florence in der Tür, ein verschwommener Fleck. Wo waren die Kinder? Dr. Crane sprach mit ihm, fragte ihn etwas, und er fühlte, wie seine trockenen Lippen zu einem Lächeln aufsprangen. Mußte lächeln. Mußte kommunizieren. Dr. Crane wickelte etwas um seinen Oberarm, fester, immer fester. Der Druck war enorm. Matthew versuchte, nicht darauf zu achten. Er durfte nicht den Eindruck erwecken, allzu empfindlich zu sein. Was sollte er zu Dr. Crane sagen? Es war wichtig, zu kommunizieren. Kommunikation war der erste Schritt bei einem Verkauf, ja, bei der ganzen Zivilisation. Nichts passierte zwischen Leuten, ohne daß zuerst Kommunikation stattgefunden hatte. Man konnte die wunderbarste Ware besitzen, von selbst würde sie sich nicht verkaufen. Sie würde daliegen, eine träge Masse. Die drei riesigen Wagen im Ausstellungsraum – die Limousine, das Cabrio, der Kombi – würden für immer dort stehenbleiben, unverkauft, nicht anerkannt, bevor sie dem Kunden nicht erklärt wurden. All ihre Energie, ihre Rechtschaffenheit würde auf Jahrhunderte hinaus nicht zum Tragen kommen! Außer sie wurden erklärt, übersetzt, verkauft. Die Ware und der Kunde mußten durch ein Händeschütteln und bestimmte Worte, die magisch und sehr mächtig waren, zusammengebracht werden. Jedes Wort war äußerst wichtig ... Letzten Winter, als die Geschäfte schlecht gegangen waren, hatte man den Verkäufern geraten, alte Kunden anzurufen: »Hallo. Hier ist — von Overmeyer Ford. Ich habe mir gerade überlegt, wie es Ihnen wohl gehen mag ...« Nein: »Ich habe mir überlegt, ob Sie in diesem Winter vielleicht zufällig einen neuen Wagen brauchen.« Nein, das war zu direkt. »Hallo, hier ist — von Overmeyer Ford. Ich hoffe, ich störe Sie nicht? Ich hab mir überlegt ...« Aber nein, das war keine gute Idee, sich zu entschuldigen und anzudeuten, daß er mit seinem Telefonanruf stören könnte. Psychologisch ungeschickt. Noch mal von vorn: »Hallo. Hier ist — von Overmeyer Ford. Vielleicht erinnern Sie sich noch, Sie haben 19– von mir ein Auto gekauft, und da hab ich mir gerade überlegt, ob ...«

Neben seinem Bett wurde etwas beschlossen, Dr. Crane und seine Frau hielten eine Beratung ab, und er fühlte sich plötzlich sehr erleichtert. Dann würde er heute abend also nichts weiter erklären müssen. Anscheinend hatten sie beschlossen, ihn in Ruhe zu lassen. Er würde sich ausruhen. Schlafen. Morgen früh würde alles wieder ganz normal sein, und vielleicht würde ihm sogar, wenn er ins Verkaufsbüro kam, Mr. Yates über den Weg laufen, dieser unglückliche, mysteriöse Mr. Yates!

Schon elf Uhr. Einer von uns stellte die Nachrichten an. Wir waren den ganzen Abend nicht zur Besinnung gekommen. Plötzlich war es elf Uhr. Mutter machte eine Hühnersuppe aus der Dose. Tommy sah aus, als hätte er Fieber, wollte aber nicht ins Bett gehen. Mutters Gesicht war blaß und zerfurcht. Wir gehen alle gleichzeitig ins Bett, sagten wir. Schlafen alle gleichzeitig ein. Gebt euer Versprechen: wir schlafen alle in ein und derselben Minute ein.

Am Morgen eine merkwürdige Stille im Haus. Eine fremde Stille. Er wachte aus beängstigenden Träumen auf, Träume, die ihm nicht gehörten. Sie mußten von jemand anderem sein, mußten ihn angesteckt haben. Krankheiten wurden durch Bakterien verbreitet, und schlechte Träume konnten auch durch Bakterien verbreitet werden. Warum träumte er von Fleisch, das rosig war und zu Schmalz wurde? Von einem Händeschütteln, das sich in Nichts auflöste, von einer Hand, die, während er sie hielt, abging? Er weigerte sich, über diese Träume nachzudenken. Vielleicht gehörten sie Peter. Oder Gardie. Vielleicht gehörten sie sogar Florence. Sie lagen in der Nacht zusammen, jede Nacht, Seite an Seite, im selben Bett, und zwischen ihnen war ein riesiger Abstand in Zentimetern ... Sie sprachen nie von diesem Abstand. Sie hätten über ihn hinwegschreien müssen. Er hätte sie vom Verkaufsbüro aus anrufen müssen, eine unpersönliche Stimme: »Hallo. Mrs. Brown? Hier ist — von Overmeyer Ford. Ich bin in meinen Papieren auf Ihren Namen gestoßen, und ich habe mir überlegt, ob ...«

Vielleicht träumte er die Träume seiner Frau?

Aber es waren so häßliche Träume! Und er selbst im Bett. Matthew Brown, still und kalt im Bett, in Decken verpackt wie eine Mumie. Hu! Wie konnte sie nur so etwas über ihren Mann träumen? Sein Gesicht schlaff und alt, ohne jede Farbe, wurmstichig, grobkörnig, blaß, gealtert, kein gutaussehender Mann mehr, die Haare dicht an den Schädel geklebt ...

Len sagte zu Vicky und Ronnie: »Einer von uns sollte heute lieber zu Hause bleiben, vielleicht am besten ich.« Ronnie stimmte sofort zu. Er wollte raus aus dem Haus. In der Schule lauter Einser. Vater war sehr stolz auf ihn, aber wir wußten alle genau, daß er Len am liebsten hatte. Vicky sagte: »Mir ist nicht gut, aber ich will in die Schule ... Ich habe Angst hier zu Hause ...« – »Du bist ja verrückt!« sagte Len und wurde rot.

... Oder vielleicht waren das die Träume von Mr. Overmeyer? Er war ein plumper Mann mit dröhnender Stimme, etwas über einssiebzig, vom zu vielen Trinken hatte er Fett angesetzt, war vom Alkohol aufgeschwemmt, weiche Falten im Gesicht und am Hals, die genauso zu gestikulieren schienen wie Mr. Overmeyers Hände. Matthew war sein bester Verkäufer. Mr. Overmeyer mochte ihn am liebsten, weil Matthew keine Vergünstigungen verlangte. Und er verkaufte die meisten Autos: eine Tatsache. Eine statistische Tatsache. Aber die Verkäufe waren zurückgegangen, die Wirtschaft machte eine verrückte Inflation durch, wer konnte derartige Zinssätze zahlen? ... Früher hatte niemand auf die Zinssätze geachtet, aber jetzt taten sie es. Die jüngeren Kunden mit Collegeausbildung gingen die Zahlen durch, die Matthew ihnen gab, die junge Stirn gerunzelt, wenn sie sahen, was der Wagen wirklich kosten würde ... »Du liebe Zeit«, hatte einer von ihnen neulich geflüstert ... Mr. Overmeyer wohnte draußen in Hanley Park, am Fluß. Er hatte drei Töchter, alle größer als er selbst.

Mr. Overmeyer kam am Samstag zu uns raus, vier Tage, nachdem Vater krank geworden war. Blickte Len in die Augen und schüttelte ihm feierlich die Hand. »Jetzt bist du der Mann im Haus, bis dein Vater wieder gesund ist.«

»Erschöpfung«, sagte jemand zu ihm. »Krankenurlaub.« – »Zu viel Arbeit.« – »Zu großer Streß.« Es klang nach Mr. Overmeyer. Aber wie kam er hierher, an Matthews Bett? Trieb Florence sie beide dichter aufeinander zu, drängte sie Mr. Overmeyer, näherzukommen, zu Matthew ins Bett zu kommen? Ein überfülltes Bett! Matthew hatte plötzlich eine Idee: Er würde von seinem Bett aus Kunden anrufen. Sehr einfach. Gardie konnte ihm seine Akten rüberbringen, er konnte sich Kissen in den Rücken stopfen und das Telefon benutzen. Eine ausgezeichnete Idee. Er würde sie Mr. Overmeyer vortragen, sobald Mr. Overmeyer mit Reden aufhörte und aufhörte, mit den Händen herumzufuchteln. Warum fuchtelte dieser Mann immer mit den Händen herum! – das gab ihm so was Gewöhnliches. Matthews Mutter hatte immer Gesten angeführt, die die Leute als *gewöhnlich* auswiesen, selbst wenn sie Geld besaßen. Sobald Mr. Overmeyer mit Reden aufhörte, würde Matthew ihm von seinem Plan erzählen: vom Bett aus zu telefonieren. Auf diese Weise würde er weiterhin seine Arbeit tun. Es würde ein hübsches Experiment sein, einmal festzustellen, wieviel Autos er dabei verkaufen konnte, per Telefon. Vielleicht würde man darüber in der *Ford Times* berichten.

Das zerwühlte Bett. Der Geruch. Vicky mußte sich vorstellen, daß er sie bis in die Schule begleitete. Mutter mußte in einen Laden für Krankenhausbedarf gehen und eine Bettpfanne kaufen. Die Jüngsten von uns wurden von dem Krankenzimmer ferngehalten. Wir lungerten unten rum und sahen uns den ganzen Tag Zeichentrickfilme im Fernsehen an. Laut genug, daß sie im ganzen Haus zu hören waren. In der Schule mußte Vikky an dieses teigige Gesicht denken, an die seltsamen dunklen Höhlen, in denen seine Augen saßen, die schlaffen Lippen, den raspelnden Atem, die Bettpfanne, die ins Klo geleert wurde, das Flüstern, an Mutters fahrige Hände und Augen, den Fernsehapparat und die endlosen Zeichentrickfilme, den Geruch, der in ihren Klei-

dern hing und nicht rausgehen wollte ... sie mußte sich entschuldigen und in die Toilette laufen, wo sie sich zum zweiten Mal an diesem Tag übergab.

Ronnie haßte den Tag, an dem gesammelt wurde. Inzwischen wußten viele Leute über Vater Bescheid: hingeworfene hinterhältige kleine Fragen, mit dem Geld in der Hand, so daß Ronnie nicht wegkonnte, immer die Fragerei, ob »es zu Hause schon wieder besser gehe ...«

Zum Teufel mit ihnen, dachte Ronnie.

Zum Teufel mit seiner Schwester Vicky, die sich im Bad übergab.

Zum Teufel mit den Kleinen, die immer kicherten oder losheulten.

Zum Teufel mit Len, der jeden rumkommandierte.

Zum Teufel mit Mutter.

Zum Teufel mit Vater: Soll er doch stinken.

Seine Mutter kam ihn besuchen, dieses edle, verwüstete Gesicht, diese derben grauen Haare. Sie mußte ihm einige Neuigkeiten zu erzählen haben. Aber ihre Worte ergaben keinen Sinn. Warum kam Florence nicht näher heran, warum brachte Florence seine Mutter nicht dazu, sich deutlicher auszudrücken? Er konnte ihren Worten keinen Sinn entnehmen, nein. Sein ganzes Leben lang hatte er diese Worte gehört: *Matthew! Du gehörst mir! Mein Sohn!* Aber jetzt entzogen sie sich ihm. Sie war nur Zentimeter entfernt. Sie war vielleicht gekommen, um ihn daran zu erinnern, daß er nicht nur ein Vater war, sondern auch ein Sohn, er war seit sechsundvierzig Jahren ein Sohn und konnte dieser Tatsache nicht entrinnen, sich nicht in seinem übelriechenden Kokon verstecken. Nein. Aber er konnte sie nicht hören. Er hätte weinen können: Warum beugte sie sich so dicht über ihn?

Mutter, Len und Vicky fütterten ihn. Der Doktor zeigte ihnen wie. Wir andern mußten unten bleiben. Wir zankten uns. Tommy warf sich herum. Ronnie kreischte: »Verdammt, du kleines Miststück! Ich könnte dich umbringen!« Vater oben, sabbernd. Am besten, man gibt ihm Babynahrung, sagte Dr. Crane. Warum nicht! Er spuckte das Essen ja nicht aus, nur manchmal kam es von allein wieder raus.

Ronnie sagte: »Ich stecke das ganze Bett in Brand. Mache diesem dicken Wurm Beine, und zwar schnell!« Len boxte ihn vor die Brust. Sie prügelten sich, fielen nach hinten gegen die Wand, Ronnie kicherte und leckte sich das Blut, das aus seiner Nase tropfte, ab und begann zu würgen.

Aus der Ferne Kampfgeräusche. Außerhalb der Reichweite seines Betts war die Welt ständig im Zwielicht und in Aufruhr. Kampf – Streit – Vibrationen von wütenden Schritten – Weinen – das Klingeln des Telefons. Zwei Gestalten, die am Fußende seines Betts stehen, ernst reden. War das seine Frau? War das der Arzt? Die Welt füllte sich mit Fremden, Leuten, deren Namen er nicht kannte. Hände, die er nicht schütteln konnte. All seine Kunden wurden ihm weggenommen ... vielleicht waren seine Akten schon unter den Verkäufern des Büros aufgeteilt ... Was redeten diese beiden, sprachen sie über ihn? Er strengte sich an, etwas zu hören, er versuchte, sich auf einen Ellbogen zu stützen ...

Einer von uns wartete draußen auf der Veranda. Dr. Crane sagte: Etwas anderes können wir nicht tun. Es wäre gut, wenn Sie die Gelegenheit ergreifen, so lange

sie besteht. Ja, er hat sich bewegt, er schien aufstehen zu wollen, aber dann ist er wieder zurückgefallen ... Aber das ist nicht genug. Er ist sehr krank.« Mutter stolperte über irgend etwas, das Tommy gehörte. Sie weinte wieder.
Mutter, warum hast du so viel geweint! – Kleine blasse Bäche gruben sich in deine Wangen – es dauerte Monate, bis die Sonne sie wieder glättete –
Die Tür hatte sich vergrößert. Die ganze Welt marschierte herein, in sein Zimmer, versuchte, zu ihm ins Bett zu kommen. In den ganzen Jahren waren die Kinder hier hereingelaufen, waren zu ihm und Florence ins Bett gehüpft, was für eine laute kichernde Bande! – aber jetzt kamen Fremde herein. Sie packten ihn fest mit geschickten Händen. Hoben ihn hoch. Sein Körper schmerzte, sein Rückgrat zuckte vor Schmerzen. Jemand sagte: »Na, komm schon. So ist's recht. Okay. Schön. Nimm du seine Füße. Festhalten.«
Er überlegte, ob sie ihn sein eigenes Auto fahren lassen würden. Warum wurde er hinten in das Auto von jemand anderem gelegt? Ein kleiner Laster? Das Auto, das er fuhr, gehörte ihm nicht richtig, er durfte es nur benutzen, er hatte immer neue Autos. Aber jetzt waren seine Beine merkwürdig verkürzt, ganz schlaff. Was war denn los? Wenn man ihn in sein Auto gesetzt hätte, hinters Lenkrad, würde er vielleicht bis runter ans Gaspedal und bis zur Bremse reichen. Sein Herz klopfte schneller bei dem Gedanken, sein Auto selbst zu fahren. Selbst wenn es das letzte Mal wäre, daß man es ihm erlaubte. Er war stolz auf dieses Auto. Seine Söhne waren immer stolz auf die neuen Autos gewesen, die er fuhr, denn die Väter ihrer Freunde hatten nicht so teure Autos. Würden sie daran denken, ihn fahren

zu lassen, würden sie so nett sein? Oder würde er sie darum bitten müssen?

Wir sahen alle zu. Die Tragbahre, die Decken, in die er noch eingewickelt war, dieses Gesicht. Tommy, der ihn schon eine ganze Weile nicht mehr gesehen hatte, sagte: »Das ist nicht Daddy!« Len half den Wärtern mit der Tragbahre. Mutter mußte aus dem Weg gehen, sie sah unsicher und verwirrt aus, als könnte sie nicht begreifen, was vor ihren Augen geschah.

Die Ambulanz fuhr wie ein ganz gewöhnliches Auto davon. Keine Sirene, kein Blaulicht. Bis ans Ende von unserer Straße und auf den Claremont Boulevard, und dann war sie weg. Es kam einem irgendwie nicht richtig vor, daß Vater so still davongefahren wurde.

In der Nacht wachten wir immer wieder auf. War da jemand im Zimmer? Bei uns im Bett? Wir liefen immer wieder zu Mutter ins Zimmer, vor allem Tommy und Sally. Tommy brüllte, bis er Blut in den Augen hatte. Wollte mit den Füßen auf uns rumtrampeln. Er schlug sich mit den Fäusten ins Gesicht. Mutter nahm ihn jede Nacht zu sich, in das neue Bett. Alles war neu daran: ein blankes glattes Kopfteil, eine neue Matratze, neue Kissen, eine neue Sprungfedermatratze, neue Laken. Aber selbst da wachte Tommy noch auf, erschrocken. »War hier jemand im Bett?« Mutter sagte: »Nein.« – »War da nicht jemand?« rief Tommy. Mutter sagte: »Nein.«

Eines Tages kam einer von uns aus der Schule heim und konnte Mutter nicht finden. Er ging durchs Haus und rief: »Mutter? ...« Und dann sah er sie durch das Hinterfenster draußen. Er lief raus, bis nach hinten zum Zaun. Mutter beim Unkrautjäten. Ein heißer, mit Unkraut übersäter Garten, der Geruch von Erde und

Sonne und Pflanzen, und Mutters warmes Kleid, aus lauter gelben und roten Streifen ...
»Mutter? Mutter?« Sie lehnte die Hacke gegen den Zaun und breitete die Arme aus, um ihn an sich zu drücken.

Aus: Joyce Carol Oates, Lieben, verlieren, lieben.
Aus dem Amerikanischen von Charlotte Franke.

Louise Erdrich *Der Sprung des Mutigen*

Ich hab nie viel gewollt, und gebraucht hab ich noch weniger, aber es kam einfach so, daß mir alles auf dem Silbertablett serviert wurde. Ich dachte immer, das käme daher, daß ich ein Kashpaw bin. Unsere Familienmitglieder als letzte erbliche Führer dieses Stammes waren geachtet. Aber hier in der Gegend starben die Kashpaws aus, die Leute vergaßen sie, und immer noch bekam ich Angebote.

Was für Angebote? Fragt nur ...

Jobs zum einen. Ich war kaum aus der Schule, und meine Ohren klangen noch vom Football-Spielen in Flandreau, da war das erste, was sie sagten: »Nector Kashpaw, geh in den Westen! Hollywood braucht dich!« Damals drehten sie jede Menge Western. Ich rede nicht oft davon, aber sie heuerten Leute für eine Szene in South Dakota an, und dieser Talentsucher pickte mich aus der ganzen Abschlußklasse raus. Seine Gesellschaft warb Statisten für die Planwagenszenen an. Wegen meiner Größe wurde ich für die Rolle des größten Indianers angeheuert. Die wußten aber wohl nicht, daß ich ein Kashpaw war, denn ich mußte gleich am Anfang sterben.

»Greif dir an die Brust. Fall vom Pferd«, befahlen sie mir. Und das war's schon. Der Tod war das Äußerste an indianischer Schauspielerleistung, was im Kino gefragt war.

Also dachte ich mir, daß es vollkommen ausreicht, das eine Mal zu sterben, daß man in seinem Leben nun mal sterben muß, und zog Leine. Ich sprang auf einen Zug, fuhr runter in den Weizengürtel und ging dreschen. Auch da kriegte ich Angebote. Die Jobs fielen mir nur so in den Schoß. Ein Jahr lang hab ich da gearbeitet. Ich überlegte schon, noch länger zu bleiben, aber da bekam ich einen Antrag, der mich auf immer aus Kansas vergraulte.

Unten in der Stadt lief ich so einer alten, reichen Frau über den Weg. Sie ließ ihr Auto anhalten, als sie mich vorbeigehen sah.

»Frag den Häuptling, ob er für mich arbeiten will«, sagte sie zu ihrem Mann da vorne drin. Ihr Mann, der ein ehemaliger Büffelsoldat war, tat es.

»Um was geht's denn?« fragte ich.

»Ich möchte, daß er mir für mein Meisterwerk Modell steht. Sag ihm, alles was er tun muß, ist stillhalten und sich von mir malen lassen.«

»Klingt ziemlich einfach.« Ich schlug ein.

Der Lohn war 50 Dollar. Ich ging zu ihr nach Hause. Sie gaben mir etwas zu essen, und später schickten sie mich dann zu ihrer Scheune rüber. Ich ging rein. Als ich sie sah, in ihrem weißen Mantel und mit einem Hut wie einem kleinen schwarzen Pfannkuchen auf dem Kopf, tat sie mir leid. Sie war ein altes Wrack mit schiefen Zähnen. Sie stellte mich auf einen Holzblock, und dann sagte sie zu mir: »Legen Sie ab.«

Noch keiner hatte jemals so einfach zu mir gesagt, daß

ich mich ausziehen soll. Also tat ich, als ob ich nicht verstünde. »Was soll ich legen?« fragte ich.
»Legen Sie ab«, wiederholte sie. Ich stand da und guckte verwirrt. »Die und bemitleidenswert!« dachte ich. Da fing sie an, es vorzumachen, indem sie an ihren Knöpfen riß. Ich war schon drauf und dran, hinzugehen und ihr zu helfen, da sagte sie, nah am Brüllen: »Ziehn Sie sich aus!«
Natürlich wollte sie mich ohne einen Fetzen Stoff am Leib malen. In ihrer Scheune hingen eine Menge Nacktbilder. Ich wollte nicht. Sie bot mir Geld an, und noch mehr Geld, bis es schließlich so viel war, daß ich meine Würde vergessen mußte. Und so kriegte ich von dieser Frau runde 200 Dollar dafür, daß ich stocksteif in einer Windel dastand.
Später, als sie mir das Bild zeigte, konnte ich es nicht glauben. *Sprung des Mutigen* war der Titel. Noch später sollte dieses Bild berühmt werden und sogar in Bismarck im Parlamentsgebäude hängen. Da war ich also, wie ich von einer Klippe sprang, natürlich nackt, hinunter in einen Fluß voller Felsen. Der sichere Tod. Kennt ihr noch diesen Spruch von Custer? Nur ein toter Indianer ist ein guter Indianer? Also, nach all meinen Erfahrungen mit den Weißen würde ich dem Spruch noch hinzufügen: »Nur ein toter Indianer oder einer, der rückwärts vom Pferd fällt und dabei stirbt, ist ein interessanter Indianer.«
Als ich sah, daß die große, weite Welt nur an meinem Verderben interessiert war, zog ich wieder nach Hause, im hintersten Wagen von einem Zug. Auf der langen Fahrt kam eines Nachts der Mond in den Güterwagen. Frost lag in der Luft. Da dachte ich an das Bild und wußte, daß Nector Kashpaw die bedauernswerte reiche

Frau, die ihn gemalt hatte, an der Nase herumführen und das wütende Wasser überleben würde. Ich würde den Atem anhalten, wenn ich eintauchte, und mich von der Strömung an die Oberfläche tragen lassen, um die scharfen Felsen herum. Ich würde nicht dagegen kämpfen, und so würde ich ans Ufer gelangen.

Wieder zu Hause schien es eine Weile, als ob es auch so laufen wollte. Alles war ruhig. Ich wohnte bei meiner Mutter und Eli in dem alten Haus, ging jagen, streifte herum oder hackte ein bißchen Holz. Ich mußte immer an das einzige Buch denken, das ich in der High-School gelesen hatte. Aus irgendeinem Grund wollte der Priester in Flandreau die ganzen vier Jahre lang kein anderes Buch durchnehmen als *Moby Dick*, die Geschichte des großen weißen Wals. Das Buch kannte ich in- und auswendig. Ich hatte sogar ein Exemplar in der Schule geklaut und es in meinem Koffer mit nach Hause genommen.

Das führte zu einem weiteren berühmten Mißverständnis.

»Immer liest du dieses Buch«, sagte meine Mutter einmal. »Was steht denn da drin?«

»Die Geschichte von dem großen weißen Wal.«

Sie konnte es nicht glauben. Nach einer Weile sagte sie: »Ach, wollen die Weißen jetzt auch noch einen Wall bauen?«

Ich erzählte ihr, daß der Wal ein Fisch und so groß wie unsere Kirche sei. Auch das glaubte sie nicht. Aber wie sollte sie auch.

»Nenn mich Ishmael«, sagte ich manchmal, nur zu mir selbst. Denn er hatte das große weiße Ungeheuer überlebt, so wie ich aus dem Bild der reichen Dame entkommen war. Er ließ sich mit dem Sarg vom Wasser nach oben tragen. Ich hatte mich in meinem Leben bisher auch so treiben lassen und war nach oben gekommen wie er. Aber der Fluß war noch nicht fertig mit mir. Ich trieb zwar durch die ruhigen, lieblichen Stellen, aber irgendwo teilte sich der Fluß.

Dabei habe ich die anderen Angebote, die ich fortwährend bekam, noch gar nicht erwähnt. Dabei ging's nämlich um Bonbons, um süße Bonbons zwischen den Bettlaken. Da gab es Mädchen wie frische Sahnebonbons, hartgewordene saure Drops von verheirateten Damen, reiche Marshmallow-Witwen und sogar einen Mann, Steinsalz und Gerstenzucker in einem Dschungel von Unkraut. Ich tat nie etwas, um diese Angebote herbeizuführen. Sie ergaben sich einfach. Ich überlegte nie lange. Und dann verliebte ich mich richtig.

Lulu Nanapush war es, die mich gierig machte.

Im Internat, als wir noch Kinder waren, war ich zu ihr wie zu einer Schwester und teilte im Bus meine Erdnußbutter- und Sirupbrote mit ihr, damit sie nicht mehr weinte. Ich nahm sie ins Schlepptau, wenn ich in die Stadt ging. Im Kino kaufte ich ihr Lakritze. Dann wuchsen wir entfernt voneinander auf, und schließlich kam ich heim und sah sie am Freitagabend in der Menge tanzen. Sie tanzte mit zwei anderen Männern den Butterfly. Als ich sie sah, wußte ich zum erstenmal genau, was ich wollte. Wir fingen beide Feuer. Wir trafen uns hinter dem Tanzsaal und küßten uns. Ich wußte, daß ich mehr wollte von diesem süßen Geschmack auf ihrem Mund. Ich wurde selbstsüchtig. Wir flogen einander mühelos in die Arme.

Dann tauchte Marie auf, und das ist das, was ich einfach nicht verstehen kann: wie kann sich der Verlauf deines Lebens auf einen Schlag so ändern?

Ich weiß nur, daß ich den Klosterhügel raufging mit der Absicht, dort Gänse zu verkaufen, und daß ich den Hügel wieder runterkam und die Gänse immer noch am Arm hatte. Neben mir ging ein junges Mädchen mit einem Mundwerk wie ein Puff, obwohl sie unschuldig war. Sie ließ mich nur widerwillig ihre Hand halten. Aber ich hätte die Hand ums Leben nicht losgelassen und sie allein gehen lassen.

Sie schmeckte bitter. Ich sehnte mich nach diesem Unterschied, nach all den Jahren der leichten Süße. Aber ich hatte immer noch Lust auf Bonbons. Ich konnte von beidem nie genug kriegen, und das war mein Problem und der Grund, daß ich noch lange nach der Gabelung in meinem Leben weiter an Lulu dachte.

Nicht, daß ich viel Zeit zum Denken gehabt hätte, als die Ehejahre dann einsetzten. Ich habe jedes einzelne unserer Babys gern gehabt, aber manchmal mußte ich sie auf beiden Armen jonglieren und verlor den Halt. Wir beide verloren den Halt, Marie und ich. In einem Jahr starben zwei, ein Junge und ein kleines Mädchen. Es kam eine lange Stille, eine schreckliche Stille, bevor dann wieder überall Babys auftauchten. Als es wieder mit ihnen losging, waren sie überall im ganzen Haus. Unten in Schränken, in der Kommode, in Ausrollbetten. Hobst du eine Decke hoch, schon schrie darunter ein Bündel los. Ich verlor den Überblick darüber, welches unsere waren und welche Marie aufgenommen hatte. Es half ihr, daß sie sie aufnahm, nachdem unsere beiden anderen gestorben waren. Und es ging weiter so. Die Jüngsten schliefen zwischen uns, im Bett unserer Wonne, also kletterte ich über sie weg, um noch mehr davon zu machen. Es schien, als gäbe es kein Ende.

Manchmal machte ich mich davon. Ich mußte Abwechslung haben. Ich ging saufen, und Marie machte mir die Hölle heiß. Nach ein paar Jahren fingen die Babys an herumzulaufen, aber das bedeutete nur, daß sie Schuhe an den Füßen brauchten. Ich fügte mich. Ich legte mich ins Geschirr. Ich blieb viele Jahre lang darin und schaute kaum noch auf, um zu sehen, wie die Welt sich vorbeidrehte, voller Wunder und Wesen, während ich beim Heuballenpacken für weiße Farmer alt und grau wurde.

Im Nu verging so viel Zeit, daß es mich immer noch wundert. Viel Wasser lief den Berg runter, wie es immer heißt. Vielleicht waren es Stromschnellen, ein Wirbel, der mich so geschwind davontrug, daß ich nicht seitwärts schauen konnte, sondern meine Augen auf das trainieren mußte, was mir entgegenkam. Siebzehn Jahre Ehe und ein Kommen und Gehen von Kindern.

Und dann war es, als ob der Fluß stehenblieb.

Vielleicht hab ich meinen Blick zu schnell von der Strömung genommen. Vielleicht hatte mich die schnelle Bewegung der Zeit schwindlig gemacht. Ich erschrak. Ich erinnere mich an den Tag, an dem es passierte. Ich saß auf den Stufen und flickte gerade einen Topf von Marie, der kaputt war, als alles still wurde. Die Kinder hörten auf zu schreien, Marie hörte auf zu schelten. Die Babys schliefen. Die Kühe kauten. Die Hunde streckten sich in der Hitze der Länge nach aus. Nichts bewegte sich. Kein Blatt, keine Glocke, kein Mensch, kein Laut. Es war, als sei sogar die Luft in sich zusammengefallen.

In dieser Stille hob ich den Kopf und sah mich um.

Und ich sah, wie die Zeit verging, wie die Minuten sich

hinter mir anhäuften, noch bevor ich aus ihnen das Leben herausgepreßt hatte. Das ging so schnell, will ich damit sagen, daß ich selbst immer noch im Mittelpunkt saß. Die Zeit raste um mich herum wie Wasser um einen großen, nassen Felsen. Mit dem einzigen Unterschied, daß ich nicht so dauerhaft wie Stein war. In Kürze würde ich abgeschliffen sein. Es hatte schon angefangen.
Ich legte die Hand auf mein Gesicht. Ich war weniger geworden, weniger Muskeln, weniger Haare, ein weniger hartes Kinn, weniger von dem, was da unten immer vor sich ging. Weniger Angebote. Das war 1952, und ich hatte getan, was erwartet wurde – Kinder gezeugt, als Stammesvorsitzender amtiert. Darauf lief es hinaus. Und laßt euch von Letzterem nur keinen Sand in die Augen streuen. Der Einstieg in die heiße Lokalpolitik brachte geringen Lohn und keinen Dank. Dabei hab ich nicht einmal für das Amt kandidiert. Jemand schrieb meinen Namen auf die Wahlzettel, und in der Nacht, in der ich den Posten annahm, wurde ich fast im Handumdrehen weniger. Im Schlaf wuchsen mir graue Haare. Am nächsten Morgen hingen sie in den Kammzinken.
Weniger und weniger, bis ich 1952 auf meiner Treppe saß und dachte, daß ich wenigstens das festhalten sollte, was ich noch hatte.
In diesem Zustand war ich, als ich anfing, an Lulu zu denken. In Wahrheit war ich nie über sie weggekommen. Ich dachte daran zurück, wie geschwind wir uns beide auf die weiche Umarmung zubewegt hatten, bevor sich alles verhedderte und ich weitergespült wurde. Vor meinem geistigen Auge sah ich ihre Arme sehnsuchtsvoll ausgestreckt, während ich in die blaue Ferne der Ehe entschwand. Obwohl das ohne jede Anstren-

gung meinerseits passiert war, würde ich, um jemals zurückzukommen, gegen den Strom der Zeit schwimmen müssen.
Ich schüttelte meinen Kopf, um ihn klar zu kriegen. Die Kinder fingen an zu schreien, Marie schimpfte, die Babys flennten, die Kuh stampfte und die Hunde jaulten. Der Augenblick der Stille war vorbei; er war kurz gewesen, aber als ich von der Treppe aufstand, war ich tatsächlich verändert.
Ich stellte den reparierten Topf auf den Tisch, nahm meinen Hut vom Haken, ging raus und fuhr mit meinem Pritschenwagen in die Stadt. Mein Gehirn sandte jene Art von flachem Schmerz aus, der normalerweise eine ausgedehnte Sauferei ankündigte, und dabei war mir gar nicht danach zumute.
Als ich dann in der Stadt war und beim Stammesbüro vorfuhr, kam Besaufen ohnehin nicht mehr in Frage. Ein Notstand war eingetreten.
Und an diesem Punkt verschlingt und verwirrt sich der Lauf der Ereignisse wieder.

Es ist Juli. Die Sonne ist ein grimmiger weißer Ball. Zwei riesige Kühlanhänger der Firma Polar Bear Refrigerated stehen im Hof der Dienststelle, und was, glaubt ihr, haben sie geladen? Butter. Jawohl. Siebzehn Tonnen Überschußbutter, am heißesten Tag des Jahres 1952. Nichts Geringeres als das ist vonnöten, um mich mit Lulu zusammenzuführen.
Zufall. Ich steh da und streite mich mit den Fahrern rum, die die Butter ausladen wollen, als Lulu vorbeifährt. Ich seh sie, wie sie langsam und stoßfrei auf der Luxusfederung ihres Nash Ambassador Custom vorbeisegelt.

»He, Lulu!« schreie ich und winke sie in den kahlen, heißen Hof. »Hättest du ein paar Stunden Zeit?«
Sie rollt ihre Scheibe runter und sagt, vielleicht. Seit unseren Jugendtagen ist sie kühl und von oben herab. Ich denke an nichts anderes, als die Butter auszuliefern, das schwöre ich. Und doch, als sie aussteigt, ich kann nichts dafür, fällt mir eine interessante Besonderheit an ihrem Kleid auf. Sie dreht sich zur Seite. Ich sehe, daß es ihren ganzen Rücken hinunter geknöpft ist. Die Knöpfe sind klein, viereckig, massiv, wie die Pfefferminzpastillen, die in noblen Restaurants neben der Kasse angeboten werden.
Ich bin in der Hauptstadt der Nation gewesen. Dort hab ich gelernt, daß Tabakausspucken mißbilligt wird. Um mir das Tabakkauen abzugewöhnen, hab ich angefangen, mir Zigaretten selbst zu drehen. Deshalb hab ich das Zeug dafür in der Tasche, und ich dreh mir rasch eine, um mich von der Frage abzulenken, ob diese Knöpfe da, wo sie draufsitzt, wohl weh tun.
»Dein Auto ist klimatisiert?« frag ich. Sie sagt ja. Dann äußere ich eine Bitte, höflich und natürlich, ob sie mir helfen könne, diese Fünfzig-Pfund-Kisten Überschußbutter auszufahren, die todsicher schmilzt und ausläuft, wenn man sie in der Hitze stehen läßt.
Sie seufzt. Sie schaut verärgert. Hinten im Nacken ist ihr Haar kräuselig. Für sie ist Nector Kashpaw eine Plage. Sie sieht nichts aus ihrer Jugend an ihm. Er ist stumpf geworden. Steif. Kaum zu glauben, denkt sie, was er früher mal aufs Parkett gelegt hat. Sogar in seinen Augenbrauen ist schon ein wenig Grau drin. Kaum zu glauben, daß die Mädchen ihm mal nachgelaufen sind.

Aber schließlich braucht er ihre Klimaanlage, also was soll's? Das les ich in ihrem Achselzucken.
»Lad ein«, sagt sie.
Also wird das Auto vollgeladen, ich schieb mich auf den Beifahrersitz, und wir fangen an, die Butter auszufahren. Wir machen es nicht nach einem bestimmten System, denn dies ist eine unerwartete Lieferung. Sie fährt in einen Hof, und ich zieh eine Kiste raus, oder zwei, wenn die Leute Platz haben. Zwischen den Lieferungen sprechen wir nicht.
Jedesmal wenn wir wieder in den Hof der Dienststelle fahren, um neu zu laden, ist weniger Butter in den Anhängern. Die Leute haben davon gehört und kommen selbst, um sich die Kisten abzuholen. Es scheint erstaunlich, aber die ganze Ladung verschwindet schnell, zu schnell, denn immer noch ist zwischen mir und Lulu im Auto kein Wort gewechselt worden. Der Nachmittag hat sich zu seiner schlimmsten Temperatur aufgeheizt, so wird es mehrere Stunden bleiben. Das Auto ist innen glatt, weich gepolstert und kühl. Ich steige ungern aus, wenn wir in die Höfe fahren, Lulu lächelt und spricht mit den Leuten, die aus ihren Häusern kommen. Sobald wir allein sind, verstummt sie allerdings und summt eine Melodie, die sie im Radio gehört hat. Ich versuche mehrere Male durchzukommen.
»Es tut mir leid mit Henry«, sage ich. Ihr Mann ist auf den Bahnschienen verunglückt. Ich hatte nie Gelegenheit gehabt, zu sagen, daß es mir leid tat.
»Er war ein guter Mann.« Das ist die einzige Antwort, die ich bekomme.
»Wie geht's deinen Söhnen?« frag ich später. Ich weiß, daß sie eine ganze Menge hat, aber man würde es nie denken. Sie kommt einem so jung vor.

»Gut.«
In der Verzweiflung sage ich, daß sie eine Petunienrabatte hat, auf die viele Nachbarn weit und breit neidisch sind. Marie hat sie oft erwähnt.
»Meine Petunien«, sagt sie zu mir mit ausdrucksloser Stimme, »gehen dich überhaupt nichts an.«
Da ist mir für eine Weile das Maul gestopft. Ich verstehe, daß es zwecklos ist. Was immer ich tue, es ist jedenfalls nicht das, was sie will. Und die Wahrheit ist, ich weiß selbst nicht, was ich mir davon verspreche. Vielleicht nur einen Hinweis darauf, daß ich, Nector Kashpaw, mittelalter Butterausfahrer, einmal der junge Mann mit den harten Muskeln war, der sie vor so langer Zeit erregt und entflammt hat.
Wie sich jedoch herausstellt, bekomme ich sehr viel mehr. Nicht wegen irgend etwas, das ich tue oder sage. Es ist viel unerklärlicher.
Wir fahren zurück zur Geschäftsstelle nach der letzten Ladung, nur noch zwei Kisten auf dem Rücksitz, meine Kiste und ihre. Seit den Petunien hat sie nicht einmal mehr vor sich hin gesummt. Darum bin ich mehr als überrascht, als sie in einem plötzlichen Ausbruch sagt, wie schön es wäre, rauf zum Aussichtspunkt zu fahren und den Blick zu genießen.
Jetzt bin ich der Zauderer.
»Ich muß heim«, sage ich, »mit dieser Butter.«
Aber sie biegt einfach ab, rauf auf den Hügel. Ihre Haut glüht, als sei leuchtendes Gold unter ihrer Bräune. Ihr Haar ist trocken und elektrisch. Ich habe gehört, als sie jemandem erzählt hat, wo wir hielten, daß sie keine Zeit gehabt hat, es einzudrehen. Die Dauerwellenkräusel schießen hier und dort über ihre Stirn heraus. An mancher Frau würde das komisch ausse-

hen, aber an Lulu sieht es schick aus, wie ihre winzigen Kristall-Ohrringe und das französische Rouge auf ihren Wangen.

Ich vergleiche sie nicht mit Marie. Das würde ich nicht tun. Aber wie ich mich nach Lulu sehne, ganz plötzlich, das ist schrecklich und traurig.

»Ich glaub, wir sollten das nicht«, sage ich zu ihr, als wir anhalten. Die Schatten strecken sich glatt und blau aus den Bäumen.

»Sollten was?«

Sie dreht sich zu mir, ihr Mund ist ein festes, glänzendes Dreieck, ihre Wangenknochen sind hoch und ausgeprägt, ihr Kinn ein kleiner Kelch, ihre Augen funkeln, und sie beobachtet.

»Hier sitzen«, sage ich, »so allein.«

»Meine Güte«, sagt sie, »ich beiß doch nicht. Ich wollte ja nur die Aussicht genießen.«

Dann tut sie genau das. Sie setzt sich zurück. Sie legt ihren Arm aus dem Fenster. Die Luft ist mild. Sie schaut hinunter auf das Gewirr aus Bäumen und Sumpf. Dann macht sie die Augen zu.

»Das ist eine verdammt schöne Stelle«, sagt sie. Ihre Stimme ist undeutlich und zufrieden. Sie scheint nicht mehr böse auf mich zu sein, und deshalb kann ich das fragen, von dem ich gar nicht wußte, daß ich es die ganze Zeit fragen wollte. Es überrascht mich, als es mir von den Lippen kommt.

»Verzeihst du mir?«

Sie antwortet nicht gleich, was gut ist, weil ich mich erst daran gewöhnen muß, daß ich es gesagt habe.

»Vielleicht«, sagt sie schließlich, »aber ich bin nicht mehr dasselbe Mädchen.«

Ich will gerade sagen, daß sie sich nicht verändert hat,

da merke ich, wie *sehr* sie sich verändert hat. Sie ist jetzt bei weitem klüger als ich, wenn sie versteht, daß sie anders ist.
»Ich bin jetzt auch anders«, kann ich zugeben.
Sie sieht mich an, und dann passiert etwas Wunderbares mit ihrem Gesicht. Es öffnet sich, wie wenn eine Blume ganz plötzlich aufblüht oder der Mond hinter einer Wolke hervorkommt. Sie lächelt.
»Dann wird deine Butter also schmelzen«, sagt sie, und dann lacht sie laut hinaus. Sie langt auf den Rücksitz und holt ein Stück hervor. Es ist in Wachspapier eingepackt, zerdrückt und weich, aber noch frisch. Sie schmiert mir etwas davon ins Gesicht. Ich bin so überrascht, daß ich einen Augenblick nur dasitze und mir blöd vorkomme. Dann reib ich mir die Butter von der Wange. Ich nehm ihr das Stück aus der Hand und leg es aufs Armaturenbrett. Als wir uns gegenseitig anfassen und küssen, ist Butter an unseren Händen. Sie geht ab, während wir uns berühren und uns dann gegenseitig die Kleider ausziehen. All diese Knöpfe! Ich sag, sie soll sich umdrehen, damit ich keine abreiße, dann knöpfe ich sie vorsichtig auf
»Du bist wirklich anders«, stimmt sie jetzt zu, »besser.«
Ich will nicht, daß sie noch etwas sagt. Ich sag, sie soll stilliegen. Ruhig sein. Ich lasse die Rückenlehne mit dem Hebel nach hinten. Ich weiß, wie es geht, weil ich es mir vorher, während wir fuhren, überlegt habe. Aber das, was passiert, habe ich nicht geplant. Wie hätte ich das planen können? Wie hätte ich wissen können, daß ich die Butter vom Armaturenbrett nehmen würde? Ich reib ihr eine Handvoll über das Schlüsselbein, dann umkreise ich ihre Brüste, dann lasse ich die Butter zwischen ihnen hinabgleiten und über die rauhen

kleinen Spitzen. Ich reibe Butter in einem Kreis auf ihren Bauch.
»Du siehst hübsch aus so«, sag ich. »Richtig geschmiert.«
Sie lacht, liegt da und faßt an die Stellen, wo ich mehr hintun soll. Ich tu es. Dann führt sie mich mit ihren Händen nach vorn in ihren Körper.

Um Mitternacht saß ich in meinem Pritschenwagen in jener Nacht im Juli. Ich war überrascht, erschöpft, mehr als nur ein bißchen erschrocken über das, was wir getan hatten, und es ging mir so gut. Ich fühlte mich gelöst und stark in der dunklen Brise, als ich nach Hause donnerte und die kalte Luft mir den Schweiß durch die Kleider saugte und meine Adern voll waren mit warmem, süßem Wasser.
Als ich in unsere Straße einbog, sah ich die Lampe noch leuchten. Das bedeutete, daß Marie wahrscheinlich noch aufsaß, um dafür zu sorgen, daß ich draußen im Schuppen schlief, falls ich betrunken war.
Ich ging hinein und ließ das Fliegengitter leise hinter mir zuquietschen.
»Hallo«, flüsterte ich und hoffte, mich in das dunkle Zimmer nebenan verdrücken und mich im Bett verstecken zu können. Sie saß am Küchentisch und las in einem alten Katalog. Sie schaute nicht von den Bildern auf
»Hungrig?«
»Nein«, sagte ich.
Sie merkte schon an meinem Gang oder am Klang meiner Stimme, daß ich nicht getrunken hatte. Sie schlug ein paar Seiten um.
»Schau dir diese Waschmaschine an«, sagte sie. Ich

beugte mich näher, um sie mir anzusehen. Marie sagte, ich stänke wie ein Butterfaß. Ich erzählte ihr von den 17 Tonnen schmelzender Butter und wie ich sie seit dem frühen Nachmittag herumgehievt hatte.
»Und drin rumgeschwommen bist du, was?« sagte sie mit einem Blick auf meine Kleider. »Wo ist unsere?«
»Was?«
»Unsere Butter.«
Ich hatte sie in Lulus Auto vergessen. Meine Zunge versagte. Ich war sprachlos, als ich meine plötzliche Schuld erkannte.
»Du hast sie vergessen.«
Sie knallte den Katalog hin und löschte die Lampe.

Ich hatte Arbeit als Nachtwächter in einer Fabrik für Wohnwagenkupplungen. Fünfmal in der Woche ging ich hin und saß in der Pförtnerloge. Die halbe Nacht war ich mit dem Besen zugange oder pusselte an anfallenden Reparaturen. Die andere Hälfte döste ich, schrieb meine Berichte vom Stammesrat und machte gelegentlich die Runde. In der sechsten Nacht der Woche ging ich von zu Hause weg wie gewöhnlich, aber sobald ich zu der Straße kam, in der Lulu Lamartine wohnte, bog ich ab. Ich versteckte das Auto in einer Lichtung im Gebüsch. Dann ging ich in der Dunkelheit die Straße zu ihrem Haus hinauf.
In dieser sechsten Nacht war es, als ließe ich meinen Körper am ruhenden Lenkrad des Pritschenwagens zurück und bezöge einen anderen, jugendlicheren. Ich bewegte mich, hexte Wasser. Ich war voller Untiefen, schoß in Stromschnellen dahin. Wenn ich in ihr Schlafzimmerfenster kletterte, stieg ich an. Ich war eine Flut, die an Brücken fraß. Unhaltbar. Ich rauschte in Lulu

hinein, und das Wunder war, daß sie mich halten konnte. Sie konnte mich halten, ohne nachzugeben. Oder sie konnte mit mir fließen, sich in Wasserflächen und schlängelnden Wellen entfalten.
Ich konnte mich winden wie ein Seil. Ich konnte unter der Oberfläche verschwinden. Ich konnte zum Halten kommen, und Lulu war in jedem Augenblick da, nur sie; und keine Babys, auf die man aufpassen mußte, waren irgendwo in die Decken gewickelt.
Und so ging das fünf Jahre lang.
Wie ich es schaffte, zwei Leben zu leben, war ein Meisterstück von beträchtlichem Ausmaß. Die meiste Zeit bewegte ich mich in einem trüben Nebel von purer Müdigkeit. Ich schlief in all den Jahren nicht einen einzigen Morgen aus, denn überall hatten sich Babys verkrochen, die so eingestellt waren, daß sie ihr Gekreisch immer in dem Moment losließen, wenn ich anfing einzudösen. O ja, Marie nahm immer noch Babys auf. Wie bei der Butter gab es im Reservat einen Überschuß an Babys, und wir schienen von Zeit zu Zeit unerwartete Schiffsladungen zu bekommen.
Ich wurde nervös, und das war kein Wunder, bei all diesen Forderungen, die auf mir lasteten. Und was Lulu anging, so wurde das, was sorglos und unregelmäßig begonnen hatte, zu einer uhrwerkartigen Präzision an Zeiteinteilung. Ich mußte haargenau in der Nacht Nummer 6 kommen, mußte weggehen, eben bevor es dämmerte, und dazwischen alles an Vergnügen geben und nehmen, was aufzubieten ich imstande war.
Je öfter ich Lulu sah, um so deutlicher merkte ich, daß sie nicht dem unerforschlichen Land des Nash Ambassador angehörte, sondern wirklich existierte, eine Frau wie Marie, mit einer langen Liste von Dingen, die man

ihr tun oder zu ihr sagen mußte, damit sie zufrieden war.
Nun mußte ich die Listen von beiden abhaken, von Lulu und Marie. Ich hatte meine Schwierigkeiten, auseinanderzuhalten, was die beiden jeweils wollten und wann.
Eine Sache passierte noch in dieser Zeit, und zwar gebar Lulu ein Kind.
Als sie das Kind trug, da merkte ich, daß diese Frau nicht nur von dieser Welt war, sondern auch haargenau wußte, was sie wollte. Zum Beispiel gab sie nie zu, daß sie schwanger war.
»Ich setz Speck an.« Sie schnalzte mit der Zunge und tätschelte sich den Bauch, der hoch und rund war, während alles übrige an ihr schlank blieb.
Eines Nachts, als ich Lulu ganz dicht an mich drückte, spürte ich, wie das Baby sich bewegte. Sie sagte nichts, lächelte nur. Ihre weißen Zähne glänzten in der Dunkelheit. Sie schnappte spielerisch nach mir wie ein Tier. So brachte sie mich davon ab, zu fragen, ob das Kind von mir sei. Ich war eifersüchtig auf Lulu, und das wußte sie. Ich war eifersüchtig, weil ich sie nicht kontrollieren und mich nie darauf verlassen konnte, wo sie gerade steckte. Ich wußte, was für ein quicklebendiges, süßes Fleisch sie war.
Und trotzdem konnte ich nicht von ihr verlangen, treu zu sein, weil ich es auch nicht war. Ich hinterging Lulu durch meine Ehe mit Marie und natürlich umgekehrt. Lulu hielt mich straff an diesem Strick, während sie unabhängig herumwirbelte. Mit wem sie sich traf, was sie tat, ich werde es nie in Erfahrung bringen. Aber ich finde wirklich, der Junge sah aus wie ein Kashpaw.

Viele Male versuchte ich, die Zeit noch einmal anzuhalten, indem ich mir ein ruhiges Plätzchen suchte und mich dort hinsetzte. Aber in dem Moment, in dem ich mich auf die Ruhe einließ, an einen Baum gelehnt oder im geparkten Auto, oder wenn ich bei den Kühen saß oder einfach nur auf einem Stein rauchte, brachen unzählige Einzelheiten aus Liebe und Politik über mich herein. Es war, als hätte ich mein Bewußtsein leergeschöpft, nur damit sich ein neuer Schwall von – sagen wir mal den letzten Stammesneuigkeiten hinein ergießen konnte.

Die Chippewa-Politik war mir ein Pfahl im Fleisch. Ich habe nie um den Vorsitz oder – wenn man's genau nimmt – überhaupt je um etwas gebeten, und trotzdem saß ich mitten drin in der brodelnden Politik. Ich ging nach Washington. Ich redete mit dem Gouverneur. Ich mußte kämpfen wie ein Wiesel, aber ich kämpfte mit einer auf dem Rücken festgebundenen Pfote, und das kam von dem Gezanke um eine neue Waschmaschine für Marie.

Eine Zeitlang wollte Marie damals nur eine Sache, die ich ihr geben konnte. Keine Liebe, keinen Sex, nur einfach eine Waschmaschine mit eingebauter Schleuder. Ich konnte es ihr nicht übelnehmen, bei all den Windeln und den Arbeitshosen und Hemden. Aber unser kleiner Geldvorrat war immer aufgebraucht, bevor auch nur an eine Anzahlung dafür zu denken war.

Dieses Gerangel und Gezerre ging ohne Unterlaß weiter. Es war schlimmer als damals, bevor ich innegehalten und die Butter vom Armaturenbrett genommen hatte. Lulu verbrauchte mich, während sie mir gleichzeitig meine Jugend zurückbrachte. Ich lebte hastig und heftig, wurde so rasant von der Arbeit nach Hause, zur Arbeit, in Lulus Arme und wieder zurück getrieben, daß ich kaum meine Gedanken beieinanderhalten konnte. Ich konnte auch nicht dagegen kämpfen. Ich mußte da hinhetzen, wohin ich getrieben wurde. Ich konnte nur hoffen, daß ich ans Land gespült werden würde, wenn alle, die etwas von Nector Kashpaw wollten, ihn völlig ausgewrungen hatten.

Als dann 1957 diese zwei Dinge passierten, war ich schließlich soweit. Es war fast eine Wohltat, um ehrlich zu sein, weil sie meinen Lebensweg ändern mußten.

Nummer eins war ein aalglatter, feister Cree-Vertreter aus Minneapolis, der ankam und sein Auto in Lulus Hof abstellte. Es war Henrys Bruder, Beverly Lamartine, ein aufwärtsstrebender, verschlagener Typ, der Lulu für einen Dollar erhängen würde. Das sagte ich ihr auch. Sie lachte nur.

»Der tut keiner Fliege etwas«, sagte sie.

»Ich bring ihn um, wenn er dich anrührt.«

Sie warf mir einen Blick zu, der besagte, es würde sich gar nicht lohnen, mich für so einen lächerlichen Bluff beim Wort zu nehmen, und sie wollte ja nicht sagen, was auf der Hand läge, außer vielleicht, und mir fuhr das wie ein Schuß durch und durch: »Wenn Marie nicht wäre ...«

»Was?« sagte ich.

Sie biß sich auf die Lippen und beäugte mich. Es durchlief mich kalt. Mir dämmerte, daß sie daran dachte, diesen Stadtindianer zu heiraten, diesen pomadigen Veteranen mit Tätowierungen die ganzen Arme rauf.

»O nein«, sagte ich, »das tust du nicht.«

Ich verzweifelte bei dem Gedanken, aber ich war unfähig, ihren Amboßwillen ins Wanken zu bringen. Ich warf sie hin. Ich preßte ihre Arme zur Seite. Ich zog sie am Haar, so daß ihr Kinn hochfuhr. Dann versuchte ich, so gut ich konnte, sie zu meiner Puppe zu machen, die ich tanzen lassen konnte, rauf und runter, je nachdem, wie ich sie bewegte. Ja, das hab ich getan. Ihr Körper schwitzte und wand sich. Ich zwang sie, meine Lust in sich aufzunehmen. Aber als ich zurückfiel, gab es immer noch keinen Weg, Lulu zu besitzen, außer einem – Marie zu verlassen –, und das war unmöglich. Zumindest dachte ich das.

In dieser Nacht verließ ich Lulu gleich nachdem sie in die Kissen zurückgesunken war. Ich stieg in meinen Wagen und fuhr zum See. Ich parkte allein. Ich schaltete das Licht aus. Und dann zog ich, weil ich sogar in den stillsten Stunden, am Rand des Wassers, nicht ruhig war, die Kleider aus und ging nackt ans Ufer.

Ich schwamm, bis ich ein plötzliches Ziehen in meiner Seele verspürte, nach Hause zu gehen und Lulu zu vergessen. Ich redete mir ein, sie in dieser Nacht zum letztenmal gesehen zu haben. Ich gab sie auf und tauchte hinunter zum Grund des Sees, wo es kalt, dunkel und still war wie auf dem Grund eines Grabes.

Vielleicht hätte ich dort bleiben sollen und nicht kämpfen. Vielleicht hätte ich einen Atemzug tun sollen. Aber das tat ich nicht. Das Wasser schnellte mich hoch. Ich mußte zurück in das Gewirr meines Lebens.

Am nächsten Tag war ich froh um meinen Entschluß, Lulu auf immer zu verlassen. Der Regionalentwicklungsplan kam durch. Ich war froh, denn wenn ich Lulu nicht schon vorher verraten hätte, hätte ich es jetzt tun müssen, und zwar wegen dem Land, auf dem sie wohnte. Es gehörte ihr nicht. Auch wenn sie Petunien pflanzte und das Vogelbad unter ihrem Fenster aufstellte, besaß sie das Land nicht, weil die Lamartines sich dort widerrechtlich niedergelassen hatten. Das Land hatte immer dem Stamm gehört, es tat mir leid, das herauszufinden, denn jetzt hatte der Stammesrat beschlossen, daß Lulus Land der ideale Platz sei, um eine Fabrik daraufzustellen.

Oh, ich machte Einwände. Ich tat, was ich konnte. Aber Regierungsgelder klingelten unter ihren Nasen. Am Ende wurde mir als Stammesvorsitzenden ein maschinengeschriebener Brief zur Unterschrift vorgelegt, der Lulu offiziell davon benachrichtigte, daß sie von ihrem Land verjagt wurde.

Meine Hand senkte sich wie in einem Traum. Ich schrieb meinen Namen auf die gepunktete Linie. Die Sekretärin faltete den Brief in einen Umschlag, und dann brachte ihn jemand zu Lulus Tür. Ich bemühte mich, den Dingen ihren Lauf zu lassen, aber ich saß hinter dem Steuerrad in der Falle. Ob es mir nun gefiel oder nicht, ich steuerte etwas, das außerhalb meiner Kontrolle war.

In dieser Nacht versuchte ich, Lulus Fenster außerhalb der Reihe einen Besuch abzustatten. Es war nicht die sechste Nacht der Woche, aber ich weiß, daß sie mich erwartete.

Ich weiß es, weil sie mich abwies.

Und an diesem Punkt überkam mich das Leiden und Brennen mit einer Heftigkeit jenseits aller Vernunft. Kaum hatte ich Lulu aufgegeben, da wollte ich sie auch schon zurück.

Es ist eine heiße Nacht im August. Ich sitze im Lampenschein an meinem Küchentisch. Es ist die sechste

Nacht, aber ich bin zu Hause bei Marie und den Kindern. Sie sind alle um mich herum, atmen tief oder murmeln im Traum. Aurelia und Zelda liegen zusammengerollt auf dem Ausziehbett neben dem Ofen. Zelda stöhnt in dem schwachen Licht und sagt: »Oh, schnell!« Ihre Beine bewegen sich und zucken, als ob sie etwas jagt. Ihr Kopf ist voller gekreuzter schwarzer Haarnadeln.

Ich habe meine braune rindslederne Aktenmappe neben mir, sie ist offen und dickbepackte Schnellhefter, Broschüren und Notizen quellen aus ihr hervor. Ich nehme einen blaulinierten Block heraus und einen Bleistift, der noch nicht angespitzt ist. Ich schabe den Bleistift mit meinem Taschenmesser spitz. Dann mache ich das Messer sauber, klappe es zusammen und überlege, ob ich wirklich schreiben werde, was ein Teil meines Gehirns beschlossen hat.

Ich lecke meinen Daumen. Der Bleistift zieht Striche. 7. August 1957. Meine Hand fährt nach links. *Liebe Marie!* Ich lasse zwei Zeilen frei, wie ich es in der Staatsschule gelernt habe. *Ich verlasse Dich.* Ich drükke so fest auf, daß die Bleistiftmine bricht.

Zelda setzt sich kerzengerade auf und schnappt nach Luft. Sie war schon immer eine unruhige Schläferin. Als kleines Mädchen lief sie durchs Haus, um zu ihren Eltern zu kommen. Oft, wenn ich aufwachte, sah ich sie am Ende unseres Bettes stehen und mit beiden Händen den Pfosten festhalten, als zöge er sie irgendwohin.

Jetzt, fast ausgewachsen, runzelt Zelda über etwas in ihrem Traum die Stirn, sinkt dann langsam zurück unter ihre Zudecke und verschwindet bis auf ein Fleckchen Stirn. Ich ergebe mich. Ich nehme den Bleistift in die Hand und fange an zu schreiben.

Liebe Marie!
Weiß nicht mehr, wie ich das durchhalten soll, wo es jeden Tag nur noch schlimmer wird. Ich hab Dich einmal geliebt, ja, aber schon lange treffe ich mich auch mit Lulu. Jetzt setzt sie mich unter Druck, und der Tag ist gekommen, wo ich aufstehen und gehen muß. Entschuldige. Ich habe bei ihr die wahre Liebe gefunden. Ich habe keine Wahl. Aber das bedeutet nicht, daß Nector Kashpaw die Seinen vergessen wird.

Nachdem ich diesen Brief geschrieben habe, falte ich ihn sehr schnell zusammen und schiebe ihn in die Aktenmappe. Dann reiße ich ein frisches Blatt ab und fange einen zweiten an.

Liebe Lulu!
Du hast mich so lange gewollt. So, jetzt hast Du mich! Hier bin ich, Mädchen, zum Zugreifen und hundertprozentig Dein. Dies ist mein offizieller Antrag, schriftlich niedergelegt.

Der Deine, bis die Hölle zu Eis erstarrt,
Nector

Und dann, vielleicht weil ich es doch nicht ernst meine, vielleicht muß ich es nur einmal loswerden, verschließe ich die Briefe in meiner Aktenmappe, blase die Lampe aus und suche mir um die schlafenden Kinder herum den Weg zu Marie. Ich hänge mein Hemd und meine Hose an den Bettpfosten und schlüpfe neben sie. Sie schläft immer auf der Seite, mit dem Rücken zu mir, um das Baby gerollt, das an der Wand liegt, damit es nicht hinausfällt. So schläft sie, seit ich einmal auf eins

draufgerollt bin. Ich schmiege mich um sie und leg meinen Arm um ihre Taille.
Sie riecht nach Milch und Holzasche und sonnengetrockneter Wäsche. Marie hat nie einen Tropfen Parfüm benützt. Ihre Hände sind groß, zerfurcht von scharfen Messern, aufgerauht vom Bleichmittel. Ihr Rücken ist hart wie ein Brett. Und doch wärmt sie mich. Ich habe das Gefühl, ich möchte sie um etwas bitten, aber ich weiß nicht, worum. Ich liege hinter ihr, höre ihren Atem ein- und ausseufzen, und der Schmerz wird schlimmer. Er füllt meinen Hals wie ein Klumpen rohes Metall. Ich möchte sie umklammern und niemals loslassen, ich möchte weinen und ihr sagen, was ich getan habe.
Ich mache einen Laut zwischen meinen Zähnen, und sie bewegt sich noch im Traum. Sie zieht meinen Arm tiefer herunter und murmelt etwas in ihr Kissen. Ich atme ein mit ihrem Atem. Ich atme wieder. Und dann wird mein Körper zu ihrem. Wir atmen vereint, und ich schlafe sanft ein und weiß immer noch nicht, was geschehen wird.
Ich schlafe wie erschlagen, die ganze Nacht, sehr fest. Als ich aufwache, ist sie schon mit Zelda in die Stadt gegangen. Sie sind früh aufgestanden und haben Äpfel eingemacht. Die Gläser stehen, Deckel nach unten, am einen Ende des Tischs, rötlich gold, hübsch, wie so die Sonne durchscheint. Ich koche mir meinen Morgenkaffee und kaue den kalten Hefekuchen, den sie mir hingestellt hat. Ich überlege immer noch, was ich tun soll. Es ist, als ob ich mein ganzes Leben lang bis jetzt nie eine Entscheidung habe fällen müssen. Ich hab immer getan, was gerade kam, bin gegangen, wo ich hingeführt wurde, habe angenommen, wenn ich gerufen

wurde. Ich habe nie nein gesagt. Aber jetzt heißt es Entweder – Oder, und mein Kopf reicht nicht aus, um das zu verstehen.
Ich gehe nach draußen, und lange Zeit beschäftige ich mich damit, Holz zu hacken. Die Kinder können selbst für sich sorgen. Ich mühe und schlage mich mit dem Holz herum, spalte mit einem Keil und lege mich schwer in die Axt, als ob der Haufen, wenn er groß genug wird, mir sagen könnte, was ich tun soll.
Während ich arbeite, denke ich plötzlich an Lulu. Ich habe ein deutliches Bild vor Augen, wie sie auf dem Schoß ihres Schwagers sitzt. Ich sehe, wie Beverlys riesige Pranke ausholt und sich um ihre Schulter legt. Lulus Kopf neigt sich zur Seite und ihre Augen glänzen wie die eines Vogels. Er nickt ihr zu. Dann fällt sein Mund auf ihren.
Ich werfe die Axt hin. Die beiden Liebesvögel treiben mich ins Haus. Ich bin wie ein Wilder, wühle durch meine Aktenmappe. Ich finde den Brief an Marie und nehme ihn heraus, lese ihn einmal durch, dann beschwere ich ihn mit der Zuckerdose auf dem Tisch. Ich stopfe den Brief an Lulu in meine Tasche, und dann gehe ich.
Ich sehe nur eines, während ich die Treppen hinuntergaloppiere und in den Wald hinein: Lulus kleine rote Zunge, die über ihre Zähne streicht. Mein Herz bebt, aber ich kann nichts dagegen tun, daß ich jetzt immer mehr sehe. Ich sehe, wie sich sein großes Gesicht unter ihr Kinn kuschelt. Ich sehe ihre Hände hochfliegen, um seinen Kopf zu umfassen. Gekonnt rollt sie ihren Körper unter den seinen, und da breche ich durch das Unterholz, zermalme Blätter, fast zu blind, um den alten Wildpfad zu sehen, der sich durch den Wald schlängelt.

Ich krieche zu ihrem Haus hinauf, als wolle ich sie zusammen ertappen, obwohl ich gehört habe, daß er wieder in den Städten ist. Ich ducke mich hinter ein paar Büschen oben auf dem Hügel, in der Erwartung, daß ihre Hunde mich jeden Augenblick wittern. Ich schaue ringsum. Ihr Haus ist frisch gestrichen, gelb mit schwarzen Verzierungen, munter wie eine Biene. Die Petunien stehen davor, in zwei alte weißgestrichene Traktorreifen gepflanzt. Nach einer Zeit, als die Hunde mich nicht aufgestöbert haben, wird mir klar, daß sie fort sind, und ich sehe, wie töricht ich bin. Das Haus ist ruhig. Kein Beverly. Auch keine Jungen im Hof beim Autoreparieren oder Scheibenschießen. Sie sind weg, haben Lulu allein gelassen.

Ich lege meine Hände an die Stirn. Sie brennt, als hätte ich Fieber. Seit dem Nash habe ich Lulu nie mehr bei Tageslicht die Kleider ausgezogen, und mir kommt jetzt in den Sinn, daß ich das tun könnte, wenn ich zu ihrem Haus hinunterginge. Also bahne ich mir den Weg aus dem dichten Buschwerk hinaus.

Zum allerersten mal gehe ich zum Vordereingang und klopfe. Das kommt mir so normal vor, daß ich fast erschrecke. Etwas in mir ist drauf und dran zu zerspringen. Ich brauche Lulu, damit sie mir zeigt, was dieses Schreckliche ist. Ich brauche ihre Hand, die mich hereinzieht und mich nach hinten in ihr Schlafzimmer führt, und ihre Stimme, die mir sagt, daß wir vom Schicksal füreinander bestimmt sind. Ich brauche sie, damit sie mir sagt, daß ich das Rechte tue.

Aber niemand kommt an die Tür. Kein Laut ist zu hören. Es ist ein heißer, stiller Nachmittag, und nichts regt sich in Lulus stumpfem Gras, obwohl ich jetzt das Gefühl habe, daß tief in den Bäumen, an allen Seiten, sich etwas langsam vorwärtsbewegt. Ein Tier, das groß ist, dicht behaart, namenlos. Diese Gedanken sind verrückt, ich weiß, und ich versuche, sie mir aus dem Kopf zu schlagen. Ich umrunde das Haus. Der Hinterhof ist der einzige Ort, an dem Lulus Ordnungsliebe unterlegen ist. Der Boden ist mit Autoteilen, Ölkannen, Zementbrocken und anderem nützlichem Gerümpel bedeckt.

Auch an der Hintertür macht keiner auf, deshalb setze ich mich auf die Veranda. Ich sag mir, egal wie lange Lulu braucht bis sie kommt, ich werde warten. Ich kann nicht gut warten, nicht wie mein Bruder Eli, der eine Stunde lang dasitzen kann, ohne einen Muskel zu regen, wenn sich Wild nähert. Ich kann nicht gut warten, aber ich versuche es. Ich drehe mir eine Zigarette und rauche sie so langsam wie möglich. Ich drehe eine zweite. Ich versuche an alles zu denken, nur nicht an Lulu oder Marie oder meine Kinder. Ich denke zurück an den verrückten Kapitän in ›*Moby Dick*‹, und wie ihm das Bein abgerissen wurde. Vielleicht habe ich unrecht gehabt, wegen Ishmael meine ich, denn jetzt sehe ich Anzeichen des Kapitäns an mir selbst. Ich beuge mich vor und hebe eine Blechbüchse auf und drücke sie platt. Grundlos! Ein bißchen später schlage ich gegen die Wand ihres Hauses, bis meine Faust weh tut. Ich lasse den Kopf in die Hände sinken. Ganz laut sag ich zu ihr, sie soll schnell wiederkommen. Ich weiß nicht, was ich tue, wenn sie nicht kommt.

Ich bin müde. Ich hab angefangen zu zittern. Und da nehme ich den Brief raus, den ich in meiner Tasche zerknittert habe. Ich nehme mir vor, ihn hundertmal zu lesen, ganz langsam, bevor ich was anderes tue. Also lese ich ihn, Wort für Wort, bis die Wörter keinen Sinn

mehr ergeben. Ich lese weiter. Ich zähle sorgfältig, konzentriere mich, bis ich plötzlich an Marie denke.
Ich sehe sie vor mir, wie sie jetzt den Brief findet. Zucker krümelt über den Tisch, während sie sich hinsetzt und in ihrem Schock aufweint. Ein Glas mit Äpfeln platzt. Die Kinder schreien erschreckt. Auf dem Herd läuft siedendes Fett über. Die Hunde heulen. Sie packt den Brief und zerreißt ihn.
Ich verzähle mich. Ich versuche, Lulus Brief noch einmal zu lesen, aber ich komme nicht durch. Ich zerknülle ihn zu einem Ball, werfe ihn zu Boden, dann zünde ich mir eine frische Zigarette an und fange an, sehr schnell zu rauchen, während ich eine zweite drehe, um meine Hände abzulenken.
Und so, genau so, passiert das Schreckliche.
Ich bin so begierig darauf, die nächste Zigarette zu rauchen, daß ich nicht merke, daß ich meine halbgerauchte, die am Ende noch glimmt, zu Boden geworfen habe. Sie ist genau auf den Ball aus Lulus Brief gefallen. Der Brief raucht. Ich merke nicht gleich, was passiert, und dann flammt das Papier auf.
Neugierig und benommen sehe ich zu, wie der Brief brennt.
Ich schwöre, daß ich nichts tue, um dem Feuer weiterzuhelfen.
Unkraut versengt in einem kleinen Kreis, und dann bricht ein Bündel schmieriger Lappen in Flammen aus. Es brennt schnell. Ich verlasse die Treppe. Ein alter Streifen Teppich kräuselt sich und erfaßt einen versteckten öligen Flecken im Gras. Die braunen Grashalme lassen Funken stieben und knistern, bis die Flamme auf einen Haufen von Holzspänen überspringt. Dahinter stehen Benzinkanister, die die Jungs aus Au-

towracks geholt haben. Ich mache einen Schritt zurück. Die Sonne geht in den Fenstern unter, schwarz und rot. Ich ducke mich. Die Benzinkanister platzen mit lautem Krachen. Blaue Lichter blitzen hinter meinen Augenlidern weiter, und jetzt lecken lange, ölige Flammen an der Hausseite hoch, züngeln wie Schlangen an den Verandafenstern, suchen sich ihren Weg in die Küche, wo das Kerosin gelagert wird und wo Lulu ihre säuberlich mit Schnur gebündelten alten Zeitungen aufbewahrt.

Das Feuer ist nicht aufzuhalten. Die Fenster sind ein Hochofen. Sie springen heraus, es regnet Glas, aber ich schließe nur die Augen und bin unberührt.

Ich habe nichts getan.

Ich spüre die Hitze an meinen Beinen hochsteigen und sich sammeln, sie brennt für Lulu, aber sie brennt Lulu aus mir heraus.

Ich weiß nicht, wie lange ich da stehe, Zentimeter um Zentimeter zurückweiche, während das Feuer durch die Balken fegt, aber ich habe fast den Wald erreicht, bevor die Hitze auf meinem Gesicht mich dazu bringt, mich schließlich von dem Anblick zu lösen und mich umzudrehen.

In diesem Augenblick sehe ich, daß ich nicht allein bin. Ich sehe Marie im Busch stehen. Sie ist vierzehn und wieder schlank. Ich kann nichts tun als hinsehen, in der Erde festgewurzelt. Sie steht groß da, aufrecht und streng wie ein Engel. Sie beobachtet mich. Rote Flammen von dem brennenden Haus glänzen und flackern in ihren Augen. Ihre Haut strahlt Licht aus. Wir stehen einander gegenüber, und dann fängt sie an, sich auf Wellen von Hitze zu erheben. Ihre Brust ist ein leuchtender Schild. Ihr Arm ist ein weißglühender Speer.

Als sie ihn hebt, breitet sich der Busch hinter ihr aus, lodert auf wie Flügel.
Ich sinke auf die Knie, ein Mann von Lumpen und Zunder. Ich bin bereit, ebenfalls im Feuer zu brennen, aber sie streckt die Arme aus und hebt mich auf.
»Daddy«, sagt sie, »wir müssen hier raus. Komm, wir gehen.«

Aus: Louise Erdrich, Liebeszauber (Romanauszug).
Aus dem Amerikanischen von Helga Pfetsch.

Jay McInerny *Linguine und Sympathie*

Nach Einbruch der Dunkelheit kehrst du an den Ort deines Verbrechens zurück, um den restlichen Kleinkram zusammenzusammeln. Da das Magazin an diesem Morgen in Druck gegangen ist, kannst du davon ausgehen, daß alle bereits Feierabend gemacht haben. Du hast ein sonderbares Gefühl beim Betreten des Gebäudes, wie ein Ungläubiger, der in den heiligen Tempel eindringt. Dein Kater aus dem WALDORF ändert daran nichts.

Als du im Neunundzwanzigsten aus dem Fahrstuhl steigst, begegnest du als erstem dem Geist. Hinter dir schließen sich die Fahrstuhltüren.

Er steht mitten in der Empfangshalle, den Kopf zur Seite geneigt wie ein Rotkehlchen, das nach Würmern lauscht, und sagt hallo.

Du verspürst den Drang, dich umzudrehen und wegzurennen. Deine bloße Anwesenheit erscheint dir schamlos, vor allem nach der vergangenen Nacht. Je länger du wartest, desto schwieriger wird es, etwas zu sagen. Es ist, als wäre er taub und du stumm.

»'n Abend«, sagst du mit einer sonderbaren, zitternden Stimme.

Er nickt. »Es tut mir leid zu hören, daß Sie uns verlassen werden«, sagt er. »Wenn Sie irgendwann eine gute Empfehlung brauchen sollten ...«
»Danke. Ich danke Ihnen sehr.«
»Leben Sie wohl.« Er wendet sich um und verschwindet in Richtung Korrekturabteilung. Mehr als alles andere macht dir diese sonderbare Begegnung die Trauer des Abschieds bewußt.
Du wirfst einen prüfenden Blick in den Spiegel an der Ecke des Ganges. Claras Tür ist geschlossen und dunkel, und das gleiche gilt für jene Tür, die in die geheimnisvollen Gemächer des Druiden führt. In der Dokumentation brennt noch Licht. Vorsichtig kommst du näher.
Megan sitzt an ihrem Schreibtisch. Sie schaut auf, als du hereinkommst, um sich sogleich wieder ihrer Lektüre zuzuwenden.
»Kannst dich noch an mich erinnern?«
»Ich kann mich an eine Verabredung zum Mittagessen erinnern.« Ihre Augen bleiben auf den Schreibtisch gerichtet.
»O nein! Es tut mir leid.«
Sie blickt auf. »Dir tut immer alles leid.«
»Ich hatte was Dringendes zu erledigen.«
»Was Süßes Junges?«
»Alt und ungenießbar.«
»Ich habe auch Gefühle, mußt du wissen.«
»Verdammter Mist, es tut mir leid.«
»Ich weiß, daß du in letzter Zeit 'ne Menge Zeug im Kopf hattest«, sagt Megan.
»Wie wär's mit 'nem Abendessen?«
»Noch eine Mahlzeit mit dir könnte mir den Rest geben.« Jetzt lächelt sie.

»Laß mich nur kurz meine Sachen hier einpacken. Dauert keine Minute.«
Als du die Schubladen deines Schreibtisches geöffnet hast, wird dir klar, daß es die ganze Nacht dauern kann. Es finden sich unendliche Mengen Treibgut: Ordner, Notizbücher, persönliche und geschäftliche Briefe, Manuskripte und Fahnenabzüge, Nachschlagewerke, Streichholzheftchen, lose Blätter mit Namen und Telefonnummern, mit Notizen von dir, mit ersten Entwürfen für Geschichten, Skizzen und Gedichte. Hier findet sich beispielsweise die erste Fassung von »Vögel von Manhattan«. Außerdem das *Statistische Jahrbuch für Landwirtschaft, 1981; Herausgegeben von der US-Regierung*, unverzichtbar bei der Überprüfung des dreiteiligen Artikels über das Aussterben des familienbetriebenen Bauernhofs; auf dem Rücken hast du den Namen Laura Bowman und eine Telefonnummer notiert. Wer ist Laura Bowman? Du könntest die Nummer wählen und dich nach ihr erkundigen, sie fragen, an welcher Stelle sie sich in deine Vergangenheit fügt. Könntest ihr sagen, du leidest unter Gedächtnisschwund und suchst nach Anhaltspunkten.
In der obersten Schublade entdeckst du zwei leere rechteckige Briefchen. Genauer gesagt ist eines nicht völlig leer; in dem schwarzen Papier befindet sich ein feiner weißer Staub. Mit einer Kreditkarte kratzt du ihn auf der Schreibtischplatte zusammen und schiebst ihn mit der Kante der Karte zu zwei sauberen Linien zurecht. Du siehst hinüber zu Megan. Sie liest. Du könntest in aller Stille die Linien schnupfen, ohne daß sie je etwas davon erfahren würde. Du ziehst einen Geldschein aus der Brieftasche und rollst ihn zwischen Daumen und Zeigefinger zu einem festen Zylinder. Zwischen euch ge-

teilt, bringt das Zeug für keinen von beiden was. Andererseits bringen zwei bei dir auch nicht viel: eine bewirkt, daß du noch eine willst, und noch eine wird lediglich eine Kettenreaktion verzweifelter Wünsche auslösen. Ist es das, was man unter Selbsterkenntnis versteht? Wie dem auch sei, du möchtest Megan etwas Nettes tun. Für sie ist es vielleicht ein Festschmaus, etwas jenseits vom täglichen Trott.

»Meg, komm doch mal einen Augenblick her.« Jetzt gibt es kein Zurück mehr.

Du hältst ihr den Geldschein hin. Sie hebt die Augenbrauen.

»Das läßt dich vergessen, daß du kein Mittagessen gekriegt hast.«

»Was ist das?«

»Das Pulver, dem Bolivien seine Beliebtheit verdankt.«

Sie hebt zaghaft den Geldschein unter die Nase und beugt sich über den Schreibtisch.

»Nimm die zweite auch«, sagst du, als sie dir den Geldschein reicht.

»Bist du sicher?«

»Sicher.« Du wünschst nur, daß sie sich beeilt und das Zeug endlich wegputzt.

Meg rümpft die Nase wie ein Kaninchen und schnupft. »Danke.«

Du schüttest den Inhalt der oberen Schublade auf den Schreibtisch und fragst dich, was genau du mit all diesem Papier machen sollst. Einiges könnte von Bedeutung sein. Der größte Teil ist Abfall. Aber wie sollst du den Unterschied feststellen?

»Wir hatten hier heute morgen einigen Ärger«, sagt Megan. Sie setzt sich auf deine Schreibtischkante. Du widerstehst dem Drang, aus deinem Stuhl aufzuspringen und mit über den Kopf gezogener Jacke den Gang entlangzurennen. *Kein Kommentar.* Den ganzen Tag über hast du die Erinnerung an euer besoffenes Überfallkommando in Claras Büro verdrängt. Du würdest Megan gern erklären, daß es ein Scherz war, daß ihr betrunken wart, daß es Tads Idee war. Nicht wirklich du selbst warst es, es war ein albernes *alter ego*, das du nicht unter Kontrolle hast. Du machst solche Sachen nicht. Du bist überhaupt nicht der Typ dafür. Wenn Alex ernsthaft verletzt wäre, hätte Meg es allerdings wohl schon gesagt. Du hältst den Blick starr auf eine Broschüre mit dem Titel *Handbuch für die Dokumentation* gerichtet.

»Was heißt das, Ärger?«

»Na ja, als Rittenhouse heute morgen reinkam, fand er Alex Hardy ohnmächtig auf dem Boden in Claras Büro liegen.«

Es fällt dir schwer, etwas zu sagen. »Tatsächlich? Ist er in Ordnung?«

»Ich glaube kaum, daß er sich glänzend fühlt. Aber sobald sein Blut entgiftet ist, wird es ihm wieder bestens gehen. Er liegt im *McLeans*. Berühmter Club für trinkende Schriftsteller.«

»Hat er sich bei dem Sturz verletzt?«

»Das ist das Komische. Es gibt keinerlei Spuren von einer Verletzung, aber auf dem Fußboden in Claras Büro war Blut. Und auch an den Wänden. Sehr eigenartig.«

»Hat er irgendwas gesagt? Ich meine darüber, was passiert ist?«

»Nichts Zusammenhängendes. Er hat irgendwas davon geredet, daß Zwerge ihn angegriffen hätten.«

»Sie haben nicht die, äh, Polizei gerufen, oder?«

»Warum sollten sie?«
»Hab nur gedacht. Klingt alles in allem ziemlich sonderbar.« Die Spannung fängt an, sich zu lösen. Alex ist in Ordnung, und die Bilder von Polizisten an deiner Haustür verblassen.
»Noch was Komisches«, sagt Megan. »Im Postraum war ein Nerz.«
»Ein *Nerz*?«
»Er hatte sich in einem Postsack mit abgelehnten Manuskripten versteckt. Als der Typ in der Postabteilung heute morgen den Sack hochhob, fing das Vieh an, ihn zu beißen. Sie mußten den Tierschutzverein rufen.«
»Wirklich sonderbar.« Armer Fred, denkst du.
»Wie kommst du voran?« sagt sie und deutet auf den Schreibtisch.
»Ich fürchte, hier sind drastische Maßnahmen vonnöten.« Du stehst auf, sammelst sämtliche Papierkörbe im Raum zusammen und stellst sie in einer Reihe neben dem Schreibtisch auf. Du nimmst ein Buch vom Schreibtisch und gibst es Megan. »Kannst du das bitte Alex von mir geben? Sag ihm, das ist einer von den Jungtürken.« Sie nimmt das Buch. Du ziehst eine Schublade nach der anderen heraus und wirfst den gesamten Inhalt in die Metalleimer.
»Das wäre geschafft. Gehen wir essen.«

Im Taxi fragst du Megan, wo sie gerne essen würde.
»Wie wär's bei mir zu Hause?«
»Willst du was kochen?«
»Du scheinst Bedenken zu haben.«
»Ich finde es nur einen radikalen Einfall.«
»Wenn du lieber in ein Restaurant ...«
»Nein. Es klingt großartig.«

In der Bleecker Street steigt ihr aus. Megan nimmt deine Hand und führt dich in ein Delikatessengeschäft. Sie hält eine Schachtel hoch, um dein Einverständnis zu bekommen. »Linguine«, sagt sie. Du nickst. »Ich zeig dir, wie man für ein Essen einkauft und es zubereitet.« Im nächsten Gang macht sie dich mit zwei Dosen Muscheln bekannt. Normalerweise, sagt sie, würde sie frische Muscheln und frische Pasta nehmen, aber sie will dich bei der ersten Lektion nicht gleich verschrecken.

Vom Delikatessenladen geht ihr Richtung Sixth. Megan erklärt dir den Unterschied zwischen frischer und getrockneter Pasta. Jeder Schritt bringt dich der alten Wohnung in der Cornelia Street näher, wo du ganz am Anfang mit Amanda gewohnt hast. Dies war euer Viertel. Dieses Geschäfte waren eure Geschäfte. Diese Straßen waren so fest in eurem Besitz, als wäret ihr die rechtmäßigen Eigentümer gewesen. Jetzt hat sich die Perspektive ein wenig geändert, jemand hat den Boden um ein paar Grad geneigt, und alles ist noch genauso wie immer und doch nicht genauso wie immer.

Ihr kommt an Ottomanellis Schlachterei vorbei, wo die Leiber kleiner Tiere im Fenster hängen: gehäutete Kaninchen, Ferkel ohne Borsten, gerupftes Federvieh mit gelben Füßen. Keine Frettchen. Amanda fand diese Auslage immer abscheulich. Schon damals zog es sie zur Upper East Side, wo die Schlachter ihre Waren in papiernen Nachbildungen der Haute Couture präsentieren.

An der Ecke Jones/Bleecker hat ein chinesisches Restaurant jene Bar ersetzt, deren lesbische Inhaberinnen in so mancher Sommernacht für eure Unterhaltung sorgten, wenn es zum Schlafen zu heiß war und ihr bei offenem Fenster beieinander lagt. Kurz bevor ihr aus der Gegend wegzogt, kam eine Abordnung verblasener Jugendlicher aus New Jersey mit Baseballschlägern bewaffnet in die Bar, nachdem einer von ihnen vorher dort rausgeflogen war. Die Lesbierinnen hatten Billardstöcke. Auf beiden Seiten gab es zahlreiche Verwundete, und die Bar wurde auf Anordnung der Behörde für dieses oder jenes geschlossen.

Ein Stück weiter fordert die fette Zigeunerin Madame Katrinka euch auf, in ihre Ladenstube mit rotem Samtsofa einzutreten und euch wahrsagen zu lassen. Was hätte sie dir wohl vor einem Jahr erzählt?

»Das beste Brot in der ganzen Stadt«, sagt Megan und deutet auf Zitos Bäckerei. Die Klingel über der Tür läutet, als ihr eintretet. Der Duft im Laden erinnert dich an die Morgen in der Cornelia Street, wenn du vom Geruch frischen Brotes aus den Öfen der Bäckerei geweckt wurdest, während Amanda neben dir noch schlief. Es scheint schon Ewigkeiten her zu sein, aber du siehst sie schlafend vor dir. Du kannst dich nur nicht mehr daran erinnern, worüber ihr gesprochen habt.

»Weiß oder grau?« fragt Megan.

»Weiß nicht. Weiß, würde ich sagen.«

»Du weißt nicht, was gut für dich ist.«

»Gut, nehmen wir grau. Grau ist besser.«

Von der Bäckerei geht ihr weiter zum Gemüsestand. Warum wird sämtliches Gemüse in dieser Stadt von Koreanern verkauft? Kisten mit üppigen Ernteprodukten glänzen unter der grünen Markise. Du fragst dich, ob sie die Auslage hinsichtlich der Farben nach geheimen orientalischen Regeln der Gehirnwäsche arrangieren. Vielleicht wissen sie, daß das Nebeneinanderliegen von roten Tomaten und gelbem Kürbis beim Verbraucher einen unwiderstehlichen Drang auslöst, eine Tüte teurer Apfelsinen zu kaufen. Megan kauft frisches Basilikum, Knoblauch, Lattich und Tomaten. »Das *ist* vielleicht eine Tomate«, sagt sie und hält dir ein großes rotes Gemüse zur Inspektion unter die Nase. Oder handelt es sich um ein Stück Obst?

Megan wohnt in einem großen Gebäude aus den fünfziger Jahren an der Ecke Charlton/Sixth. Zwei riesige Katzen, eine Siam und eine gescheckte, empfangen euch an der Tür. Sie stellt die beiden vor als Rosenkranz und Gülden-Stern, kurz Rose und Güldi; erklärend fügt sie hinzu, daß ihre erste Rolle in einem Off-Off-Broadway-Stück die der Gertrud in einer Rock-Version des *Hamlet* war.
»Ich wußte nicht, daß du Schauspielerin warst.«
»Meine erste Liebe. Aber ich wurde es leid, das Hausmädchen zu spielen.«
Das Apartment ist ein Studio, nicht groß, aber so möbliert, daß der Eindruck unterschiedlicher Raumteile entsteht. An einer Wand steht ein Doppelbett mit einer Patchwork-Überdecke. In der Mitte des Zimmers sind eine geblümte Couch und dazu passende Sessel vor dem größten Fenster gruppiert. Am anderen Ende des Raumes steht, versteckt hinter einer Reihe Bücherborde, ein Rollpult. Die Ordnung, die diese Aufteilung suggeriert, wird modifiziert durch gelegentliche wüste Ausbrüche pflanzlichen Lebens. Während Megan ihren Schal in einen Wandschrank bei der Tür hängt, reiben sich die Katzen an ihren Fesseln. »Wie wäre es mit einem Glas Wein?« sagt sie.
»Gerne. Danke.«

Die Katzen folgen ihr in die Küche. Du studierst die Buchrücken in den Regalen. In der Untersuchung privater Bibliotheken liegt eine ganze Hermeneutik der Charakteranalyse verborgen. Megan hat praktische helle Regale aus Ahornholz, in denen von jedem ein bißchen steht. Die Regale sind gerade unordentlich genug, um auf regelmäßige Benutzung schließen zu lassen, und gerade ordentlich genug, um auf Respekt vor dem Gegenstand hinzudeuten. Die Bücher sind nach groben Kategorien geordnet: ein Bord mit Poesie, ein Stapel unpassend großer Kunstbildbände, eine lange Reihe *livre de poche* mit französischen Romanen, Musik- und Opernbücher, schmale Samuel-French-Textbücher mit Theaterstücken und ein halbes Bord mit Memoiren über das Leben beim Magazin. Die letzteren machen ein ganzes Genre für sich aus. Du ziehst Franklin Woolcrafts geschwätziges Buch *Der Mann in der Stadt* heraus; auf dem Innentitel steht eine Widmung: »Für Meg, die mich in Ehren hält, in Liebe.« Als du das Buch zurückstellst, fällt dein Blick auf einen Rücken, auf dem es heißt: *Übungen für besseren Sex*.

Megan kommt mit zwei Gläsern Rotwein zurück. »Entschuldige mich eine Minute, ich will mich umziehen«, sagt sie. »Dann bringe ich dir bei, wie man das einfachste Essen der Welt kocht.«

Megan geht hinüber zu ihrer freistehenden Kleiderstange neben dem Bett. Wo wird sie sich umziehen? Wie zwanglos sind wir hier eigentlich? Während sie sich durch ihre Kleider gräbt, kannst du nicht umhin festzustellen, daß sie einen tollen Hintern hat. Du hast fast zwei Jahre mit ihr zusammen gearbeitet, ohne ihren Hintern zu bemerken. Überhaupt, wie alt ist sie eigentlich? Sie nimmt etwas vom Bügel und sagt zu dir, sie käme gleich zurück. Sie geht ins Badezimmer. Die Siamkatze massiert ihren Kopf an deinem Schienbein. *Übungen für besseren Sex.*

Als Megan zurückkommt, hat sie ein kastanienrotes Seidenhemd mit Puffärmeln an, das keine unmittelbaren Interpretationen zuläßt. Ein Knopf weniger zugeknöpft, und man hätte von *sexy* reden können, aber was du siehst, läuft *unter zwanglos elegant* gekleidet.

»Setz dich«, sagt Megan und deutet auf die Couch.

Ihr setzt euch beide. »Deine Wohnung gefällt mir«, sagst du.

»Sie ist klein, aber ich kann mir nicht leisten, woanders hinzuziehen.«

Du hoffst, daß sich die Qualität der Unterhaltung noch verbessert. Vor ein paar Minuten wart ihr einfach Kollegen, die einen Happen zusammen essen wollten. Jetzt seid ihr ein Mann und eine Frau, allein in einem Zimmer mit einem Bett.

Eines der Fotos auf dem kleinen Tisch am Couchende ist ein großer Hochglanzabzug mit einer jünger aussehenden Megan, die zwischen zwei Männern auf der Bühne steht.

»Das war mein letztes Stück. *Wer hat Angst vor Virginia Woolf?* In Bridgeport, Connecticut.«

Du nimmst ein anderes Bild in die Hand, ein Junge mit einer Angel, an der eine Forelle hängt, im Hintergrund Hütte und Wald.

»Früherer Freund?«

Meg schüttelt den Kopf. Sie rutscht über die Couch, nimmt das Bild und betrachtet es mit ernstem Blick. »Mein Sohn«, sagt sie.

»Sohn?«

Megan nickt und sieht weiter auf das Bild. »Dies ist vor ein paar Jahren aufgenommen. Inzwischen ist er dreizehn. Ich habe ihn seit fast einem Jahr nicht gesehen, aber er kommt auf Besuch, sobald die Sommerferien anfangen.«
Du willst nicht zu neugierig erscheinen. Das Ganze klingt nach einem heiklen Thema. Du hast bisher nichts von einem Sohn gewußt. Plötzlich scheint dir Megan weit weniger durchschaubar zu sein, als du es dir immer vorgestellt hattest.
Sie lehnt sich quer über deine Brust, um das Bild zurück auf den Couchtisch zu stellen. Du spürst ihren Atem auf deiner Wange.
»Er lebt bei seinem Vater in Nord-Michigan. Eine gute Gegend für einen Jungen zum Aufwachsen. Lauter Sachen, die einem Jungen Spaß machen – Jagen und Fischen. Sein Vater ist Holzfäller. Als ich ihn kennenlernte, war er ein ehrgeiziger Bühnenautor, dessen Stücke nirgends aufgeführt wurden. Er war verbittert. Wir waren pleite, und es sah so aus, als hätten alle anderen Leute Geld. Und ich war nicht die tollste Ehefrau der Welt. Jack – das ist mein Exmann – wollte nicht, daß sein Sohn in der Stadt aufwächst. Ich wollte nicht weg von hier.
Natürlich wollte ich auch nicht, daß mein Sohn wegging, aber als die Entscheidung fiel, war ich gerade in Bellevue, ruhiggestellt mit Librium. Zweifellos nicht in der richtigen Verfassung, um für das Sorgerecht zu kämpfen.«
Du weißt nicht, was du sagen sollst. Du bist peinlich berührt. Du willst mehr erfahren. Megan schlürft ihren Wein und sieht aus dem Fenster. Du fragst dich, wie schmerzlich dies alles für sie ist.

»Hat dein Mann dich eingeliefert?«
»Er hatte keine andere Wahl. Ich habe phantasiert. Manische Depression. Schließlich haben sie vor ein paar Jahren rausgefunden, daß es sich um eine ganz einfache chemische Mangelerscheinung handelte. Ein Zeug, das sich Lithiumcarbonat nennt. Jetzt nehme ich täglich vier Tabletten, und es geht mir prima. Aber es ist ein bißchen spät, um wieder Ganztagsmutter zu werden. Wie dem auch sei, Dylan – das ist mein Sohn – hat eine wunderbare Stiefmutter, und ich sehe ihn jeden Sommer.«
»Das ist schrecklich«, sagst du.
»Es ist nicht so schlimm. Mir geht es gut jetzt, und Dylan hat ein gutes Leben. Ich finde, das ist eine ganze Menge. Wie wäre es mit etwas zu essen?«
Du würdest lieber die Lücken in der Geschichte schließen, dir all die Einzelheiten erzählen lassen, das Kreischen und Stöhnen von Bellevue, aber Megan ist bereits aufgestanden und hält dir ihre Hand hin.
In der Küche drückt sie dir ein Gemüsemesser und drei Knoblauchzehen in die Hand, die du schälen sollst. Es ist schwierig, die Haut abzuziehen. Sie erklärt dir, daß es einfacher geht, wenn du vorher die Zehen ein bißchen mit der stumpfen Seite der Klinge bearbeitest. Dann bemerkt sie den Verband. »Was ist mit deiner Hand passiert?«
»In einer Tür eingeklemmt. Keine große Sache.«
Megan stellt sich hinter dich, um im Spülbecken den Salat zu waschen. Als du einen Schritt zurück machst, um im besseren Winkel zum Schneidebrett zu stehen, treffen sich eure Hinterteile. Sie lacht.
Megan dreht sich zum Herd. Sie greift hinauf in ein

offenes Regal und holt eine Flasche heraus. »Olivenöl«, sagt sie. Sie gießt ein wenig in eine Pfanne und stellt die Flamme an. Du gießt dir noch ein Glas Wein ein.
»Ist der Knoblauch fertig?« fragt Megan. Du hast es geschafft, zwei Zehen zu schälen. Sie sehen nackt aus.
»Allzu flott kommen wir ja nicht voran«, sagt Megan. Sie befreit dich von dem Messer, schält die dritte Zehe und schneidet dann alles klein. »Nun geben wir ihn in die Pfanne und lassen ihn anbraten. Derweil werde ich das Basilikum hacken, während du die Muscheln aufmachst. Weißt du, wie man mit einem Dosenöffner umgeht?«
Du stehst hauptsächlich herum und siehst zu, wie Megan durch die Küche wirbelt. Ab und zu, wenn du im Weg stehst, schiebt sie dich beiseite. Du magst das Gefühl, wenn sie ihre Hände auf deine Schultern legt.

»Erzähl mir von Amanda«, sagt Megan beim Salat. Ihr sitzt bei Kerzenlicht am Tisch in der Eßecke. »Ich werde das Gefühl nicht los, daß irgend etwas Schlimmes passiert ist.«
»Amanda ist eine Romanfigur«, sagst du. »Ich habe sie mir ausgedacht. Aber das habe ich erst kürzlich kapiert, als eine andere Frau, die zufällig auch Amanda heißt, mich telefonisch aus Paris großzügig freigab. Hast du was dagegen, wenn ich noch eine Flasche Wein aufmache?«
Schließlich erzählst du Megan die Geschichte in groben Zügen. Sie sagt, Amanda müsse entsetzlich durcheinander sein. Darauf werdet ihr anstoßen.
»Du hast eine schreckliche Zeit hinter dir, nicht wahr?« sagt sie. Du zuckst die Achseln. Du siehst auf ihre

Brüste und versuchst zu erraten, ob sie einen BH trägt oder nicht.

»Ich hab mir Sorgen um dich gemacht«, sagt Megan.

Ihr wechselt vom Tisch auf die Couch. Megan sagt, daß wir alle unsere Wünsche in andere projizieren und daß die nicht immer in der Lage sind, sie zu erfüllen. Kein BH, entscheidest du.

Du entschuldigst dich und gehst ins Badezimmer. Du machst Licht und schließt hinter dir die Tür. Im Badezimmer herrscht eine unordentliche, heimelige Atmosphäre. Getrocknete Blumen auf dem Wasserkasten, weißes Schaffell auf dem Toilettendeckel. Du ziehst den Duschvorhang zurück. In der Dusche ist ein Regal voll mit Flaschen. *Vitabad, Bade- & Duschgel*. Dir gefällt der Klang solcher Worte. *Panteen Balsam*. *Panteen Shampoo*. Letzteres soll dich zweifellos nicht an *Schampussi* erinnern – tut es aber. *Lubriderm Lotion*. Du nimmst einen Badeschwamm, reibst ihn an deiner Wange und legst ihn wieder zurück ins Regal. In der Seifenschale liegt ein rosa Wegwerfrasierer.

Du öffnest den Arzneischrank über dem Waschbecken: Kosmetika, die übliche Ansammlung harmloser Medikamente für den Hausgebrauch. Eine Tube *Gynol II Gel zur Empfängnisverhütung. Geruchlos, farblos, geschmacklos*. Das sind gute Nachrichten. Im obersten Bord ist ein geheimes Versteck für verschreibungspflichtige Medikamente. Du nimmst ein Fläschchen heraus: »Megan Avery; Lithiumcarbonat; vier Tabletten täglich.« Das zweite Fläschchen enthält Tetracyclin. Soweit du weißt, leidest du an keiner bakteriellen Infektion. Du stellst es zurück. Du versuchst es mit einem dritten: »Valium. Einnahme wie vom Arzt verordnet. Bei Nervosität und Angstzuständen.« Nervosität und Angstzustände, das hast du. Du hältst das Fläschchen ans Licht. Fast voll. Nach kurzem Kampf bewältigst du die kindergesicherte Verschlußkappe. Du schüttest dir eine blaue Tablette auf die Handfläche und schluckst sie. Du überlegst. Als du das letzte Mal eine Valium eingeworfen hast, war absolut keine Wirkung zu spüren. Du nimmst noch eine. Klar, als du das letzte Mal eine Fünfer eingeworfen hast, warst du eigentlich auf eine Zehner programmiert. Wie auch immer. Du stellst das Fläschchen zurück, schmeißt noch ein Li_2CO_3 hinterher und ziehst das Klo ab.

Megan klappert mit dem Geschirr in der Küche, als du zurückkommst. »Komme gleich«, sagt sie. Du setzt dich aufs Sofa und schenkst dir noch ein Glas aus der Flasche auf dem Couchtisch ein. Ein Bouquet mit einem Hauch von mexikanischem Weinernte-Gastarbeiter-Schweiß.

»Ich hab nur gedacht, ich schaff mal die Teller aus dem Weg«, sagte Megan, als sie hereinkommt.

»Eine gute Politik«, sagst du. »Möchtest du noch ein bißchen Wein?«

Sie schüttelt den Kopf. »Ich bin keine große Trinkerin mehr.«

»Auch das ist eine gute Politik.« Du fühlst dich großmütig.

»Schreibst du gerade an irgend etwas?« fragt Megan.

Du zuckst mit den Schultern. »Ich hab ein paar Ideen im Kopf.«

»Bleib dran«, sagt Megan. »Ich möchte miterleben, wie du eines Tages wieder bei uns reinmarschiert kommst, um dir in der literarischen Abteilung einen Scheck abzuholen. Ich möchte miterleben, wie du an Claras Büro vorbei zu uns in die Abteilung kommst. Ich werde eine Flasche Champagner parat haben.«

Du weißt nicht, wie Megan dazu kommt, an dich zu glauben, wo nicht einmal du selbst an dich glaubst. Aber du bist dankbar dafür. Du versuchst, dir die Szene einer triumphalen Rückkehr in die Redaktion bildlich vorzustellen, aber statt dessen ertappst du dich dabei, daß du Megans bloße Füße bewunderst, die sie längsseits ihrer Schenkel auf die Couch gezogen hat.

»Was wirst du inzwischen machen? Aussichten auf irgendwelche Jobs?«

»Ich hab ein paar vage Sachen am Laufen«, sagst du.

»Ich kann dich mit ein paar Leuten bekannt machen«, sagt sie. »Du müßtest nur einen guten Lebenslauf fabrizieren – so breit angelegt, daß sowohl Journalismus als auch Verlagswesen in Frage kommt. Ich kenne einen Lektor bei Harper & Row, der sich bestimmt gerne mit dir unterhalten wird. Ich hab schon mit Clara gesprochen, und sie sagt, was das Magazin angeht, so habt ihr euch in freundlichem Einvernehmen getrennt, und du bekommst ein gutes Zeugnis.«

Du weißt Megans wundervolle praktische Begabung zu schätzen, aber dein Rausschmiß hat dich ziemlich mitgenommen, und du würdest die Frage einer neuen Anstellung liebend gerne noch ein bißchen auf die lange Bank schieben. Im Augenblick würdest du am liebsten noch ein Gläschen von diesem Wein trinken und noch ein bißchen tiefer in diesen Polstern versinken. Du würdest Megan gern zeigen, wie dankbar du bist. Du streckst den Arm aus und nimmst ihre Hand. »Danke«, sagst du.

»Und genier dich nicht, mich um ein Darlehen zur Überbrückung zu bitten.«
»Du bist Spitze.«
»Ich will dir nur wieder auf die Füße helfen.«
Jetzt bitte nicht, denkst du. Du möchtest dich lieber hinlegen. Deinen Kopf in Megans Schoß vergraben und ein oder zwei Wochen so liegenbleiben. Das Bett ist nur ein paar Schritte entfernt. Du lehnst dich zu Megan hinüber und legst deine freie Hand auf ihre Schulter. Unter deinen massierenden Bewegungen rutscht die Seide auf ihrer Haut hin und her. Kein BH-Träger. Du siehst ihr in die Augen. Sie ist eine einmalige Frau. Sie lächelt, hebt die Hand und streicht dir übers Haar.
»Es wird alles gut«, sagt sie. Du nickst.
Auf ihrem Gesicht ist ein gedanklicher Themawechsel zu erkennen, und dann sagt sie: »Wie geht es deinem Vater?«
»Es geht ihm gut«, sagst du. »Es geht ihm großartig.« Du ziehst sie an dich. Du schiebst eine Hand hinter ihren Kopf und schließt die Augen, als deine Lippen auf ihre treffen. Du drückst ihren Kopf gegen die Rückenlehne der Couch und läßt deine Zunge an ihren Zähnen entlangfahren. Du möchtest ihre Zunge spüren. Du möchtest in ihrem Mund verschwinden. Sie dreht den Kopf weg und versucht, sich aus deiner Umarmung zu befreien. Du schiebst eine Hand unter ihr Hemd. Sanft greift sie nach ihr und hält sie dort fest.
»Nein«, sagt sie. »Das willst du doch gar nicht wirklich.« Ihre Stimme klingt sanft und beruhigend. Sie ist nicht böse, nur entschieden. Als du versuchst, deine Hand weiter vorzuschieben, hält sie sie fest.
»Das nicht«, sagt sie. Als du versuchst, sie noch einmal

zu küssen, hält sie dich zurück, bleibt aber auf der Couch. Du fühlst dich wie Wasser, das sich seinen Weg sucht, und Megan ist das Meer. Du legst deinen Kopf in ihren Schoß. Sie streicht dir übers Haar. »Ganz ruhig«, sagt sie. »Ganz ruhig.«

»Alles in Ordnung mit dir?« fragt Megan, als du deinen Kopf aus ihrem Schoß hebst.

Die Ebenen des Raumes ändern sich ständig. Sämtliche Oberflächen scheinen in ozeanischem Rhythmus anzuschwellen und zurückzuweichen. Es ist nicht alles völlig in Ordnung mit dir. Mit dir ist sogar einiges in Unordnung.

»Ich glaube, ich steh vielleicht mal auf und geh ins, äh, Badezimmer.«

Das bist du, der da redet. Tonprobe: eins, zwei, drei.

Megan hilft dir auf die Füße. Sie hält dich beim Ellbogen und geleitet dich zur Tür. »Ich warte hier draußen, falls du mich brauchst.«

Die schwarzen und weißen Kacheln am Boden bleiben in Bewegung. Du stehst vor der Toilette und überlegst. Ist dir übel? Nicht wirklich. Noch nicht zumindest. Aber eigentlich könntest du ruhig pinkeln, wo du schon mal hier bist. Du machst den Reißverschluß auf und zielst in die Schüssel. Vor dir ist ein Plakat, auf dem irgendwas geschrieben steht. Du lehnst dich vor, um es zu lesen, und dann lehnst du dich zurück, um nicht nach vorn zu fallen.

Du versuchst, dich am Duschvorhang festzuhalten, als du zu Boden gehst, aber du kriegst ihn nicht zu fassen.

»Alles in Ordnung?« sagt Megan draußen vor der Tür.

»Bestens«, sagst du. Du liegst größtenteils in der Badewanne. Nur deine Füße hängen draußen, ganz da hinten, am anderen Ende deines Körpers. Es ist nicht unbequem, wirklich, nur im mittleren Bereich ist alles ein bißchen feucht. Du wirst das untersuchen müssen. Die Ursache finden. Gleich.
Die Tür wird geöffnet. Hilfe naht.

Aus: Jay McInerny, Ein starker Abgang. Bright Lights, Big City (Romanauszug).
Aus dem Amerikanischen von Nikolaus Hansen.

Harold Brodkey *Laurie macht Toilette*

Laurie lehnte nah am Spiegel ihres Toilettentisches und zog sorgfältig die Konturen ihrer Lippen nach. Ihr winziger Pinsel mit dem Perlmuttstiel bewegte sich ohne abzugleiten. Einen Augenblick lang studierte sie die Konturen und kam dann zu dem Schluß, daß sie zu leidenschaftlich wirkten. Laurie war neunzehn und das dritte Jahr im Wellesley-College. Sie hatte einen grellvioletten Morgenrock an, den sie von ihrem Lieblingsvetter, einem angehenden Schauspieler namens Vergil, geschenkt bekommen hatte, als sie sechzehn war. Wie Laurie sich ausdrückte, war es der Morgenrock einer Frau von Welt, wenn er auch inzwischen schon etwas verblichen und fleckig aussah. Aus dem Ausschnitt des Morgenrocks schaute das Spitzenoberteil eines schwarzen Unterrocks hervor. Lauries Pinsel blieb unschlüssig über den Kurven ihrer Oberlippe hängen. ›Unschuld‹, dachte sie – ›der Ausdruck einer Art reifer Unschuld für einen der Whites von Chestnut-Hill.‹ Aber wie, zum Teufel, drückte man reife Unschuld aus? Lauries sonstige Mundformen – die, welche sie zum Beispiel ›Verwegene Jugend‹ oder ›Frühlingslachen‹ nannte – paßten einfach nicht.

Henry White wollte sie mit nach Hause nehmen und seiner Mutter vorstellen. Laurie hatte zwar gar nicht die Absicht, sich zu verloben, aber Henry war reich genug, daß sie vielleicht ihre Meinung noch änderte. Das würde ihre Mutter sehr glücklich machen. »Laurie«, würde sie sagen, »ich hoffe, du wirst sehr glücklich.« Doch wenn sie sich mit Martin verloben sollte, dessen Vater nicht reich war, würde ihre Mutter leise weinend sagen: »Laurie, wie konntest du nur?« Nicht, daß ihre Mutter bewußt snobistisch gewesen wäre. Soviel Laurie wußte, war ihre Mutter sich überhaupt vieler Dinge nicht bewußt. Bei ihr kam es ganz auf den Tonfall an. Manche Dinge hörten sich richtig für sie an und andere wieder nicht. Und Laurie hatte eine Vorliebe für Dinge, die sich nicht richtig anhörten, und mußte sich daher notwendigerweise für ein recht exzentrisches junges Mädchen halten.
Sie hob die Oberlippe und malte ein leicht verführerisches Lächeln um die Mundwinkel. ›So‹, dachte sie, ›sehe ich sanftmütig aus.‹ Mit dem Augenbrauenstift zog sie am Rande der oberen Lider einen feinen Strich, um ihre Wimpern dunkler erscheinen zu lassen. Ihr hellbraunes Haar war kurz geschnitten und bauschte sich locker um ihren Kopf. Sie schob es zurecht und verwuschelte es etwas. Das Gesicht im Spiegel lächelte sie unsicher an. Lauries Nase war groß, ihre Lippen voll, ihre Augen freundlich und strahlend. Wenn sie in den Spiegel schaute, machte sie unweigerlich ihre Augen weit auf und zog die Lippen etwas zusammen. Sie glaubte, dadurch bekäme ihr Gesicht etwas ausdruckslos Höfliches. Aber sie irrte sich, sie hatte ein unregelmäßiges Gesicht, ein eigenartig vornehmes, bewußtes Mädchengesicht, mit

einem seltsam glänzenden Schimmer; vielleicht das Zeichen von Gesundheit, vielleicht aber auch nur von Nachlässigkeit.

›Das Gemeine ist‹, dachte sie, ›daß einem immer nur reine Sinnlichkeit unterschoben wird, wenn man jemanden heiratet, der arm ist!‹ Heiratete man hingegen jemand Reichen, gratulierten einem alle, sogar die ganz Freisinnigen; als hätte man einen Akt ungewöhnlich schwieriger Tugendhaftigkeit vollbracht. Laurie stand vom Spiegel auf, und im selben Moment nahm ihr Gesicht wieder seinen normalen Ausdruck an, das heißt, es wurde heiterer und gelöst. Ganz klar, daß die Leute einen, was immer man auch täte, sowieso schon für sinnlich hielten, wenn man in einer solchen Physis steckte wie sie, dachte Laurie vergnügt. Männer verliebten sich eben in einen, ältere Männer, junge Männer, kleine Buben.

Sie legte den Morgenrock ab und ging rückwärts auf den Spiegel ihres Kleiderschrankes zu. Ihr Rücken war gerade, ihr Gesäß üppig (zu üppig; in einem plötzlichen Ausbruch gab sie ihm einen Klaps), ihre Beine akzeptabel. Sie gab sich der Vorstellung hin, ein Operettenstar zu sein, der eine Unmenge Geld verdiente und nicht nötig hatte, zu heiraten. Laurie versuchte sich in einer grandiosen Verbeugung und brach über sich selber in schallendes Gelächter aus. Es war eine so vornehme Verbeugung gewesen. Die eine Hand auf dem Magen und die andere durch die Luft kreisend, schloß sie die Augen und versuchte, es besser zu machen.

Ihre Zimmergenossin Carey kam herein. »Ja, um Gottes willen, was machst du denn da, Laurie?«

»Ich wackle mit den Hüften. Das ist gut für die Taille.

Du solltest das mal versuchen. Du bist ein bißchen dick um die Mitte rum.«

Carey war ein großes, flachbusiges, sportliches Mädchen mit vorstehenden Zähnen, das Pferde liebte. Sie runzelte die Stirn. »Sehr witzig bist du gerade nicht«, sagte sie. »Du bist nicht mal komisch.«

Laurie machte ihre Schranktür auf und betrachtete ihre Garderobe. Carey zog eine Schublade heraus, gab ein paar ärgerliche Laute von sich und verließ das Zimmer. Laurie atmete auf. Sie begann die Kleider einzeln aus dem Schrank zu nehmen und sie vor sich hinzuhalten. Dann hatte sie plötzlich das Gefühl, sie müßte weinen. Schließlich war ja heute vielleicht der Abend, an dem sie sich womöglich verlobte, an dem sie sich ehrenwörtlich verpflichtete, einen Mann zu heiraten; und in ihrer Familie blieben die Frauen verheiratet. Sie würde gezwungen sein, ein ganzes Leben lang mit diesem einen Mann ... Schnell griff sie nach einem anderen Kleid und hielt es vor sich hin. Es war aus brauner Seide, mit kleinen schwarzen Figuren bedruckt, und es hatte Ärmel, die nur bis zur Mitte ihres Unterarms reichten. Es war ihr elegantes Kleid (eine wehrlose und einsame Laurie schob ihre Unterlippe vor und hielt das Kleid gegen ihren Körper); ihr Gedächtnis schwamm von Erinnerungen. In diesem Kleid hatte sie ihren ersten Martini genossen ... Im Hotel Plaza noch dazu. Das war mit Ray Delbert, seinem Vater und der dritten Frau seines Vaters gewesen. Die Männer hatten sich über den Tisch gelehnt und ihr die Zigaretten angezündet, und Mrs. Delbert hatte sich beharrlich, wirklich interessiert, nach ihren Kursen im College erkundigt. Aber nichts hätte Laurie an jenem Tag zu einer Collegestudentin degradieren können, nichts konnte ihr etwas anhaben. Sie erinnerte sich ganz deutlich nur an das Klopfen ihres Herzens ... und wie sie die Schuhe unter dem Tisch ausgezogen hatte – ihre ersten hohen Absätze –, teure grüne Schuhe, ganz spitz und unbequem. Rays Gesicht war verschwommen. Obwohl er derjenige gewesen war, der geweint hatte ... Laurie warf ihr Kleid aufs Bett und sich daneben. Wie hatte er auch das Versprechen von ihr erwarten können, ihn zu heiraten? Sie war damals erst siebzehn gewesen. Er hatte sie ein grausames Luder genannt. Ungläubig fuhr Laurie sich mit beiden Händen über das Gesicht. War sie ein Luder? War sie hart und grausam? Das zu wissen, war ungeheuer wichtig für sie. Doch Lauries Bewußtsein lehnte es ab, sich in eine Diskussion einzulassen. Sie fühlte sich krank und unglücklich, aber ihr Bewußtsein tat nichts dagegen. Sie nahm sich vor, zu spät zu kommen. Henry White sollte warten und warten und warten. Sie zündete sich eine Zigarette an.

Das erstemal, daß man sie ein Luder genannt hatte, war auf ihrer gewissermaßen ersten Tanzparty gewesen. Ihr erster großer Ball. In Philadelphia. Sie war mit dem Zug von New York zu ihrer Kusine Phyllis gefahren. Phyllis hatte ein teures langes Ballkleid aus weißem Tüll. Der Ball war für jemanden veranstaltet worden, der in die Gesellschaft eingeführt wurde. Lauries Kleid war mehr Ausverkaufsgenre, aus Kattun und solide und vom Kaufhaus Best. Was ihre Mutter preiswert und Laurie billig nannte. Vierzehn fünfundneunzig und reichlich Material an den Nähten. Sie war ein wenig pummelig gewesen, aber ihre Haut hatte die gesunde Glätte, die von Sonnenschein und zehn Stunden nächtlichem Schlaf herrührt. Ob sie attraktiv wirkte, wie sie immer gehofft hatte, das würde sie aller Voraussicht nach in jener Nacht feststellen können. Von dem Moment an, wo sie für den Ball Toilette machten, war Phyllis unausstehlich gewesen. Sie behauptete, Lauries Summen ginge ihr auf die Nerven. Sie behauptete auch, Laurie verschmiere die Spiegel. Und als die Jünglinge angekommen waren, um sie abzuholen, und Phyllis und Laurie im Begriff waren, die Treppe hinunterzugehen, warf Laurie noch einen letzten hoffnungsvollen Blick auf ihr Spiegelbild, warf dann den Kopf zurück und lachte voller Entzücken. Phyllis packte sie beim Arm und riß sie zur Treppe. Phyllis war damals siebzehn gewesen, zwei Jahre älter als Laurie und dünn. In Jackenkleidern sah sie gut aus. »Du fettes kleines Luder!« hatte sie beim Hinuntersteigen gemurmelt.

Laurie setzte sich auf. Sie war an diesem Ball ziemlich schlimm gewesen. Sie hatte den Ausschnitt ihres Kleides ein wenig tiefer gemacht, als er ursprünglich war. Und diese Jungens! Laurie saß auf ihrem Bett in ihrem Collegezimmer und zitterte vor Entzücken. Sie war angestarrt, angefleht, abspenstig gemacht und geküßt worden ... »Ogottogott!« sagte Laurie laut. »Das hat mir dann vielleicht gefallen!« flüsterte sie vor sich hin. »Und all die Blumen. So viele Jungens haben mir an diesem Weekend Blumen geschickt, und ich habe allen versprochen, ihnen zu schreiben. Aber geschrieben habe ich nicht einem einzigen.«

Draußen im Gang tönte der Summer dreimal lang, einmal kurz. Laurie trat vor ihre Zimmertür, zog die Stirn in Falten und begab sich dann langsam, graziös und ganz gemächlich den Gang hinunter zum Telephon. Es

war Henry. Laurie teilte ihm mit, sie sei noch nicht einmal annähernd angezogen. Es wäre wohl besser, wenn er noch einen Kaffee trinken ginge und erst in zwanzig Minuten zurückkäme.
»Aber Mutter wartet doch auf uns!« sagte Henry.
Laurie starrte kühl ins Telephon. »Das bedeutet nichts Gutes für die Zukunft«, meinte sie. Sie kam sich mehr und mehr wie eine große Dame vor. Dann sagte sie begütigend: »Hör zu, Henry ... Also, wenn du's schon wissen mußt – die Duschen waren besetzt.«
Mit nachdenklichem Blick spazierte sie in ihr Zimmer zurück, Martin, der groß und seriös war und im dritten Jahr Jura studierte, hätte sich das nie gefallen lassen. Er hätte mit einem Knall einfach abgehängt. Laurie hatte noch nie jemanden kennengelernt, der mit einem solchen Ingrimm studierte wie Martin. Er konnte sogar seine Beine grimmig übereinanderschlagen, wenn er las. Martin verließ sich so sehr auf die Zukunft, daß Laurie sie geradezu spürte, wenn sie mit ihm zusammen war; diese Stunden des Aufstiegs, diese Tage und Jahre, die wie Gold glitzerten.
»Was für ein Junge ist das eigentlich?« hatte ihre Mutter sie gefragt. Dann honigsüß: »Ist er aus guter Familie?« Das bedeutete, daß Martin wenig Wert hatte. Er war kein guter Fang, keine gute Partie. Und wenn sie der Wahrheit die Ehre gab, mußte Laurie zugeben, daß seine Manieren mangelhaft waren. Beim geringsten Anlaß war er beleidigt, und er war schnell gekränkt. Er konnte sehr, sehr albern sein. Und was noch schlimmer war: jedes Mädchen konnte ihn haben; sie brauchte nur nett zu ihm zu sein und ein wenig zärtlich und sich ein wenig für sein Jurastudium zu interessieren.

Laurie gab sich geschlagen. Sie beschloß, für Henry ihr hellblaues Kleid anzuziehen; es wirkte unschuldig und paßte zu ihren Lippen. Sie nahm das Kleid aus dem Schrank und zog es langsam über den Kopf. Das Eigenartige war, wie wenige Männer sie beim Juristenball während des Tanzens von Martin weggeholt hatten. Vielleicht hatte er zu drohend ausgesehen und die anderen Männer abgeschreckt. Oder lag ihr am Ende mit Martin nicht soviel daran, die Aufmerksamkeit aller Männer auf sich zu lenken? Vielleicht war das etwas, was man an- und abstellte, wenn man ein Luder war ...
Laurie warf den Kopf zurück; das blaue Kleid war noch offen. Was zum Teufel, sollte man denn mit seinem Aussehen anfangen? Nur *einen* Mann auswählen, einen sehr reichen, mit einer Menge Häuser, und alle zu sich aufschauen lassen? Ein gutes Kind sein, nur mit netten Burschen Rendezvous haben, Mädchen wie Carey und Phyllis nicht niederträchtig behandeln und Leute wie Ray Delbert zum Weinen bringen?
Wild zog sie den Reißverschluß zu. Nein! Sie wollte lieber niederträchtig und schlecht sein und einen üblen Charakter haben. Sie beschloß, mit Martin zu schlafen. Ihre Mutter sollte sich zum Teufel scheren.
Mit einem Ruck machte sie den Reißverschluß wieder auf und zog das Kleid über den Kopf aus. Sie warf es auf den Boden, wo es Carey ärgern würde, die keine Verabredung hatte. Sie langte in den Schrank und holte ihr neues schwarzes Kleid heraus. Ihre Mutter hatte behauptet, sie sei zu jung für Schwarz. Laurie lachte mit blitzenden Zähnen. Sie dachte auch nicht daran, einen Hüftgürtel anzuziehen. Ihr Allerwertester sollte nach Herzenslust wackeln. Das Kleid saß

ausgezeichnet. Laurie seufzte, schob ihr Haar zurecht und zog eine Strähne über die Stirn herunter. Dann wischte sie mit einem Kleenex den Lippenstift von den Mundwinkeln ab. Verwegene Jugend, das war sie. Die Welt war schlecht, warum sollte Laurie besser sein.

Aus: Harold Brodkey, Erste Liebe und andere Sorgen.
Aus dem Amerikanischen von Elizabeth Gilbert

John Irving *Dantes Hölle – Neuauflage*

Der Fahrer arbeitete seit etwa drei Jahren als Chauffeur. Davor hatte er Taxi gefahren. Der Chauffeurdienst gefiel ihm besser; niemand versuchte, ihn zu überfallen oder niederzuschlagen; es ging viel ruhiger zu, und die Autos waren elegant. Den Mercedes hatte er jetzt schon seit einem Jahr, und es machte ihm großen Spaß, ihn zu fahren. Gelegentlich kam er aus der Stadt raus – einmal war er sogar nach New Haven gefahren – und er genoß es, den Wagen auf der Landstraße zu steuern, wo ihn keine Ampel aufhielt. Und das verband er seitdem mit dem Begriff »Landstraße«: eine Fahrt nach New Haven. Weiter hatte er sich noch nie von New York entfernt. Er hatte eine Frau und drei Kinder, und jeden Sommer sprach er mit ihr darüber, im nächsten Urlaub mit der ganzen Familie nach Westen zu fahren. Aber er besaß kein eigenes Auto; er wartete darauf, daß er sich einen Mercedes leisten konnte oder bis sie beim Chauffeurdienst einen alten Wagen billig verkauften.

Als er dann den Auftrag bekam, Bogus nach Maine zu fahren, bereitete er sich auf die Reise vor, als ginge es nach San Francisco. *Maine!* Er stellte sich Männer vor, die auf Walfang gingen, zum Frühstück Hummer aßen und das ganze Jahr über in Gummistiefeln herumliefen.

Zwei Stunden lang redete er, bis er merkte, daß sein Fahrgast entweder eingeschlafen oder in Trance war; dann hielt er den Mund. Sein Name war Dante Calicchio, und er stellte fest, daß, seitdem er nicht mehr Taxi fuhr, dieser Fahrgast der erste war, der ihm angst machte. Er hielt Bogus für verrückt und schob den Hundertdollarschein in seine Unterhose, vorne ganz tief hinein, wo er ihn nicht lange suchen mußte. Vielleicht gibt er mir noch einen, dachte er. Oder er versucht, sich diesen hier wiederzuholen.

Dante Calicchio war klein und vierschrötig, hatte wuschelige schwarze Haare und eine Nase, die ihm so oft gebrochen worden war, daß sie im Gesicht hin und her zu flattern schien. Er hatte früher geboxt; über seinen Kampfstil hatte er gerne gesagt, er sei immer mit der Nase vorne dran. Er hatte auch gerungen, daher seine Blumenkohlohren. Ein reizendes Paar, ganz zerknittert und geschwollen und lappig, wie zwei ungleiche Klumpen Hefeteig, die man ihm an den Kopf geklatscht hatte. Laut schmatzend kaute er einen Kaugummi; das hatte er sich angewöhnt, nachdem er, vor Jahren, das Rauchen aufgegeben hatte.

Dante Calicchio war ein braver Bürger, der sich dafür interessierte, wie andere Menschen lebten und wie andere Orte aussahen; deshalb war er ganz froh, diesen Irren nach Maine fahren zu können. Doch als sie nördlich von Boston waren – es war schon dunkel, der Verkehr ließ immer mehr nach, bis fast kein Auto mehr zu sehen war – da bekam er ein wenig Angst davor, sich mit einem Mann, der seit New York keinen Laut mehr von sich gegeben hatte, in diese Wildnis zu begeben.

Der Angestellte der in New Hampshire die Autobahngebühren einkassierte, besah sich Dantes Chauffeuruniform, starrte auf den Plüschsitz im Fond, wo Bogus vor sich hindämmerte, und da kein anderes Auto in Sicht war, fragte er Dante, wohin es denn gehe.

»Maine«, flüsterte Dante, als sei es ein heiliges Wort.

»*Wohin* in Maine?« wollte der Angestellte wissen. Der Bundesstaat Maine war schließlich nur zwanzig Minuten von seinem täglichen Arbeitsplatz entfernt.

»Ich weiß nicht genau, wohin«, sagte Dante, und der Angestellte gab ihm das Wechselgeld zurück und winkte ihn durch.

»Hey, Sir«, wandte Dante sich an Bogus, »wohin denn in Maine?«

Georgetown ist eine Insel, aber in Trumpers Gedanken war es noch inseliger, als es ohnehin schon ist. Es könnte auch als Halbinsel durchgehen, da es durch eine Brücke mit dem Festland verbunden ist; die Unbequemlichkeiten einer wirklichen Insel fallen also weg. Doch Trumper dachte an das wunderbare Flair der Einsamkeit, das Couth diesem Ort verlieh. Aber Couth könnte einem wahrscheinlich auch am Kennedy Airport das Gefühl von Einsamkeit vermitteln.

Bogus überlegte sich, wie er sich Biggie am geschicktesten nähern sollte; erst jetzt merkte er, wie sehr er sie vermißt hatte. Den Sommer über würde sie auf keinen Fall in Iowa bleiben. Im Moment war sie wahrscheinlich in East Gunnery, half ihrem Vater und überließ Colm der Fürsorge ihrer Mutter. Es war sogar denkbar, daß seine Eltern sie mit einem Wir-haben's-dir-ja-gesagt-Unterton eingeladen hatten, jetzt, wo er

sie verlassen hatte, doch sicherlich hätte sie diese Hilfe zurückgewiesen.
Jedenfalls hatte sie ganz bestimmt Couth geschrieben, hatte ihn gefragt, ob er wisse, wo Bogus sei, und Couth wußte sicher, wo *sie* war und welche Gefühle sie ihrem entlaufenen Ehemann entgegenbrachte. Vielleicht hatte Couth sie sogar gesehen und konnte ihm sagen, wie Colm sich machte.
»Hey, Sir«, sagte jemand zu ihm. Es war der Mann auf dem Fahrersitz mit der Liftboyuniform. »Hey, Sir, wohin in Maine?«
Trumper sah aus dem Fenster; sie fuhren gerade die leere Umgehungsstraße von Portsmouth Harbour entlang und über die Brücke nach Maine. »Georgetown«, sagte er dem Fahrer. »Es ist eine Insel. Halten Sie lieber an und sehen Sie auf der Karte nach.«
Und Dante Calicchio dachte: *Eine Insel!* Mensch, wie soll ich denn auf eine Insel *fahren*, du verdammter Idiot ...
Doch Dante nahm die Straßenkarte und sah, daß es vom Festland, von Bath aus, eine Brücke über die Mündung des Kennebec River nach Georgetown Island gab. Als sie die Brücke irgendwann nach Mitternacht überquerten, öffnete Bogus das Fenster und fragte ihn, ob er das Meer riechen könne.
Was Dante roch, war zu frisch, um das Meer zu sein. Das Meer, das Dante kannte, roch nach den Docks von New York und Newark. Das salzige Sumpfland hier hatte einen durchdringenden, sauberen Geruch, und auch er kurbelte seine Fensterscheibe herunter. Doch am Fahren hatte er keinen Spaß mehr. Die Straße auf der Insel hatte lockere, sandige Bankette, war eng und kurvig und hatte keinen Mittelstreifen. Häuser gab es

auch keine, nur tiefschwarze Kiefern und Streifen hoher Seegräser.
Und die Nacht war erfüllt von Geräuschen. Keine Hupen oder quietschenden Reifen oder Stimmen namenloser Menschen oder Sirenen, sondern seltsame Dinge – Frösche und Grillen und Seemöwen und Nebelhörner draußen am Meer.
Die schrecklichen Geräusche auf einer so einsamen Straße ließen Dante Calicchio vor Angst fast in die Hose machen; immer wieder taxierte er Bogus im Rückspiegel und dachte: Wenn dieser Verrückte mir auf 'ne krumme Tour kommt, kann ich ihm zweimal das Rückgrat brechen, ehe seine Freunde auf mich losgehen ...
Trumper überlegte sich, wie lange er bei Couth bleiben würde und ob er Biggie anrufen oder sie erst dann aufsuchen sollte, wenn die Zeit reif schien.
Als die Straße plötzlich nicht mehr asphaltiert war, trat Dante heftig auf die Bremse, verriegelte die beiden Vordertüren und dann die beiden hinteren, ohne Bogus auch nur eine Sekunde lang aus den Augen zu lassen.
»Was zum Teufel machen Sie da?« fragte Trumper, doch Dante Calicchio saß unbeweglich auf dem Fahrersitz, schaute mit einem Auge im Rückspiegel auf Trumper und mit dem anderen auf die Straßenkarte.
»Wir haben uns wohl verfahren, was?« meinte er.
»Nein«, entgegnete Trumper, »wir müssen noch etwa fünf Meilen weiter.«
»Und wo ist die Straße?« wollte Dante wissen.
»Wir sind schon *drauf*«, antwortete Bogus. »Fahren Sie weiter.«
Dante schaute nochmals auf der Karte nach, sah, daß

da tatsächlich eine Straße eingezeichnet war und fuhr ängstlich weiter, das heißt er fuhr im Schrittempo, während die Insel zu beiden Seiten immer schmaler wurde. Einige unbeleuchtete Häuser kamen in Sicht, feierlich standen sie da wie Schiffe, die vor Anker liegen, und er sah, wie sich der Horizont zu beiden Seiten öffnete; da draußen war das Meer, die Luft wurde kühler, er konnte das Salz riechen.

Dann las er auf einem Schild, daß er sich auf einem Privatweg befand.

»Fahren Sie weiter«, sagte Trumper. Dante wünschte, er hätte seine Schneeketten neben sich auf dem Sitz liegen, und fuhr vorsichtig weiter.

Ein paar hundert Meter weiter kam ein Schild, auf dem PILLSBURY stand; und der Weg führte so nahe am Wasser entlang, daß Dante fürchtete, die Brandung würde über sie hinwegschwappen. Dann sah er das herrliche alte Haus mit den roten Holzschindeln, ein Haus mit hohen Giebeln, an das eine Garage angebaut war, ein Bootshaus und eine winzige Bucht am Meer.

Pillsbury. Dante glaubte, er habe es mit einem Mitglied dieser Familie zu tun. Pillsbury, das war doch die berühmte Backpulver-Dynastie. Er äugte in den Rückspiegel und überlegte sich, ob er den verrückten jungen Erben eines Kuchenteigvermögens im Auto hatte.

»Welchen Monat haben wir?« fragte Trumper. Er wollte wissen, ob Couth noch allein auf dem Anwesen sein würde oder ob die Pillsburys schon zu ihrem Sommerurlaub angereist waren. Vor dem vierten Juli kamen sie nie hierher.

»Heute ist der erste Juni, Sir«, erwiderte Dante Calicchio. Er hielt den Wagen am Ende des Weges an und lauschte den schrillen Geräuschen, die durch die Nacht drangen – vermutlich Ochsenfrösche und große Raubvögel, Bären, die durch die dichten Kiefernwälder strichen, und Tausende von wilden, heimtückischen Insekten.

Als Trumper den geplättelten Weg zum Haus ging und dabei fortwährend auf das einzige erleuchtete Fenster starrte, das des herrschaftlichen Schlafzimmers im ersten Stock, ging Dante einfach hinter ihm her. Er war in einer rauhen Gegend aufgewachsen und hatte keine Angst, sich noch spät abends einen Sechserpack Bier zu holen, zu einer Zeit, wo andere Leute sich nur noch in größeren Gruppen auf die Straße trauten; aber die Stille auf dieser Insel haute ihn wirklich um, und er hatte keineswegs die Absicht, allein bei all den wilden Tieren zu bleiben, die dort in den Büschen und Bäumen herumwimmelten und summten.

»Wie heißt du?« fragte Trumper.

»Dante.«

»Dante?« wiederholte Trumper. Ein Lichtstrahl fiel auf die Treppe, drang bis in die Diele; eine Verandalampe ging an.

»Couth!« schrie Trumper. »Hey – ho!«

Wenn's nur zwei sind, dachte Dante, werde ich mit den Kerlen schon fertig. Zur Sicherheit tastete er schnell noch einmal nach dem Hundertdollarschein in seiner Unterhose.

Ich erkannte den guten alten Couth durch die Verandatür, als er näherkam, um uns einzulassen; an seinem labberigen Morgenmantel, den er sich aus einer Patchworkdecke zurechtgeschneidert hatte, und an der typischen Art, mit der er durch die Fliegentür spähte. Er muß einen schönen Schreck gekriegt haben, dieses haarige Ungetüm von Chauffeur zu sehen, der in seiner Liftboyuniform dastand und die Moskitos abwehrte, als seien sie fleischfressende Raubvögel, aber einen noch größeren Schreck muß er gekriegt haben, als er mich sah.

Als du uns hineingelassen hast, Couth, habe ich sofort gesehen, daß du gerade mit einer Lady herumgemacht hast und von uns unterbrochen wurdest. Du hast ihr Parfüm am Körper getragen wie einen zweiten Bademantel unter dem, den du anhattest; und daran, wie eilig du von der offenen Tür, von der Kälte, die hereindrang, zurückgetreten bist, konnte ich sehen, daß du von irgendwoher kamst, wo es warm war.

Aber das macht doch nichts unter Freunden, nicht wahr, Couth? Ich nahm dich in die Arme, hob dich hoch, schwenkte dich herum, du dürre Latte! Du hattest einen angenehmen Geruch an dir.

Trumper trug Couth in die Küche, tanzte mit ihm umher, bis sie gegen ein nagelneues Plastikkinderfloß knallten, das am Spülstein vertäut war. Bogus konnte sich nicht daran erinnern, daß die Pillsburys kleine Kinder hatten. Er setzte Couth auf das große Schneidebrett, küßte ihn auf die Stirn, und der arme Kerl saß mit offenem Mund da, während Trumper gerührt losdröhnte: »Couth, ich kann dir gar nicht sagen, wie froh ich bin, dich wiederzusehen ... Wieder bist du es, mein Freund, der mir das Leben rettet ... du bist der einzige ruhende Pol in meinen Leben, Couth! Sieh mal – mein Bart ist fast genauso lang wie deiner, Couth ... wie geht's denn, alter Junge? Mir ist's wirklich dreckig ergangen, aber das weißt du wahrscheinlich schon ...«

Und Couth saß da und starrte auf ihn, dann auf Dante

Calicchio, ein kompaktes Monster in Uniform, das sich höflich im Hintergrund hielt, mit der Chauffeurmütze in seiner riesigen Tatze in einer Ecke stand. Während Trumper in der Küche herumturnte, den Kühlschrank öffnete, ins Eßzimmer schaute, einen Blick in die Waschküche warf – und mit anzüglichem Grinsen registrierte, daß da ein paar seidene BHs und Damenslips auf der Wäscheleine hingen.

Er nahm den ihm am nächsten hängenden BH von der Leine und wedelte Couth mit einem lüsternen Blick damit zu.

»Wer ist es denn, du kleiner geiler Bock?« scherzte er und kraulte Couth an seinem langen Bart.

Doch Couth sagte nur: »Wo *warst* du, Bogus? Wo zum Teufel hast du bloß gesteckt?«

Bogus hörte den vorwurfsvollen Unterton und begriff sofort, daß Couth etwas von Biggie gehört haben mußte. »Du hast sie gesehen, nicht wahr?« fragte er ihn. »Wie geht's ihr, Couth?« Aber Couth wandte den Blick von ihm ab, als fange er gleich an zu weinen, und Trumper, der es schnell mit der Angst zu tun bekam, fügte sofort an: »Ich weiß, ich hab mich ziemlich daneben benommen ...«

Er spielte mit dem BH herum, und Couth nahm ihn ihm weg. Als Trumper den BH in Couths Händen sah, schoß es ihm plötzlich durch den Kopf: *Das ist doch ein hautfarbener BH*, und er erinnerte sich daran, wie er genauso einen gekauft hatte – genauso groß. Er hörte auf zu reden; er sah zu, wie Couth von dem riesigen Schneidebrett herunterrutschte, wie ein träger Klumpen Fleisch, der dort entbeint worden war; Couth ging in die Waschküche und hängte Biggies BH wieder auf die Wäscheleine.

»Du warst lange weg, Bogus«, sagte Couth.
»Aber jetzt bin ich wieder da, Couth«, entgegnete Trumper und fand selbst, daß das reichlich blöde klang. »Couth! Es tut mir leid, aber ich bin *wieder* da, Couth ...«
Von oben erklang das tapsende Geräusch nackter Füße, die die Treppe herabkamen, und eine Stimme sagte: »Sei nicht so laut, sonst weckst du Colm auf.«
Die Schritte näherten sich der Küche. Dante, der sich in der Ecke gegen das Gewürzbrett drückte, versuchte das Unmögliche, nämlich sich klein und unscheinbar zu machen.
»Bogus, es tut mir leid«, sagte Couth freundlich und packte ihn am Arm.
Dann kam Biggie herein, warf Dante einen Blick zu, als gehöre er zu den Landetruppen eines U-Boots, und sah dann Bogus an, ohne auch nur mit der Wimper zu zucken.
»Es ist Bogus«, flüsterte Couth ihr zu, als könne sie ihn mit seinem Bart nicht erkannt haben. »Es ist Bogus«, wiederholte er etwas lauter. »Heimgekehrt aus dem Krieg ...«
»*Heimgekehrt* würde ich es nicht nennen«, erwiderte Biggie kühl. »So würde ich es wahrhaftig nicht nennen.«

Und ich habe mich bemüht, einen lustigen Tonfall aus deiner Stimme herauszuhören, Big; ich hab mich wirklich angestrengt. Doch ich konnte ihn nicht hören, Big. Da war nichts. Und das einzige, was mir einfiel – angesichts der Tatsache, daß ihr beide etwas beunruhigt schient wegen dem massigen uniformierten Spaghettifresser, der da unter den Gewürzen stand – das einzige, was mir in diesem Moment einfiel, war, euch beiden meinen Fahrer vorzustellen. Sonst fiel mir beim besten Willen nichts ein, womit ich hätte anfangen können.

»Äh«, sagte Trumper wie ein dummer Schulbub, »das ist Dante. Mein Chauffeur.« Weder Biggie noch Couth konnten Dante ansehen; sie starrten abwechselnd auf Bogus und zu Boden. Und Bogus starrte nur auf Biggies Morgenrock, ein neuer – orange, ihre Lieblingsfarbe, aus Velours, ihrem Lieblingsstoff. Sie hatte sich die Haare etwas wachsen lassen und trug Ohrringe – was sie früher nie getan hatte; sie sah irgendwie zerzaust und strubbelig aus, was ihr, so ging es ihm durch den Kopf, schon immer stand. Wenn sie so aussah, drängte es einen geradezu, mit ihr herumzuknuddeln.
Dann versuchte Dante Calicchio, den es etwas nervös machte, in dieser Situation vorgestellt zu werden, sich aus der Ecke herauszumanövrieren, und knallte mit der Schulter gegen das Gewürzbord, das auf die Mitte der Küche zusegelte; unbeholfen versuchte er es aufzufangen, worauf Biggie, Couth und Bogus ihm entgegenstürzten und alles nur noch schlimmer machten. Die kleinen Gewürzgläschen fielen klirrend zu Boden und zerbrachen, und auch Dantes letzter Versuch, das leere Bord aufzufangen, schlug fehl; es knallte gegen die unnachgiebige Kühlschranktür.
»Mein Gott, das tut mir wirklich leid«, sagte Dante.
Biggie stupste ein kleines Gewürzglas mit dem Fuß an und sah Bogus genau in die Augen. »Vielen Leuten tut was leid«, meinte sie kühl.
Von oben hörte Bogus Colm rufen.
»Entschuldigt mich.« Biggie ging aus der Küche.
Trumper folgte ihr die Treppe hinauf. »Colm«, sagte er.

»Das war doch Colm, oder?« Er war dicht hinter ihr, als sie stehenblieb, sich umdrehte und ihm einen Blick zuwarf, wie sie es noch nie getan hatte – als sei er ein völlig Fremder, der sie soeben überraschend auf eine häßliche, lüsterne Weise angegrabscht hatte.
»Ich bin gleich wieder zurück«, sagte sie kühl, und er ließ sie allein nach oben weitergehen. Auf dem Weg zurück in die Küche ließ er sich ein wenig Zeit und lauschte ihrer sanften Stimme, die Colm beruhigte, der Krach sei nur das Gewürzbrett gewesen; aus der Küche vernahm er Couths ebenfalls beruhigende Stimme, mit der er auf Dante Calicchio einredete. Ein paar der Gewürzgläser seien ja noch heil, sagte Couth, und er könne im Handumdrehen ein neues Regal bauen.
Dante Calicchio sagte etwas auf Italienisch; Trumper kam es vor wie ein Gebet.
Dann kam die Sache mit dem Billardspiel. Couth hatte Mitleid mit Dante, der sich in diesem Haus völlig deplaziert vorkam, jedoch vor dem Dunkel draußen Angst hatte und überlegte, ob er nicht seine Frau anrufen, dem Chauffeurdienst diese Verspätung mitteilen oder einfach schnell nach New York zurückfahren sollte.
»Sir?« wandte er sich fragend an Trumper, der darauf wartete, daß Biggie wieder herunterkam. »Soll ich jetzt gehen?«
Aber Trumper wußte überhaupt nichts mehr. »Ich weiß nicht, Dante«, sagte er zögernd, »was meinst du?«
Dann kam Biggie herunter, lächelte Couth tapfer an und nickte Bogus, der ihr nach draußen auf die nachtschwarze Mole folgte, kühl zu.
Dann fragte Couth Dante, ob er Billard spielen könne. Das holte den für eine Weile aus seinem Trauma, denn er spielte sehr oft Billard. Achtmal schlug er Couth,

dann spielte er nach einem geheimen Handicapsystem weiter und gewann drei der nächsten vier Spiele. Aber sie spielten nicht um Geld. So wie sich alle im Haus verhielten, konnte Dante beim besten Willen nicht an Geld denken. Dennoch spürte er jedesmal, wenn er sich über den Tisch beugte, um den Spielball anzupeilen, den Hundertdollarschein in seiner Unterhose.

»Dieser Mr. Pillsbury«, sagte er zu Couth, immer noch im Glauben, Bogus sei ein Pillsbury, »womit verdient er so viel Geld?«

»Er macht einmal im Monat seine Post auf«, antwortete Couth, im Glauben, Dante meine *den* Mr. Pillsbury.

Dante pfiff durch die Zähne, stieß einen leisen Fluch aus, versenkte den Fünferball im Loch, und der Spielball rollte genau dahin, wo er ihn haben wollte. Couth, der sich fragte, wovon sich Bogus einen Chauffeur leisten konnte, fragte ihn: »Dieser Mr. Trumper, Dante – womit verdient *der* soviel Geld?«

»Die Zwölf in die rechte Ecke«, sagte Dante. Wenn er einen Stoß plante, hörte er nicht, was um ihn herum gesagt wurde.

Couth war verwirrt; er dachte, Dante wolle ihm ausweichen. Er sah aus dem riesigen Fenster und sah Biggie am Ende der Mole stehen und aufs Meer hinausblicken; an ihren Handbewegungen konnte er erkennen, daß sie redete. Drei Meter weiter weg stand Bogus an einen Pfahl gelehnt, reglos, als wolle er dort Wurzeln schlagen.

Dante schoß den Spielball quer über den Tisch und versenkte den Zwölferball, doch Couth rührte sich nicht vom Fenster weg. Dante sah zu, wie der Spielball die Zehn von der Acht wegstieß und dann langsam hinter die Vierzehn rollte, so daß er genau auf das Loch

gegenüber zielen konnte. Er wollte es gerade ankündigen, als Couth etwas zum Fenster sagte.
»Bleib hart«, sagte Couth. Es war fast ein Flüstern.
Dante beobachtete Couth. Mein Gott, dachte er, er macht einmal im Monat seine gottverdammte Post auf, und alle sind plemplem hier, die beiden sind völlig verrückt auf die Wuchtbrumme. Heut nacht mach ich kein Auge zu, Leute, und diesen Billardstock werd ich nicht aus der Hand legen, da könnt ihr Gift drauf nehmen ... Aber Dante sagte nur: »Sie sind dran.«
»Was?«
»Sie sind dran«, wiederholte Dante. »Ich hab nicht getroffen.«
Lügen war das geheime Handicapsystem, das sich Dante Calicchio ausgedacht hatte.

Ich warf eine Schnecke von der Mole. Mit einem *Ploink* fiel sie ins Wasser, und ich überlegte, wie lange sie wohl brauchen würde, um wieder ans trockene Land zu kommen.
Und du, Biggie, hast geredet und geredet.
Unter vielem anderen hast du auch gesagt: »Natürlich wirst du nie aufhören, mir etwas zu bedeuten. Du bedeutest mir viel, Bogus. Aber weißt du, ich bedeute Couth auch sehr viel.«
Ich schleuderte eine Salve von drei Schnecken: *Ploink! Ploink! Ploink!*
Und du hast weitergeredet, Big. Hast gesagt: »Du warst so lange weg! Aber irgendwann war es nicht mehr die lange Zeit, die du weg warst, die mir etwas ausgemacht hat, sondern die Zeit, die wir zusammen gewesen waren; so wie ich sie in Erinnerung hatte, war sie nicht schön ...«

Mit der Hand ertastete ich ein paar Rankenfußkrebse und drückte darauf, rieb mit der Handfläche darauf herum wie mit einem Stück Käse auf der Reibe.
Ich sagte: »Ich gebe dir Zeit, Big. Soviel du willst. Wenn du eine Zeitlang hierbleiben willst ...«
»Ich bleibe für immer hier«, hast du gesagt, Big.
Wieder warf ich eine Schnecke. *Ploink!* Dann sprang ein Fisch im Wasser, eine Seeschwalbe kreischte, eine Eule heulte, und von der anderen Seite der Bucht wurde das Bellen eines Hundes durch die Luft herangetragen.
»Du sagst, daß du Couth viel bedeutest, und Colm ihm auch. Aber was empfindest du für Couth, Big?«
»Das ist schwer zu sagen«, hast du geantwortet, dich umgedreht und auf die Bucht gestarrt. Ich dachte, du meinst, es sei schwer für dich zu sagen, weil du ihm keine sehr großen Gefühle entgegenbringst, aber dann sagtest du: »Er bedeutet mir sehr viel.«
»Sex?« fragte ich.
»Oh, ja. Da klappt's auch ganz gut.«
Ploink! Ploink!
»Bitte, Bogus, ich will dir nicht sagen müssen, wie sehr ich ihn liebe«, sagtest du. »Ich will dir nicht wehtun. Es ist viel Zeit vergangen, und jetzt bin ich nicht mehr so wütend.«
»Merrill ist tot, Big«, flüsterte ich – warum, weiß ich nicht. Und du bist zu mir herübergekommen, hast mich von hinten umarmt und so fest gedrückt, daß ich mich nicht umdrehen und dich auch umarmen konnte. Und als ich mich soweit aus deinem Griff befreit hatte, daß ich dich in die Arme nehmen konnte, hast du mich weggeschoben.
»Ich wollte dich nur wegen Merrill umarmen, Bogus«,

hast du gesagt. »Bitte versuch nicht, mich in die Arme zu nehmen.«
Also ließ ich deine Umarmung zu deinen Bedingungen zu. Wenn du denken wolltest, du hättest Merrill im Arm, dann wollte ich dich nicht daran hindern.
Ich fragte sie: »Und was ist mit Colm, Big?«
»Couth liebt ihn sehr«, antwortete sie. »Und er liebt Couth.«
»*Jeder* liebt Couth«, erwiderte ich mit einem *Ploink! Ploink! Ploink!*
»Couth hat dich sehr gern, Bogus«, hast du gesagt. »Und du kannst Colm sehen, wann immer du willst. Natürlich bist du uns hier jederzeit willkommen ...«
»Danke, Big.«
Dann hast du auch einen Schnecke von der Mole geworfen. *Ploink!* »Und was wirst du jetzt tun, Bogus?« wolltest du wissen.
Und ich dachte: *Ploink!* Und sagte: *Ploink! Ploink! Ploink! ploink!-ploink!-ploink!* Ich sah zu, wie du dich von mir abwandtest, und schaute hinauf zu den beiden Gestalten, die sich hinter der breiten Fensterfront des Billardzimmers abzeichneten; sie standen nebeneinander da und hatten die Billardstöcke über die Schulter gelegt, wie Gewehre bei einer Militärparade. – Doch sie marschierten nicht; sie sahen zur Mole herüber, und keiner rührte sich, bis du schließlich den Weg zum Haus hinaufgingst. Da trat die größere, schlankere Gestalt vom Fenster zurück, verschwand im Zimmer und ging dir entgegen; die kleinere Gestalt bog den Billardstock wie einen Fechtdegen; dann ging auch sie vom Fenster weg.
Ploink! dachte ich, als ich die Fliegentür zuschlagen hörte.

Irgendwo tief im Innern des Landes, jenseits der Salzsümpfe, wo Couth und ich früher mit einem Boot an den Kiefern im Salzschlick vorbeigerudert waren, verkündete ein Seetaucher, was ihm gerade durch den Kopf ging.

Dante gewann dreimal klar gegen Biggie, ehe er absichtlich danebenstieß, nur um zu sehen, wie sie ihren Körper mit all seinen Kurven und festen Rundungen unter dem weichen, aufreizenden Morgenrock über den Billardtisch beugte. Wenn sie den Ball anstieß, klemmte sie sich die Unterlippe zwischen die Zähne.
Unten an der Mole saßen, so glaubte er, ihre beiden Liebhaber beieinander, ließen die Beine baumeln und besiegelten mit einer Handvoll Schnecken einen Pakt.
Lieber Gott, dachte Dante. Was wird hier eigentlich gespielt?
Du warst immer nett, Couth, und so siehst du auch aus. Im Gegensatz zu mir hast du blonde Haare, ein Gesicht voller Sommersprossen, wohingegen ich eher wie in grobfaseriges Holz eingeriebenes Leinöl bin. Deine Größe vertuscht, daß deine Hüften breiter sind als deine Schultern, aber dick wirkst du nicht; im Gegenteil, deine langen, dürren Beine, die Pianistenfinger und die edle, ungebrochene Nase lassen dich regelrecht schlank aussehen. Du bist der einzige mit rötlich-blonden Haaren, den ich je mochte. Ich weiß, du hast dir den Bart nur stehen lassen, um deine Sommersprossen zu kaschieren, aber ich hab das nie jemandem erzählt.
Von der Körperstatur her sind wir so verschieden wie Robbe und Giraffe. Du mußt einen ganzen Kopf größer sein als ich, Couth, und es geht mir nicht aus dem Sinn, was Biggie immer von Menschen hielt, die größer

sind als sie selbst. Allerdings, fällt mir gerade ein, ist sie sicherlich schwerer als du.
Ich meine, deine Brust würde in die Mulde zwischen ihren beiden Brüsten passen.
Biggie mochte es, daß sie mich nicht ganz umarmen und dann noch die Finger verschränken konnte, wenn ich tief Luft holte. Nun, deine Lungen könnte sie einfach so zusammenquetschen. Und wenn sie ihre Beine um deine Hüfte schlingt, paß auf deinen Rücken auf! Eigentlich ist es ein Wunder, daß sie dir noch nicht den Garaus gemacht hat. Aber ganz offensichtlich hast du's überlebt.
Doch ich sagte nur: »Du siehst gut aus, Couth.«
»Danke, Bogus.«
»Hm, sie will also bei dir bleiben.«
»Ich weiß.«
Ich warf eine Schnecke so weit hinaus wie ich konnte, und du hast eine hinterhergeworfen. Allerdings nicht annähernd so weit wie meine, bei deiner mädchenhaften Wurftechnik. Deine Arme sind nicht besonders kräftig, und obwohl du so lange Zeit auf Booten verbracht hast, siehst du beim Rudern immer aus wie ein Vogel mit einem gebrochenen Flügel. Und ausgerechnet du willst Colm das Schwimmen beibringen.
Doch ich sagte nur: »Du mußt aufpassen, wenn Colm ans Wasser geht in diesem Sommer. Er kommt jetzt in ein gefährliches Alter.«
»Mach dir keine Sorgen um Colm, Bogus«, gabst du mir zur Antwort. »Ihm wird schon nichts passieren, und ich hoffe, daß du ihn besuchen kommst, wann immer du willst. Und uns auch – komm uns ruhig besuchen.«
»Ich weiß, Biggie hat's mir auch schon gesagt.«

Ploink!

Doch du hast deine Schnecke so schlecht geworfen, daß sie nicht mal ins Wasser fiel, sie landete mit einem *Platsch* im Schlick.

»Ich wäre dir für Fotos dankbar, Couth. Wenn du welche von ... von Couth machst, schick mir doch einen Abzug.«

»Ich kann dir jetzt gleich ein paar geben.«

Ploink!

»Gott, es tut mir leid, Bogus«, entfuhr es dir. »Wer hätte gedacht, daß es so kommen würde?«

»Ich. Ich hätte es mir denken können, Couth ...«

»Sie hatte dich schon verlassen, als sie hierher kam, Bogus. Sie hatte sich schon gegen dich entschieden, weißt du ...«

Ploink!

Platsch!

»Und was ist mit den Pillsburys?« fragte ich ihn. »Was werden sie denken, wenn du hier mit dieser Frau und ihrem Kind lebst?«

»Deswegen haben wir geheiratet«, hast du gesagt, und ich dachte, ich wäre zur Schnecke geworden – hätte mich selbst ins Meer geschleudert und so viel Wasser geschluckt, daß ich deine Worte nicht richtig verstanden habe, Couth.

»Meinst du, ihr *wollt* heiraten, Couth?« fragte ich ihn vorsichtig.

»Nein, ich meine, wir haben's schon getan ... sozusagen.«

Etwa *vier Ploinks* lang grübelte ich darüber nach. Wie war das möglich? Es schien mir einfach nicht möglich, und deshalb hakte ich nach: »Wie kann das sein, Couth? Ich dachte, *ich* wäre mit ihr verheiratet.«

»Äh, das *warst* du auch, natürlich, und diese ... diese Sache ist vom Gesetz her noch nicht ganz durch, aber weil du ... sie verlassen hast, konnten wir es schon mal in Angriff nehmen. Ich versteh es selber nicht richtig, aber einer von den Rechtsanwälten der Pillsburys hat schon so einen Schrieb aufgesetzt ...«
Ich dachte: Na, du hast aber auch nicht nur dagesessen und Däumchen gedreht, Couth, oder?
»Wir hatten ja keine Ahnung, ob und wann du zurückkommen würdest, Bogus«, sagtest du zu mir. Und dann hast du gelabert und gelabert, wie dringend es schon allein vom Gesetz her sei, das Ganze durchzudrücken, wegen der Steuer und wegen dem Kind. *Vielen Dank* dachte ich, als du schließlich bei dem Punkt angelangt warst, daß ich so auch keine Alimente zu zahlen bräuchte.
»Was bin ich dir schuldig?« fragte ich dich.
»Ach was, das ist doch unwichtig, Bogus.« Doch ich hatte schon den Briefumschlag herausgezogen und drückte dir neunhundert Dollar in deine schmale Künstlerhand.
»Du lieber Gott, Bogus, wo hast du das denn her?«
»Bin eben zu Geld gekommen«, entgegnete ich und versuchte, den Umschlag wieder so zurückzustecken, als wäre es das Natürlichste von der Welt, als hätte ich in jeder Tasche noch so einen Briefumschlag und wüßte jetzt nicht genau, in welche dieser da gehörte. Und dann, weil ich annahm, daß du das Geld nicht nehmen würdest, fing ich an zu plappern, einfach aufs Geratewohl.
»Wenn ich schon nicht selbst mit ihnen zusammennleben kann, Couth, dann bin ich wirklich froh, daß du wenigstens bei ihnen bist. Du wirst besser für sie sor-

gen als ich, da bin ich ganz sicher, und ich brauche mir keine Sorgen um sie zu machen. Außerdem ist das hier für Kinder eine herrliche Gegend, und du kannst Colm das Fotografieren beibringen.«

»Biggie wird in diesem Sommer mithelfen«, hast du gesagt. »Weißt du, wenn die Pillsburys hier sind – Einkaufen, Kochen, Haushalt und so was. Da hab ich mehr Zeit zum Fotografieren und Entwickeln ... Übrigens, ich hab im Herbst einen Teilzeitjob in Bowdoin. Ist nur eine dreiviertel Stunde von hier. Nur ein paar Studenten – 'ne Art Fotoworkshop. Ich hab auch 'ne kleine Ausstellung gemacht, im Frühling, und ein paar Studenten haben sogar was gekauft.«

Das Gewicht dieses Smalltalks erdrückte uns schier.

»Ist ja ganz toll, Couth.«

»Bogus, was zum Teufel wirst du jetzt machen?« fragtest du mich nach einer langen Pause.

»Oh, ich muß zurück nach New York«, log ich. »Aber ich werd' mich wieder blicken lassen ... sobald ich alles auf der Reihe hab.«

»Es wird bald hell«, sagtest du. Wir sahen zu, wie die orangefarbene Morgensonne aus dem Meer aufstieg und ihre ersten schwachen Strahlen auf den Strand trafen. »Colm ist ein Frühaufsteher. Er kann dir seine Tiere zeigen. Ich hab ihm eine Art Zoo gebaut, im Bootshaus, für ein paar Tiere, die ich für ihn gefangen hab.«

Aber ich wollte nicht da sein, wenn er aufwachte, wollte nicht sehen, wie er aussah und wollte auch nicht wissen, ob er mich vielleicht noch mochte. Erst mal etwas Gras drüber wachsen lassen, sage ich mir immer; dann kann man immer noch einen zweiten Blick riskieren.

Doch ich sagte nur: »Ich muß mit meinem Chauffeur sprechen, Couth.«
Als ich aufstehen wollte, hast du mich beim Gürtel gepackt und gesagt: »Dein Fahrer weiß nicht mal, wer du bist, Bogus. Was ist denn bloß los mit dir?«
»Mach dir keine Sorgen, Couth, mir wird's schon gutgehen.«
Du bist mit mir aufgestanden, du zierlicher gefallener Engel, hast mich sanft am Kopf gepackt: »Oh, Scheiße, o Mann, Scheiße, wenn wir doch nur beide mit ihr leben könnten, *ich* hätte nichts dagegen – das weißt du doch, oder? Ich hab's ihr sogar mal vorgeschlagen, Bogus.«
»Ach wirklich?« fragte ich überrascht. Ich hielt dich am Bart; war mir nicht sicher, ob ich dich küssen oder dir die Haare ausreißen wollte. »Und wie hat sie darauf reagiert?«
Du sagtest: »Natürlich hat sie nein gesagt. Aber ich hätte nichts dagegen gehabt, Bogus – glaub ich zumindest.«
»Ich hätte auch nichts dagegen gehabt, Couth«, erwiderte ich. Was wahrscheinlich nicht stimmte.
Die Sonne war jetzt ganz zu sehen, lag wie eine Boje auf dem Meer, tanzte auf der Wasseroberfläche, und plötzlich war es so hell, daß ich dich zu genau sehen konnte, Couth. Also sagte ich: »Gib mir noch die Fotos. Ich muß jetzt gehen ...«
Gemeinsam gingen wir zum Haus, nahmen die Steintreppe hinauf, immer zwei Stufen auf einmal. Ich spürte, wie du mir das Geld, das ich dir gegeben hatte, wieder in die Tasche zurückschobst. Und ich erinnerte mich an deinen nackten Arsch damals im Mondschein, wie du bäuchlings auf diesen Steinfliesen gelegen und gesungen hast, Couth; du warst zu

besoffen, um stehen zu können. Das Mädchen bei dir – eins der beiden, die wir in West Bath aufgegabelt hatten – zog seinen Badeanzug an, hatte keine Lust mehr, dich immer wieder hochzuziehen und zu überreden, endlich ins Haus, ins Schlafzimmer zu gehen. Ich lag mit meiner Hälfte unseres Fangs oben am Speicher des Bootshauses.
Ich sah zu, wie du dich auf dem Rasen ausgestreckt hast, und ich erinnere mich daran, wie ich gemütlich an mein Mädchen gekuschelt dalag, nicht zu besoffen zum Bumsen, und dachte: Der arme Couth, der kriegt wohl nie eine ab.
Na ja, Couth, das war nicht das erste Mal, daß ich mich geirrt habe.

Als sie in die Küche kamen, hatte Biggie Dante Calicchio gerade ein Sandwich gemacht. Es war ein riesiges Sandwich, und Dante schob es sich von einem trogähnlichen Teller aus in den Mund; Biggie hatte ihm einen Krug Bier hingestellt, der die Größe einer Blumenvase hatte.
Dante fragte sich, wer jetzt wohl mit wem weggehen würde. Wenn ich jetzt an der Reihe bin, mit dieser großen blonden Mieze an die Mole zu gehen, hab ich nichts dagegen, dachte er.
»Möchtest du was essen, Bogus?« fragte Biggie.
Doch Couth sagte: »Er will losfahren, ehe Colm aufwacht.«
Wer? dachte Dante Calicchio. Wer um alles in der Welt kann in so einer Nacht *schlafen*?
»Hm«, begann Bogus zögernd, »eigentlich würde ich ihn schon gerne sehen, aber ich will nicht, daß er *mich* sieht ... wenn das nicht zuviel verlangt ist.«

»Nach dem Aufstehen füttert er immer zuerst seine Tiere im Bootshaus«, erklärte Couth.
»Und er frühstückt draußen auf der Mole«, fügte Biggie hinzu.
Bogus dachte: Ein fester Tagesablauf. Colm hat ein paar feste Bezugspunkte in seinem Leben. Wie sehr Kinder doch etwas Festes, etwas Stabiles im Leben brauchen. Hab *ich* eigentlich jemals so was wie Stabilität in Colms Leben gebracht?
Aber er sagte nur: »Ich könnte ihn doch vom Billardzimmer aus beobachten, oder?«
»Ich hab ein Fernglas«, sagte Couth.
»Mein Gott, Cuthbert«, fuhr Biggie ihn an. Couth schien peinlich berührt zu sein, Biggie ebenfalls. Bogus dachte: *Cuthbert?* Wann hat dich jemals einer Cuthbert genannt, Couth?
In einer Ecke der Küche stand Dante Calicchio ängstlich inmitten der Gewürztrümmer, verschlang sein Sandwich und stürzte das Bier hinunter und überlegte sich, ob sein Chef vom Chauffeurdienst sich nicht langsam Sorgen machte, und ob seine Frau die Polizei benachrichtigt hatte. Oder umgekehrt?
»Wir werden bald losfahren«, sagte Bogus zu Dante. »Geh doch ein bißchen spazieren, etwas frische Luft schnappen ...«
Dante hatte den Mund so voll, daß er nicht sprechen konnte, doch was er dachte, war: Ach du liebe Scheiße, soll ich dich etwa wieder mitnehmen? Aber er sagte kein Wort und tat so, als merke er nicht, daß Bogus ein dickes Bündel Geld – tausend Dollar vielleicht – in den Brotkasten schob.

Dante saß am Ende der Mole, auf den kühlen, nassen Stufen, die hinunter zum Bootsanlegesteg führten, und war fasziniert von dem Miniaturleben, das sich in den Prielen im Wattenmeer und in den Felsspalten tummelte. Es war das erste Mal, daß er beim Anblick von Schlick Lust bekam, mit nackten Füßen darin herumzulaufen, er hatte sich die Hosen bis zum Knie hochgekrempelt und seine bläulich-blassen Stadtzehen in den saubersten Schlamm gesteckt, den er je gesehen hatte. Auf der Mole über ihm lagen seine staubigen schwarzen Stadtschuhe und seine dünnen schwarzen Stadtsocken und wirkten so fremd in dieser Umgebung, daß sogar die Seemöwen einen großen Bogen um sie flogen. Die etwas verwegeneren Seeschwalben kamen im Tiefflug näher, stoben dann jedoch kreischend vor diesem seltsamen Schwemmgut davon.
Draußen, im Dunst der Bucht, holte ein Hummerfänger gerade seine Kästen ein, und Dante fragte sich, wie es wohl wäre, wieder körperliche Arbeit zu verrichten, und ob er seekrank werden würde. Er erhob sich und tapste vorsichtig durch den Schlamm, spürte ab und zu, wie eine Muschel seine Füße piekste, und beobachtete mißtrauisch das wimmelnde Leben um sich herum. Ein alter Hummerkasten lag angeschwemmt hinten an einem der Molenpfähle; vorsichtig ging Dante hin, um zu sehen, was für Tiere wohl darin lagen. Doch der Kasten lag fest im Schlamm eingebettet, und sein einziger Inhalt war der Köder, der völlig kahlgefressene Kopf eines Fisches. Dann kroch ein Schlammwurm über seinen Fuß; er schrie auf und rannte zum Ufer. Als er sich umschaute, ob jemand Zeuge seiner Feigheit geworden war, sah er einen dunkelhaarigen, hübschen kleinen Jungen, der ihn beobachtete. Der Junge hatte

einen Schlafanzug an und kaute an einer Banane. »Das war nur ein Schlammwurm«, erklärte Colm.
»Beißen die?« fragte Dante.
»Sie zwicken«, erwiderte Colm, hüpfte von der Mole herunter und kletterte barfuß über die kantigen Felsen, als mache es seinen Füßen überhaupt nichts aus. »Ich fang dir einen«, bot er Dante an. Er drückte ihm seine Banane in die Hand und lief über die Muscheln, die, da war Dante sich sicher, seine Füße aufgeschlitzt hatten. Er kam sich belämmert vor und widerstand der Versuchung, seinen Körper auf Schnittwunden zu untersuchen und sah zu, wie der Junge durchs Watt lief, mit seinen Fingern nach schrecklichen, lebendigen Dingen porkelte, die Dante nicht einmal mit einem Stock angeschubst hätte.
»Sind manchmal ganz schön schwer zu kriegen«, bemerkte Colm, hockte sich hin und hob einen riesigen Schlammklumpen hoch. Mit seiner kleinen, gelenkigen Hand schlüpfte er in das Loch und zog einen langen, grünlich-roten Wurm hervor, der sich sofort um seine Hand wickelte. Colm hielt ihn direkt hinter dem Kopf fest, und Dante konnte die schwarzen Tentakel von dem Ding sehen, die blind in der Luft herumtasteten.
Du kleiner Schlaumeier, dachte Dante Calicchio. Wenn du mir mit dem Ding zu nahe kommst, schmeiß ich deine Banane in den Schlamm. Doch Dante stand seinen Mann, als Colm direkt auf ihn zukam.
»Siehst du die Kneifer?« fragte er.
»Ja«, antwortete Dante. Er wollte Colm die Banane zurückgeben, fürchtete jedoch, der Junge würde das als einen Tauschvorschlag auffassen. Außerdem war Colm vom Schlamm völlig verdreckt. »Jetzt hast du

dich schmutzig gemacht und kannst dein Frühstück nicht mehr essen«, tadelte ihn Dante.
»Doch«, erwiderte Colm, »ich kann mich ja waschen.« Er führte Dante zu einem Meerwasserbecken weiter hinten in den Klippen, und gemeinsam wuschen sie ihm den Schlamm ab.
»Willst du meine Tiere sehen?« fragte Colm ihn. Dante war nicht sicher; er fragte sich, was Colm wohl mit dem Wurm angestellt hatte. »Was ist ein Chauffeur?« fragte Colm. »So was ähnliches wie ein Taxifahrer?«
»Mhm«, antwortete Dante. Wachsam wie ein Hase, der überall Feinde lauern sieht, folgte er Colm ins Bootshaus.
Da lag eine Schildkröte, auf deren Rücken Steine zu wachsen schienen, und eine Möwe, an die Dante nicht zu nah herangehen sollte, sagte Colm: sie hatte einen kaputten Flügel und schnappte gern. Da war ein teuflisch wildes, kleines Tier, das aussah wie eine verlängerte Ratte, ein Frettchen, sagte Colm. Da stand eine Zinkbadewanne voll mit Heringen, von denen die Hälfte tot auf der Wasseroberfläche trieb; Colm fischte sie mit einem Netz heraus, als seien derartige Todesfälle etwas ganz Natürliches.
»Katzenfutter?« fragte Dante mit einem Blick auf die Heringe im Netz.
»Wir haben keine Katze«, erwiderte Colm. »Sie töten mehr, als sie fressen können.«
Als sie wieder aus dem Bootshaus herauskamen, schien die Sonne so warm, daß sie Dantes Gesicht rötete, und eine liebliche, salzige Brise wehte von der Bucht herüber.
»Weißt du was, Kleiner?« sinnierte Dante. »Du hast's echt gut, daß du hier leben kannst.«

»Weiß ich«, sagte Colm.
Dann warf Dante einen Blick zum Haus und sah Bogus Trumper am Fenster des Billardzimmers, wie er die beiden durchs Fernglas beobachtete. Dante wußte, der Junge sollte nicht erfahren, daß er beobachtet wurde, und so schob er seinen massigen Körper zwischen Kind und Haus.
»Bist du manchmal ein Soldat?« fragte Colm, und Dante schüttelte den Kopf. Er ließ ihn seine tolle Chauffeursmütze anprobieren; grinsend marschierte das Kind auf der Mole auf und ab. Seltsam, dachte Dante, Kinder sind ganz verrückt nach Uniformen, und die meisten Erwachsenen hassen sie.

Trumper sah, wie Colm einen militärischen Gruß übte. Wie braun er war! Und seine Beine waren auch viel länger geworden.
»Er wird so groß wie du, Big«, murmelte er. Biggie war fix und fertig; sie hatte sich auf die Couch im Billardzimmer gelegt und war eingeschlafen. Bogus stand allein mit seinem Fernglas am Fenster, doch Couth hörte ihn. Als er sah, wie Couth ihn anschaute, nahm Bogus das Fernglas vom Gesicht.
»Er sieht gut aus, nicht wahr?«
»Mhm«, sagte Trumper. Er sah auf Biggie. »Ich will sie nicht aufwecken«, meinte er. »Gib du ihr einen Kuß von mir.« Dennoch schlich er auf Zehenspitzen zu ihr hin; er schien auf etwas zu warten.
Couth versuchte, ganz unbefangen aus dem Fenster aufs Meer zu schauen, doch Trumper schien sich noch immer nicht ganz wohl zu fühlen, und so spazierte Couth aus dem Billardzimmer. Dann beugte sich Bogus zu Biggie hinab und küßte sie schnell und sachte auf

die Stirn; doch ehe er sich wieder aufrichten konnte, griff sie mit der Hand matt nach seinem Haar, strich sanft darüber und stieß einen Seufzer aus.

»Couth?« sagte sie. »Ist er weg?«

Und wie er dann weg war. Er ließ Dante an einer Esso-Tankstelle in Bath anhalten und neue Kühlelemente für die Eisbox im Fond der Limousine besorgen. In Brunswick kaufte er eine Flasche Whisky, und in einem Geschäft gegenüber ein Glas. Somit war er schon hinüber, als sie nach Massachusetts kamen. Er saß auf seinem Plüschsitz im Fond, hinter der geschlossenen Trennscheibe und trank, bis die getönten Fensterscheiben noch dunkelgrüner wurden, obwohl die Sonne jetzt immer heller schien. In dem geräuschlosen, vollklimatisierten Mercedes saß er da, ganz in sich zusammengesunken wie ein toter König in seinem mit weichen Kissen gepolsterten Sarg auf dem Weg zurück nach New York.

Wieso eigentlich New York? dachte er. Dann erinnerte er sich daran, daß Dante ja dahin mußte. Er nahm seinen Briefumschlag mit dem Geld, und vor seinen Augen tanzten fünfzehn-, achtzehnhundert Dollar. Bei jedem Durchzählen kam eine andere Summe heraus; er zählte es viermal nach, schob es dann wieder in seine Jackentasche und dachte nicht mehr daran.

Doch Dante bemerkte es, und zum ersten Mal kam ihm der Gedanke, daß dieser Verrückte vielleicht doch nicht so reich war. Wenn man sich die Mühe machte, sein Geld zu zählen, dann hatte man nicht genug.

Als sie nach New Haven kamen, war Trumper so besoffen, daß Dante nicht einmal zu fragen brauchte, ob er einen Moment lang anhalten könne. Er ging in eine Telefonzelle und bekam einen wüsten Anpfiff von seinem Chef und tränenreiches Geschrei von seiner Frau zu hören.

Als er wieder zum Auto zurückkam, war Trumper schon zu weggetreten, um zu verstehen, was Dante ihm sagen wollte. Dante wollte Trumper sagen, daß »sie« in New York auf ihn warteten. »Die Bullen?« hatte Dante den Limousinendienst gefragt. »Was wollen die denn von ihm?«

»Höhere Tiere als einfache Bullen«, gab man Dante zur Antwort.

»Ach, wirklich? Was hat er denn verbrochen?«

»Die glauben, daß er verrückt ist.«

»Ach du Scheiße«, antwortete Dante, »ist das heutzutage schon ein Verbrechen?«

Dante klopfte so lange gegen die Glasabschirmung, bis Bogus Trumper ihn schließlich anstarrte und langsam zu erkennen schien. Dann beschloß Dante, es aufzugeben; er winkte Trumper nur durch das Glas zu. Trumper lächelte und winkte zurück.

Doch Dante hatte diesen Verrückten mittlerweile ins Herz geschlossen; irgendwie war er ihm sympathisch geworden. Schon ehe sie Maine verlassen hatten, hatte er seine Meinung über diesen Sonderling geändert. Er hatte Trumper gefragt, ob er kurz bei einem Souvenirladen an der Straße anhalten könne; er wollte seiner Frau und seinen Kindern eine Kleinigkeit mitbringen. Trumper hatte ihn anhalten lassen, und als Dante ins Geschäft ging und zwischen Plastikhummern und auf Treibholz gemalten Wasserfarbbildern herumwühlte, schaute Trumper sich die Fotos an, die Couth ihm vor seiner Abfahrt gegeben hatte. Eine ganze Serie von Colm: Colm im Schlamm, Colm in einem Boot, Colm im Schneesturm am Strand (also waren sie schon im Winter zu Couth gezogen!), Colm, wie er sittsam auf Biggies Schoß saß. Sie waren alle sehr schön.

Doch das letzte Bild schockierte Trumper. Vielleicht hatte Couth die Fotos zu hastig zusammengelegt und wollte dieses Bild gar nicht dazutun, denn es stammte ganz offensichtlich aus einer anderen Serie. Es war die Nahaufnahme einer nackten Frau, durch ein Weitwinkelobjektiv ein wenig verzerrt. Richtig scharf war nur ihr Schamdreieck; die Frau lag auf einer Wiese, in einer Position, daß das Gras zwischen ihren gespreizten Beinen und ihr Schamhaar fließend ineinander übergingen; das war auch ganz eindeutig die Absicht des Fotografen gewesen. Das Weitwinkelobjektiv rundete die Welt um sie herum ab, und ihr Gesicht war klein und undeutlich im Hintergrund. Aber ihre Möse war ganz deutlich zu sehen.

Mutter Erde? überlegte Trumper. Das Bild gefiel ihm nicht, doch er wußte, daß, falls Couth das Bild nicht aus Versehen dazugelegt hatte – falls er es ihm absichtlich dazugesteckt hatte –, daß dies eine überaus großzügige und wohlmeinende Geste war, typisch Couth. Und, auch das war typisch für Couth, erstaunlich geschmacklos. Die Nackte war Biggie.

Trumper schaute auf und sah Dante kommen. Er öffnete die Fondtür, denn er wollte Trumper zeigen, was er für seine Kinder gekauft hatte: drei aufblasbare Wasserbälle und drei Sweatshirts mit dem Aufdruck MAINE! quer über der Brust und darunter ein Hummer, der seine Scheren spreizte.

»Sehr schön«, sagte Trumper, »wirklich ganz toll.«

Dann sah Dante die Fotos von Colm, und ehe Trumper ihn daran hindern konnte, hatte er den Stapel genom-

men und sah ihn durch. »Ganz ehrlich, Sir«, sagte er, »Sie haben wirklich einen prächtigen Jungen.«
Trumper wandte die Augen ab, und Dante fügte verlegen hinzu: »Ich hab sofort gesehen, daß er Ihr Sohn ist. Er ist Ihnen wie aus dem Gesicht geschnitten.«
Dann sah Dante das Mösenfoto von Biggie, und obwohl er es nicht ansehen wollte, konnte er die Augen nicht davon abwenden. Schließlich zwang er sich, es ganz hinten in den Packen zu stecken, und gab Trumper den Stapel zurück.
Trumper bemühte sich zu lächeln. »Ganz toll«, sagte Dante Calicchio und konnte ein süffisantes Grinsen kaum unterdrücken.

Dann waren wir in New York, das hätte ich auch mit verbundenen Augen gemerkt. Und Jack Daniel's Old Time No 7 Brand Quality Tennessee Sour Mash Whisky, der 70%ige, schwappte mir im Hirn, sein guter, rauchiger Geschmack lag so dick auf meiner Zunge, daß ich ihn hätte kauen können.
Ich konnte sie schon da draußen stehen sehen, wie sie auf mich los wollten. Sie hämmerten gegen die Fensterscheibe und rüttelten am Türgriff, und sie schrien mein riesiges, gutherziges Monster von Chauffeur an: »Calicchio!, Mach auf, Calicchio!«
Schließlich hatten sie meine Tür geöffnet, und ich brannte dem ersten mit der wunderschönen, viereckigen Flasche, in die Jack Daniels seinen Whisky abfüllt, ordentlich eins über. Ein paar von den anderen halfen ihm, wieder auf die Beine zu kommen, und dann stürzten sie erneut auf mich los.
Solange sie schön weit weg blieben, war alles okay, aber als sie mir zu nahe kamen, verschwammen mir

ihre Gesichter vor den Augen. Doch Dante sah ich ganz deutlich; der Gute beschwor sie, sachte mit mir umzugehen. Er hatte eine sehr überzeugende Art, es ihnen nahezulegen: er legte seine klobige Hand so lange an ihre Kehlen, bis sie einen seltsamen Ton herausgurgelten und höflich von mir wegtänzelten. »He, langsam«, wiederholte er in einem fort, »daß mir keiner dem Jungen was zuleide tut, er hat nichts angestellt. Ich will ihm nur etwas geben, ein kleines Geschenk. Und das laßt ihr mich jetzt bitte tun!« Und dann fügte er etwas hinzu, bedrohlich leise, so etwas wie: »Willst du deine Zähne behalten, oder soll ich sie dir in den Arsch blasen, du Wichser?«

Sie zerrten mich in eine Richtung, Dante zog mich in die andere. Dann spürte ich, wie ich plötzlich hochgehoben und davongetragen wurde, ein ganzes Stück, während irgend jemand brüllte, er werde ermordet, und ein anderer wie eine Ziege losmeckerte, und einen Augenblick lang war ich ganz allein und frei. Dann griff mein Schutzengel, Dante Calicchio, in seine Unterhose und zog, ausgerechnet aus der Unterhose, ein verkrumpeltes Ding heraus, stopfte es mir ins Hemd und keuchte: »Hier, hier, hier, um Himmels willen ... ich glaub, davon brauchst du jetzt so viel, wie du nur kriegen kannst ... jetzt hau ab, wenn du noch einen Funken Verstand hast. *Hau ab!*«

Dann wieder alles im Zeitraffertempo, und weit weg von mir sah ich Dante Calicchio, wie er mit zwei Männern spielte. Sie müssen beide federleicht gewesen sein, denn Dante schleuderte den einen durch die Windschutzscheibe eines Autos, das da stand, und den anderen schüttelte er herum wie eine Stoffpuppe, bis ich nichts mehr sehen konnte, weil all die anderen

Leute, die hier herumliefen, bei Dantes Spiel mitmachen wollten.
Dann hatten sie mich wieder beim Wickel. Sie fuhren mich in einem Wagen herum, das Fenster war offen, und ich mußte den Kopf hinaushängen; sie glaubten wohl, ich bräuchte dringend frische Luft. Doch ich war noch nicht so weggetreten, daß ich mich nicht an das zusammengeknubbelte Ding in meinem Hemd erinnerte, und als sie mich in einen Fahrstuhl schleppten, zog ich es heraus und warf einen verstohlenen Blick darauf. Es war ein Geldschein – ich konnte die Zahl nicht lesen – und einer der Männer im Fahrstuhl nahm ihn mir weg.
Ich *glaube*, ich war in einem Fahrstuhl; ich glaube, wir waren in einem Hotel. Doch das einzige, was ich in dem Moment dachte war: Schon komisch, daß einer sich so was in die Unterhose steckt!

Aus: John Irving, Die wilde Geschichte vom Wassertrinker (Romanauszug).
Aus dem Amerikanischen von Edith Nerke und Jürgen Bauer.

Kurzbiographien

HAROLD BRODKEY

1930 in Staunton, Illinois, geboren, studierte Literatur in Harvard. Seit den frühen 50er Jahren erschienen seine Kurzgeschichten in verschiedenen Zeitschriften und wurden mit wichtigen Preisen ausgezeichnet. Brodkey hat an diversen Universitäten gelehrt. Er lebt mit seiner Frau in New York.

RAYMOND CARVER

wurde 1939 in Clatskanie, Oregon, geboren. Für seine Gedichtsammlungen und Erzählungsbände erhielt er wichtige Auszeichnungen, u. a. ein Stipendium der Guggenheim Foundation. Carver starb 1988 in Port Angeles, Washington, wo er zuletzt als freier Schriftsteller gelebt hatte.

ANDRE DUBUS

wurde 1936 in Lake Charles, Louisiana, geboren. Für seine preisgekrönten Kurzgeschichten erhielt er ein Stipendium der Guggenheim Foundation. Dubus lebt heute in Bradford, Massachusetts, und lehrt dort u. a. amerikanische Literatur.

LOUISE ERDRICH,

1954 in Wahpeton, North Dakota, geboren, ist Tochter eines deutschen Lehrers und einer Indianerin. Sie studierte amerikanische Literatur und schrieb 1984 ihren ersten Roman *Liebeszauber*. Erdrich lebt mit ihrer Familie in Cornish, New Hampshire.

RICHARD FORD
wurde 1944 in Jackson, Mississippi, geboren. Er studierte Jura und amerikanische Literatur und arbeitete als Lehrer. Ford publizierte Romane, Erzählungen und Theaterstükke und gilt als wichtiger Vertreter der jüngeren nordamerikanischen Literatur. Er lebt in New Orleans und in Montana.

JOHN IRVING
1942 in Exeter, New Hampshire, geboren, lebte vorübergehend in Wien und lehrte später an der Universität. Irving schrieb bislang fünf Romane; u. a. mit *Garp oder Wie er die Welt sah* konnte er sich internationalen Ruhm verschaffen.

JAY MCINERNY
geboren 1955 in Hartford, Connecticut, studierte amerikanische Literatur und war bei verschiedenen Verlagen und Zeitschriften tätig. Er debütierte 1984 mit seinem Roman *Ein starker Abgang*, der von der Kritik ungewöhnlich euphorisch aufgenommen wurde. McInerny lebt als freier Schriftsteller in Syracuse, New York.

BOBBIE ANN MASON
Jahrgang 1940, wuchs auf einer Farm in Kentucky auf. Schon ihre erste schriftstellerische Publikation stieß auf breites öffentliches Interesse und wurde mit dem Hemingway Prize ausgezeichnet. Mason lebt auf dem Land in Pennsylvania.

JOYCE CAROL OATES
wurde 1938 in Lockport, New York, geboren. Ihre zahlreichen Romane und Erzählungen ließen sie zu einer der wich-

tigsten Schriftstellerinnen der amerikanischen Gegenwartsliteratur avancieren. Oates lehrt heute an der Princeton University.

CYNTHIA OZICK
geboren 1928, gilt als eine der aktivsten und wichtigsten Vertreterinnen der jüdisch-amerikanischen Literatur. Für ihr umfangreiches Werk wurde sie mehrfach ausgezeichnet, u. a. 1982 mit dem Guggenheim-Stipendium. Ozick lebt in New Rochelle, New York.

GRACE PALEY
1922 als Tochter jüdisch-russischer Immigranten in New York geboren, lehrte an verschiedenen Universitäten in den Vereinigten Staaten. Für ihre Kurzgeschichten wurde sie vielfach ausgezeichnet. Paley lebt heute in ihrer Geburtsstadt New York.

JAYNE ANNE PHILLIPS
wurde 1952 in West Virginia geboren. Zahlreiche Veröffentlichungen gingen dem Roman *Maschinenträume* (1984) voraus, der in viele Sprachen übersetzt wurde. Phillips lehrte an den Universitäten in Iowa und Kalifornien und lebt heute mit ihrer Familie in Boston.

HUBERT SELBY
1928 in New York geboren, arbeitete u. a. als Lehrer, Sekretär und Versicherungsangestellter in Manhattan. Seine Texte wurden in führenden amerikanischen Zeitschriften publiziert. Aufsehen erreichte er mit seinem Roman *Letzte Ausfahrt Brooklyn*, 1957.

JOHN UPDIKE
wurde 1932 in Shillington, Pennsylvania, geboren. Seit den 50er Jahren ist er als freischaffender Schriftsteller tätig. Für sein umfangreiches Werk erhielt er zahlreiche Auszeichnun-

gen, u. a. auch den Pulitzerpreis. Updike lebt heute in Beverly Farms bei Boston.

ALICE WALKER
wurde 1944 in Eastonton, Georgia, geboren. Mit 24 veröffentlichte sie ihren ersten Gedichtband. Walker gehört zu den bedeutendsten afro-amerikanischen Schriftstellerinnen der Gegenwart. Für ihren Roman *Die Farbe Lila* erhielt sie 1983 den Pulitzerpreis. Alice Walker lebt in San Francisco.

TOBIAS WOLFF
wurde 1945 in Alabama geboren und wuchs im Nordwesten der USA auf. Er studierte Literatur in New York und Stanford, Kalifornien. Sein erzählerisches Werk wurde mehrfach prämiert. Mit seiner Frau und seinen beiden Söhnen lebt er im Staat New York und lehrt an der Syracuse University.

Knaur

Born in the USA

(60109)

(60110)

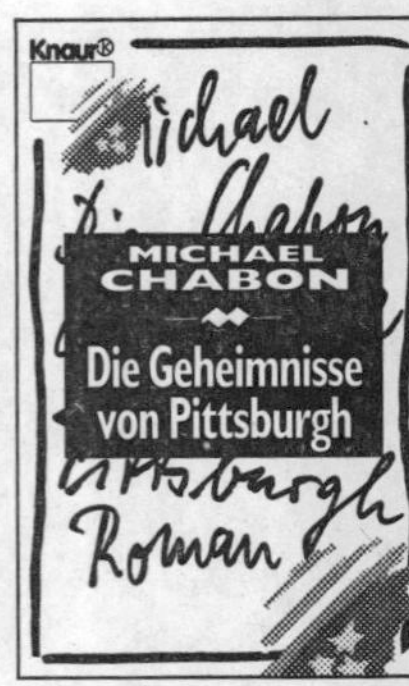

(60112)

(77054)

(60117)

(60115)

Knaur

Tom Wolfe

(3015)

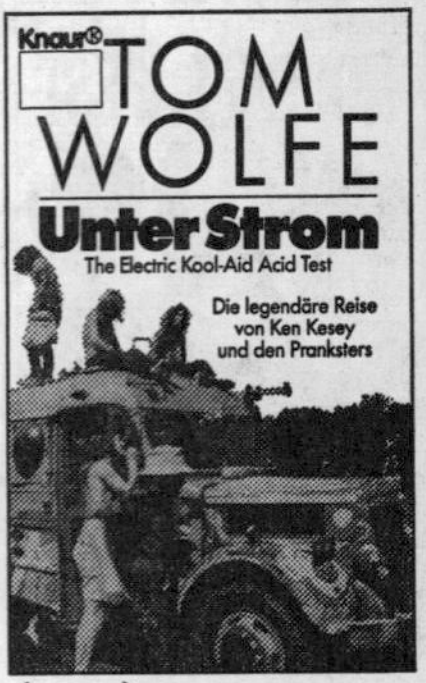

(2807)

(4826)

(77009)